U0926610

本书获广东外语外贸大学出版基金资助

消费、记忆与叙事

——新世纪文学研究

申霞艳◎著

中国社会科学出版社

图书在版编目（CIP）数据

消费、记忆与叙事：新世纪文学研究/申霞艳著.—北京：中国社会科学出版社，2011.7

ISBN 978-7-5004-9814-8

Ⅰ.①消… Ⅱ.①申… Ⅲ.①中国文学：当代文学—文学评论—文集 Ⅳ.①I206.7-53

中国版本图书馆CIP数据核字（2011）第084903号

责任编辑 李炳青
责任校对 王兰馨
封面设计 回归线视觉传达
技术编辑 张汉林

出版发行 中国社会科学出版社
社　　址 北京鼓楼西大街甲158号　　邮　编 100720
电　　话 010—84029450（邮购）
网　　址 http：//www.csspw.cn
经　　销 新华书店
印　　刷 北京新魏印刷厂　　装　订 广增装订厂
版　　次 2011年7月第1版　　印　次 2011年7月第1次印刷
开　　本 880×1230 1/32
印　　张 11.375　　插　页 2
字　　数 286千字
定　　价 34.00元

序

批评的职责

林　岗

申霞艳的专著《消费、记忆与叙事——新世纪文学研究》结集出版。她嘱我写几句序文，我欣然从命。她是正在成长中的年轻一代批评家里面很有自己风格和特点的一位。出道之初，她是著名文学杂志《花城》的编辑，那时她或许没有想到自己后来会以在大学讲堂教授文学和笔弄批评为业，大概是看稿子看多了，就看出了文学其中的门道，像老练的鉴赏家目寓无数自然就分得出真伪优劣一样，于是便亲自操刀，做起批评的文字来。这个一发不可收拾，于是干脆攻读博士学位，由正途出身，登堂入室，将原来笔弄批评的“副业”变成了“正业”，而原来编辑的“正业”变成了“副业”。这个人生事业“转型”故事的后面，正隐藏了一个批评家成长的轨迹。

笔者曾经被人问道，当代文学作品写的是大白话，都看得懂，还要批评干什么？这虽然是外行无知的质疑，但也未必不包含若干天真叩问的成分。如果搬出学究式的回答，固然可以举出很多批评必须存在的堂堂正正的理由，但是最质朴、最直接、最明心见性的回答是什么，笔者相信这将会是一个人言人殊的答案。从历史上观察，不同时代的文学批评面貌是不同的，因此也反映出不同时代批评信念的差异。在古代，最类似于我们今天所说的批评的那类文字是存在于评点里面的。诗文评点也好，章回小说评点也好，都可以看作是古代不同于理论陈述的文学批评。然而当我们深入到这些评点文字里面去的时候，就可以发现作者是基本上不涉及伦理立场的，也就是说古代的评点是一种非伦理立场的批评。评点家眼中当然有好和坏、优和劣的概念，但他们说的“好坏”、“优劣”大体上是在修辞意义上说的，它们不是伦理意义的概念。如明末清初小说评点集大成的文坛怪才金圣叹，他明知水浒讲述的是揭竿造反的故事，兼有“诲盗”之嫌，但是他对叙述者的这个伦理立场视而不见，将它归约为人物形象本身的问题，一句“其人可诛，其文可赏”就将两者划分开来。按照对文学的一般理解，讲述“可诛之人”故事的那个讲述者必藏有“可诛之心”。可是金圣叹偏偏不这样理解，人可诛和文可赏是截然分开的；人可诛不可诛，无关乎文可赏不可赏。这个批评见解的背后其实隐藏了一个根深蒂固的批评观念：诗文小说是一项“才子”的事业，与他人无涉，而“才子”是一个具有高度相互认同的小圈子。这个圈子的教养、学识、趣味乃至礼仪举止都是高度一致的，因此其中不存在伦理立场的差异。于是批评则相当于小圈子内部的“唱和”，这“唱和”是闲雅的、有教养的。你来我往，你做一首诗，我批点几句，无非摘发精妙，发扬趣味。“才子”如同施耐庵等呕心沥血做出煌煌百回的“奇书”，批点家就于其中爬梳“史公笔法”，发掘何处埋下“草蛇灰线”，何处又“遥接千里”，就这样评点家将“才子”的看家本领尽显于世人的眼前。具体的批评贡献姑且毋论，总之这个批评方式暗示批评活动是趣味相投、惺惺相惜的小圈子内部彼此“唱和”。做文章的固然是“才子”，批诗点文的同样也是“才子”。通过批评活动，做文章的“才子”和批点诗文的“才子”彼此呼应，共赏闲雅。

正因为这样，批评不需要伦理立场的介入。

然而，现代社会的演变，尤其是国民教育的普及和现代语言文字的通俗化运动，大大地降低了使用语言文字的准入门槛，新来者蜂拥而至，由“才子”垄断的闲雅小圈子顷刻瓦解。如今所有作文弄诗的人都泛称为“作者”，而这个“作者”的数量，正是万千倍于古代“才子”。鱼龙混杂的“作者”，浩如烟海而品流杂乱的“文学作品”使现代的文坛变成一个大杂烩的所在。一首诗，一篇小说，可以因为任何理由而走红文坛，固然可以因为“尺度大胆”，也可以因为“营销策划”，甚至更可以匪夷所思地因为“文理不通”。这种现代文坛的局面告诉我们，“作者”们相对一致的伦理立场已经彻底分崩离析了。面对这局面，批评何为？很显然，“唱和”是不奏效的了。不同旨趣的人有不同的答案，反正笔者是喜欢有爱有恨的批评，喜欢明心见性的批评。批评必须说出批评者的爱和恨，大胆表露批评者的伦理立场，我觉得这是优秀的当代批评的基本前提之一。因为如果批评者丧失鲜明的伦理立场，在这个纷纭的文坛上虚与委蛇，那就是放弃了批评在当代的职责。

正是因为上述的理由，笔者喜欢申霞艳的批评之作。她的批评风格鲜明、坦率，批评的立场清晰、明白，一如其人，爱憎分明。笔者亦未必赞同她的所有论点，但不得不说我赞赏她将自己对作品的爱和恨融化在充分说理的批评之中的做法。对批评而言，她首先做到了自己面目清楚，至于赞同与否，那当然是留待读者自己选择。作为批评者，她做到了当代批评最可贵之处，以本色示人。例如，她的一篇小说评论《日常生活的诗意和神性》，是批评北村新作《我和上帝有个约》的。她从“女人离上帝更近”的观念出发——对此笔者是有保留意见的——赞扬北村对女性的尊敬、同情和理解，充分肯定小说所表现的现代女性意识。

我也相信，这是一个恰如其分的中肯见解。然而她忽然笔锋一转，列数一个“反面典型”：“今日之中国，我们对女性的书写充满了臆测甚至意淫，最典型的要数《废都》，文本书写的是现代都市，然而所有的女性身上没有一丝现代意识，女人自甘成为男人的消费品，自甘沦为男性虚名的奴隶。这种严重扭曲女性精神的腐朽的男权意识既成为消费时代津津乐道的叙事资源，也成为女性意识明晰的叙事所反抗的靶子。”笔者读了，直觉得痛快。这本曾经风靡中国而令一时“洛阳纸贵”的“名作”，充其量不过是一部无聊而颓废的都市消闲之作，尤其是作者将无聊当有趣，玩弄颓废，自以为有味而津津乐道的低劣品格，实在不堪卒读。然而，它出自名家之手，但申霞艳亦毫不畏惧，直戳痛处。如果批评也有风采的话，那我觉得申霞艳针对《废都》的这一番话，就充分显示出批评的风采。她的伦理立场是明确的，反对甚至抗议对女性书写的“臆测甚至意淫”，反对以叙事之名消费女性。在消费主义价值观横行的时代，申霞艳所持的批评立场可谓是一针见血。笔者还记得，申霞艳的博士论文是讨论消费主义对文学书写和出版的影响的。自那以后又过去了四五年，在这段时间中她不懈地学习，努力补充各方面的知识，我读她近来写的评论，惊讶地发现她的批评眼光变得阔大，见解也比过去更为深刻。也算是与时俱进吧，但我更愿意用儒家传统“学而时习”的自我勉励去描述终生学习，追求不断充实和丰富自己这样的人生状态。作为批评家的申霞艳正是处在这样的状态之中。我非常欣慰地发现收在本批评文集中的一篇新作《新世纪文学与全球化想象》，很显然，她试图探讨全球化浪潮到底在何种程度、什么规模上影响了当代中国文坛，又造成了何种变化。我相信这是一个新的思考文学的切入点，新的讨论当代文坛的视野。我不知道在当代批评论坛上这样讨论文坛创作是不是变得普遍了，但直觉让我觉得这是一个非常有开拓前景的学术方向，一系列相关的论题会随着这种视野和思考而产生。当然泛泛而论是容易的，因为谁都知道中国的经济、政治和文化已经无可避免地日渐一日地卷入一个全球一体化状态之中，全球化的进展改变我们的生活，随着生活的改变，文学也会改变。大道理是容易讲的，但深入到故事情节，深入到人物细节，深入到诗的句子，去寻找这种全球化落实在文学文本的痕迹，再将这种全球化的烙印加以综合和提升进行学术探讨，毕竟不是一件容易的事儿。这不仅需要理论的眼光，也需要对文学的敏感，还有文本的爬梳。这一切应该说申霞艳都做到了，而且有了一个很好的开端。她归纳和标举的四个点：一是日常生活经验的国际性；二是故事讲述的跨国特征；三是“跨国的陷阱”；四是“叙事想象的全球化”。我觉得她提出的问题都相当有道理，当然有的可以换一种讲法，有的还没有概括进去，但笔者要强调的是这是一个新的切入视角，离开了全球化这个背景的视角，很多当代文坛此前未有的现象是得不到充分解释的。当代批评应该是对文学新文本和文学新机制的即场反应，既然是即场反应，它或许比不上“事后诸葛亮”的文学史研究那么中正平和，但它的优胜在它的即场性，可以激发想象，可以启人心智，可以做“投枪”和“匕首”，使真相显露，使伪装无所遁形。申霞艳所开始的这个新的批评方向，我以为都可以做到这一切。写到这里，我衷心祝愿她未来多多努力，期望她获得更大的学术收获。

2011 年 4 月 2 日

目　录

小　引

在现代性的叙事中，城市成了必然的选择。乡村是古代国家的根，而城市才是现代民族国家的基本细胞。《故乡》中闰土的那声悲哀的“老爷”切断了乡村与城市之间的桥梁，彰显了新的等级秩序以及城乡的差距。城市有多种际遇，也有多样的叙述方式。其中，意大利小说家卡尔维诺用精简的语言为我们叙述了关于现代城市的寓言——《看不见的城市》，这部于1972年发表的实验性很强的文本“所援引的忽必烈大帝与马可·波罗之间的历史性相遇，可以说是全球化起源方面最不寻常的事件”。尽管在忽必烈时期的全球化完全是在一种不自觉的状态下进行的，但无论如何，他和马可·波罗关于“地图和疆域”之间的关系的想象和思考是具有开创意义的，这两个要素确立现代民族国家主权的边界，“《马可·波罗游记》这一13世纪晚期的文献，为后来的所谓‘地理大发现’时期的殖民地游记写作提供了一个范本，而且它还以发生在异邦世界的奇迹，极大地丰富了西方人的文化想象”。[①] 据载，哥伦布航海时就带着《马可·波罗游记》，并且在

① ［美］加布理尔·施瓦布：《理论的旅行和全球化的力量》，《文学评论》2000年第2期。

上面留下不少手记。以新大陆的发现为标志的海洋时代拉开了人类现代史的帷幕。从此，“洋气”和“土气”[①] 展开了一场漫长的搏斗，最终，全球化的到来宣告了“洋气”的胜利，而“土气”被钢筋水泥的丛林所切断，乡土成为内心遥远的怀想。

《看不见的城市》这部经典之作在邀请我们进入全球化起源史的同时为我们打开了城市全球化的前景。

在大帝忽必烈和旅行家马可·波罗天马行空的对话中，关于城市奇异诡谲、逼真而荒诞的现代画面一一展开，这些画面蕴藏着现代城市命运的机锋：人口的拥挤，城市的复制、生态的破坏及资源的耗竭、瞬时的遗忘……

现在，我展开其中的一卷：

连绵的城市　之一[②]

莱奥尼亚每天都在更新自己：清晨，人们在新鲜的床单被单中醒来，用刚从包装盒里拿出的香皂洗脸，换上崭新的浴衣，从新型的冰箱里拿出未开启的罐头，打开最新式样的收音机，听听最新的歌谣。

在马路边的人行道上，昨天的莱奥尼亚的废弃物包在塑料袋子里，等待着垃圾车。除了挤过的牙膏皮、憋坏了的灯泡、报纸、容器、包装纸，还有热水器、百科全书、钢琴、瓷器餐具。莱奥尼亚的富足，与其以每日生产销售购买量来衡量，不如观察她每天为给新东西让位而丢弃的物资数量。你甚至会琢磨，莱奥尼亚人所真正热中的究竟是享受不同的

---

① 费孝通：《乡土本色》，见《乡土中国 生育制度》，北京大学出版社 1998 年版，第 7 页。

② ［意大利］伊塔洛·卡尔维诺：《命运交叉的城堡》，张宓译，译林出版社 2001 年版，第 228 页。

新鲜事物，还是排泄、丢弃和清除那些不断出现的污物。当然，清洁工们像天使一样宽容大度，他们的任务是将昨日的遗物搬走，充满敬意地、默默地、以一种近乎宗教仪式的虔诚工作着，也许是因为人们一旦丢弃这些东西，就不愿意再想它们。

至于清洁工每天把这些东西搬运到何处去，从未有人问过：肯定是运到城外；但是，城市在逐年扩大，清洁工就得越走越远；垃圾越堆越多，越堆越高，所占面积的半径也越来越大。另外，莱奥尼亚新材料的制造工艺越来越高，垃圾的质量也随之越来越提高，经久耐腐，不发酵，不可燃。于是，莱奥尼亚周围的垃圾变成坚不可摧的堡垒，像一座座山岭耸立在城市周围。

结果是：莱奥尼亚丢弃得越多，就积攒得越多；她过去的鳞片已经焊成一副无法脱卸的胸甲；城市一面在每日更新，另一面在把一切都保存于惟一一种形态中：昨日的废物堆积在前天以及更久远的过去的废物之上。

莱奥尼亚的垃圾也许将一点一点侵占整个世界，不过，这漫无边际的垃圾堆最外围的斜坡那面，也还有其他城市在排泄那些堆积如山的垃圾。也许，莱奥尼亚之外的整个世界都已布满了垃圾的火山口，各自环绕着一座不断喷发垃圾的城市。这些彼此陌生并敌对的城市之间的边界，就是一座座污染的碉堡，各个城市的废物互相支撑，互相重叠，混杂在一起。

垃圾堆积得越高，倒塌的危险越大：只要一个罐头盒、一个废轮胎，或一只大肚酒瓶滚向莱奥尼亚，就会引起破鞋、陈年的旧历、枯花的大雪崩，整个城市就将被淹没在她始终力图摆脱的过去中，与邻近城市的周边混合在一起，终于彻底干净了。一场大灾变，把肮脏的群山夷为平地，每日更换新衣的城市被抹掉了一切痕迹。而附近那些已经准备好压路机的城市，则等待着平整这块土地，拓展自己的领地，扩大自己的疆域，让自己的清洁工再走向更远的地方。

他们的对话扫描了55个城市，如细小的城市、隐蔽的城市，等等，莱奥尼亚仅仅是连绵的城市之一。

现代性的叙事与莱奥尼亚这座连绵的城市有着同样的命运：

昨日的叙事堆积在前天以及更久远的过去的叙事之上！叙事挽留记忆，提醒我们漫长人类的历史生生不息。

莱奥尼亚人的生活方式是消费社会热衷追逐的生活方式，堆积成山的垃圾无声地见证了这种生活。我们不仅拥有对新奇怪异的事物无可比拟的激情，也有着永不倦怠的对于新鲜叙事的热情。我们喜新厌旧，追逐光鲜新奇，我们渴望变化，渴望端坐在新鲜叙事的中央。“今天大众媒介的作用不是使事件像传统的方式那样成为‘可以记忆’的，而是在事件令人眼花缭乱地从四面八方向我们袭来时，消灭这些时间，帮助人忘记它们。”[①] 覆盖是帮助我们遗忘的重要手段。

早在30年前，卡尔维洛就已经预感到随着全球化的深入，我们今天的城市必然会面对的困境，而他对这一困境的描述和演绎竟然是从我们最不以为然的垃圾入手的。恰如涓涓细流归于大海，人们从四面八方汇集到大城市，每天制造出垃圾。作为商品尸体的垃圾，在经历生产、流通和消费之后最终成就城市的边

① ［美］詹明信：《德国批评传统》，见《晚期资本主义的文化逻辑》，张旭东编，陈清侨等译，生活·读书·新知三联书店1997年版，第318页。

界。城市不是被乡村包围而是被垃圾包围。我们多么厌恶垃圾，我们用一次性塑料袋把垃圾包紧扔掉，每天定时会有清洁工人上门来为我们清除垃圾的痕迹。越来越多的一次性用品进入城市生活，城里人不必亲自处理垃圾，然而，这些一次性物品恰恰是垃圾的源泉。在人造物堆砌的世界中疲于奔命的我们害怕垃圾的提醒，害怕与垃圾相遇，所以把垃圾越送越远，从手里到垃圾袋、几经转折到手推车到大汽车再到郊外，我们多么希望垃圾会知趣地自行消解，而“经久耐腐，不发酵，不可燃”的垃圾顽强地与时间搏斗，不屈不挠地提醒我们：垃圾现在而且永远是所有人造物必然的最终的归宿。

垃圾是不朽的，简直是真正不朽之物！垃圾呈现我们的欲望。

莫言2010年在日本的演讲稿《悠着点，慢着点——“贫富与欲望”漫谈》让我深为赞同：

> 我感到人类面临着的最大危险，就是日益先进的科技与日益膨胀的人类贪欲的结合。在人类贪婪欲望的刺激下，科技的发展已经背离了为人的健康需求服务的正常轨道，而是在利润的驱动下疯狂发展以满足人类的——其实是少数富贵者的病态需求。人类正在疯狂地向地球索取。我们把地球钻得千疮百孔，我们污染了河流，海洋和空气，我们拥挤在一起，用钢筋和水泥筑起稀奇古怪的建筑，将这样的场所美其名曰城市，我们在这样的城市里放纵着自己的欲望，制造着永难消解的垃圾。

垃圾不仅是商品的尸体，也是欲望的尸体。从商品到垃圾的过程展示我们欲望的真相。垃圾堆有多么庞大，我们的欲望就有多么庞大，而欲望是叙事的源头，也是叙事的动力。“昨日的废物堆积在前天以及更久远的过去的废物之上。”我们的欲望叠加在上一代以及更久远的祖先的欲望之上。这种城市的境遇与关于城市叙事的境遇有着某种难于言表的秘密关系——垃圾的意象将城市、欲望与叙事的境遇牢牢地联系在一起。

在中国，1972 年，我们还没有实行改革开放，我们的欲望被囚禁在国家的“计划”中，不能越出配给之外。我们的生活在“乡土中国”中循环，垃圾是可以自行分解和循环的，塑料袋和一次性的生活尚未普及，所有的生活垃圾只要放在一堆就会自然腐烂并成为肥料被再次利用。那时候，我们用碗打豆腐，用瓶子打酱油，用草绳买鱼和肉，用井水冰西瓜，再把西瓜皮晾干腌成咸菜、橘子皮晒干成陈皮、柚子皮做成柚子糖……那时候，“生活是位细心的收割者，不忘记每一粒稻穗。”随着改革开放的到来，欲望被释放出来，我们听到欲望越来越大声的喊叫，于是不约而同地“到城里去”，到这个生产商品、制造欲望、产生垃圾的地方去。垃圾无声地展示着城市的秘密和历史。

新时期初，高晓声的《陈奂生上城》用一个“上”字将城乡位置的序列勾勒出来；新世纪初刘庆邦的《到城里去》则将城乡差别细致地凸显出来。在这个文本里，垃圾成了隐喻，杨成方到首都北京去捡垃圾，最终他自身获得了垃圾般的命运——“饿了，他从某个楼下的垃圾口里扒出一块或整个馒头，把上面沾的脏东西捏一捏，就吃起来了。渴了，他拿出随身带的矿泉水瓶子喝一气。里面装的不是矿泉水，是水龙头下面灌的自来水。连矿泉水的塑料瓶子也是捡来的。里面的自来水喝完了，瓶子他可舍不得扔，一个瓶子能卖五分钱呢。杨成方身上的穿戴，也大都取之于垃圾。他脚上穿的皮鞋，腿上穿的绒裤，上身穿的棉袄，都是从垃圾堆里捡出来的。他已经用垃圾的可利用部分把自己武装起来了，仿佛他自己也成了一样可以走动的垃圾。”① 杨成方一度被城里人像送垃圾一样送进了监狱。农民工既为城市提供生活的便捷舒适，也为城市人的荣耀和尊严提供参照物，同时广阔的乡村成为城市防盗网内诗意回忆的源泉。

“到城里去”是20世纪下半叶改革开放时期所有农民工的共同心愿，也是现代性追求的必然结果。小说展示了时代的变迁，阐述乡村与都市的关系的内在紧张，乡村对于城市的想象就像万花筒，瑰丽却不可触摸。城市像磁石一样吸引着乡村的活力、生命力。

乡村妇女宋家银关心的事物有两个不同的序列：一类是与乡村生活相关的、生产性的、实用的，比如母鸡、锄头、盐、葱之类；另一类是与身份相关的、消费性的，比如香烟、手表、自行车、通电、电风扇、电视机等，前一类以其使用价值满足人的需要，后一类事物却以与身份想象相关的“优越性”满足人的欲望，而且内里与现代性有着千丝万缕的关系，比如手表提供了精确的时间观，自行车提高了流通速度，改变了空间感，电话拉近了声音的距离，电视机直接将外面的世界在我们眼前打开，将城市生活带进乡村。机器在不断地给我们生活提供便捷的同时也对我们进行奴役，垃圾在为捡垃圾者提供生活之时也将其变成垃圾，这就是城市和现代性的力量。

垃圾在使乡村男子杨成方丧失人的尊严的同时，也进一步剥夺乡村女子宋家银的主体性建构。宋家银的梦想从来建立在他者身上，与其说她嫁的是杨成方，不如说嫁的是他的工人身份，为的就是拥有工人身份的优越感。

前文以相当多的笔墨叙述宋家银的节约、精打细算，比如去

---

① 刘庆邦：《到城里去》，花城出版社2010年版，第40页。

婆婆家要盐却以要母鸡为由头，用一块卤肉换回娘家的母鸡，让并不抽烟的杨成方给大家分香烟以显示工人阶级的派头，她则向工人家属高兰英学习搽雪花膏，叙事细致地展示了她对待雪花膏的小心翼翼……她的节约和铺张无一不是为了捍卫所谓的身份。她率先买了自行车并精心将之“乡俗化”，并给杨成方买了一块便宜却走得不准的手表，失去使用价值的手表仅剩下符号功能。她还想着要翻修房子，这些都是可以给老乡们显示身份的事物。结果三弟媳房明燕一下就修起高大的房屋，这简直要把她气病了。改革土地到户了，家里的活更重，她一个人毫无怨言地扛着，仍要让杨成方出去做工，一直到预制板厂倒闭。她也不允许他说出自己失业的真相。政策变化了，年轻一代都跑城里打工去，带回了金钱还带回谈资。

心理极度不平衡的宋家银不断地给老公施加压力，老实的杨成方跑到城里去捡垃圾，当然难免顺手牵羊，这是鲁迅在阿Q身上已经预见的真实。杨二郎在北京捡垃圾拿回很多旧衣服卖给老乡，并讲述自己捡到存折和旧手机的故事。存折是典型的城市意象，过时的旧衣服、旧手机这些对乡村人来说依然有使用价值的事物在城市人家里已经成了垃圾。这也是城乡的重要差别所在。所有的东西，在城市里使用和流通时间都会缩短，这是消费社会有意识地精心培植出来的欲望。而乡村，人们不是根据欲望而是需要来判断事物的价值的，所以，城市的垃圾到乡村依然可以被再利用。杨二郎的叙述显示了城乡差别，而且越是大城市，商品变成垃圾的时间越短，垃圾里边可再利用的东西也越多。说者无心，听者有意。这一切让宋家银产生调兵遣将的想法。杨成方被妻子“调”到北京捡垃圾去了。

宋家银一个人持家操劳之苦还在其次，年轻的她情欲压抑，与配猪郎杨成军开玩笑对方没有赴约，压抑的欲望得不到实现。

杨成方就更甭提了，他的身体是宋家银的赚钱机器，即便在家他的情欲也受宋家银调配。他在北京把工地上的楼梯当废品了，结果被送到派出所。宋家银因此第一次出了远门，而且是上北京，她带了全部积蓄准备去赎人，这时，真实的城市在她面前展开了：无边的大、黑暗、寒冷与残酷，不仅不是“金山”，也没有任何温情可言，一言以蔽之，城市不是他们乡下人的。她还看到了一个捡垃圾的乡下妇女跟一个城市男人长时间的对抗，此时她对长期给她寄钱的男人动了真心，她明白了乡下人在城市的真实处境——垃圾！他们吃的、穿的都从垃圾中扒来，他们全身脏得和垃圾毫无分别，城市人看待他们的眼神与丢垃圾的眼神毫无二致，甚至更加鄙弃。丈夫的四弟被搅拌机搅成肉酱的命运更是让人心惊，一个高大的活生生的青年出去，变成一把骨灰回来。城市的机器无情地吞噬乡村的生命。

捡垃圾者杨成方在小说中不是主要人物，着墨不多，但宋家银的一切经济和想象的源泉在他，作为妻子城市想象对象的杨成方一度被城市送进了监狱。女儿去天津打工顺手牵羊偷回十多把金属勺子，这让宋家银立即联想起杨成方的遭遇。宋家银曾把希望全部押在儿子高考上，不行就复读。宋家银处处吝啬，不让儿子开电风扇、看电视，因为儿子复读花的是妹妹打工的钱，结果儿子放弃高考，选择继续复制父亲“到城里去”的命运。

小说诚实地写出了“乡土中国”对城市身份的想象，城乡的心理距离要比地理距离遥远得多；捡垃圾者、打工者和城市格格不入，所以高考这座独木桥承载着转变命运的全部希望。宋家银可悲可叹的行为和观念是在捍卫一些虚缈的想象的符号，前半部分是在捍卫工人家属的身份；结尾则在捍卫城里人母亲的假想。这就是时代对乡村女性的限制，她们无法实现自己的梦想，人生的全部希望不是在丈夫的身上就是在儿子的未来上，唯独没有自己。她们为身份、未来这样一些虚缈的事物让渡了最真的此在。此时此刻被对未来的狂想置换了，女性自身的主体性建构还远远没有提上日程。她们的梦想与自己无关，过一种无名的生活。

杨成方由捡垃圾变成城市里“走动的垃圾”，宋家银为虚荣心的满足舍弃了当下切实可触的人生，他们的灵魂被城市绑架，这是现代性追求过程中“乡土中国”的“现实一种”。

第一章

女性文学叙事的蓬勃发展

第一节　秋水共长天一色

牺牲自己就是对自己的忠实。

——别尔嘉耶夫

在 20 世纪以前漫长人类历史上，只是星星点点地冒出几位女性的名字。“妇女和奴隶属于同一范畴，都被隐藏起来。”[①] 女性一直是任由男性话语“打扮的小姑娘”，她们没能言说自己的忧伤、疼痛以及愿望，甚至她们没有自己的语言和名字，就是“她”字也来自五四个性解放时代男性的恩赐。对于传统的中国史的演进来说，女性似乎是可有可无的，文化方面她们是不在场的，如果不是男性也需要女性的子宫来孕育这一暂时无法超越的生理性，女性自然存在的必要性也会受到质疑。《浮出历史地表》和《二十世纪中国女性文学史》为我们梳理了 20 世纪短暂的女性写作史，女性能够言说已经成为这个世纪最伟大的注脚，至少

① ［美］汉娜・阿伦特：《公共领域和私人领域》，汪晖、陈燕谷主编：《文化与公共性》，生活・读书・新知三联书店 2005 年版，第 101 页。

它在一定程度上解放了人类的一半。在我国历史上还没有任何一个时期在思想解放方面贡献如此巨大。

20世纪现代价值的观照及全球化的文化交融的催化使女性写作得以蓬勃发展，无论是写作者的数量和质量，还是写作题材与叙事技巧均得到了全方位的推进。究其根本，当然是因为获得了受教育的权利以及相应的就业发展空间。

女性写作在20世纪90年代出场时还携带着“美女”、“身体”这样带窥探性的“被看”的话语，到了新世纪的第一个十年，女性书写发生了根本性的变化，那就是对性别藩篱的突破以及女性主体性的自觉建构。当迟子建的《世界上所有的夜晚》、《额尔古纳河右岸》，宗璞的《东藏记》，张洁的《无字》，王安忆的《启蒙时代》，铁凝的《笨花》，林白的《妇女闲聊录》，孙惠芬的《燕子东南飞》，葛水平的《喊山》，须一瓜的《淡绿色的月亮》，魏微的《家道》，金仁顺的《春香》，戴来的《鱼说》，乔叶的《最慢的是活着》、《失语症》，鲁敏的《铁血信鸽》，张翎的《金山》、《阿喜上学》，严歌苓的《第九个寡妇》、《小姨多鹤》这样一批小说涌到我们眼前时，怎一个“女”字了得？如果单以女性写作的实绩来考察，陈晓明先生的判断“达到了前所未有的高度”就可以成立，可惜他在论文中谈到的四点只字未涉女性文学，可见，真正的男女平等依然任重而道远。下文以个案对新世纪10年女性写作进行简单回顾，并对其叙事特点进行阐释。

一　从一个人的夜晚到世界上所有的夜晚

在女性写作道路上，局限于自身的经验乃最大的障碍之一。从《莎菲女士的日记》、《青春之歌》、《爱，是不能忘记的》、《春天的童话》到《一个人的战争》和《私人生活》，无不显示了“自传”对女作家们的内在诱惑。固然我们可以用“一切小说都是自传”来为她们开脱，但是大多男性作家在让阅读沦为索引或解密的材料方面做得更好一些。

好的文学必定具有超越性，因为“文本是一台需要读者大力合作的倦怠的机器”。[①] 而且，“如果小说不对读者生活的这个世界发表看法的话，那么读者就会觉得小说是个太遥远的东西，是个很难交流的东西，是个与自身经验格格不入的装置：那小说就会永远没有说服力，永远不会迷惑读者，不会吸引读者，不会说服读者接受书中的道理，使读者体验到讲述的内容，仿佛亲身经历一般”。[②] 也就是说作者的叙述世界必定要跟读者的生活、情感世界有内在关联才能引起读者的对话欲望。这就要求叙述者努力突破个人经验、时代、地域等的限制。

迟子建的《世界上所有的夜晚》是一个寄托深、关怀大的中篇，是女性小说在对一己之痛的超越方面做出贡献的标志性文本，显示了女性写作在处理个人生活与公众生活之关系的可能路径。我们都知道，迟子建写这个小说是在她本人丧失爱侣度过了许多以泪洗面的孤单时光之后创作的。中年丧夫之痛没有演化成祥林嫂式的倾诉，而是内化成叙述人对人世无常和现实苦难的理解与担当。迟子建在《我与“他们”》中谈道：“我一向认为，真正的文学是要与‘我’拉开距离的。我与世界应该水乳交融，而我与‘我’应该若即若离，这样，才能保持文学上的一种清醒和独立的认识，保持一分大气。”[③] 显然，作家的这份认知中包含

---

① ［意］安贝托·艾柯：《悠游小说林》，俞冰夏译，生活·读书·新知三联书店 2005 年版，第 31 页。

② ［秘鲁］马里奥·巴尔加斯·略萨：《给青年小说家的信》，赵德明译，上海译文出版社 2004 年版，第 31—32 页。

③ 迟子建：《我与“他们”》，见《世界上所有的夜晚》，花城出版社 2010 年版，第 81 页。

对过往女性文学的警惕。我们可以沿着叙事“即”与“离”的辩证法进入“世界上所有的夜晚”。

小说开篇就将叙事之桩打在忧伤的土壤中，“我想把脸涂上厚厚的泥巴，不让人看到我的哀伤”。哀伤的缘由是跛足驴带走了“我”的伴侣魔术师。魔术师说过“生活不能没有魔术”，这是对我们这个时代的精神真相的指认。太过庸常琐屑的世俗生活、太多莫名的苦难淤积，如果没有魔术给我们带来的新鲜空气和梦幻般的惊奇感，我们的心灵就会枯萎麻木乃至窒息，希望和生命力就会离我们越来越远。后文揭开了魔术师的道具盒上的黑布，下面是一个真实的、寒冷的、浑浊的黑洞。

“我”想去三山湖旅行却被耽搁在乌塘，这里的“天空就像一件永远洗不干净的衣裳晾在那里。乌塘没人敢穿白衬衫，而且，很多人的器官和肺子都不好”。“乌塘的雨是我见过的世界上最肮脏的雨了，可以称为‘黑雨’”。《创世记》中上帝第一天就创造的光明没有留下，只有黑暗。当天上下来的是“黑雨”，此时，黑就不仅是自然的叙述，也是社会的隐喻。

这个矿难丛生的乌塘就是蒋百嫂的舞台。在她尚未出场之前，我已经见到了她沉默的儿子和忠诚而沦落的狗，还听到了一些关于她的流言。事实上，所有这些话语都是男权话语对女性的苛求，而蒋百嫂的纵酒、疯狂及不惜作践自己都是因为她的痛苦被深深的黑暗笼罩着，“天又黑了，这世上的夜晚啊！”“我要电！我要电！这世道还有没有公平啊，让我一个女人待在黑暗中……这世上的夜晚怎么这么黑啊！！”如此激越地争取光明的蒋百嫂守护着一个惊人的秘密——死于矿难的蒋百却不能入土为安。矿难不超过10个人就可以不必上报，官员们为了保住乌纱帽，蒋百就成了失踪的第10个。他坐在冰柜里，不知道何时才是尽头。蒋百嫂也由娇羞变得疯狂易怒，一触即发。当“我”遇到蒋百嫂的夜晚，“我”的夜晚顿失滔滔。“我”的情感被“他们”的更加巨大的情感所裹挟。而对他人痛苦的理解与叙述正是建立在自己独特的伤痛经验之基础上。这就是同情与想象的魔术，使叙述者能够穿上隐身衣在自我与他人之间自由往返。推己及人再由人到己，哀伤经过理性的循环之后成为笼罩整个文本的气息。

频仍的矿难也越来越受到作家们的关注，比较突出的有周梅森的《泥泞》、刘庆邦的《神木》和夏榆的《白天遇见黑夜》，这几位作家都与煤矿有过亲密接触，他们以重书重。女作家较少碰触这个坚硬的题材，正如迟子建在创作谈中说她曾在煤矿“乌塘”采访过近一周但什么也没写出来，因为煤矿于她太陌生了。但是，当丈夫被车祸带走，一个人的夜晚突然降临时，那些他人的夜晚像电一样击中“我”的痛苦；被矿难抛进黑暗中的女人们的痛苦苏醒过来，簇拥着来到叙述世界。在黑暗的最深处，叙述者却看到了光，这光是由爱供奉的。

迟子建以轻书重，小说中“我”想搜集鬼故事，见到的是比地狱更可怖的人间图景：周二是矿难唯一的幸存者，乌塘有许多外地来的“嫁死的”女子带着环结婚，唱悲歌的陈绍纯对家人被自己的画砸死没有一点伤痛，三山湖的小魔术师云岭的母亲与其说死于狂犬病不如说死于节省一百块钱和无知，父亲独臂人因为有钱人要求他用手托着放烟花结果失掉了手臂……死亡之重与死亡之轻交织成一幅让人无言的画。没有哪个鬼故事不是人世间的冤魂游荡以及弱者现实无告的哀鸣。

文尾，“我”与云岭交换生命的秘密、袒露了各自的忧伤之后，云岭带着“我”去一条很远很远的河边放河灯，他为他母亲“我”为魔术师。放完河灯，“我”看到蝴蝶飞舞，就像看到魔术师的奇迹。迟子建在写作这部作品时试图为自己的伤痛找一个排遣的出口，最终，忧伤的开篇、痛苦的夜晚获得了诗意的升华，爱比死更有力量。爱与死是生命中最极致的风景。死亡可以掠夺我们的爱，但爱可以战胜死亡，将我们的灵魂度向永恒。人间百味由此参透。对灵魂的信仰也成为支撑其叙事世界的横梁。

小说如何超越个人的哀伤，叙述者的想象就像魔术一样使自身的经验渗融到广阔的社会经验中，使读者能够认同叙述而不再是廉价的同情。迟子建的创作从自身巨大的生命创伤出发，但是，她没有就此停留，她痛定思痛，她远游，让自己裸露的伤口与社会的广大的伤口相逢，“自我”之轻融入“大我”之重，白天背后的“夜晚”凸显，叙事举重若轻地介入我们时代的现实。此时，还有谁可以漠视这种女性轻逸笔致后面的精神重量。

如果说《世界上所有的夜晚》对准的是我们的肉身之痛的话，《第三地晚餐》则写出了我们时代的精神之苦。消费社会是一个“欲望并不欲求满足，欲望欲求欲望”的社会，喜新厌旧就成了必然的精神表象。“第三地”是个象征，家和办公室之外的别处在召唤着我们，让我们欲望翻腾。熟悉的生活让人厌倦，追新逐异是这个时代快速发展的动力，也是我们渴望的生活方式，上至“我”的衰老而猥琐的老父亲，下至青年一代杰出设计师徐一加，他们不约而同地在陌生的异性的身体上寻求刺激。“我”在单位受委屈，到家后并没有得到丈夫的抚慰，分房居住的结果是丈夫周末去了“第三地”，“我”随后也报复性地离家出去，但是，我并没有享受到报复的快感，我见到了贫贱夫妻的艰难相守，此刻，朝秦暮楚是多么浅薄。在一对夫妻感情分崩离析的过程中，时代的精神镜像险象环生，频频以新闻的方式与我这个新闻从业者相遇。我和先生在遭遇了百转千回的痛苦和误解之后坦诚相对，在他的病床边，“我”履行的不光是妻子的义务，而且是爱人天使般的抚慰。

迟子建以叙事之刀划破了时代丝绸般光滑柔软的表层，让我们窥见欲望的深渊、黑暗中色彩斑斓的残酷。迟子建的叙事充满对弱小者、边缘者的关注与同情，她的《一坛猪油》、《布基兰小站的腊八夜》、《额尔古纳河右岸》等近作得到普遍的赞赏。还要特别提到迟子建对动物和植物的感情，牛、狗、猫、花、鸟、草、虫都栩栩如生地活跃在她的叙事世界，这是一位作家对世界盛大的爱，也是作者让叙事超越故事的一种努力。迟子建的小说故事起伏跌宕，但她的笔触并不完全围绕故事旋转，她笔下的人物除了与人相处之外，还与广大的自然界有各种各样的情感联系，所以文本充满温柔而润泽的光辉，氤氲着百草的馨香。

迟子建的写作既处理人与自我、人与他人的关系，也精心地处理了人与自然的关系，这是女性作家细腻的用心、敏锐的感觉和充沛的情感带给文学的礼物。同时迟子建努力重建人文与自然的血肉联系也是对20世纪过于轻视自然的反抗。

二　权力小孔成像

自20世纪90年代以来，《国画》、《羊的门》等官场小说（反腐小说）一度兴旺，在大部分男性作家笔下，叙事镜头对准的是官场的沉浮。权力被单向度叙述，被物化为一个可以被据为己有的事物。一旦权力的张力丧失，我们对官场的想象就被概念化为送礼行贿、宫闱、溜须拍马、虚伪等概念化的事物，官场的黑暗与料峭直指经济数据。一次比一次更高的受贿额度的新闻报道左右了我们对权力的换算。

福柯在对话语/权力模式进行研究后指出权力是一个永远处于紧张状态的活动之中的关系网络。女性作家对权力另辟蹊径的叙述丰富了权力的关系网络，如魏微的《家道》有意让权力缺席，乔叶的《失语症》则让权力处于悬而未决的紧张状态，《喊山》则让权力意外中断。

《家道》在叙事结构上与王安忆早期的作品《流逝》一脉相承。《家道》避开了浮在权力表面的荣华富贵，从父亲受贿入狱家道败落之后正式展开对世道人心的细致描绘。像《流逝》中欧阳端丽积极应对“文化大革命”这场突如其来的灾祸一样，《家道》中母亲在世事沉浮面前表现出来的坚韧、精明、审时度势无不让人刮目相看，文本涉及人伦和情感的议论也显示了作者的识见。

权力究其本质不是一种具体的可掌握的物而是一种特定关系中的话语权，一旦我们丧失了话语权，经济权力也就会形同虚设。《失语症》驾轻就熟地从一个并无角色认同感的“官太太”的幽暗心思入手，慢慢抵达官场的中央。随着权力者遭际的一波三折，由此牵扯的社会关系相互牵扯之微妙一一凸显。小说开篇即是“官太太”尤优对离婚的盘算，感觉的真实正在努力试图克服世俗的价值观，丈夫李确为了自己升迁的顺利，不让尤优从事自己喜爱的工作，她的工作迅速缩小到蜗居在家看送来的礼品的保质期及其处理。就在尤优每天进行内心殊死搏斗准备离婚去争取自由生活的时候，李确出了车祸。她只好将那些就要蹦出来的念头压在心底，开始全心全意伺候李确这个曾经权力在握如今动弹不得的病人。叙述以护士帮他冲洗下体而他浑然不觉的场景突出人的物质性的脆弱。

在李确疗伤的过程中，尤优亲身经历了一场“人事战争”，如何应对上级、下级、同事、医务人员、亲戚及情人……而李确职位的竞争者吴可非恰恰又是曾追求过尤优的前情人。在这场没有敌人却危机四伏的战争中，尤优近距离地看透了人世间的权力关系，曾经被官员身份遮蔽的世态炎凉一览无遗。车祸使得身份的藩篱更加触目惊心，“尤优明白了：以前李确当官，她是以老百姓的态度看待李确。现在，李确躺在病床上了，也许以后就不是官了，她又开始以官太太的态度来看待那些送礼的人。她的态度，总是那么不合适。和李确不合适，和送礼的人不合适，和官里官外的人都不合适。”

流动性的权力辐射开来，各种力量开始博弈。李确这样一个前途无量的官员的车祸不仅牵涉官场内部的搏斗，而且将整个家族与熟人都席卷而入，印证了马克思所言“人是社会关系的总和”。才 9 岁的儿子似乎一瞬间就长大了，尤优的哥哥无赖的本性原形毕露，颇有曹七巧哥哥的遗风；李确的哥哥李定倒是立场坚定地陪着尤优应对这场没有硝烟的战争，他们不仅是亲兄弟，也是多年的权力关系缠绕的利益共同体。

当李确的生命摆脱危险大家都要松口气的时候，却发现他患了失语症。于是，权力场的灯光再度黯淡。叙述长驱直入，聚焦于患失语症的李确的心。他不能用正常的语言来表述他的愿望，他把自己的心思转化为实际行动。是在这个时候，李确表现出惊人的“权力意志”，他倔强地认同自己的权力关系。长年的官场生活已经修改了李确的人生，时至今日，没有了权力就没有李确，二者互相内化互相认同。权力已经从内部掠夺并改变了一个人，李确无法生活在权力场域之外。而失去话语能力就无法获得话语权力，对权力关系的渴望和捍卫极大地促进了李确的失语症治疗效果，权力欲望使他创造了医学奇迹。最终，尤优靠了情人程意的关系网帮助李确达到升职的目的。

很有意味的是，叙述既没有简化权力也没有简化人物的心灵。几个乡村干部自筹一笔零散的数额很小的钱来探望李确以表达对他修路的感恩之情，小小的细节维护了李确人性的形象。事实上，李确出车祸也是因公，而且他家规严格并不贪婪。可以说，李确是一个优秀的人民公仆。同时叙事揭示了在现行体制下官场的一些潜规则和不当官则无法办事的奇怪现状。面对体制这堵高墙，所有的人都无一例外地具有弱者的地位，权力的流动性使现代社会变得迷离复杂。

《失语症》敞露了男女对于权力的不同态度。是在伺候官员和病人的过程中，尤优对自己想要的生活有了前所未有的清醒，最终爱促使“自我”觉醒，使精神克服物质，尤优选择了与世俗和权力相悖的结局，她带领我们回到内心的真实，回到个性的存在。爱不服从俗世的法则，不断地向精神性的“我”靠近。文本显示了一系列错位：身份与内心的错位，爱与欲的错位，语言所指与能指的错位，记忆与话语的错位。

《失语症》从一个很小的切口进入时代的核心——权力！当一个曾经拥有权力的官员生命垂危时，他是那样脆弱无助；一旦他的意志苏醒，立即表现出对权力关系网络的精心维护，他凭权力意志突破了语言的障碍。话语与权力结构的深层关系被无心插柳地揭示出来。权力具有一种裹挟人生的力量。这是文本通过车祸尤其是失语症这一意外插曲展示出来的深渊。

乔叶对话语与权力的思考使我联想起葛水平的《喊山》，两个文本异曲同工地指向权力的“紧张状态”。葛水平以典型的女性方式进入乡土中国这种超稳定社会结构之中——“现在得讲个安定团结，安定不团结不行，团结不安定也不行。咱们这沟里多少年来除了上边有指示发动不安定，咱们永远都是安定的。”

乡土中国的现代转型改变了女性的命运。《甩鞭》曾以地主家的“小”的命运起落揭示了被政权颠倒地位的女性们的幽暗遭遇，《喊山》延续了她对沉默的女性的思考。喊是山村最主要的话语方式，韩冲与他的相好就是在“喊”中留下暧昧的消息，这和都市借助现代科技的幽会方式有着天壤之别。腊宏带着一个“哑巴”老婆和一家子到山上来，就住在韩冲的驴子拉磨的房间里，过与山里人全然不同的静默生活。韩冲炸獾却意外地炸死了腊宏，熟人社会的处事方式使他们对法律一无所知，所有“公家的”在他们眼里都是“麻缠”，与人情世故相悖。乡村习惯性“私了”使这个长期生活在腊宏阴影中的“哑巴”走进生活中央。为赔偿韩冲去跟自己的老相好借钱白费了口舌，哑巴用书写的方式执意表示不要韩冲的赔偿。韩冲带着愧疚和山里人的实诚照顾她们母子，“哑巴”的世界翻开了新的一页，当腊宏真的死了，“哑巴”红霞依然很恍惚，送葬时她才切实地感觉到自由，她开始欣赏山上的风景，生活变得新奇，重新有了颜色。同时她开始叙事：她还在上小学五年级的时候就被骗，从此生活在打死了老婆的腊宏的暴力和幽闭中，他打掉她的门牙来威胁她。在他的转述中，她变成了“哑巴和羊癫疯患者”。红霞从没想到自己还会有自由，当她试图再度开口讲话时，她甚至开始怀疑自己是否还有使用语言的能力。语言这个“人造物”反作用于人自身。

患失语症的李确对语言的积极态度和红霞对语言的游移态度形成鲜明的对照。女性在使用语言时仍需要男性的恩赐，因为语言本质上是男权话语的造物。韩冲被警察带去审讯，他让探望他的父亲捎话给红霞“韩冲要你说话”，于是，整个山坡在红霞充满希望的眼中变得五彩缤纷。在红霞生命中两次最重要的拐弯中，是以说话为界的。当她被腊宏骗去之后，她被男性的暴力变成了哑巴；当腊宏死后，韩冲因为爱而要她说话。在此，女性是个被动物，她能否拥有话语权在于她碰上了什么样的男性，就像《青春之歌》中林道静呈现什么样的社会身份也看她跟什么样的男人在一起，当她跟余永泽生活时，她就是一位小资产阶级知识分子，当她追随卢嘉川，她就成长为革命者。林道静的身份不是自主的，她的主体性的建立依靠男性的点拨和启发。

“喊”与“哑巴”构成了具有张力的叙述空间，韩冲的相好与红霞对爱的理解及其处世方式形成对比。这是文本的深刻之处，是一位女作家对乡土中国的理解，对大山般沉默的女性的同情。在《失语症》中，现代生活中男性的权力依赖语言；在《喊山》中，前现代社会中男性的权力可以使女性失去言说。两个文本意外地揭示了话语与权力的关系及作为其本质的权力如何依赖话语运转。对权力的强烈认同使失语症患者李确创造了语言能力恢复的奇迹，而对男权的恐惧使红霞在腊宏死去后依然怀疑自己使用语言的能力。

与红霞这种被拐骗的命运异曲同工的是严歌苓的《谁家有女初长成》中的潘巧巧，由于对深圳这个改革开放的符号的向往而被拐卖，她成了两兄弟公用的老婆，其中一个还是傻子，这使忍无可忍的巧巧拿起了刀，犯下命案的短暂的逃亡途中，在一个九年没见过女性的兵营里，巧巧得到了爱的温暖和逃亡人生的短暂安慰，很快通缉令就到了。如花似玉的巧巧要为她单纯的对远方的向往和对法律的无知付出金贵的生命，兵营里温暖的呵护时光成为巧巧这颗流星最后的停泊地。

男权的万花筒通过叙事的小孔成像，这个真相就是政治上倡扬的“男女平等”与具体的日常人生相去甚远。男女平等要成为切实的意识还有漫长的道路，当下生活中，女性依然处在双重的矛盾中：一方面，像所有人一样接受沉重肉身对飞翔灵魂的制约，另一方面，女性还要承受无形的男权的压制，而这恰恰是男性叙事有意无意回避的部分。女性细致耐心的凝视发现了男性所忽略的叙事景观，这也是女作家以女性的方式介入现实的写作情怀。

三 现实与历史的纠缠

女性作家处理历史的方式从来不是“正面强攻”，而是通过小径迂回前进。无论多么宏阔的历史最终要落实到普通人的日常生活，落实为真切的细节和命运，这既来自女性的生活经验，同时也来自女性对宏大叙述的怀疑。历史至少主流仍是宏大叙述的结晶，话语权一直由胜利者所把持。

从叙事的物质外壳看，《锈锄头》是当下随便一个入室抢劫案的翻版，这种故事模式在今天的小说创作中非常普遍。但作者的重点并非谴责社会世相，而是别有用心地将叙述重心拉回过去让历史呈现，通过知青这个角色和今日农民的对比反射出近三十年来中国农村的沉重现实。

曾当过知青今日的成功男士李忠全和入室作案的民工石二宝所处的地势两度掉个儿。锄头等凶器在握成为他们话语权的源泉，在这个只有两个人的世界里，权力关系回到最初的原始的状态，即身体本身所拥有的力量。当石二宝拿着刀片对着气势汹汹的主人李忠全时，李忠全顿时陷入困境。为了延缓时间，也的确在回忆人生时动了真情，李忠全极度投入地叙述过往，乡土经验拉近了他们的心理距离，他们忘记了彼此的身份和地位的巨大隔阂，还有时间的巨大错位。知青见证的是 20 世纪 70 年代闭塞的乡村，熟人社会虽然贫穷但是淳朴、诗意、热情洋溢。而民工石二宝诉说的是今日的乡村，贫穷依旧，希望却荡然无存，乡村已经成为丧失灵魂的家园。

意味深长的是，对于不在场的女人小青来说，他们两个人的行为的本质是一致的：石二宝是偷物质的人，而知青李忠全是掠夺青春的人，尽管他给予了金钱的补偿，但是他们的爱欲只通向性而不通向婚姻，没有明天，甚至，李忠全的身体也不能满足她此时的情欲。石二宝在偷金钱的时候获悉了她的经济和生活秘密。

20 世纪，现代民族国家的建构成为核心事业，乡村在城市化的旅途中日益被符号化了，像鲁迅的《故乡》所示，乡村是回不去的。一声“老爷”的障壁拆断了返乡的桥。乡村的诗意只适合在城市的防盗窗内回味，被当成消逝的谈资才具有转瞬即逝的存在价值。城市表面的拥挤、喧闹与内里的冷漠构成“恶之花”，这才是活力的象征。

锄头这个农村的最普遍的劳动工具与城市的豪华套间是多么不协调。它固然伴随着主人的青春记忆，凝结了主人纯朴的乡村情感，最终，它由知青和农民交流的道具变成了杀害农民的凶器。一个入户偷窃的农民与一个豪宅的主人之间隔着一把锄头生锈所用的时间。真正的农村已经被现代生活所屏蔽，他们被现代性抛弃了。

知青回到城市，他就可以依凭自身的城市身份重新得到发展的契机。而“乡亲”到城市却难以谋生，户籍把他隔在千山万水之外。城市吸纳了他的汗、血甚至生命却并没有宽容地将他纳入自己的怀抱。往日的知青能够同情今天的农民，但是，当两个人的力量发生明显变化时，知青才有主动挥动锈锄头的权力。今天农民如果仍守在农村，他就只能靠着锄头穷死，到了城市，他们卖苦力、捡垃圾乃至偷窃，无论何种方式他们都不能融入其中。石二宝的命最终丧在了他为之动情的锄头底下，这难道不是农民工的一种宿命吗？这是《锈锄头》为现代生活敞开的裂缝，也是乔叶对当下城乡现实的认知。

四　祖母是叙事的源头

乔叶的《最慢的是活着》叙述的是无名的祖母。当事人故去之后，历史的真相并不会尘封，故事仍然可以飞扬流转。祖母具有肉眼所见的生命起源的意义，选择她作为叙述对象是为了拉开时间距离，打开叙述空间。祖母为“我”取名“小让”就是为我求得平安，使祖母的命硬不再在我身上重复。祖母在漫长的曲折的生活中积累起阴阳相生、刚柔相济的哲理，她是从自身经验中直接把握这些道理的。所以，“我”以为的新时代、新事物在祖母透亮的心里没有任何秘密可言，“太阳底下并无新事物”。祖母对事物的洞悉有如神明，祖母的背后也有整个时代的身体的、情感的历史。历史并没有灰飞烟灭，它与每个沉默的个体背后深广的生活息息相关。“我”的命运植根在祖母的命运中，传统从来没有消失，与我们有千丝万缕的关系。生活表象日新月异，内里却千古如一。“今人不见古时月，今月曾经照古人”，过去依然在暗中统治着现在，它是当下的根部深处的泥土，就像无限对有限所具有的优越性。今天的生活总是会曲径通幽地抵达传统，生活的全部用途就是进入历史。乔叶对当下的叙述以亲切的方式敞亮历史。

在衣向东的《阳光漂白的河床》中，祖母成为传统的乡土中国的寓言。她们的经验与情感正在被孙辈无情地抛弃。城市里孙辈在母亲科学化、现代化、制度化的教育观念下茁壮成长，乡下的祖母越来越成为符号和象征。孙辈与祖母的情感隔阂既是今天的城乡差距，也是前现代与后现代生活方式的差距。祖母虽然是我们的来处，但她就像昨天的一页书，必定要被今天覆盖。河水无情地冲刷“河床”。衣向东的《吹满山谷的风》也在一定程度上涉及不同生活方式之间的距离，几位士兵驻扎的山头就像古老的乡土中国，而他们复原后要回到的外面的世界却在发生日新月异的变化。

回民作家马金莲的《坚硬的月光》同样是叙述祖母的故事，却在一定程度上给我们提供了陌生的阅读感受。爷爷和奶奶辈的爱情故事总是要走向幽深的丛林，在这种“男主外、女主内”的生活模式中，奶奶寡言少语的生活、坚韧沉默的性格比千言万语更深地嵌入民族文化中央。“在奶奶眼里，人，牲口，还有庄稼，什么都是一样的，是不可以轻视和糟践的。”这种素朴的信念不仅支撑起奶奶悠长坎坷的人生，即便是来自爷爷那里的最难以忍受的羞辱和妯娌之间最寒冷的嘲讽在奶奶无边宽广的心田里也会化为烟尘；同时祖母的忍耐像一盏昏黄的灯照亮家族渡过漫漫长夜。

沉默的祖母成为叙事的源泉，这不只是女性的叙事策略，也是她们对历史的认知以及对女性历史主体性建构的努力。只有当女性的主体性被建构起来，历史才会变得完整、丰满和生动。

经过“一个人的战争”之后，新世纪女性写作已经度过了最艰难的关口。林白以主观性叙事强硬地建构起来的女性主体性已经内化为女性叙事的自觉。新世纪，女性作家正尝试以心平气和的姿态与男性作家共同分享20世纪的叙事成果并拓展可期待的精神世界。鲁敏的《铁血信鸽》、须一瓜的《太阳黑子》展示了女性作家有能力跨越性别的藩篱。李敬泽评论须一瓜“以末条新闻写头条小说”，其中的奥妙是须一瓜将笔对准未曾浮出水面的“冰山”，在对男性的理解方面显示出了母性的悲悯、仁慈与宽广。

女作家在书写普通人、边缘人、卑贱者以及介入当下现实方面做出的贡献是新世纪文学中不可或缺的部分。瓦特在《小说的兴起》中写道：“小说对普通人日常生活的深切关注，似乎依赖于两个重要的基本条件——社会必须高度重视每一个人的价值，由此将其视为严肃文学的合适的主体；普通人的信念和行为必须有足够充分的多样性，对其所作的详细解释应能引起另一些普通人——小说读者的兴趣。”[①] 女作家对日常生活的关注恰恰与20世纪90年代以来的社会转型密切相关，这种转型凸显了个人价值、欲望的合理性，使文学叙事获得一种深度的解放。民族国家的关怀可以植根于个人生活之中。

女作家努力指认宏大叙述话语中的虚妄与遮蔽，打开日常生活中的丰富性、幽微性与诗性。她们对爱的真诚信仰流淌在叙事

① ［美］伊恩·P.瓦特：《小说的兴起》，高原、董红钧译，生活·读书·新知三联书店1992年版，第62页。

中，使文学重新变得亲切、温暖。女性写作的触手可及使她们获得了广大读者的共鸣，她们迂回的介入、切近的叙述不为解构，不为颠覆，只为敞亮。

第二节 在历史的怀抱中飞翔

20世纪文学史的一大特点是女性话语的确立，但是，相对于几千年的男性写作历史而言，这种站立仍然是脆弱的。新世纪，随着《伪满洲国》、《致一九七五》和《笨花》等作品的出现，女性参与历史的热情日益高涨。叙述自身已经成为女性叙事的特点被文学史所接纳，但女性如何叙述历史依然是个有待争议的问题。将历史落实为细节、落实为日常生活是否是一条有效的道路？这也是林白给我们的思考。

林白的新作《致一九七五》分为《致一九七五》和《漫游革命时代》两个部分，前者带有个人回忆录的性质；后者叙述的是知识青年下乡改造的农村生活，而且这种插队的生活被叙述者的“狂想”气质所附着，不同于过往知青小说的苦难或诗意。

自《一个人的战争》发表以后，林白就被牢牢地贴上了“个人化写作”、“私人化写作”的标签；直到10年后《妇女闲聊录》的出版才让大家松了一口气，觉得林白终于从闺房中勇敢地走出来了，走到了一个风雨雷电兼有的现实的女性世界中。可是，这口松了的气还没有安稳地落到腹腔，林白又推出了她的新作《致一九七五》。这部前后历时10年、写作时间跨度非常大的文本叙事上完全依循回忆的特点：舒缓、闲散、宛转，有如日常流水，到了一种彻底轻松彻底自由的挥洒境界，时而蜻蜓点水，时而浓墨重彩，随情绪流转。宏大的革命事件被付诸日常流水及个人记忆中零落的碎片。这两部小说一起打乱了林白往常的写作节奏，打乱了我们对她的阅读期待，也打乱了我们对于小说文体的理解以及对故事和真实的追求。同时它与林白既往的作品一道构筑致命的飞翔，被翅膀深度诱惑。

一 回忆与历史

历史是那样地整齐而必然，记忆却如此地琐细且偶然，然而光辉的历史正是通过琐细、跳跃甚至残缺的记忆获得生命，只有唤醒记忆之真才能通往历史之美与重，因为记忆意味着事实和责任。美学家高尔泰在《又到酒泉》一文中说："如果没有记忆，也就没有事实。"关上记忆的闸门，事实就会消失，历史就会黯然，责任就被遮蔽，就像我们在血淋淋的场景面前下意识地闭上双眼一样。

林白的回乡不经意地触动了记忆的雷管，于是，叙述之门顺手推开：

> 再次回到故乡南流那年，我已经四十六岁了。
>
> 南流早已面目全非。我走在新的街道上，穿过陌生的街巷，走在陌生的人群里。而过去的南流，早已湮灭在时间的深处。

这个开篇为叙述者确定了回忆的视角，还有一个阔大的时空。"四十而不惑，五十而知天命"。四十六岁介乎二者之间，从不惑从容地走向天命，这个年龄奠定了全篇不慌不忙的叙事基调，但回望的是三十年前的青葱岁月，是面目不再的故园、故人故事。"新的"、"陌生的"拓宽了这种与故乡的距离感，一切的事物的面貌、意义乃至真相都像内心的故乡一样发生改变，今非昔比、物是人非这种陈旧的感慨难免不泛上心头。华莱士·马丁在《当代叙事学》中提醒我们：重要的是时代的叙述而不是叙述的时代。时光不仅改变着叙述者李飘扬，也改变着她的记忆以及记忆中的人物。在这个意义上说，我们读到的《致一九七五》不再是历史上的 1975 年，而是 2007 年回望中的李飘扬的 1975，是林白一个人创造的 1975。她曾在不同的文本中提到 1975，她将它当成一个标志性的符号。博尔赫斯说，记忆总是固守着某一个点，那么在林白这里，1975 就是记忆环绕的这个点。18 岁的成年礼总是那样叫人难忘叫人回味。岁月最是无情物，它不带表情地流淌。时光的旋涡不仅使南流在其中走样了，也使她的 1975 在不断的冲洗中走样了。

历史上的 1975 年也许并不比别的年份更为特别，不过它多少有了点转折意味，知识青年的高中因下乡而不成样子，他们的下乡因为有人告了御状就与往昔物质的苦难相去甚远，精神上的迷茫却在继续。乡下日出而作日落而息的生活一如既往，并没有因为“知识”的到来而有太多变化，对整体的乡村生活来说，知识青年的到来就像小鸟飞过天空时振翅扰动几圈涟漪然后复归平静，但对于个别青年来说，却可能别具意义，比如二翠，她对赵战略既不会有结局也不会有过程的单恋却在心里绵延，谁能说这不是一种更深维度的革命呢？对于单个人来说，爱具有至高无上的价值，爱和被爱也许就是命运的圆心，其他的一切只是围着圆心旋转罢了。

1975 年之后的下乡多少带着游戏的成分，此时的知识青年大多也不过把下乡看成“十八岁出门远行”，城市才是他们身体的归宿，乡村只是生命的驿站，他们的所作所为简直就与领袖的要求背道而驰，总而言之就是告别农村，回到城市。毛主席的语录依然不时而至，可能还带有某些地域理解和想象上的偏差，但被叙述者记住的似乎是那些于己有利的顺耳的断章。宏大的事物在每个人的记忆中总是呈现出不同的偏差，视角决定了叙事面貌。从这个意义上来说，林白的叙事也在消解革命、消解主流意识形态。

叙事逆着走样的时光回溯，班主任孙向明成了打通青春世界的纽结，他的正牌学历，他的异地身份，他的军装、性感的人字拖鞋、印着喜字的脸盆、他的排球、他的梅花党的故事……无一不沾染着爱情的光芒。所有的青春期的姑娘不约而同地明恋或暗恋着这位外地来的老师。不过他只是昙花一现，姑娘们又陷入各自的情感秘密中。然而昙花到底是昙花，一现也别具惑魅。孙向明有意无意地没有跟同学们告别，姑娘们仰起头也见不到梦幻中的白马王子，操场上的喧闹、课堂上的激情全都失色，但是各种消息依然沿着不同的校园小径穿行而来。孙向明的名字依然像炮弹一样点燃每个人心中的情感世界，她们小心守护着这个秘密腹地又忍不住要互相分享。生活就在这种晦明中匆匆向前。

“我”的情同姐妹的朋友雷朵恋爱了，为了一个“游手好闲”的喻章而不顾一切，勇往直前，直至消失在世俗生活的尽头，“我”探长脑袋也看不到她的背影，只能回忆起她的声音和模样：“那是最灿烂的日子。空气中满是蜜蜂的声音，甜丝丝的，纯金般的音色终日缭绕。”并发出无奈的叹息：“即使找到了雷朵，我们精神上也早已远隔重洋。雷朵啊，李飘扬，时光夺走的东西，就再也不会归还你们了。”

孙向明，我们中学时代的轴心，调回他的家乡了，从此不再谋面。

雷朵，为了爱情抛弃了事业，为了一个人抛弃了整个社会。

安凤美，她的电话因欠费而停机了，联系不上。

离多聚少。这就是人生的常态，经常会有熟人旧友消失在人海中，就像水淹没在水中、沙跌落在沙中一样踪影难觅。只有回忆是他们曾经存在的依据，而这些被记载的片段则像票根一样被保存下来。时光总是匆匆向前，而人心却会见缝插针地后退，退到有障碍物的地方方能打住。这些阻碍人心的记忆纽结让人沉醉的细节就构成了个人的内心史，它属于历史却不同于历史。历史追求的是意义，个人史讲究的是趣味。历史绝大部分的体积被宏大事件垄断，而个人史大部分被卑渺的生命细节所占据，就像李飘扬关于玉林的记忆不过是吃米粉时那只底部有一个小孔而漏汤的碗。如果这是一只完整的没有一个小孔的碗，那么叙述者的记忆如何承载南流人们对玉林这样一个让人向往的大地方的想象？米粉碗底的小孔裹挟着米粉的气味打通了玉林的记忆甬道。这个让人牢记的小孔是否也像通向记忆世界的防盗门上的小孔，我们只能通过这一小孔朦胧窥见无法真实触摸的记忆海洋。

二　个人与社会

在个人内在生活的核心中，永久地居住着一对矛盾——身体与灵魂，本能与信仰、个人欲望与社会道德之间的搏斗与人类的历史一道延绵。林白的写作有效地呈现了身体依循本性对披着神圣面纱的宏大事物的反抗，呈现对“飞翔”状态的向往，写作在她看来正是飞翔的脚注之一：“飞翔是指超出平常的一种状态。写作是一种飞翔，做梦是一种飞翔，欣赏艺术是一种飞翔，吸大麻是一种飞翔，做爱是一种飞翔，不守纪律是一种飞翔，超越道德是一种飞翔。它们全部是一些黑暗的通道，黑而幽深，我们侧身进入其中，把世界留在另一边。”[①]“狂想”也是一种飞翔，就像堂·吉诃德那样举起长矛冲向风车，让自由战胜现实的世俗桎梏变成内心的真实。自由历来就是生命的首要诱惑，不仅对身体

① 林白：《守望空心岁月》，花城出版社1996年版，第238页。

而且对心灵。对自由的歌咏构成了文艺真正持久的主旋律，尽管自由和主旋律都是被滥用了的符号。在诗人裴多斐看来自由值得人付出生命和爱情的代价。自由的价值越高，通向它的阻力也就越大，正如卢梭在《社会契约论》中所言："人生而自由，却无往不在枷锁之中。"枷锁在林白这里就是维持平常的力量，而飞翔才能打破平常，通向自由。

超出平常和维持平常是两股同时潜在的制约力量，它们互相搏斗也互相妥协，个人性往往要求一个人离开现实的轨道振翅飞翔，而社会性则要求其成员墨守成规，维持常态。无论个人性如何强大，每个人都或多或少地面临着社会性对于个人性的压抑。但成就命运的个性，往往在最关键的时刻脱下社会性的华美和服，显示出自身的真相以及携带着密码和力量。而且正像作用力和反作用力成正比一样，越是在社会控制作用严苛的时候，这种个人性的反叛力量也越巨大。

在主人公李飘扬的成长道路上，孙向明和安凤美是影响最大的两个，也是不同的两极。为人师表的孙向明代表着激情和理想，他的个性完好地承载了社会赋予教师这个角色的责任和魅力，可以看作社会性的正极；而安凤美则代表着社会性的负极，她展示了个性的奇异、茁壮与美，她表达的是完全个人的气质，我行我素，社会性在她的范围内失灵了，她仿佛是天外来客。社会总是力图管理、规范和钳制每个人，但它并不能彻底战胜个人性的对抗作用。正如涂尔干在《人性的两重性及其社会条件》中的论述：

> 在人类身上有两类意识状态，它们在起源、性质和最终目标上都互不相同。其中的一种状态仅仅表达了我们的有机体以及与有机体最直接相关的对象。这类意识状态具有严格

的个体性，只与我们自身有关，我们不能让它们从我们自己身上分开，就像我们不能把自己同我们的身体分开一样。相反，我们的另一类意识状态却来自社会；它们把社会转移到我们身上，使我们与某种超过我们的事物发生关系。它们是集体的、非个人的；它们使我们转向我们与其他人共同拥有的目标；正是通过这类状态，而且只有通过它们，我们才能与别人交流……一个是扎根于我们有机体之内的纯粹个体存在，另一个是社会存在，它只是社会的扩展。我们所描述的对立显然起源于它所包含的要素的真正性质。我们列举的例子是感觉和感官欲望与智识和道德生活之间的冲突；显然，各种激情和利己主义的倾向都来自于我们的个体构造，而我们的理性活动，无论是理论上的还是实践上的，都依赖于社会因素。我们经常可以适时地证明，道德规范是社会精心构造的规范；它们所标有的强制性质只是社会的权威，这种权威能够传递给予之有关的一切。①

正是社会性与个人性之间永不间歇的运动形成了社会稳定的杠杆，维持着社会的常态，其内在的平衡不在于人数的多寡，而在于每个人内心力量的合力之大小，所谓民心向背即谓此。社会性无处不在，个人性恰如春草。他们虎视眈眈同时彼此渗透，最终短暂妥协，社会性选择了主流，并通过主流影响大众，形成时代的精神河床，流经安稳庸常的日常生活；而个人性剑走偏锋，成就了河流中巨大的旋涡，成就了生命最隐蔽最饱满的汁液，像夜间群星中最亮最孤单的那颗星，其散发的清辉让人炫目却又让

① ［法］涂尔干：《乱伦禁忌及其起源》，汲喆等译，上海人民出版社2006年版，第187—188页。

人忍不住要抬头仰望，给夜勇气，给人力量。

个人到底是活在日常生活中还是活在跌宕的革命事件中？个人与社会的关系如何？人生与历史的通道在何处？林白无意于回答这些问题却通过叙述呈现了自己的想象。有些人天生是为了故事甚至事故而来，他们被口头讲述、被记忆或者被记载被怀念，比如孙向明、安凤美、雷红、雷朵；而更多的人只是汇聚成时代的基石，他们内心也向往自由却耽于行动，他们的脚步止于幻想，更多时候他们无意识地被时代的洪流挟持着，就像李飘扬们的积极应考挤独木桥。人生像谜一样吸引着我们，最后却很可能图穷匕首见。一个班级是这样，一个社会也是这样；一个地区是这样，一个时代也是这样。在生命的过程中，我们是懵懂的，而隔着时光的面影回望，事物会露出蒙娜丽莎式的迷蒙隐约的微笑。

三 通感：人的感官以及人与物

最后，我要特别提一提林白的通感——这可能也是她的写作秘密和她的写作动力。这种“狂想”所致的通感构成了她的语言奇观，构成了她独特而丰富的意象世界：色彩斑斓、浓烈，气息馥郁，芳香缭绕，让人沉浸并吐纳。

我相信不止在写作的瞬间，而是在所有生活的时刻，林白开放着自己所有的感官并完好地储存着这些信息，她不要归纳，不要分门别类，不要理清头绪。这时候，眼睛、耳朵、鼻子、舌头和皮肤一起张开，接受各种信息的刺激，那些微妙处让她会心；视觉、听觉、嗅觉、味觉、触觉的交响曲齐奏，错综复杂的感觉蜂拥而至，互相通达互相传递互相缠绕。回到写作的时刻，叙述者只是忠实地支取其储蓄的百感交集的记忆，以声音来叙述视觉，以颜色来替代味道，以气息来抚慰饥渴……有时还会变本加厉，夸张、演绎、想象、变形，百般齐来，似乎混乱然而却更真实，鲜花以及一切美好的事物不是经常像美食一样让我们垂涎吗？

在下部《漫游革命时代》，林白的通感范围极大地扩张了，不仅仅是人的感觉能够相通，就是物——动物乃至植物统统被具备了人的灵性和感觉，一个麻袋也能讲话，一头猪也能像主人一样追求自由，一条通向远方的小路也能与行人对话，一只公鸡恰如一个贴身保镖。这些对物的叙述在小说中闪闪发光，照亮了整个叙事情境。我不愿意将此简单地看成拟人的修辞手法，更愿意将它看作是物和人的情感相通，看作林白独有的叙述世界，在这个世界里，万物有灵，万物花开。一旦物拥有了这种通感的可能，它就拥有了与人同样的主体性，它就拥有了被叙述的权力，它们也要自由，它们也要反抗死亡追求精彩的生活。菜还是草、花还是药、鸡、猪、牛屎、猪屎都获得了相应的温度，它和人一道展翅飞翔。

人和物的对应关系就像舞台上的演员与他的道具，道具是角色的符号和象征，道具甚至比演员本身更长久，比如文本中的“我”正是因为竹喷筒才记住了宋谋生，因为这个小小的自制的有点粗糙的竹喷筒，平常得可以淹没在人海中的宋谋生才可能蛰居在李飘扬的记忆中，并穿越 30 年的时光来与她的叙述相逢。又如“我”和特立独行的小刁、孙向明和排球、张飞燕和座位表、安凤美和二炮、赵战略和蘑菇都有着某种难以言传的关系。在文本中，物是沉默却又有灵性的，它跟懂它的心对话，它不需要语言却能理解人的感情。当人需要倾诉秘密的时候，物是多么称职的对象，它静默、安稳，从不出卖人的秘密，无论秘密的轻重等级，它一律照单容纳。在人多情的视角中，物和人心情相连，气息相通。

隔着三十年的日月，重新回到当年，叙述者依然能够依凭身体的记忆渐次开放，带着细节带着时代的总体气息纷至沓来：观看、抚摩、呼吸、倾听、回味……历史究竟是什么？是口号、精神、主流意识形态、宏大叙述还是个人的情感、创痛、爱和沉甸甸的生命细节？叙述者跟随意识的流动，慢慢地从前细数。

安凤美是着墨最多的人，也是小说中浓墨华彩的部分，就连跟着她的二炮也被叙述得卓然独立，它的鸡冠似乎也格外鲜艳，它的鸣叫与鸡不同，它的作息也有别于众，它有灵性，懂得主人的心思并精心地护卫着她。虽然最后它懵懂地领受了命运的寒霜，在某种意义上说它是勇敢地为它的主人付出了生命。它牺牲了。但它与安凤美的神秘纠缠，他们一起度过的那些卓尔不群的日子，那些灿烂的记忆，谁又说它是白白地来到世间一遭的呢？

在一个道德话语至上的宏大时代，怎么能够容纳下安凤美这样的异数，尤其下半部分，大家在农村无不希望早日回城而争取好好表现的时候，安凤美依然如故，她的身上显示了充分的个人性，彻底的我行我素，个人的欲望得到了最大程度的张扬，她与我们的道德教育“热爱集体，热爱劳动，艰苦朴素”南辕北辙。她身体单薄，但内心坚定，她不求上进，她卓尔不群。她听从自己青春激情的讯息，她感受身体欲望的涌动，她要满足身体本身提出的要求。她甘愿承担一切流言飞语，甘愿背负所有的恶声以求得身体的自在和自由。她逆时而动，在最严酷的道德诉求的时代过着最自我的生活。

然而就是这样一个备受道德诟病的安凤美并不孤单，还有罗明艳这样着墨不多的女性和她一样异曲同工，弃所谓的社会道德于不顾。刮宫，对当时的社会来说无疑是一大禁忌，是对当时道德最严峻的挑战，而刮宫过程中孙明艳始终没有喊一声疼，这时积聚在她身体中的力量足以摧毁一切世俗的流言，也可以看作是她对自己所作所为的无怨无悔。而未婚的安凤美希望将肚子里的孩子留下来、雷红渴望与爱人拥有一个私生子的念头展示了女性内心潜藏的韧性和力量。雷朵头也不回地走到社会的视线之外，雷红到底与有妇之夫私奔了，这些艰难而决绝的个人选择构成了对宏大叙事的质疑和反叛。

在三十年的时光流动中，叙述者也不断地调整着评论的尺度。越是当年，叙述者离主流道德越近，越压抑自己的个性；而越是到了今天，年龄阅历的增长以及整个环境的轻松，使叙述变得越宽容、越尊崇自己的内心。叙述者对这些勇士们的赞赏直白地流露笔端。“我”的记忆让安凤美平稳地度过危机四伏的青春并华彩四溢：

> 她的声音里布满了细小的玻璃珠，尖细，同时又有一种明亮的欣喜，她从土坎上跳下来，玻璃珠飘动起来，在她的身上闪烁……
>
> 多年后我意识到，安凤美没有被毁掉，她的青春年华是开出花的，她既懒散，又英勇，她的花开在路上，六感和六麻，香塘和民安的机耕路，自行车和公鸡，五色花，和左手，和土坎，到处都是她的花。

此后，为了让安凤美的生活方式更可信，又让她简略地叙述了家史。父母离异、父亲作风有问题，这与众不同的成长环境似乎为她日后的离经叛道的生活选择奠定了更合情理的基础。

安凤美不仅自己对社会要求不管不顾，她还要伺机诱惑叙述者，她要钻进李飘扬的被窝，抚摩她纯洁的身体，告诉她爱情的滋味和性感的观念。她带着她的道具二炮招摇过市，她肆无忌惮地谈恋爱而且不忠，她听从本能的呼吸。她不勤劳却贪吃。物质匮乏的时代，食物总是越过一切被津津乐道，食物的香味总是让其他一切芬芳相形见绌。在这部长篇中，关于吃的片段散落在不同的章节中，发出珠落玉盘的声音来。“我”吃胎盘的事情不止一次被细述，炒通菜、桂林米粉、玉林米粉、南流米粉、清煮柚子皮、炒茄子头、晒瓜子、烤红薯……一些家常的食物却得到了无比饱满的叙述。这时候，时代的整体氛围像水彩一样慢慢洇开来，一幅古旧的画在读者面前徐徐展开，和当下富足而挤压的消费气息泾渭分明。时光的隧道豁然洞开，黑暗中的那点亮让人倒吸一口凉气。如何逼真地展现一个时代以及一个人的时代的问题重新严肃地摆到了每个写作者的面前。

每个时代总会自动选择，安凤美在那个禁锢时代散发出最耀眼的光芒，她真的是“坏女人”吗？她是那样真实而令人向往，她揭开了道德的虚假面具，亮光从黑暗深处产生。她灼痛了一些人同时也照亮了一些人。她属于 1975，她和 1975 互相偎依。假如时光直接走到了 2007 或者再倒退 30 年，安凤美也许不会聚光。孙向明也可能会逊色。生活的全部目的就是投入历史的怀抱，而历史却总是漫不经心地筛选，并不依循固定的程序或公正的天平，最终，只有那些与众不同的片段汇流成河、百川归海。

第二章

文化消费主义与“70后”的崛起

第一节　写作十年

肉体使我们寡廉鲜耻

——卢梭《爱弥儿》

“80后”的写作偶像在出版领域光芒万丈，却仍以“孩子”自居，当然只是精神方面的孩子。文学史上有许多作家像曹禺一样在20岁出头已经写出了自己的代表作品，当然对于文学变革和文学规律而言，年龄不是一个根本性的问题，但是，假如我们承认写作除天分之外还有技术部分的话，十年的写作训练对于文学而言是非常重要的。当喷发式的初恋般的写作热情消逝，当感性的个人性的写作资源业已殆尽，瞬息多变的日常生活如何转换为叙事想象，如何让写作激情汩汩流淌不致衰竭就变成了一个艰难而重大的课题。

生活是一切文艺之根。然而生活并不是端坐殿堂的神圣让大家朝贡的，也不是凝固的晶体供大家“体验”的，比如余华曾说：“我觉得生活实际上是不真实的，生活是一种真假参半、鱼目混珠的事物。”生活无法按比例切割，生活本身既是过程也是目的。生活就像车站，沉默地敞开她宽厚的怀抱迎来送往，每位写作者可从中获得不同的滋养。

一 写作十年与精神成长

2007年在文学史上并不特别，即使有全国鲁迅文学奖第四届评奖也不过激起些许涟漪，一通牢骚过后不再有些许痕迹；作家富豪排行榜、各种年会例会研讨会的召开虽然能够赢得媒体的秋波，并不能打乱文学的流淌。文学的亮点始终闪烁于新文本的诞生。以此参照，对于“70后”而言，2007年可能具有某种标志意味。

从《穷亲戚、乡村与爱情》到获得鲁迅文学奖的《大老郑的女人》再到新作《家道》，魏微展示了一种对世界广阔性、丰富性的尝试与理解。前者有一种典型的经验性，这种瞬间而至的爱照亮了文本，也照亮了朴素的乡村伦理，作者植下了叙事的情感之根。《大老郑的女人》中作者试图将叙事视角转移到城市来，但乡村依然像幽灵一样在字里行间徘徊。《家道》虽然采用的还是第一人称，然而我们明显地感受到虚构的长驱直入，绵长的回忆，阔大的时间跨度和空间跨度很好地融化了叙述者对叙述时代的理解和感觉。张爱玲苍凉的余韵荡漾其间。新作《李生记》算不上魏微最好的作品，但作为一个过渡期的作品它有效地展示了魏微对虚构的努力，从狭窄的情欲世界向广袤的生活世界进发。李生是个泛指，“自李唐来”，李就是中国的大姓，而生跟在姓后仅指性别，具体姓啥名谁已不再重要。像李生这种外来工充溢在城市的每个角落，他们不仅帮城市人搬运生活用品也帮他们运送生活垃圾，他们的工作弥合着生产和消费的各个环节，维护着都市表层的光鲜清洁，使城市人生活便捷，而他具体的姓名他的个人处境他的精神状态以及生活方式却是真正的城市人所不屑关注的。“李生”每天在别人的屈辱或淡漠中接过一叠小币值的钞票，用这叠钞票换取低微而辛酸的生活，却仍然在钞票慢慢变厚时自发地积攒起生活的希望，然而希望是那样微薄，那样易碎，以至于经不起任何一点风霜。任何一个小小的变故都有可能摧毁外来工家庭生活的平静和全部的希望，甚至摧毁肉身。偶然悄悄地遮盖着必然，个体生命的消失与否都不再是悲剧，叹息也轻微地消散在空中不留痕迹，一切都轻飘飘的，只有文学叙事在无声且节制地为之挽歌。城市是现代性叙事的必然选择，魏微将视点集中在李生这样一个奔走在城市的小人物的命运上，这样不仅使叙事获得了现代感，也与中国转型期的现实互相呼应。《穷亲戚、乡村与爱情》等文本所流露的女性性别意识在《李生记》中也巧妙地隐藏了，如果前者是魏微对乡村的诗意审视，那么后者则是作家对乡下人的现实关注。

鲁敏的《颠倒的时光》叙述大棚西瓜对时节的改变导致现代社会农民的情感不适。传统的乡村生活本来是没有历史感的，他们日出而作，日落而息，他们的生活循环往复，时间观念也是模糊的而不是精确的。自工业革命以来，这种通过高科技来强行改变自然秩序、改变事物本来模样的做法已经越来越深地介入现代生活，从都市到乡村，田园情调不复悠扬。这种改变既是我们求快的结果，同时又变成求快的目的。时代的车轮就在这种循环中加速旋转，这种快速的现代生活导致了我们从身体到心灵的疲惫，导致了真正意义的审美疲劳。大棚西瓜可以改变时节，可是并不能改变我们对自然对事物本来面目的神往和虔敬。鲁敏的叙事哀悼了一种诗意生活的彻底丧失，这种丧失不仅是对乡村的剥夺，也是对都市的剥夺，是现代人必须面对的基本困境。

李师江的长篇小说《福寿春》显示了作家在写作十年之际如何从都市重返家园。在文学中，家园始终是一个难解的惑魅，故乡总是在游子的心间盘桓并在文学史上代代相传。李师江所叙述的故乡是急剧变化时代的故乡，是遭到现代性压抑的故乡。田园牧歌式的故乡已经退隐。现实的故乡只能以其缓慢的脚步应对着时代匆忙的步履。一边是晃动的目不暇接的社会世相，一边是亘古未变的乡村旧俗，父辈和子辈之间的隔膜犹如万丈沟壑，他们再也无法泅渡到对岸去探测对方的欲望。人心不古的安春、游手好闲的浪子三春、爱土如命的父亲、溺爱孩子完全没有原则的母亲交织成当下乡土生活的变奏曲。欲望在膨胀，生活方式在剧变，时代的风雨正在无情地侵袭着延续千年的亲情和古朴的伦理。他的《中文系》调动了自己的青春记忆以第一人称叙事，试图刻画 20 世纪 90 年代大学校园的真相。

王棵则迷恋无实质性伤害的谎言的功用，比如《海面平静》最后一刻，女孩灵机一动为自己的身体编织了一个血癌的谎言，这个谎言或许可以像海水冲击沙滩一样平息要终生困在海岛的少年突如其来的初恋。另一个作品《次要战争》中受伤的女主角只想用艾滋病的谎言来惩罚那对怀疑她纯洁的母子。谎言为前者提供了抚慰，为后者提供的是心理惩罚。对谎言功用的辨析也可以视为作者写作的潜在动机，即写作所探询的真相何在？是梦的真实还是此在的真实，这种疑惑使得王棵的叙事特别细腻柔软，这种阴柔也有别于其他男性作家的写作气质。《再生》中的女主角多次对小男生撒谎，只为促成“他”的再生。慈母的爱带来生，异性的爱带来“再生”，这的确是叙事的创造。

王棵用叙事建构一个谎言装饰的世界，徐则臣笔下则呈现一个造假的世界，魏微的多部小说涉及改变身份的化装……谎言、造假、化装，这一切是否也是我们这个时代的精神镜像？真实已经隐遁起来。

二　侦探故事，侦探人心

当许多女性作家仍将视点停留在带刺的玫瑰上时，部分20世纪70年代出生的男作家已开始勇敢地关注那些无名的野花，并给予它们在春天应有的位置。田耳的《一个人张灯结彩》和徐则臣的《跑步穿过中关村》不约而同地将笔触伸向社会底层，在体面的、道德的阴影下面蛰伏着的灰色群体，他们的生活中到处布满红灯，他们试图抢在黄灯区间快速冲过警戒线，但是，在关键时刻，爱却比红灯更快地照亮他们粗粝的心。就已发表的并不太多的作品显示出田耳对刑事案件的外壳很痴迷，他对侦破技术所需运用的高科技很关注，他的叙事能有效地深入到技术深处的蛛丝马迹中。电脑不只是他的写作工具，也是他的叙事道具，同时他能很好地把人脑中的情感和电脑的功能缝合起来，比如小说中分明是为了让一个哑巴帮助拼图专家回忆出嫌疑人的长相，却能够很好地发掘相片对于思念者所具有的安抚功能。田耳在还年轻的时候愿意将小说的女主角设置为哑巴，这是让人吃惊并钦佩的，同时这也反映出作者对于言辞的高度警惕，比起言语，行动更接近心灵的真实图景。直面残缺的生活及其内心的深渊需要更大的勇气和更敏锐的感受。聋哑人于心慧善良，心灵手巧甚至逆来顺受，然而，她的男人仍然抛弃了她。可是，她连祥林嫂那样抱怨的武器也没有，她丧失了语言这种最基本的权力，手语也不曾真正掌握，就是尖叫也是沉闷的、混沌的，无法生效的。残疾使小于不可能拥有正常人的日常生活。无声的静寂、可怕的孤单压迫着年轻的小于，催逼着她去依靠男人。爱着她的钢渣为了给她弄钱去敲诈，杀死的的士司机却是她的哥哥于心亮。眼泪成了小于唯一的武器，等待成了小于唯一的命运。她一个人张灯结彩等着钢渣来践约，而钢渣却已因命案被抓进去了，他交代落魄的警察老黄替自己去赴约。背负着死者于心亮和即将伏法的钢渣的双重托付，沧桑的老黄艰难地走在赴约途中，远远看到小于精心挂起的满屋灯笼，内心充满了犹豫，脚步也变得迟疑。自古以来，杀人偿命，然而，由于钢渣单纯的作案动机，我们内心的天平也从法理向情理倾斜，我们理解并同情钢渣这样的卑贱者。小说并没有停留在这起刑事案件上，而是通过警察的角色掀开生活的黑色帷幕，魑魅魍魉粉墨登场。比起钢渣、皮绊这样赤裸裸的犯罪分子来说，更可怕的是像刘副局这样道貌岸然的掌权者，倚仗特权腐败，内心糜烂成一摊欲望的烂泥，除了欲望就再也找不到人伦人性。

田耳的《环线车》的叙事链是圈套式的，像洋葱一样一层又一层，偌大的跟踪案包裹着小小的敲诈案，然而，当这些故事像外衣一样层层褪去，最终敞亮的却是富人苍白的身体和贫乏的精神，肉欲的泛滥与之构成凄厉的对比。数码相机、银行卡、网络视频等诸多新生事物涌入文本，时代气息拂面而来。

田耳迷恋侦探故事的叙事方式，新作长篇《夏天糖》中依然保留下来，笔触在内地的小城镇和南方的莞城之间移动。东莞在《夏天糖》中从一个乡村成长为城市。今天，行走在莞城已经很难想象十几年前的模样，那时候，从广州到东莞要花掉整个下午。旅途可谓狼烟四起，到处都在搞建设，乱七八糟的，人走在街上，一会儿就蓬头垢面了。但是，就是这样一个地方给了人以希望和生气，吸引了五湖四海的朋友来淘金，确切地说，不只是淘金，更重要的是实现人生价值，是所谓的“发展”。人生价值往简单里说就是对自己的肯定，慢慢探触到自己来人世间的使命。我们都知道金钱不是万能的，但没有金钱就是万万不能的。因为如果没有金钱，人生价值也就失却了衡量标准。当然，田耳的心如果只围绕金钱旋转，那他就将成为时代的俘虏。好的作家要有勇气正视现实包括金钱，对于一切污浊、肮脏和寒冷绝不回避，同时也不因此否定人生的纯洁、美好与意义。田耳试图打捞人生的真相，他努力侦探隐藏在我们内心的秘密。

在《夏天糖》里，铃兰幼小时候身上发出的温润的气味环绕着江标的人生，甚至没有放过他的新婚之夜。这让我想起法国著名的小说和电影《香水》，残暴与纯洁构成了悖论，一位杀害少女制造香水的魔王成了最无辜的天使，让整个世界神魂颠倒；一个出生于鲍鱼之市的要被母亲遗弃的孤儿却成了闻香的天才，他为这个气味世界而来，他为了实现保存香气的使命而赴最艰难的命运之旅。那难以捉摸的若有若无的气味升华为事物的精魂，成为短暂此生的“绝对命令”。这是典型的西方式的想象，是虚无对实有的挣脱，是永恒对限制的反抗。

铃兰身上散发的气息成为江标挥之不去的宿命。这不是男女之情欲，而是更纯粹的爱，超越肉体超越性欲的爱，是爱的精魂。所以，当铃兰的鲜血飞溅之时，江标看到的却是生命绿色的汁液。毁灭才是最永久的保存，铃兰在他的记忆里永恒，定格成水草般缠绕的记忆。

叙事并没有沿着江标的故事飞流直下，而是以“我”的视野来展现，江标是作为“我”的朋友被叙述的。有趣的是，“70后”的长篇中，田耳的《夏天糖》、李师江的《福寿春》、路内《少年巴比伦》中的“我”都是不求上进却仍不失率真之人，既不高高在上指点江山，也不褒贬是非，“我”与生活并行，这种叙事姿态平易亲切。

“我”是一个在佴城和莞城穿梭的人。莞城这个沿海城市和佴城这个内地城镇形成鲜明的对比。在佴城，一切均呈现“乡土中国”的特色，人情世故都是熟人社会的，包括集资都是靠拍胸脯，破产则靠抵赖；而莞城恰恰显示了城市市场经济的兴起与蓬勃发展，涤生可以凭知识在此发财致富，我可以靠才情在这里轻松糊口，涤青这样半吊子的艺术家也能在这里如鱼得水。各种价值观在莞城蓬勃发展，这背后是对自由的信奉和个人主义的兴盛。

“我”的来回穿梭一是由于父母的离婚，二是由于自己的结婚，这一离一结都颇具有戏剧性。父母的离婚是一场最漫长的战争，自小挂在嘴上以至于“我”以为自己的名字是“离婚”，这种半边户的生活格局以及夫妻之间的矛盾在中国也是非常有特色的。父亲是知识分子，退休后守着自己的日子；而母亲恰恰是随市场经济兴风作浪的人，长期的争吵之后终于离婚，原因是母亲的“事业”发展起来，父亲长期占据的心理优势忽然坍塌。离婚后不久，父亲再婚，人顿时精神焕发，对象曾阿姨却在将父亲的精神焕发出来后不久就逃跑了。母亲这个来自农村的强悍妇女靠用避孕药养蛇、贩卖盗版碟、修假长城、集资诈骗迅速发展，被逼还债时假装割腕自杀，风波平息之后继续投资兴建娱乐城。母亲身上蕴蓄着不屈不挠的原始生命力，她没有背负知识分子的道德感，随时轻装上阵，哪里有钱赚哪里就有她的欢声笑语。在《夏天糖》中，母亲既不是一个被歌颂的慈母，也不是一个曹七巧式的残忍的母亲，她是改革开放时期应运而生的母亲，她的胆识与腰包的壮大速度成正比。“母亲”是时代的产物，杀鸡取卵、不问是非、不顾一切的个人发展模式见证了中国改革开放过程中的诸多问题。

“我”在佴城的工作是“文艺工作者”，摄影、写打油诗，说到底是游手好闲，颇像《活着》中搜集民谣的“我”。游手好闲的状态恰恰适合做一个生活的侦探、世道人心的侦探。而“我”的妻子涤青是个事业至上的“女强人”，虽是地下电影工作者，但说话一套一套，“我”和她弟弟涤生从小服从她，她也习惯凌驾于男性之上，对“我”颐指气使，而“我”则俯首称臣。“我”对涤青的感情建立在怀旧和习惯的基础上，多多少少与恋母情结、家园情结相关。

“我”在莞城过的同样是闲散的生活，帮广告公司搞搞策划拉拉广告。有段时间涤青去北京剪片，“我”就跟铃兰同居，利用解梦的借口套出了“夏天糖”的故事缘由。在铃兰这里，一切都显得没心没肺，妙龄的身体是她唯一的资源。她虽未以自己的职业为荣，也并不以之为耻，甚至在网上书写自己的情爱感受，还用“我”的QQ号跟江标聊天，导致江标与“我”的友谊产生缝隙。

当然，铃兰幼时躺在路中间等待司机将他温柔地抱起的怪癖显示了她在亲情尤其是父爱方面的饥渴，父母忙于糊口而忽略了孩子的情感需要在中国乡村是非常普遍的现象。她将薄荷糖叫为“夏天糖”也泄露了她对日常生活的梦想：夏天清凉冬天火热。跟铃兰同居使她在叙事者眼中敞开，她从那个请我帮拍裸照的妓女变成了“我”的生活伙伴，她和“我”的未婚妻涤青是完全不同的两类人，涤青是随身携带气场流动的事业女性，多少有“我”的母亲的气质。而铃兰是让男人完全放松的女人，她身上飘浮着的水草气息尤其让男性沉迷，使她即使身为妓女也依然让人感到纯洁和怜惜。铃兰的纯洁是心灵深处的纯洁，她的血管里依然流淌着沈从文笔下湘西妓女的血，多情爽朗率性。她不能习惯莞城这样一个流动性很快的世界，她属于佴城，属于那片熟悉的小小的乡土，“如果我必须死一千次，我也要死在那儿，如果我必须生一千次，我也要生在那儿……”

江标的弟弟吼阿也是小说中的一个重要形象，他的男儿身给他带来了无穷的困扰。因为小时候坐车摔出了毛病，从此以后成为家里的负担。江标爱这个弟弟，出车常常带着这个弟弟，但是弟弟情欲开始苏醒并日益膨胀，在经人介绍买了一个别人的“妻子”同住一阵之后，他被激发的性欲煎熬。当江标停车给一个小女孩人民币之后，吼阿强奸了这个幼小聪明的女孩。回家后还试图诱奸哥哥的女儿，被父亲和哥哥痛打并痛骂要阉割他，结果他真的抡刀阉了自己，终致身亡。这使江标落下了心病，觉得弟弟是自己害死的，而家里到处都是弟弟熟悉的气息，他再也无法在家里安生。

通过吼阿，乡土大地的创痛呈现在我们面前，这是一片沉默然而苦难遍布的大地。底层社会的女子为几千块钱就可以被卖一次，而且合伙人是自己的哥哥和丈夫。我不知道这样反复贩卖的女子靠什么来维持生命与爱情的信念。金钱如此深地介入到生命的深处，从另一个角度改写了女性从一而终的古老观念。

在这样的语境中，江标就显得尤其纯洁，他始终忠实于自己的内心，一方面他肩负起家庭责任，另一方面他倾听气味的呼唤。他作为嫌疑犯几度被抓进牢房，每次都跟铃兰有着千丝万缕的内在关系。第一次被铃兰的母亲报警，释放时警察老向就警告过他。第二次进去时铃兰当了妓女，被隔壁的人召唤过夜，清晨江标发现后过问此事两人打了一架，再次被他人报警。第三次进局子就是由于江标意外碰到穿绿衣裳的小女孩时想起了当年的铃兰，所以给了小女孩一张 20 元的人民币，这构成了他是嫌疑犯的罪证。第四次也是最后一次进监狱的时候，他是真的用车杀死了铃兰，彻底了结此念，也了断此生。铃兰是江标人生最真切的记忆，是他的缘和劫。他愿意为了铃兰付出一切，只求铃兰不从事卖身的工作，并为此给铃兰筹钱。也因为这个记忆，他在有了固定的工作之后仍然用周末去帮徒弟出车。他开着车到处跑，也跑不出自己记忆的痴。他身上烙着宝玉的“痴”。文学史的影响和时代的际遇撞出了火花。

小说除了叙事人“我”和主人公江标之外，还有一个重要角色，那就是车。车是流动的，同时，流动也是现代性的象征。田耳喜欢将故事跟车发生联系，《一个人张灯结彩》中车是作案场所，比如钢渣在于心亮的的士里谋杀他。《夏天糖》里，车在整个小说中都是“在场者”，既是交通工具，又是作案工具，而且极大地拓展了叙事空间。

“我”和江标在车上相逢，车奠定了他们最初的缘分，还将铃兰带进了叙述世界；也是在装修过程中多次用江标的车加深了我们之间的情谊。铃兰与江标的相遇更是与开车密不可分，司机的身份赋予他抱开躺在马路中央的小女孩以合法性，并给他此后的人生劫难埋下了伏笔。他弟弟吼阿的命运由搭便车改变，同时他在车上伤害过一个摩托车司机，简直是冤冤相报。江标自小爱开车，他向往的生活在别处，最终他支取了一笔钱，载着铃兰无目的地在故乡的大地上漫游，当铃兰的鲜血四溅，江标看到生命绿色的汁液飞扬，他明白了他的人生使命。幼时纯洁无瑕的铃兰在他的记忆中定格。此刻，想象的真实战胜了故事的荒诞并获得升华。作为杀人犯的江标在心灵上与香水制造者一样纯洁无辜，他们为了永恒来到世间。

在田耳这里，乡村的苦难不是诗意的抒情对象，而是艰难的承受，是人物最坚硬的命运。江标如此，于心亮如此，拍砖手老柴也是如此……我们别无选择地朝自己命运的方向走去，容不得半点回旋。

三　超越“自传”，超越符号

我国三十多年经济的持续发展使社会的各个方面发生了变化，消费主义迅速蔓延使人心欲望的变化尤其惊人。波德里亚将我们所处的时代总结为“消费社会”并判断：“性欲是消费社会的'头等大事'，它从多个方面不可思议地决定着大众传播的整个意义领域。"[1] 消费社会这种特质也构成了作家们基本的叙事想象，"性欲亦偏离了其膨胀的合目的性"成为叙事的支点。

一个时代的叙事很好地呈现出作家与时代和历史的深层纠葛。在我国的文学史中，张爱玲成了笼罩女作家们巨大的阴影，连王安忆也要撇清与她的关系。张爱玲所开创的两性之间情感战争一直在叙事中被继续、发扬和拓展，她创造的经典话语总是在后继的叙事河流中复活。张爱玲告诉我们："现代婚姻是一种保险，由女人发明的。"而法国的杜拉斯则告诉我们："夫妻之间最真实的东西是背叛；任何一对夫妻，哪怕是最美满的夫妻，都不可能在爱情中相互激励；在通奸中，女人因害怕和偷偷摸摸而兴奋，男人则从中看到一个更能激起情欲的目标。"婚姻及其背叛，混沌的诱惑，算计的戒备等汇成女性的情欲叙事图景。

女作家大抵情感细腻，善于把握微妙暧昧的心理感受，这是女性的叙事优势。在女作家的写作之初，这种优势尤为明晰。王安忆提醒我们："处女作是心灵世界的初创阶段，它显示出创造力的自由状态……但我们必须正视处女作的局限，它毕竟是没有经过理性成长过程的感性果实。"[2]

从《水乳》到《道德颂》，盛可以依旧在勤恳地开掘两性情爱题材。在盛可以笔下，爱是肉感的，是欲望的最深处，随着作者对爱的理解的深入，叙述面貌也变得更加丰富。《道德颂》中巧妙地利用了语言能指的歧义和谐音，使文本充满遐想和趣味。

---

① ［法］波德里亚：《消费社会》，刘成富、全志钢译，南京大学出版社 2001 年版，第 159 页。

② 王安忆：《心灵世界——王安忆小说讲稿》，复旦大学出版社 1997 年版，第 23 页。

叙述的狠劲慢慢缓和，怨恨中渗融了温和的理解。嫉妒的旨邑和三个男人的故事仍旧是一个俗套的故事，不外乎爱与欲的搏斗，感情与责任的战争，可是，盛可以在老旧的故事中注入了自己新鲜的理解，在尊重身体欲望的同时歌颂了道德和责任。故事的底牌竟是有妇之夫水荆秋有一个患尿毒症困身在床的妻子，精神世界的理解和俗世生活的责任参与到身体的情欲中，爱便变成了沉甸甸的具象事物，爱的丰厚得到了延展。对于爱，责任是比性欲更强大的现实。于是爱成了生命虚无底色最璀璨的部分，成为生命的拯救力量。

金仁顺的短篇《桔梗谣》中两性情爱关系退为叙事的底色，视点不断聚焦于众多人物的内心，叙述者的仁慈温暖地弥散着。在对待私生儿子婚事的态度上，我们重新看到了时间掩护的真爱，也看到与时间同行的亲情。爱情如何在更高远的叙述天空像白云一样自由地飘荡成了这批女作家的共同思考。她的《云雀》和《彼此》则着重叙述爱与欲的冲突，并关注金钱对情感的介入作用。在纯粹的爱的天平上，金钱依然成了一个不可漠视的砝码。《云雀》中春风朗诵名牌香水说明书的细节则反映出叙述者对消费社会的敏感，品牌在无形中渗入我们的生活。“彼此”这个标题很好地揭示了金仁顺的世界观，她没有部分女权主义者那么极端，在她看来，男女不仅在身体方面都彼此需要，也在心理上彼此需要，道德上并没有高下之分。事实上，作为欲望主体的人，并没有能力细分内心那些微小卑琐而隐蔽的想望。这种中和包容的态度决定了金仁顺叙事的气象和格局。

乔叶一直致力于叙述人心最深处的纯真善良，将笔触伸向温暖而美好的事物。她的《指甲花开》以指甲花的美辉映人情之美。柴禾守寡后回娘家居住，与妹妹柴枝跟同一个男人生活并老死娘家葬在柴家的祖坟。这个在文明社会看来荒唐的故事却在文学叙述中演绎得合情合理，叙述者给了所有当事人以同情、理解和爱。人物身上也携带着生活本来的两难，无言、将一切留在心底就成了他们的命运。乔叶的《像天堂在放小小的焰火》（《收获》2007 年第 4 期）叙述一对男女同事之间超越两性情欲的友谊。在作者的内心深处，一直为这些世俗所不容的纯洁情感留着一方幽谧的净土。在这个欲望发酵的时代，在混乱的现实面前，作者依然对美丽洁净的事物保持信心，并通过饱满的叙述热情将这种文学世界的真实传递给我们。

戴来的《向黄昏》则叙述出夫妇之间的隔膜，在同一个屋檐下生活了一辈子，大家仍然陌生，互不理解。老童和陈菊花就像那两只“拖鞋”一样“一东一西互不买账地在房间里”。遭到身体拒绝的老童试图到外边的街心花园同比自己年轻的女人在一起宣泄内心的郁积，而陈菊花则在午后回顾自己起伏的一生，“都是因为工作”这句反复涌上陈菊花心头的托词也给他们的不幸找到了部分的时代根据，工作不是使生活变得更好更有意义而是对生活侵占对人性的剥夺。走到人生的黄昏，陈菊花重新找回了年轻时的勇气，与生活一辈子然而完全形同陌路的丈夫分道扬镳。

黄咏梅的《开发区》一反过去女性叙事中女主角“集万千宠爱于一身”的自恋之态，将视角投向在生活中卸装之后的都市大龄女青年“开发区”的尴尬境遇。此时，疲惫遮盖了青春的流光溢彩，皱纹爬上眉梢，郁闷却上心头，在生活中习得的智慧只能用于对异性的不屈不挠的“开发”中，频频的相亲过程中，她们不仅遭到俗世目光的挑剔，而且也遭遇来自母亲和女性同伴的压力，还有自身的关于身份和年纪的焦虑。白流苏到底在步步为营中得到了，而“开发区”却仍停留在不断的开发中。“开发区”

的这种开发和白流苏的算计正是典型的世俗的市民行为，正是哈贝马斯所谓的“与公众相关的私人性的经验……它一开始就具有私人特征，同时又有挑衅色彩。”[①] 它挑衅的就是所谓的宏大叙事的启蒙功能。

女性在“70年代写作”群体中依然占据数量优势，除了1998年被隆重推出的外，乔叶、鲁敏、盛可以、黄咏梅、映川、姚鄂梅、柳营、王芸等都在写作中渐趋成熟。虽然两性情感题材仍是女性创作的重点所在，但是都市的欲望书写获得了更广阔的视野参照更丰富的话语方式，心灵之维再度拓展，时代的困惑、身份的焦虑、爱与欲的冲突等得到了新的演绎。

消费主义的法宝是使一切奴役无形而有序地在场，使被奴役者愤懑压抑却无法摆脱，生活本身已经演化成了世界上最沉重的事业。社会现实变成了一个磁场，消费主义、金钱和性欲汇聚成一只“看不见的手”拉扯着我们的衣襟。房龙说：“所有的艺术，本质上都是个人体验的成果。”一方面现实生活的这种强大的向心力使很多男性作家在作品初露头角之际就转身逃跑了，另一方面对现实的反作用力又转化为部分男性作家的叙事动力和写作资源，使他们能够窥探到经验之外生活长长的阴影。

十年在写作中弹指一挥，70年代出生的作家群队伍慢慢扩大，他们的作品越来越频繁地扎根于文学期刊、各种选刊选本，并开始得到一些除新人新作奖等安慰青年性质以外的奖项，他们也不断得到批评界的深入关注。总之，“写作十年”可以看成这批作家共同的成年礼，是他们得以摆脱“70后”这顶帽子的光环及其阴影的时候了。

---

① ［德］哈贝马斯：《公共领域的结构转型》，曹卫东等译，学林出版社1999年版，第55页。

从而立奔向不惑，每位出生于70年代的作家正在面临严峻的考验，我们生活在一个今非昔比而喜新厌旧的时代。如何把握这个捉摸不定的时代的表象的精神内核，如何以个人独到的方式叙述出这个消费社会五光十色的迷离与困惑，我们如何在身体已经成熟时在精神上摆脱"未成年状态"，如何承担起作家这个身份的使命已经无法回避地摆在了70年代出生的作家群体面前。

第二节 "70后"的成年礼

自《麦田里的守望者》发表以后，成长小说就从跑步变成了跨栏。那难以驱除的阴影遮挡着作家的最初道路，而成长小说又几乎是每代小说家粉墨登场的入场券。诸多的成长小说告诉我们，绝大部分入场券背后都注明了有效期，却只有很少一部分作者注意到，这就使得很多粗心的作家殊途同归。勃兰兑斯在他那本著名的文学史《19世纪文学主流》中为那些中途退场的作家开辟专章并宣布：文学是这样一种事业，通常是几百人同时起跑，却只有两三个人到达目的地。今天，我在谈论全球时代"70后"的写作时仍然必须小心翼翼。"70后"是一顶帽子，它曾经可以遮蔽风雨，使我们同舟共济，去忽略前方的风雨，但是到了今天，雨过天晴之后，它的保质期已到，只会混淆那一张张生动的脸。十年是段让人欷歔的光阴，写作十年尤其让人惊心。文字的象牙塔是否真正使我们安心，想象的世界是否可以使我们坦然地面对外部的现实，虚构的一切可否真正为我们欲望横行的心带来平安和幸福，这些问题一起涌现在我们面前。

1996年第3期《小说界》开设了"七十年代以后"的栏目，其他刊物也做了一些响应，但真正使这个概念在文坛深入人心的则推《作家》杂志1998年7月的"七十年代出生的女作家小说专号”。就是从1998年至今也已经整整十年了，锦绣年华逐渐依稀。这两年，我一直对“70后”别具期待，盼望他们以别样的收获与往昔干杯。在这种心情下，几乎是欣喜地看到路内的长篇《少年巴比伦》在《收获》发表之后以单行本出版。路内这个名字在期刊上并不多见，然而，我仍然要将《少年巴比伦》看成“70后”写作的成年礼。文本既是叙述“70后”这一代人的精神成年，也可以看作这代人与成长小说的金色告别。

一　解读“巴比伦”

巴比伦即巴别，《圣经·创世记》第十一章中的“巴别”，说的是耶和华看到天下人所建的城和塔而决定要变乱他们的口音使得他们言语彼此不通。

> 耶和华说：“看那！他们成为一样的人民，都是一样的言语，如今既作起这事来，以后他们所要作的事，就没有不成就的了。我们下去，在那里变乱他们的口音，使他们的言语彼此不通。”于是耶和华使他们从那里分散在全地上，他们就停工不造那城了。因为耶和华在那里变乱天下人的谚语，使众人分散在全地上，所以那城名叫巴别（就是“变乱”的意思）。

《少年巴比伦》的叙述者是“70后”的路小路，话语指向的是“80后”的女诗人张小尹，然而叙事的精神指向却是比路小路年长的白蓝，文本没有透露她的具体年龄，只知道她比路小路年长一些，是“姐姐”的形象。对整个文本而言，张小尹其实是个缺席的在场，她只是在开篇摆设的一个听众的符号，叙述者甚至没有给她精神参与权，她的女朋友身份也没能帮她赢得女主角的地位。“香甜而腐烂”的青春是路小路的，路小路的90年代和戴城都与她无关，即便她日后成了路小路的老婆也不能改变这个事实，她只可倾听却不能活在路小路的记忆和叙述中，她不能在路小路的青春中占有一席之地，只有在青春中占据生命一角的人才能在记忆中得到永生。而“少年巴比伦”这一标题也暗示叙事者与其他人之间的“言语彼此不通”，时代的更迭如此之快使人类之间的相互理解已经越来越困难。

张小尹无法取代知识分子白蓝（厂医）在路小路灵魂和身体中的位置，她无法取消他对白蓝的怀念——“在我有限的生命里，我将一次次地把她放下，又重新拾起。我用这种方式表达的已经不是爱了，而是怀念。”路小路依恋白蓝甚至愿意为她去拍砖去亡命天涯，尽管他无法把握她的情感困惑，尽管他们那段恋爱没有希望没有结局，却仍长久地横亘在他的青春记忆中，让他的回忆无法绕道而行。

如果我们将这个文本看成一种象征，那么路小路和白蓝及张小尹的不同关系就可以看成70后与前一代和后一代的精神镜像。显然，对于“70后”而言，他们青春的启蒙和参照来自前一代，他们的精神长久地指向过去，而过去已经回不去了，白蓝无处可觅；后一代只是他们的话语所向，本来就言语不通，张小尹的生活方式和人生观的某些细节也在提醒这一点。造成这种精神代际沟壑的元凶是20世纪90年代这样一个纷繁复杂山雨欲来的时代。

“你可以说人类是一代一代进化的，但是在九十年代看来，很像是一年进化一次。九十年代就这样奇怪。”是的，20世纪90年代就是快速的转型的年代，是精神无法跟物质比翼齐飞的年代，是个人无法跟上时代步伐的年代，是内心与身体节奏不合的年代，也是世界逐渐脱离人类以为的“控制”而自行远去的全球化时代。在时代的飞速旋转面前，我们每个人都会产生过山车一般的眩晕感，哪怕是路小路这样的叛逆青年也会觉得力不从心。一切都有如光与影一晃而过，那些来不及清理的感受，那些来不及告别就结束的恋情，那些相见与别离……一切都化成转瞬即逝的怅惘与回忆。

在这样一个转型时代，人类的理性所带来的狂妄开始显露出来，精神与物质之间的鸿沟使人越来越表现出一种无力感，这种无力也使得人越来越倾向于向物质臣服，而青春所携有的反叛力量使这一切触目惊心——“我和我身边的世界隔着一条河流，彼此都把对方当成是精神分裂。”这条河流既通向叙述者的日常生活，也通向这一代人的历史和精神世界。路小路在时代中的无所适从，与周围空气的格格不入，他的迷惘与惶惑都是这一代人的共同经验。

我们每个人都曾经像《麦田里的守望者》那个霍尔登·考尔菲尔德一样没有能力与周围的世界建立真正融洽的情感联系，我们都曾一度怀疑世界不肯轻易归顺，颓废的力量和向上的倾向同时将我们向不同的方向拉扯，我们为之心力交瘁，没有人可以告诉我们人生的目的地在何方。《少年巴比伦》就是那刚刚转身隐去的 20 世纪 90 年代留在 20 世纪 70 年代生的一代人的心灵遗响。

二　启蒙，从身体开始

在绝大部分男性的叙事中，女性很容易简单地沦为被看的对象。她们的善良、柔软和性感都是男性有意识的歌颂对象，尽管这种歌颂背后可能别有用心，但是语言的奴役是世界上最难设防的，语言无所不在，我们每个人都在不同程度地担当着语言的奴隶。

在《少年巴比伦》中，男主角路小路第一次见到女性的身体是李晓燕的奶奶的“麻袋片”——“她胸口空荡荡的，一对乳房像两个风雨飘摇的麻袋片在众人眼前晃悠，麻袋片配上主人那张惊慌失措的脸，很像一场失败的春梦。”一具衰老的毫无性别感可言的身体，却仍为她那既丧失了性能力又不能给人性想象的主人带来了自杀的命运，这种荒诞不遗余力地给一位懵懂的男性以幻想的打击，这就是70年代最初最真的身体启蒙。当直接的感性的身体降临，他的辨别力和免疫力何从建立？这为他日后的困境奠定了基础。

路小路一到工厂就跟师傅学习应对女性的经验，师傅将工厂里的女性分为阿姨和老虎，但凡有一点女性的特征的人都归为阿姨，这也是大部分小姑娘的必然归宿，而像师姐阿英那样变成老虎也是难免的甚至是必然的。在路小路的记忆中，阿姨和老虎的概念并不明晰，他没有经验，他只是猛烈地感觉到女性成熟后的可怕。而等他在工厂第一次见到黄春燕的巨大而劣质乳罩时感觉“分明是一个降落伞”，他和同事小李因青春的冲动抚摸了一下异性的胸罩就被谣言传成了性变态。他第一次亲眼见到女性的身体是站在楼梯上装电灯时，看到对面民居的女人正在脱衣服，“整个一幕，她的脸被屋檐挡住了，我们看到的只是她的胸罩和胸。”“我一生中看到的乳房从此不再是麻袋片，而是圆形的，饱满的……两个无聊的小电工，看见真实的人类乳房，对此没有任何免疫力。”当时的感觉除了眩晕之外就是一定要保密。这就是禁忌带来的后果，文明就是对欲望的压抑。身体被神秘化的后果就是丧失承担真实的能力。长大后的路小路真的近距离面对女性娇好的胴体时，性感和美感却不翼而飞。

“我第一次遇到她的时候在犯傻，第二次则是彻底昏迷。这种形象不可能让她爱上我，却足以让我爱上她。我就是这么迷失地爱上了她。”

白蓝是厂医，她的历史很简略，几乎无人知晓，只在她的言语中略有透露，她的去向也不明。戴城只是她生命中的一个驿站，而这个人生驿站的全部意义是对路小路的启蒙。她不仅是身体的医生，也是灵魂的医生，她对脆弱的心更为有效。她为路小路治疗摔伤的身体，同时她引领他的灵魂向远处飞翔。一方面她是知识分子，她懂得疗救人的伤痛；另一方面她是暴力的司空见惯者，所以她对残暴无动于衷。她内心有被压抑住的激情，她的阅历使她对自己有要求，她不会随波逐流。即便是在和路小路做爱的时候她仍会睁开眼睛，她的内心太过清醒。尽管日常生活中她吸烟，给路小路一种比自己更“吊儿郎当”的感觉，然而，这不过是表象，她的内心却在烟雾迷蒙处挣扎，不是路小路可以把握的。路小路试图为她去拍砖去亡命天涯，却不能揭开她内心深渊的迷惑和创痛。

“白蓝在路小路眼里一会儿温情，一会儿残忍；而路小路在白蓝眼里一会儿崇高一会儿暴力。”这是不同的两代人。一代人有一代人的隐痛，这些隐蔽的忧伤和激情构成了一代人的精神史。

当“我”在吃饭时盯着小女生的胸部打量时，白蓝说：“不许朝人家看，小流氓呢。”“我”想起第一次看见没穿上衣逃命的李晓燕奶奶的乳房时妈妈也是这么说的。此刻，白蓝有了母亲的意义，是相同的话语赋予她母亲的功能。在母亲的眼中，儿子总是茫茫人海中最特别的一个，哪怕他一无是处。所以白蓝会说：“小路，你自己知道吗？你和别的青工不一样？”

“不一样在哪里？”

“我说不上来，你以后也许能去做点别的。”

灵魂的医生不失时机地显现自己的身份，启蒙，从身体开始的启蒙终于在具体的日常人生中落实了，得到精神的呼应。本来对读书已经丧失信心的路小路从这话里找到了母爱的感觉，答应去参加成人高考，“我这辈子只要她们开心，什么都可以去干，哪怕是做亡命之徒”。他们互相吸引对方的正是亡命之徒的气质，“博尔赫斯说，记忆总是固守着某一个点，我记忆中的二十岁，亡命之徒就是那个被固守的点”。而实际上我愿意为之充当亡命之徒的白蓝“比我更像个亡命之徒”。亡命之徒是英雄主义留给70年代的精神遗产。如果不能成为革命的英雄，那就成为生活中的亡命之徒吧。

父亲和师傅这些本来应该承担启蒙义务的男性角色在这个文本中几乎没有承担起自己的责任，他们遭到了儿子无情的嘲讽。师傅没有教给我谋生的技术，父亲也没有教我做人的艺术。这些重担全落在白蓝这样一个女医生单薄的肩上。父亲靠了香烟和礼品给我弄来的是招工表，白蓝给我的是成人高复班的招生函；父亲将没有通过高考的我送进了工厂，白蓝却将我重新从工厂拉出来送到夜大。父亲给了肉体的生长点，白蓝却给了我精神的重生点。文中反复提到张楚，提到他的那首《姐姐》，那正是1993年盛行一时的文化符号。就像20世纪80年代崔健曾用《一无所有》唤醒一代人一样，张楚用他的《姐姐》照亮了“70后”这群失重的青年苍白的心：

姐姐我看见你眼里的泪水
你想忘掉那侮辱你的男人到底是谁
他们告诉我女人很温柔很爱流泪
说这很美

哦姐姐，我想回家
牵着我的手啊　我有些困了

哦姐姐，我想回家

牵着我的手啊　你不要害怕

我们的激情融化在“姐姐”的泪水里，我们在她的泪水里感受历史和人生的沧海桑田。在人生的起跑线上，我们都曾需要一个“姐姐”。《少年巴比伦》中，白蓝就是这样一个“姐姐”，他既是路小路的“姐姐”，引领他回家的“姐姐”，又是他的家——叶圣陶说所恋在哪里，哪里就是故乡。所以，“姐姐”这个符号本身就是家园，是牵挂，是让人长久依恋的温暖所在。叛逆与性的压抑以及性爱启蒙从来是成长小说的基本要素，白蓝不仅给了性压抑的青年路小路以身体的出路，也给了他“姐姐”般的人生引导，并率先以考研的方式离开戴城离开那种沉闷枯燥和暴力的生活，她给了路小路走出毫无希望的工厂以勇气。她拓展了路小路的狭窄人生，给了他新的盼望。白蓝“用皮鞋踩着落叶，每一片叶子都发出嘎吱一声，她说，这些树叶在夏天的枝头被风刮出沙沙声，秋天掉落在地上，被踩出嘎吱声，每一片树叶都能发出它们独自的声音。沙沙声很美，嘎吱声也很美。”在这里，我愿意将叶子的沙沙声理解为人的童年，将嘎吱声理解为人类的青春，是的，童年和青春都是美的，因为它们都是独一无二的，是生命中最纯粹最光华的乐章。叶子会被风卷走，会被冬天带走，世界上没有两片相同的树叶，但是，落叶的嘎吱声却可以永久地保存在记忆里，变成与青春胶着在一起的纯美怀念。感觉比知识更经久地占领着我们的身体，一触即发，感觉才是我们此生唯一永恒的财富，在我们没有摆脱沉重的肉身之前，我们无法拒斥与生命相融的感觉。时光随着记忆自由地在今昔之间穿梭，1993—1994年的戴城那灰蒙蒙的凝滞的空气也因为路小路的讲述而流光溢彩，这既是回忆的权力，也是青春的力量。

当路内的《少年巴比伦》面世，我们迅速地从中感受到王小波的余味，感觉到文学的遗传之不可思议，就像我们在王安忆的上海中念想张爱玲的面影，在迟子建的寒冬中回味萧红的孤单。

然而，我们仍然同时感到淡淡的喜悦，在那些平凡素朴的叙述中感到文学的希望——“每一条道路仿佛都很熟悉，地上的落叶也很熟悉，我想起她说过的，每一片枯叶都只能踩出一声咔嚓，这是夏天的风声所留下的遗响。”这是路小路在寻找白蓝不遇之后的一段感想。夏天的风已经吹过，树叶已经凋落，但每片枯叶的咔嚓声都在深情地回忆夏天，启蒙者白蓝已经无处追寻，但是她的遗响无处不在。这不正如文学的处境吗？

第三节　作为欲望对象的北京及其叙事

北京。我爱北京天安门。这是徐则臣叙述世界的圆心。

《我爱北京天安门》这首儿时的启蒙歌曲，小学语文第一课奠定了“70后”这一代人关于北京的基本想象，只有到了成人之后，到了我们再给孩子传教儿歌之时，我们才会深切地领悟到儿歌的力量：区分代际，规划想象，格式心灵，这种神秘的力量有如种子轰开颅骨。

太阳东升，朝霞满天。灿烂的历史，悠久的文化，高大恢宏的建筑，望不到尽头的长安街与一切庄严肃穆的词汇都在诉说着首都金碧辉煌的过去与未来。

北京，这个巨大的能指在徐则臣的笔下慢慢洇开，它不仅是我们伟大的首都而且也是我们关于城市想象的聚焦，更是我们首要的欲望对象。北京，是“啊！北京”式的抒情能指，也是“跑步穿过中关村”的动力所在，更是“天上人间”般的叙事符码。

徐则臣收拾好内心的仁慈去正视阔大的北京，他以使人形销骨毁的热情面对欲望的汪洋。他的叙述让我们透过光亮见到了背后广大的阴影，见到了白昼的豪情过后遍布暗地的忧伤，见到了酒后柔弱的心和不堪的真实。祛除了光，一切都沉浸在无边的寂静的黑暗之中，面具一一脱落，万物坦诚：身体、心灵、梦想、欲望……假也罢，假作真时真亦假；盗也罢，盗亦有道。在这样一个由伪证、盗版光碟、假古董贩卖者交织的灰暗世界，我们看到欲望的暗流，在某一刻，欲望交换就像河水汇流。这是四通八达的河涌，既流向这些主角背后贫穷闭塞的故乡，他们的亲人、朋友和邻居，也流向与他们交易的形形色色的冠冕堂皇的受者。在这个世界，生存是最基本的法则，小情感战胜了大道理，未来让位于当下。这个世界只有今天，只有现在，天涯共此时。

一　北京

就像外省人与巴黎对于巴尔扎克的意义一样，“外地人（京漂）和北京”构成了徐则臣写作中最根本的叙事张力，京漂与北京是所有外地人与城市关系中最核心的风景，遥远、朦胧且诡谲美丽，北京在某种意义上就是城市中的城市。“城市在经济史中居于首位并控制了经济史，以不同于物品的金钱的绝对观念代替了和农村生活、思想永远分不开的土地的原始价值。”[①] 当物物交换被金钱这个中介取代以后，事物的价值也被抽离，城市使我们越来越依赖金钱而不再顾及事物的内在价值。正是金钱这个直接目标驱使成千上万的外地人来到城市。在《城市发展史》一书中，刘易斯·芒福德在梳理城市历史的基础上提出关于城市“磁体—容器”的隐喻，并对城市进行广义的定义，“在这个定义中，

---

① ［德］奥斯瓦尔德·斯宾格勒：《西方的没落》上册，齐世荣等译，商务印书馆1963年版，第209页。

精神因素较之于各种物质形式重要，磁体的作用较之于容器的作用重要”，虽然城市的高度发展越来越向我们敞开其作为容器的物质面，但磁体的精神作用仍然是无形却无所不在的，正是这种磁体的意象使城市区别于简单的建筑群，使人的自觉的聚集与动物的自发的类聚相区分。城市的魅力不仅有高楼大厦的物质性的一面，更有作为隐蔽的磁场的精神性的一面，城市的不断发展使二者紧密融合，相得益彰。

如果说改革开放的目标就是将我们国家带到全球化的秩序当中，那么，外地人与城市的关系即是全球化时代孕育的崭新关系，同时这种崭新的关系正在内化为建构现代民族—国家的基本力量。另一方面，外地人对所在城市的心理文化认同与否既可让人郁闷窒息也可让人平安喜乐，它是内心隐蔽的风暴，这场没有硝烟然而从来没有平息过的战争一直在阴险地上演。

久远的农业文明浸透了我们的血液，我们在骨子里眷恋江南“千里莺啼绿映红”式的乡村生活，然而，我们同样理性地知道消费社会（晚期资本主义）的不可逆转。所以，我们每个人都身不由己地拥向城市，我们的内心游移目光茫然，然而我们的脚步却很坚定，这一点只要在春节后站在大城市的火车站一分钟就会感受到。我们离泥土离自然越远，肉身与内心的鸿沟也就越大。然而，身体的流动却是汽车取代马车，飞机上天飞行之后必然而经常的风景。

流动已经成为现代性的表征，成为自由的象征。与身体的流动结伴而行的是金钱这个现代社会的运筹帷幄者。“在巴尔扎克的时代以前，小说几乎专用一个题材——情；然而巴尔扎克同时代人的上帝是金钱；因此在他的小说里，运转社会的枢纽是金钱，或毋宁说是缺乏金钱、渴望金钱。这种观念是大胆而新奇的。在一部虚构的小说、一部传记中，把主要人物的收入和支出精打细算，详细罗列，总之，把金钱作为头等大事加以处理，这完全是一个新发展。”[①]《人间喜剧》的潜在主角不是某个具体人物，而是没有脚却走得比谁都快的金钱。巴尔扎克至今两个世纪的时间里，金钱一直在以惊人速度渗透到资本主义经济体系之中，金钱这个抽象的符号已经顺利地演化为世界上最受欢迎的角色，它居高临下，目空一切，俯视众生臣服其下。

徐则臣曾在接受采访时谈道：

> 我想知道他们在想什么，他们的希望和绝望是什么，他们的疑难和幸福在哪里，他们为什么要待在北京，北京和他们关系怎么样。他们居无定所、心无所依地“漂”着。他们的想法某种程度上就是我的样板。

在我看来，“他们”的想法不只是哪一个人的样板，而是这个时代的思想感情样板，用时髦的媒体话语来说，这就是所谓的幸福指数。

徐则臣这个定居在北京的外地人念念不忘自己江南的故乡，他一直试图通过写作来接近一个时代的秘密：那就是在这样一个消费时代，我们不惜一切代价要在北京挣扎到底是为什么？那么多外地人像蚂蚁一样拥到北京来仅仅是为了到天安门前“啊！北京”一番吗？那么多人像边红旗一样不惜牺牲职业和爱人前赴后继地从四面八方朝圣般汇聚到天子脚下来的内驱力何在？

天下熙熙，皆为利来！古人之见似乎是亘古真理。然而，如果仅仅囿于此，事物会变得简单，人物会显得苍白：边红旗

---

① ［丹麦］勃兰兑斯：《19世纪文学主流》第五分册，李宗杰译，人民文学出版社1997年版，第203页。

(《啊！北京》《我们在北京相遇》) 的痛苦、犹豫和沉默就会不可思议；班小号 (《三人行》) 对待诗歌和爱情的小心翼翼就会显得可笑；敦煌 (《跑步穿过中关村》) 奔跑的力量会消失殆尽；子午 (《天上人间》) 的丧命就不会在我们心中唤起同情。不是简单的因果关系而是深层的宿命让我们战栗，文学写作竭尽全力就为抵达这种宿命。城市在赐予他们风险的命运的同时也给了他们开放的力量以及对故乡小镇的反叛力量，城市激发了这些冒险者们的身体潜能，拓展了他们意识和能量的边界。

我尤其看重《跑步穿过中关村》这个题目，这个跑字意味独具，根据《普通语言学教程》，索绪尔让我们明白语言是一种制度，尽管能指和所指之间的关系最初是任意的，但是一旦这种任意的关系被纳入语言的结构之中，这种关系就不再是任意的了，其他无数种任意的关系也就相应被排除在语言结构之外。所以跑的意味不仅在于跑的动作，更来自于后面这个中关村。设想一下这个中关村不是首都的高科技所在地而是某个偏僻的乡村，那么跑的意义就是原初的前现代的，跑的力量也受到局限。正因为中关村就是北京的"硅谷"，是现代文明最新成果的集散地，最新最尖端的科技在这里诞生，同时也必然地诞生高科技的私生子——盗版；而跑步这种农业社会的行为方式是前现代社会身体基本的流动方式，奔跑正是人与自然和谐相处的象征，人在自然的怀抱中不离不弃。跑这个古老的意象与中关村这个非常现代的意象一经碰撞就产生出强大的张力。

故事发生在两次进监狱的空隙时间里。卖盗版碟的敦煌始终在跑动，他跑步穿过中关村将盗版碟送到不同的人手中，抚慰身在他乡的寂寞，平息躁动不安的欲望。口袋里的那点薄薄的钞票让他几乎无暇喘息，他只能像《罗拉快跑》一样一直在跑着，为生存而奔跑，为不被警察抓获而逃跑。因为同是天涯沦落人，他和夏小容轻易地发生了肉体关系并同居，此后又和进去了的同伙的女朋友七宝发生肉体关系。社会地位的卑微、生活的动荡加上囊中羞涩，使这个正当年的小伙子不能有正常的爱情生活，更不能做成家立业的梦。漂泊使得他们即便在一起也从不抒情，不敢也不屑于山盟海誓，他们苦涩的爱被表达在行动中，比如敦煌对夏小容男友矿山不问由来的一阵揪打和灌酒，比如最后为了挽救矿山却勇敢地承认那箱色情盗版碟是自己的，他用自己宝贵的青春换取了夏小容丈夫的自由。小说在悲伤中结尾，当敦煌的双手被铐住的时候，他亲眼目睹了夏小容的流产，同时亲耳所闻的是七宝怀孕的消息。生活在手铐的“咔嚓”声中中断，奔跑告一段落，希望也随风飘散。敦煌重蹈了姑父那个“伪证制造者”的覆辙，坠入从监狱中来到监狱中去的叙述模式。小说形象地展现出“京漂族”要在首都北京立足之艰难，夏小容想成个家当个妈妈的“小农意识”在现代的消费欲望的观照下何其艰难。就像敦煌在看到其他卖光碟的女人时常对夏小容的脸孔感到迷惑一样，敦煌的面孔同样容易湮没在北京穿梭飘荡的人流中。当前现代碰上了后现代，大城市那片尴尬的丛林中哪里还留有跑步穿越的小径?《跑步穿过中关村》展现了光鲜都市生活底色的残忍与阴鸷。

与北京这个经济、政治、文化的中心地位相应，北京大学也是文化想象的制高点，颇具反讽意味的是：与卖盗版光碟者汇集在中关村旁一样，在这座最高学府周围的出租屋里，聚集着假证贩卖者。高校是生产学位证书的地方，而在高校的围墙外，金钱却在暗中偷偷地嘲笑莘莘学子的青春和知识的光华。伪证偷换了证书在社会流通中的证明作用。同时，就像离开身份证我们就无法证明自己一样离开学位职称资格考试等证件我们就无法证明自己的才能，这种种现代社会的荒谬在传统的熟人社会是很难设想的。正是由于荒谬的存在，学校与伪证，高科技与盗版就像光与影一样如影随形，“我歌月徘徊，我舞影零乱”，欲望阴魂不散，梦幻余音绕梁。

二 欲望

根据马斯洛的需要理论，人的需要有五个不同的层次。如果要用一个词汇来概括这五个层次的需要，那么非“欲望”莫属，我们的举手投足，衣食住行莫不与此相关。欲望是理性背后那片最广阔的丛林，鲜花盛开同时荆棘密布，是我们的肉眼所无法透视的深渊。欲望比性格更立体更多元更丰富，性格只是欲望的表象，是通往欲望的小径，欲望才是命运真正的决定者，比如，姑父这个“伪证制造者”有点荒谬的被捕入狱是源于他的雄性身体的欲望，而表弟子午的荒唐丧命的驱动者是金钱欲望，而与他们相关的叙述世界处处洋溢着欲望的气息。

《天上人间》(《收获》2008 年第 2 期）的叙事在三个做假证者:“我”、表弟子午和文哥之间穿梭，我一再相亲、文哥中年离婚、子午与北京姑娘恋爱交织了一幅现代情欲画卷。而子午在拿结婚证前丧命在某种程度上折射出城市的本质——嗜血——“资本来到世间，每个毛孔都滴着血和肮脏的东西”。而都市对假证的巨大需求显示出这个时代内里的苍白不堪，需要假证的人五光十色，不仅有公司的小职员，也有公司的大经理，既有做文学梦头脑发热者，也有从事公检法的官员。报道出假证数字的巨大让人惊讶，然而，这每个证件后面的故事更加使人瞠目结舌，这些无数的不知道名字的买证者，在偏僻处交易完毕背转身来就在日光下趾高气扬地大谈公平公正，这些道貌岸然之徒用金钱换来了工作、加薪乃至升职等不同的命运，而那些假证贩卖者永远只有一种命运，那就是监狱、逃跑和颠沛流离。“我”是个胆小谨慎品性良善的人，从事的是违法工作，却仍一再强调职业道德，尽管听起来有些荒唐，因为“我”坚持“盗亦有道”。而表弟子午的心大，他想娶北京姑娘在北京成家甚至梦想救济其他漂泊者，他信奉的是文哥的教导——“大胆大胆再大胆，赚钱赚钱再赚钱”——这几乎是所有非法冒险行当从事者的座右铭。而子午的不幸在于他的脑袋太灵活，他的野心太大。他善于活学活用，他用别人撬走他前女友的方法追到了北京姑娘闻敬；他一心想发大财，他听文哥说公检法的人一亮证他那假证就白办了，子午就给自己装个假警察证去诈骗要办证的民工；他想到白吞人家的定金；为了不给人家交保护费他干脆跟人家混到一起；最后他在一个办假证的公司经理处尝到了甜头——经理怕办假证的事情泄露而给他三万元，经理从抽屉拿钱的姿态极大地刺激了子午，这给了子午胆量、野心和方法。他开始主动打电话敲诈那些找他办过假证且有职位的人，他试图在拿到房子的首付之后就金盆洗手，跟自己相爱的姑娘过天上人间的安定生活。可是最后一次，在领结婚证当天去取敲诈费的时候，悲剧发生了，他光鲜的穿着和喜气的表情同样刺激了对方，对方用刀子将他送到了“天上人间”。子午是所有这些卖伪证者中头脑最灵活、欲望最大的一个，结果他承担了最悲惨的命运。欲望才是谋杀他的元凶，而这种欲望恰恰是被现代化的大都市刺激出来的。如果仍然生活在江南的小镇上，子午不会做那么宏伟的梦。城市吸收了他的青春并彻底地吞灭了他的身体。尽管表哥“我”始终坚守着一些所谓的道德底线，不断地盯着子午，不是耳提面命就是三令五申，但是，生活似乎并不因此而对我网开一面，“京漂”有着共同的命运——都市是别人的，那些在都市生活中游刃有余的人都是别人，永远是别人。“京漂”只有漂泊的命运，都市生活的光辉使他们无法返回家乡，然而都市生活的繁华对他们就像肥皂泡一样缥缈易破。尴尬成了他们基本的人生处境，要么像“我”和文哥一样苟且偷生，与警察玩猫捉老鼠的游戏；要么就像子午一样付出生命或者自由的代价。

文哥和子午在对金钱的态度上近乎迷信，他们坚持认为维持婚姻最需要的是钱，所以他们不择手段。这种信奉如此不可动摇如此在所不惜，使我们不得不重新思考这个时代的症结。

徐则臣的笔总是伸入都市的光背面的影——就像年老色衰的妓女。当那些光鲜豪华的琳琅满目的消费生活逸去之后，我们就不得不正视城市基石下面的废墟；当法律的制服脱去之后，我们就得直面欲望的海洋。没有制服保护的子午就只能淹没在欲望的海洋中。就是在这片足以湮灭人的欲望海洋中，我们注意到诗歌和爱情的特殊位置，她们照亮那些阴暗苍凉的出租屋，照亮了这些沦陷在黑暗和风险中的心。子午在小广告上的无厘头抒情；厨师班小号和诗人班蝉（《三人行》），假证贩子边红旗和诗人边塞（《啊！北京》）离奇地合二为一，世界有多么广袤，欲望就有多么深远。诗歌不合时宜地栖居在这些卑微者内心最静谧的角落，在他们得意抑或忧伤，寂寞抑或热闹的时候会随时缠绕他们孤单的心。就是子明的女朋友沙袖这样一个闲人也会因为蚀骨的寂寞而变成诗人，因为不可承受的虚无而与边红旗意乱情迷。理性的认知无法驱遣随时来袭的空虚。

肉体并不是完全自足的世界，就像姑父这个好色之徒，一个伪证制造者，在“伪证事业”连连受挫之后体内雄性的力量也会逃遁，器官并不受意志或理性的支配。此时，物质和精神的界线在何方？谁又能分得清楚。正是因为身体内部的打击，使他甚至对生命本身也不在乎，他们明知警察在行动仍然要抓紧最后的机会来证明身体的力量。就在他因为儿子高考的喜讯重新获得男性的生命力时，法律却宣判了他的罪行。此时，欲望占据了上风，现实的利害被置之度外。

边红旗深爱着自己在家乡小镇的妻子，但是这并不能使他忘怀于北京，所以在妻子从监狱将他赎出，要领他回家乡时，他对着北京的天空流泪了。再回望北京情人沈丹的魅力，很难与她的北京原住民的身份脱钩。要是没有北京这个护身符，没有北京古老破旧的祖屋，没有欲望的煎熬，边红旗是很难与她发生情感纠葛的。

假证，盗版光碟，假古董，它们经不起阳光的照耀，它们只能发生在暗影中，在人群熙攘的缝隙，在那些见不到阳光的出租屋里，在那些常人不会光顾的棚子里，地底下……他们的爱情也总是发生在“暗地”，见不得光，受歧视是外地人的宿命。子午与北京姑娘闻敬的相爱要承受所有的流言和劝告，敦煌与夏小容的爱情根本不能言说，堂哥山羊和唐小鹰的爱情前途未卜，却率先失去了自由……爱情是漂泊者内心唯一安定的力量，然而为了这一点星光，他们总要付出自由的代价。这就是外地人与城市关系中的悖论。

三　叙事

徐则臣的小说世界可以分成北京和故乡两个部分。人与故乡、城市的关系以及情感与身体的分离被放大。故乡是宁静的，城市喧闹的；故乡是温暖的，城市却是冷漠的；故乡是贫穷的，城市却是富足的；然而，故乡是回不去的，因为故乡是没有生气的封闭的被动的；而城市却是欲望流转的是生机勃勃的是开放的主动的，因了这种精神和物质的双重吸引，我们将故乡放进行囊，让身体流动在他乡。在城市化现代化的过程中，身体必然与城市同在，心却眷恋遥远的无法重温的田园牧歌。故乡、亲人、星星、麦子和蛙鸣只能在梦里熠熠生辉。

> 现在，巨大的城市把乡村吸干了，不知足地、无止境地要求并吞咽新的人流，直到它在几乎无人居住的乡村荒地中变得精疲力竭和死去为止。全部历史中这一最后奇迹的罪恶深重的美人一旦掳掠了一个受害者，它是决不会放走他的。原始的人们能使自己从土地上解脱出来，到处漫游，但是智性的游牧民永远做不到。对大城市的怀恋比任何一种思乡病更严重。对他来说，家就是这类大城市中的任何一个，而最邻近的村落也成了异域。他宁可死于人行道上而不愿“回”到乡村。甚至对于这种虚夸的厌恶、对于五色斑斓的光辉的厌倦、那最后战胜了许多人的厌世感也不能使他们得到自由。他们把城市带到山岭或海洋。他们的内心失去了乡村，而且永不能在外表重新得到它。[①]

斯宾格勒所预言的这一切像幽灵一样徘徊在徐则臣的叙述世界。在关于京漂的欲望叙事中，诗意总是被现实无情地侵略，出租屋外是偌大的京城，只有破旧的出租屋内几个同租的邻居之间故乡的温情一息尚存，就是这一点微薄的温情也常常经受着肉欲和异性的考验。柔弱的诗歌总是不得不让位于谋生，监狱才是他们这种京漂族不变的归处。而在关于故乡“花街”（《人间烟火》、《夜歌》、《伞兵与卖油郎》等）的叙事中，乡村在不断地受到城市生存法则的侵袭，诗意却顽强地蛰居在日常生活的内里，叙述凸显的是变化中的故乡生命力的坚韧，理想总像“降落伞”一样在生活的上空飘扬。在对北京和故乡不同的叙事旨趣上，我们看

---

① ［德］奥斯瓦尔德·斯宾格勒：《西方的没落》上册，齐世荣等译，商务印书馆 1963 年版，第 217 页。

到了作者内心深处的分裂，这种分裂也是叙事者和故事主角们分享的境遇，这也是建构现代民族—国家过程中城市赐予我们外地人的共同处境。

《我的朋友堂吉诃德》这篇新作中，作者集中展开了对城市人际关系的思考。这种思考仍然是通过对故乡的怀念通过城市与乡村的对比来演绎的，防盗门拉开了邻居间的距离，礼貌恰到好处地掩饰了我们的冷漠，面具遮盖着我们的贫乏。人与人之间真正的真诚友好、和谐和温暖已经遥不可及，那个延续几千年的熟人社会就这样离我们远去了。温情脉脉的邻里关系、淳朴恬淡的人情已经无处温习，乌托邦离我们越来越遥远。打破人与人的隔阂要比拆除防盗网困难得多，就是坚持不装防盗门的老周也迫于周遭的压力不得不装上，这也是城市生活对我们的要求，个人的争取与坚持微不足道。所以，老周只能成为堂·吉诃德，他的香烟和糖果也只能留在自己的口袋里。当他独自以他的热情为长矛，挺向现实的风车，他只能四处碰壁，灰头土脸地躲进自己的屋子跟“我”倾诉，而“我”这样一个租客因为租金提价明天就要搬家，“我”只能问问老周的名字。

小说的虚构就是现实一种，有如《养蜂场旅馆》的叙述所揭示的艺术与生活的模仿关系，也就是内心世界的真实与外部世界的真实，记忆的真实与生活的真实的界限在此模糊，就是叙事者也身陷其中分辨不清。

《西夏》这个以主角的人物命名的小说，在我看来都含有一种对历史真相的追寻。西夏这样一个后天的哑巴因为丧失了说话的功能而可以顺利地逃脱语言——自身的来路及个人的历史，然而，真相仍然像一个巨大的包袱一样压迫着“我”，甚至“我”的房东和“我”的朋友们。就像哲学要追求自由一样，小说要不停地追问真相。然而，真相的基因也携带着令人恐惧的力量散发着让人焦虑的气息，“我”一直渴望着的真相在真的要光临的时刻“我”却无比害怕，“我”怕现实中触手可及的幸福被空洞的语言打破。在《西夏》中，叙述探讨了语言这个随风消散的使者究竟担当了一个什么角色，真相竟然是由语言这样一个随时遁形的事物来负载，而这样一个轻浮缥缈的事物却构成了人生最沉重最内在的压迫。话语作为一种权力已经无形地延伸到生活的每个角落，笼罩着每位语言的使用者。

这些不同维度的叙事拓展了徐则臣的叙事世界，无论如何，叙事者是以一位外地人的心情来叙事的，北京，是外地人眼中的北京，是京漂们渴望融入却无法全身心认同的他乡；同样，故乡，是回不去的故乡，是游子内心亲切的怀念。身心异处就是这个消费社会的必然代价。

当叙事者“我”终于由一个同情的旁观者（在《伪证制造者》中是学生到记者、在《啊！北京》中是巴尔扎克式的被作家的天职和名利的希望吸引到北京的写作者、与卖假证者同租屋子的邻居）慢慢变成一个货真价实的贩卖伪证者（《天上人间》），作者本人也在写作的道路上铤而走险，他试图摆脱监狱这个叙事避难所，经过了一个世纪的努力，叙事仍然不能为京漂们找到“祥子”以外的命运。

当监狱再也不能成为地狱这个最后的安顿处之后，叙事者勇敢而痛苦地直面自己唯一的表弟——故事的主角子午到达“天上人间”之时，一个告别仪式在作者心底悄然升起，在都市之夜的深处，在浩大的寂静深处，他也面临着诗人弗洛斯特的选择：

黄叶林中分出两条小路，
可惜我一个人不能同时涉足，

我在路口伫立良久，
向着其中一条翘首极目，
直到它消失在丛林深处
……

第 三 章

日常生活的诗意与神性

第一节　罪、真相及救赎

如果说写《愤怒》的时候北村站在十字路口，仍然有某种迷茫，那么《我和上帝有个约》则是北村在十字路口选择方向之后的坚定向前。《愤怒》奠定了《我和上帝有个约》的基本框架，两个文本在大的情节构思、人物设置和思想演进上是一致的，但后者更缜密、更辽阔，技巧也更成熟。最重要的是，北村的心更清洁了，他从叙述的世界中看到了希望和生之欢欣。

读完北村的《我和上帝有个约》，悲壮、绝望、希望，各种情绪一道袭来，沉重而绵长。曾经被视为先锋作家代表之一的北村这次变得极其传统，甚至溯回到了传统之源，他精心拾起曾经一度被先锋所鄙弃的故事。当然，如果从自由的角度理解先锋，那么，北村依然是精神的先锋，他曾在《我与文学的冲突》中说："许多优秀的作家的著作堆满了图书馆的书架，但他们都死了，没有一个人把永生的生命给我。现在，我对我仍在从事写作充满了疑惑和痛苦。"[1] 所以，北村选择安静地倾听内心的风暴，

---

① 北村：《我与文学的冲突》，《当代作家评论》1995 年第 4 期。

他听见了神的召唤，看见了神的光芒。他渴望通过写作将永生献给我们。

一　神性写作是为生命作见证

北村是中国当代少数的有信仰的作家，他真诚地相信：说出真相可以通达真理，人能够在悔改中得救，领受神的恩典。北村的诚实赋予了他叙事的真实性。罪与罚这个古老的命题一直潜在地牵引着他的写作。为了得到内心的安宁，为了得到终极的救赎，在过往的写作中，北村进行了各式各样的努力尝试，但也明显地留下了某些牵强的痕迹，就像一个匆忙的罪犯没有收拾好的现场留下的蛛丝马迹。

就是前两年一出版就备受关注的《愤怒》中，马木山得到的救赎来得太突兀，从李百义的叙述回顾中，“马木山”到“李百义”这个过程变化太快，仅有的一次福音就将光赐给了他，将一个杀人凶手、以追求个人正义问题为己任的马木山引领为一个毫无缺点、广施恩泽的李百义；将追求生存为目标的马木山度向了一个刻薄自己造福他人的慈善家。这对于阅读经验来说似乎缺乏某种合理性。所以《愤怒》的整体力量更多地来自前半部分，来自马木山的出离愤怒，来自对中国当下悲惨现实真实入微的描绘，来自作者强压着无边无际的愤怒和对底层人物的同情与怜悯。

当生活降为生存，当人降为物，我们对触目惊心的现实处境难道还可以一直麻木不仁下去吗？在我们的传统文化中，我们的人权一直是个被忽视的部分，在“普天之下，莫非王土；率土之滨，莫非王臣”、“君要臣死，臣不得不死”的文化逻辑里，一个普通人生如草芥，随时可能被连根拔起甚至株连九族。命运的戏剧性每天都在上演，没有人能主宰自己的命运，所以就有了听天由命的宿命与无奈。

因为没有起码的人权，最令人发指的事情随时发生，身体的安全得不到保障，尊严从何谈起？温暖可感的日常生活是正义、真理和爱之大厦的基石，然而，这个基础在很多时候并未能得到足够的重视。在这种境况中，生命的尊严和价值会被践踏，生命本身也会被漠视被奴役甚至剥夺。马木山美貌的母亲才会甘愿被村长凌辱仅仅为了一点点食物和马木山能够上学，马木山的父亲那样心安理得地抽村长完事后留下的香烟；马木山漂亮的妹妹才会被强迫卖淫并在惨死的同时露出心脏，马木山的父亲才会死不见尸。也正是由于目睹母亲身体遭受的奇耻大辱和此后入城遭遇的一连串非人的打击，马木山这样一个本质善良怯弱的人才那样愤怒，那样仇恨，最终以自己个人的方式审判了仇人并以暴力消灭了他的身体。

然而，愤怒和仇恨并没有在复仇成功时消失，随之而来的却是纠缠他心灵的日甚一日的疑惑。马木山开始怀疑自己的正义，牧师的布道让他找到了另一种生活——生如蚁而美如神——的可能。那就是：

> 李百义对自己苛刻，对别人大方，这通常被当作榜样的热症。但在李百义身上，这不仅是特征，而近乎是一种生命了……他爱的是书，不是钱。所以，只有在一件事上他肯花钱，就是买书。
>
> 可是在六年前开始，他却停止买书了。他觉得这些书并没有教会他如何生活和做人。他发现，指导生活最便捷的方法，就是一个人在深夜，听自己的良心。因此他形成了一个习惯，在临睡前，他会闭上眼睛，慢慢地问自己的内心，和它对话。他会过电影一样把一天的事情过一遍，哪些事情不应该做，哪些事情有欠缺，他都会过一遍。他发现，自己的

心灵比任何朋友都可靠，它不饶舌，很亲切。它是最好的朋友，它和他交谈时也最真诚，它是最好的导师。关于未来的事应该如何做，问它便知。

当愤怒渐渐从李百义心中平息，当他内心最隐蔽处的爱之灯被点燃时，爱也在沐浴我们，引导我们向内转，审视自身的罪性。

《愤怒》前半部分有卡夫卡的思考，即马木山的父亲这样一个无罪行的人被权力谋杀；而后半部分则延续了陀思妥耶夫斯基的思考：罪必定受罚。尽管没有任何人会将李百义跟罪犯马木山联系起来，然而，李百义自己无法将过去割裂，无法将行凶之事实遗忘。随着时间的过去，随着他与马木山的关联渐趋断裂，李百义受的煎熬就越重，最终酿成生命无法承受的重量。他没有主动自首，但是他在内心服罪，所以在真的面对警察的手铐时他露出了灿烂的笑，这个笑展示了他内心的秘密：因服罪而自由。和所有罪犯的惶恐不一样，李百义开始得到了安眠，他甚至胖了。他内心的平安与自由也感化了当年刑讯逼供的参与者孙民，最终因此而找到了10年前父亲被谋杀的真相。

在《我和上帝有个约》中，北村延续并深化了关于罪与罚的思考，不同的是，这次他找到了更贴切的形式。思考比《愤怒》更成熟，铺垫更充分，叙事也涉及了更广阔的社会生活。

《愤怒》中的李百义是个一蹴而就的人物，凶手马木山只活在他的回顾中。《我和上帝有个约》中，内心的罪、罚与悔改依然穿着可体的刑事案件的外套，但整个叙述大致是直线渐进的，凶手陈步森赤裸裸地暴露在阅读中，他的动摇，他的悔改，他的行为，他的思想，一一呈现。有时候，这种直白的还原法反而有一种意料不到的力量。这颇有点像鲁迅那个常为人引论的开头：“一棵是枣树，还有一棵也是枣树”一样。

关于形式与内容的争论由来已久，很多人可能会觉得古话所说“七分人才，三分打扮”比较恰当，而我更倾向于“一白遮百丑”的说法。在我看来，形式就是内容的皮肤！不是衣服，衣服是随时可以脱下，可以随季节更替的；皮肤不可以，皮肤与骨骼之间胶着在一起，无论是对形式还是内容的伤害都可能对文本带来切肤之痛。皮肤和血肉骨骼一道变老，它们之间是化学反应而不是物理反应，是不可逆转的。就像人老珠黄的“黄”一样，你已经分不清到底是眼珠的内容还是形式。罪行与罪性也是互为表里的，有时候，罪行是罪性的形式，另一些时候，罪行却是罪性的内容。自律直接面对我们的罪性，他律面对的往往是罪行。自省面对的是内心，而他审面对的只是行为。

当然，案件只是叙事的物质部分，外在的法律只是挪用的对待身体的武器，它时时地与内心不可见然而真切可感的道德律令发生冲突。他律、他审只能抑制罪行，自律、自省才能抑制罪性。自律比他律更有效然而也更困难。

当文本进行到一半的时候，主人公陈步森就被冷薇诱捕了。凶手归案，按照我们通常的侦破故事，就已经到了皆大欢喜的结局时分。然而，没有。因为叙事的目的不在于凸显侦破的智慧和案件的离奇曲折一波三折。当叙述摆脱了具体的凶杀情节进入了更广阔、更恒久的命题——内心的道德律令与外部有形世界的冲突。于是，罪犯面呈几何速度倍增：刘春红杀过自己的婴儿，周玲做过假账，满口道德的陈三木虚伪且好色，收美貌妓女为学生，苏云起行贿并使用不合格的建材导致楼房事故发生，矿主更是昧着良心不用报警仪导致矿难，律师玩弄法律卖弄口才，领导则以结构性腐败为幌子大行腐败之道……只要认真检视，每个人都是或曾经是罪犯，至少也是嫌疑犯！具体的罪不同，然而，罪就是一种最真实的存在，与生命同在，与体内涌动的欲望息息相关。善恶一念间。这种对罪与生命同在的深刻认识是对《愤怒》中关于罪性与罪行之思考的升华。

同样是未归案的凶手，陈步森的悔改要比马木山的悔改来得更可信，他的悔改更缓慢、更游移，更吻合内心的速度。在陶陶稚嫩的眼神面前，在冷薇的疯狂之苦面前，在冷薇母亲毫无戒备之心面前，在罪造成的悲惨后果面前，陈步森坚硬的内心震动了。随着他与这家无辜的受害者家属的深入接触，他悔悟了，他的心慢慢地柔软、干净直到圣洁。当然这中间有着重重的障碍，有着反复的动摇，因为他要直面的是肉身的代价、欲望的深渊，但最终他承认了自己杀害李寂的真相，他承担了自己的罪并走向了更广大的人道主义，他选择枪决以便献出自己的遗体，用自己的肝来拯救病危的冷薇。天堂之光安抚了他那不安的灵魂，在世界的另一面，他看见了永生。

和谐就在冲突中。得救与罪相连。在这种意义上说，罪与生命同在，生命的过程就不断地警惕罪性，在自律中迎接光以驱除寒霜。

二　神性写作在当代

古话说“人往高处走”，北村的写作是一种向上的写作，是一种通向高远的写作。他写作的目的是为了看见光，驱赶黑暗。有些作家的写作是后退的，是试图退到母亲的子宫或者退到动物，无疑这种企图不仅是可笑的而且是徒然的。在现代化的总体语境中，我们不能回避时代的本质性问题。

在远古的时候，面对叙事之源——欲望，先贤圣哲所钟情的是将之叙述为善。以孔孟为代表的儒家文化相信“人之初，性本善”，所以他们倡导：仁者，爱人。在西方，柏拉图把善看成“最高的理念，也是认识和真理的源泉，是超乎一切之上的”。并认为："德性和善的概念与幸福、成功、欲望的满足等概念之间有着不可分解的联系。"这些哲人们希望通过这种叙述策略将礼崩乐坏的社会导向善、导向和谐。

宗教不同，在正视人类的欲望的同时大抵将欲望叙述为恶甚或罪，所以几大宗教不约而同地将贪视为恶之源，强调节制欲望，立下诸多清规戒律。《圣经》中亚当和夏娃偷吃禁果被逐出伊甸园的故事广为人知。人因为有欲望而有了"原罪"，所以被神惩罚活在痛苦当中。在耶稣看来，人人有罪，但他以自己的死洗去世人的罪，"神爱世人，甚至将他的独生子赐给他们，叫一切信他的，不至灭亡，反得永生。因为神差他的儿子降世，不是要定世人的罪，乃是要叫世人因他得救"。所以说"我就是道路、真理、生命"，"跟从我的，就不在黑暗里走，必得着生命的光"（《约翰福音》）。

北村勇敢地将神的维度引进我们的文学当中，这是我们的稀缺之光，也催化新的叙事精神生长。神性写作在最根本的意义上就是恢复人的使命与责任、尊严与高贵的写作，是最高洁、最纯粹的人道主义。在当下这样一个欲望活跃、消费至上的时代，不同的作家显示了不同的立场和趣味。有些作家很敏感，迅速地捕捉时代的表象，为这个时代保存了经验的肉身；还有些作家向知识求助，希望在与古人的对话中推陈出新；也有不少作家选择与时代同流合污，将写作视为自娱自乐，并以此作为谋取名利的手段，以"我们"为幌子遮盖"我"的责任，忘却"我"的使命。北村勇敢地出示了一个作家的良心，在时代面前，他选择了"大拒绝，即对现实的事物的抗议"①。北村竭力塑造一个新世界以

---

① ［美］马尔库塞：《单向度的人》，刘继译，上海译文出版社1989年版，第59页。

反抗现行秩序，在这个可能的新世界里，每个人勇敢地承担起其来到世上应该承担的使命，不仅为自己的行为负责，而且为自己的心灵负责。相对一个完善的制度来说，有美好的伦理道德是同样重要的。人心的破败、道德的沦丧要比制度的残缺更可怕。没有一颗相信的心，大爱就无从站立。北村为我们点燃希望之光，给生命带来喜乐和盼望。

北村当起人心的清洁工人，为我们清扫世俗欲望的大街小巷，为我们引来光，照亮那些幽暗的角落。要建立起丰富仁厚的人心世界，他对人物的设置也别具匠心，暗含着一种对比关系，如陈佐松与李百义，马木山与张德彪：陈步森与胡土根，陈步森与冷薇、陈步森与陈三木；周玲与陈三木；陈三木与苏云起；苏云起与张三青；李寂与陈平……大家互为镜子，互为参照，我们在对方的瞳孔里总能看到自己日益浑浊的眼神、日益膨胀的欲望，看到心灵的黑暗与罪恶以及悔改后的平安与幸福。我们在别人的眼睛中“认识你自己”，看到心中的罪恶也看到神的荣耀。罪从来不是个人的，施者是罪人，受者未必没有罪，就像人“是社会关系的总和”一样。正因为这样，我们每个人才一定要宽恕他人并随时“三省吾身”。原罪不是我们的开脱理由，不是犯罪的借口，而是我们警惕和悔改之根。

在《愤怒》中，孙民受了李百义的感召，明白“指出真相，就得平安。说谎，就受捆绑”。所以，他甘愿由看守所所长转瞬变为看守所的罪犯。到《我和上帝有个约》中，许多人像孙民一样勇敢地站了出来承认自身的罪。认罪其实就是对他人的爱，也是为自己的生命佐证。

就是受害者冷薇也最终站在法庭上为陈步森佐证。李寂曾经渴望大声说出真相，但是所谓的结构性腐败极力阻挠他，他选择退出权力舞台，不久就被谋杀了，他带走的部分真相由爱人冷薇勇敢地帮他说了出来。

对世界充满仇恨的胡土根也在冷薇叙述的真相中有所苏醒。

爱陈步森的刘春红最后也大胆地讲出了自己失手杀害他们的孩子的真相。

辅导站的苏云起和律师沈全也一道说出了当年的真相。

陈平这个曾经满怀理想然而到底参与结构性腐败中的市长最终也准备一吐为快。

周玲彻底地摆脱了做假账得高薪供楼房的无聊生活。

甚至连陈三木这样的伪道学家也有了悔意。

……

叙述者为他们选择的是一条狭窄的道路，那就是——说出真相。别轻视这四个字，其实它就是我们内心隐蔽处的泰山，它与恐惧比邻。说出真相是摆脱恐惧的唯一的小径，拒绝说出真相，生命就被恐惧笼罩，赦免和宽恕也无从产生，内心也不得安宁。除了说出真相以外我们别无选择。唯有说出真相才能通达真理，才能通往上帝，通向恒久、无限乃至永生。这也是北村写作的理由和目的。

在一个没有信仰的国度，在一个充满怨恨和愤怒的现代社会，要见证并大声呼告我们的罪与爱是何其艰难，要随时警惕罪性、始终保持向上之心何其艰难。所以，北村前行的每一步都要与旧痕搏斗，都要踏着血迹前进。北村受神性的引领披荆斩棘，在千万条写作的通途中，他为自己开辟了一条独特的逼仄的通道。他踽踽独行。

三　女人离上帝更近

我要特别提及的一点是北村对于女性的态度，这其实是他神性写作不可或缺的部分。西美尔曾经说：“女性比男性具有更强的流动性，更倾向于献身日常要求，更关注纯粹的个人的生活。”[①] “女人在自己的存在中比男人更坚定、更完整、更协调……女人更沉稳、更深入地驻留在自己特别本质的最终环节中。”[②] 张爱玲也曾在《谈女人》的散文中历数了女人的种种不是之后肯定“女人的精神里面却有一点‘地母’的根芽。可爱的女人实在是真可爱。”他由对女性文化的考察得出结论：女人比男人更接近存在；从人的纯粹性而言，女人比男人更是人，她们更贴近自己的天性。

尽管女性形象并非北村叙述的主角，然而，他对于女性的尊敬、同情和理解却在不多的笔墨里表现得十分充分，如《我和上帝有个约》中：周玲这个陈三木教授的太太，她只受过中等教育，却能用三言两语就把真相指示给人，不像高等学府的陈三木教授那样满口仁义道德，她能尽量遵照自己内心的愿望行事，她关心沦落社会底层的表弟陈步森，也将他的母亲当成自己的母亲来照料，她会给乞丐钱，给陌生人帮助，她义务去心灵辅导站，她不仅有仁慈的心，还有爱陌生人的能力。她的关爱给了陈步森从罪恶中苏醒的某种动力。当然，最直接的刺激来自受害者的宽容与爱中，陶陶对陈步森洁白的依恋，失忆中的冷薇那没有芥蒂的爱，冷薇母亲的毫不设防以及面对苦难的自然、坚忍一道感化了陈步森。就是这些平常女性的率真、善良和美好让陈步森看到了人之为人的珍贵，看到了生命的要义与高贵，看到了神的光辉，进而唤醒了他内心最深处最隐蔽最原初的圣洁之欲。

李好对李百义纯洁的爱、刘春红对陈步森的不顾一切的爱都从一个侧面为女性的纯粹性添加注脚。李好对李百义纯洁的爱更

---

① ［德］西美尔：《金钱、性别、现代生活风格》，顾仁明译，学林出版社 2000 年版，第 153 页。

② 同上书，第 191 页。

集中地表现为恋父情结，而刘春红对陈步森的爱则偏重于母爱，无论是女儿之爱还是母亲之爱都生发于女性心灵的根部，是女性的全部生命能量积攒起来生长而成的，这也是她们个性的集中表现。这种献身性质的情感往往是男性所匮乏的。

在北村的叙述中，女性自然地远离罪性，她们离上帝更近，她们更容易得到上帝的眷顾，被上帝拯救。因为女人的纯粹性、日常性和坚韧性使得她能够鼓足勇气直面真相，并像《皇帝的新衣》里纯洁的孩子一样将真相大声地说出来。承认自己的罪是最艰难的开端，只有内心足够强大之后才有可能形诸言语这一思维工具。日常生活究竟对女性泄露了什么样的秘密？使她们能够从世俗的欲望中升华，通向圣洁的灵魂生活，勇敢地面对并接近神那至高无上的要求，也即存在。这一点文本并没有透露，我更愿意将这看成作家北村的生活境界，他通过凝视生活发现女性天性更易于自律，更易于倾听内心的声音，因而更易于亲近生活的本质与深意。女性这种性别的一般性和个体性之间的特殊关系是与男性截然不同的。这也是女性主义存在并受到重视的缘由之一。

世界历史是男人书写的，他们掌握着话语权。作为第二性的女性，她其实也是边缘的代名词。女性除了和所有人一样接受时代的奴役之外还受着性别的压制，正是在这种意义上，马克思认为一个时代女性的解放程度可以作为这个社会历史的文明程度的标志。

所有伟大的作家无不对女性抱了万分的同情。雨果对他的艾斯梅拉达、曹雪芹对林黛玉、福楼拜对包法利夫人、托尔斯泰对安娜……哪一位女性不是作家本人的血泪凝成？没有他们的大爱，这些形象就不可能经受住历史的风雨，也不可能持久不衰地立于文艺的画廊。一位思想家、艺术家对于女性的态度往往成为他思想境界的重要标志，只有对女性充满同情和理解的人才有可能真正地爱这个世界，爱那些社会底层者和弱小的事物，从而通向爱的真谛，通向高远的生命境界。对名利权贵之爱是虚假之爱、庸俗之爱，而神性之爱是爱众生、爱弱小者、爱边缘事物，这一切才是通向真与善的桥梁。

今日之中国，我们对女性的书写充满了臆测甚至意淫，最典型的要数《废都》，文本书写的是现代都市，然而所有的女性身上没有一丝现代意识，女人自甘成为男人的消费品，自甘沦为男性虚名的奴隶。这种严重扭曲女性精神的腐朽的男权意识既成为消费时代津津乐道的叙事资源，也成为女性意识明晰的叙事所反抗的靶子。女性写作的重要意义在今天依然未被充分地开掘。

身为男性的北村能够从这种狭隘的男权意识中超越开去，直接将崇高的爱附着在女性形象上。在《我和上帝有个约》的结尾，陈步森勇敢地献出自己的肝脏来拯救受害者冷薇，这绝不是一个简单的情节，而是一个深刻的寓言，关于两性之爱的寓言——心肝的实现，也是关于信仰永恒的寓言，其精神有如美国女诗人狄金森的诗歌《如果我能使一颗心免于哀伤》：

如果我能使一颗心免于哀伤
我就不虚此生
假如我能解除一个生命的痛苦
平息一种酸辛

帮助一直昏厥的知更鸟
重新回到巢中
我就不虚此生

不虚此生就是永生，永生就是作家北村一直渴望传递给读者的消息。

第二节 神话的过去性与当代性

由英国坎农格特出版社出版人杰米·拜恩发起的全球“重述神话”大型图书出版项目得到了中国知名作家的回应，现已出版苏童的《碧奴》、叶兆言的《后羿》、李锐的《人间》和阿来的《格萨尔王》，在全球产生一定的影响。这套书的出版提醒笔者重新思考文艺的“全球化”与“民族化”、神话的过去性与当代性等问题。神话作为民族文化的源头，它集中地展现了我们民族童年的精神镜像；而神话的民间流传和版本修订则显示了民族文化由口头到文字记载的发展历程。

“神话重述”的国际写作计划是一种借尸还魂的写作方式，在古老的传说中注入今天的时代精神，实现传统与现代的碰撞交融。华莱士·马丁在《当代叙事学》中强调：“重要的是时代的叙述而不是叙述的时代。”也就是说，无论今天我们叙述何种题材，历史题材也罢，神话传说也罢，我们都是以今人的情感和立场进行叙事。但为什么还要穿上神话的年久月深的陈旧衣裳呢？笔者以为这是对本土化资源的清理，是重建叙事与传统的一种努力，换句话说，昨天并没有消失，它被化妆，它依然活着。就像我们脚下的泥土，埋葬着祖先的躯体，生长出供我们享用的果实。在今人的情操里依然流淌古人的精神。

《白蛇传》的传说流传千年，深入人心，当然也是指在乡土中国，它甚至是乡村祖母、母亲“早教”的一部分，鲁迅的《论雷峰塔的倒掉》即是明证。神话完全可以按字面释义，它就是神化的话语，依赖民间的口耳相传。同时，神话作为人类的口头创作，它来自“人间”，预先寄托了人类的情感和愿望，它长着一双超越人类局限的双翅向高空飞翔。

李锐的《人间传》借助这个流传久远的故事外壳传递了他对于“人间”的思索，尤其是对人类排除异己之残酷无情的批判。他既继承了传说中对于白蛇的同情，又在白蛇的抗争中注入了更仁慈的内容，爱不仅是“剪不断、理还乱”的情愫，更是献出自己的血和肉身的大舍；白蛇以自己的全部来捍卫自己的爱情，许宣也被这种深情感染，愿意不问人、妖之别，与白蛇共患难，但是他背后站着整个人类，他们的脸上分明而整齐地写着不容，“不忍”却被正义和大善之名慢慢修改了。要等到白蛇死后，法海才明白自己究竟为“大义”之名犯下了什么。

《人间》结构别具匠心，以白蛇故事为中心让几条线索同时进行、互相阐发，达到一种发散性、丰富性。小说从雷峰塔倒掉“我”出生开始，以对爱蛇少年的报道结束，将一个远古的传说集中在 20 世纪进行叙述，法海对白蛇的迫害与 20 世纪的集权制度相呼应，为重述找到了现实基础，叙事时间使作者的批判意旨更加明确。

一　白蛇的重述

在人类渴望成仙的同时，白蛇却渴望修炼成人，于她，“成仙易，做人难”。仙人居住深山，风餐露宿，躲避纷乱的尘世，只与幽僻高洁的自然为伍；而在人间，我们要勇敢地面对世间一切的污浊、肮脏和寒冷。“仙”本质上是逃避，而人却选择面对，难易高下立判。

白蛇是多情多义的象征，但是，她有原罪，那就是它的蛇身。无论是在中国还是西方，蛇的叙述都被妖魔化，蛇成为一个诱人堕落的形象。在中国文学中，常以蛇来形容那些有魅力女子，比如穆时英的《被当作消费品的男子》中的蓉子多次运用蛇的意象，“蛇身、猫脑袋”、“她躺在床上，像一朵墨绿色的大懒蛇”，女性性感的细腰常被喻为水蛇腰。在《圣经》中，蛇引诱夏娃偷吃了禁果，结果被逐出伊甸园。上帝惩罚蛇“必用肚子行走，终身吃土”。（创世记 3，14）“我又要叫你和女人彼此为仇。你的后裔和女人的后裔也彼此为仇。女人的后裔要伤你的头，你要伤他的脚跟。”（创世记 3，15）《圣经》中，蛇是人类失乐园的罪魁祸首，永世得不到谅解。在弗洛伊德的理论中，蛇成为阳具的意象。有关蛇的叙述源于人类的排异，党同伐异是人类历史重要的组成部分。人类既不容动物中的异类，捕蛇者古已有之，唐代毒蛇可顶赋税。更可怕的是，对于不同政见者人类一律以政治正确的名义捕之。20 世纪的“世界大战”和集权政治的罪恶即是明证。柏杨干脆认为中国人不能团结一心是上帝的意旨。上帝还建“巴别塔”以不同的语言来离乱人间。我们知道，语言恰是民族文化的重要标志，是“想象共同体”的想象基础之一。

善良多情的白蛇哪里知道“人间”如是凶险。她的原罪经过了近三千年的修行也没有被赦免，因为她在两千九百九十九年的一次善心大发而功亏一篑，她最终没能修成“人心的残忍”。菩萨告给她：“在人间，你将备受折磨，没有什么生灵比人更不能容忍异类的。”这就是白蛇来到人间的命运预言。为此，白蛇小心谨慎地做人，连青蛇为恶她也不允许。白蛇只想与许宣厮守，并无其他奢望，却逃不过法海这位除妖人的火眼金睛。

当儿子来到世间，白蛇一阵欣喜，她以为自己终于可以留下一个单纯的人，一个由父亲遗传的人，她以为她的举世无双的爱情换来了一个纯粹的人的孩子。但是，从血污中孕育的新生既无比纯洁又无比邪恶，“做人是这么血污和幸福的一件事”。血污和幸福是钱币的两面。生命从血污中来，生命才可体验幸福。

白蛇要面对自己“沉重的肉身”，更可怕的是还要面对儿子沉重的蛇身，还在襁褓中的儿子却像蛇一样爬到草地里扭动、闻笛起舞，这对白蛇就是天崩地裂，是光明陨落。儿子仍然要继承她的命运，要被整个人类排斥，白蛇所遭受的一切要在儿子身上重演。白蛇留给人间的证据仍然泄露着她的原罪，打着她的身份的烙印。人间万物，关系如此迷离错综。“从哪里来，到哪里去”几乎暗藏了全部玄机，“人间”因缘环环相扣，险象环生。

被法海镇压的白蛇没有被压在雷峰塔下，白蛇被烧死后显现的是人身！这是神化的想象，这是神奇之笔。在历尽了人间的诸种磨难之后，在付出灵异的鲜血的代价之后，白蛇获得了人身。可是，她拯救过的“人间”毁灭了她，毁灭了一个历尽千劫万难才修炼成的真正的人！白蛇终于梦想成真，这是多么荒谬的证词。要到死后，我们才能明白“人”、“妖”的真相。只有太阳、山川和大地一如既往。

二　法海的重述

在传说中，法海是个得道的和尚，是道与正义的象征。1924年，在雷峰塔倒掉之后，鲁迅迅速写出杂文《论雷峰塔的倒掉》，文中对法海谴责有加，甚至用了“活该”这种幸灾乐祸的表达。总之，法海是多管闲事最终自己遭殃，在人间无处安身被迫躲到螃蟹窄窄的身体里去苟且偷生。在传说中，法海在看出许宣脸上有妖气之后便设计迫害白蛇，至于白蛇的善恶他倒未及分辨。

而在《人间》，法海变成一个像哈姆雷特一样犹豫不决的行动的主体，“法海手札”泄露了他内心的秘密和迷惘：他的身份是个除妖人，除妖是他的“业”。他对师父、蒋真人他们的思考，他对此生使命的反思乃至他对白蛇的犹豫和同情。法海对自己满目所及的人间罪恶无能为力，他继承的宝器钵盂和宝塔只能对付狐狼蛇鼠之类的“妖”！

这是非常有意味的坦白，与传说构成了新的叙述张力。法海既是为了维护人间的正义，但是具体到他自身，他是有限的，同时他要面对自身的情感和自己的血肉之躯。他的具体的情感与抽象的浩大“法”产生了矛盾。他每每产生“不忍”，师父的话就会萦绕耳际“切记不可因小善而忘大义”，提醒他除妖的使命。

白蛇用自己的鲜血拯救这人间之后，这些劫后余生的人享用生的欢欣的同时却执念于“妖”，邻居胡爹不顾白蛇对他家一再的救命之恩，成为逼迫法海除妖最重要的世俗力量。法海内心残留的“不忍”就被集体的话语祛除，正义、真理成为符号被利用，多数压迫少数、群体残害个体往往假正义之名。

叙述借法海的身份对一切宏大的正义、善良之类貌似美好的事物的重新思考。20世纪，人间多少滔天的罪孽乃至种族灭绝均假以美名进行。

除妖并不是让天下太平的良方。“天下仍是一个暴政和流血的天下……面对这人间的恶行，人的大恶和大罪，我无能为力，我的宝器亦无能为力，我的宝器在人的罪恶面前还不及一件摆设。我、师父、蒋真人，我们能对付能惩罚的不过是狐狼蛇鼠，而红尘中的万丈罪恶，我们只能‘度’。审判者不是我们。”

“我忽有所悟：‘大善和大慈悲在真理之外，如同这山、这水、这风与这慈悲的阳光都在时光之外一样。’”

人类一直在追求真理，可是，真理、理性有它的盲区，这是人类需要宗教需要神的理由。没有神的维度，人性就失去了终极的参考依据。基督耶稣、释迦牟尼等在本质上是舍，是大舍。几乎所有的宗教乃至儒教、辩证法之类的人生哲学都在教人类舍弃。

“我豁然大悟：她修成了真正的人身。三千年仙修未做到的事，人间让她做到了：她舍出灵异的蛇血，成为肉身凡胎的人。”

这是《人间》重述的点睛之笔！也是本书最大的改写。

人间，正是污浊与纯洁并举的人间造化了白蛇妖。先舍后得，白蛇的梦想在它舍出灵异的血之后得以实现，她拥有了人的躯体。这是改写的妙笔，是神化；同时它遵循的是人间的情感法则，是由爱许宣而爱屋及乌，由这个平凡的男子而爱他同属的人类。爱最终成就了她三千年的梦想。白蛇虽死犹荣。法海见证了这一切。白蛇的人身颠覆了他作为一个除妖人的尊严和荣耀。他终究是个人、妖莫辨的不称职的除妖人！

白蛇是妖，这只是她的出身之罪。她的血具有非凡的力量，只有妖血才能治好人间的妖病。也只有当人身上流淌了白蛇的血，我们才能设身处地地理解白蛇的渴望。白蛇经过修炼拥有了人的灵魂，她既正视了自身的爱欲，并为自己的爱情抗争，同时又为保卫自己的爱情而维护人间的安稳，在最为难的关头献出自己，从血到肉身。这是神化和祛神化的结合，是神力与爱情的结晶。

在《法海札记》中，许宣的呼告也意味深长。他是一个真正的凡夫俗子，他要的不过是一个平常男子向往的安稳生活。当他知道妻子是妖之后，他被妖的爱与善所化，他愿意“英雄不问出处”，与妖此生共度。在传说中，许宣是个不明就里的人；而在重述中，他是一个知道真相被法海利用一回之后选择与白蛇站在一起的人。人间越迫害白蛇一分，他越发了解白蛇一分，也更加爱白蛇一分。他的爱给了白蛇一个新的世界，那是她渴望的充满爱情和幸福的“人间”。他们的爱也感召了青蛇，让她安于做一个安分守己的人而不是放任无度的妖。当白蛇为救人不惜用自己的血时，许宣彻底明白了人、妖之间存在着一个怎样的悖论，这个悖论同样地存在于人和神之间。许多共同度过的光阴让许宣明了白蛇的纯情与善良，爱浸透了许宣的骨髓，他要与白蛇共一切患难，他要为她据理力争："一个不伤人不害人的妖精，一个生灵，泱泱世界，为何容她不下？""你一心要灭杀'人'的异己，可面对天下万物一切生灵，难道人就不是异己？"

许宣喊出了人类惧怕面对的真相。"万物的灵长"不过是自大的人类的自封而已。人类被自己创造的话语所迷惑，人类的狂妄建立在一个虚幻的基础之上。而真实的"人间"仍是一个流血的暴力的天下，是个忘恩负义、不择手段排除异己的天下。我们裹着人间"大义"的面纱赐给受害者"牛鬼蛇神"的恶名，我们毁灭凡夫俗子的平静生活，摧毁弱女子的爱情乃至生命，还要将他们打入地狱并踏上一只脚，令其永世不得翻身。这都是人的所为，都是"人间"在美丽的口号掩盖下的不堪的真实。

三 神话重述的"过去性"与"当下性"

一个传说能够流传千古一定有它内在的合目的性。白蛇的传说反映了民间弱女子对于自由爱情的向往。经过五四个性自由的争取以及新中国婚姻自由的政策之后，白蛇的传说是否失去了依存的基础？白蛇的精神在今天可能有着什么样的衍生和发展？

艾略特在《传统与个人才能》中谈道："不但要理解过去的过去性，而且还要理解过去的现存性，历史的意识不但使人写作时有他自己那一代的背景，而且还要感到从荷马以来欧洲整个的文学及其本国整个的文学有一个同时的存在，组成一个同时的局面。这个历史的意识是对于永久的意识也是对于暂时的意识也是对于永久和暂时的合起来的意识。就是这个意识使一个作家成为传统性的。同时也就是这个意识使一个作家敏锐地意识到自己在时间中的地位，自己和当代的关系。"过去的"过去性"和"现存性"对诗人而言如是，对所有的作家亦然。

具体到神话重述，无疑故事是它的“过去性”，叙事则是它的“现存性”。叙事中间含有叙事人对于过去的故事的当下思考。在《人间》，作者增添了一个叙事人“我”，“我”出生于雷峰塔倒掉的日子1924年9月25日，于是“我”被传为“白蛇出世”，注定承担与众不同的命运。1999年重建雷峰塔之际，“我”得以目睹《法海手札》，于是，法海的心路历程得以展现，法海的踟蹰、犹豫与白蛇的善良痴情对应，二者形成互文性，原来简单的神话传说多了一维，而且更显得“真实”。

小说改写了白蛇和许宣的故事，并为青蛇增添了一个爱人——范巨卿，青蛇从这种无法言传的男女之爱中理解了白蛇历尽艰辛来到人间的缘由，理解人生是这样一件“血污和幸福”的事情，也理解了“人间”这个“花花世界”。但是，范巨卿这个英俊而平凡的男子在得知青蛇的身世之后加入了迫害她的行列，而且显得慷慨激昂、义不容辞，唯恐撇得不够清。范巨卿，这位上演过《生死交》中至情至性的范巨卿不过俗人一个，他就是尚未醒悟的许宣，未曾领会爱的引领，终其一生也没能理解青蛇的灵魂，没能理解神、人、妖之间的混沌，所以他残害她的肉身。青蛇这段恋情铺垫了许宣觉悟的难度和高度，许宣这个配角丰满起来。在传说中，许宣是与其他故事中男一号一样被动的、懵懂的扁平形象；小说中，青蛇对爱的不断投入和理解加深同时彰显了白蛇的冰雪聪明；在与范巨卿的行为对比中，许宣的主体性得以建构，这是小说对神话故事本身的改写和超越。

同时，作者增添了粉孩儿和香柳娘的故事，这是神话精神的同构衍生。粉孩儿就是“白蛇”的未来，他继续白蛇的命运。父母带着他躲藏逃避这“人间”，只有香柳娘爱他，知道他的蛇身也不嫌弃。香柳娘是个聪敏多情却只会笑的女子。她是一个笑人！对众生万象，她一笑置之，即便是在失去父母的大痛之时，她也只会笑，笑是她唯一的面部表达。这原本是一种身体局限，却为喜欢笑的人类所不容。世俗伦理以居高临下的态势扫除了人心中隐藏的那点“不忍”。就像加缪的《局外人》，对于“我”杀人事件的庭审十分荒谬，法官们纠缠的焦点是我在亡母葬礼上的表现：喝咖啡牛奶，不流泪、不悲痛……参加完葬礼就跟女性约会，看滑稽片、做爱。以此推断我的本质是个残忍的人，所以我的杀人是预谋的。这是一个罪感的小说。然而，我们是一个缺乏“罪感”的民族。香柳娘的不哭成为大家掠夺她的借口。她丧失了继承家产的权利，也丧失了选择丈夫的权利，集体的成见、舆论和流言就这样剥夺一个青春女子，她被迫自杀。在自杀前她将自己贞洁的身体献给了自己钟情的粉孩儿，似乎她来到世间只为了这短暂的纯洁的梦的实现。香柳娘的离世也带走了粉孩儿的未来。长大后，仕麟——粉孩儿也不能从金榜题名的喜悦中获得未来一样。没有理解和宽容的“人间”，希望和光明就是不存在的。

自杀似乎是中国受难女性的唯一出路，从刘兰芝“自挂东南枝”开始便绵绵不绝。正是在这样一个女性毫无出路的正统文学传统中，白蛇、孟姜女成为民间女性津津乐道的对象，她们寄寓了女性对世俗抗争的希望、智慧和勇气，乃至她们身上的神奇力量也是男尊女卑的父权制度下女性的梦想。无论是李锐让白蛇的血拥有灵异的功效，还是苏童让孟姜女的眼泪拥有神奇的理论，这都是当代人为神话重述注入的当代精神。人类从古至今都处于局限之中，但是这不妨碍人类的灵魂自由飞翔。没有自由的灵魂，人类就毫无尊严可言。传说中的白蛇和孟姜女归根结底都是弱女子，无法捍卫自己的爱情，但是，她们勇于反抗，将“鸡蛋”撞向“高墙”，用自己弱小的身躯去抵御世间一切不公、偏见和苦难。以卵击石固然是现实的悲剧，但是总给人莫名的勇气和力量。

今天，女性从法律意义上拥有了男女平等、婚姻自由的权力，但在生活实情中，女性依然是“第二性”，女性依然处于弱势地位，面临着与白蛇和孟姜女大同小异的苦难，生存依然是个巨大的深渊。只要我们仍处于困境中，白蛇和孟姜女对爱情的坚贞、对强权的反抗精神就有存在和发扬的必要，慈悲的阳光仍照亮她们。《人间》和《碧奴》对远古神话的重述将作为当下文化传统的一部分流向未来。

难能可贵的是，《人间》扩大了原传说的所指，开篇的叙事人“我”与梅树同生共死的情愫，粉孩儿与香柳娘的悲剧，文尾报道中那位爱蛇如命的少年，都在承受白蛇的命运，尽管他们挚爱的对象不同。这些故事在承传神话精神的同时拓展了传说的维度。

白蛇的悲剧并没有唤醒迷途中的人类，时代的轮回也没有改变人类清除异己的残酷。阴森的“高墙”让我们一如既往地怀念白蛇。

今天，活跃在儿童心目中的动画形象全有一个英文名字，它们占据了下一代的脑海，为他们“全球化”的人生埋好伏笔。消费不仅在修改我们的记忆，也在磨损我们的回忆。记得小时候，我的妈妈最常给我讲的故事就有《白蛇传》，后来带我看过同名电影，我现在还记得许宣湖蓝色的丝绸长袍。白蛇自然是穿白色的，青蛇的服装比较好看。白蛇历尽艰难盗取灵芝草挽救许宣的性命，最后却被法海镇压在雷峰塔下……妈妈总是讲着讲着就流泪了，我有点奇怪，一个妖怪被镇压有什么好同情的。那时候，我善恶分明，满心做仙女的梦，希望自己拥有神奇的力量，可以净化人间。仙女下凡、铲除人间罪孽几乎成为我最初的人生理想。慢慢长大之后，习惯性同情弱者，善恶倒越发难以分辨，譬如白蛇身虽为妖，却是至善、至爱的象征，此时，何谓人，何谓妖？我们能否因为她的痴与善而容忍她的“妖身”？这对今天的我们依然是一个问题。神话及其“重述”就是我们对于人生、对于情感的态度一种。

第三节　当神性遇到现代性

一　迟子建的叙事处境

20世纪，文学叙事中弥漫的怨恨和愤怒与现代民族国家的建构尤其是救亡主题相逢，构成现代性叙事的基本情调。从长远的历史进程来看，现代性对神性的取代是一种必然，但是神性仍蛰居在我们心灵的隐蔽的一角。现代性解放了人，使人从神的桎梏下摆脱出来，使人成为自己的主人，同时它也使人丧失了家园，终日在大地上流浪，甚至沦为欲望的奴隶。现代性追求改变了人与神的关系，也改变了人与自然的关系，总之，现代性从根本上改变了人的处境。

尽管大势如此，诗人里尔克仍多次抒情“我赞美”，他强调一个诗人应该将这个朽坏的、短暂的尘世深深地、忍耐地、激情地刻印在心中，以使整个世界的精髓赋形。在当代，迟子建就穿过时空的隧道听到了里尔克低回的吟唱，并发出自身的和应。

迟子建是个有广大关怀、深远寄托的作家，自《伪满洲国》以来，她努力向历史深处挺进，并将宏大的家国情怀落实到平凡的日常生活中，从这使她在当代文坛卓尔不群。正如苏童所言：“大约没有一个作家会像迟子建一样历经二十多年的创作而容颜不改，始终保持着一种均匀的创作节奏，一种稳定的美学追求，一种晶莹明亮的文学品格。"[1] 王安忆则认为迟子建的"意境特别美好"[2]。在"均匀"、"晶莹明亮"和"意境美好"的背后，是从未泯灭的神性观照。神性是迟子建写作中的常数，现代性是她叙事中的变数。这种常与变的二重奏合而为美，波德莱尔认为，"美永远是、必然是一种双重的构成"，"构成美的一种成分是永恒的、不变的，其多少极难加以确定，另一种成分是相对的、暂时的，可以说它是时代、风尚、道德、情欲。永恒性部分是艺术的灵魂，可变成分是它的躯体"。[3] 神性使迟子建看到人的超越愿望及其限制所在；现代性又将她带到欲望的川流之中。天长地久与转瞬即逝交相辉映，二者的纠葛及其张力构成了她波澜壮阔的叙述世界。

从早期的《北极村童话》开始，迟子建以灯子纯洁无瑕的眼光发掘人性深处的善良，姥爷自己无时不在深情地怀念大舅，却要对姥姥守住这个秘密。对灯子进行启蒙教育的"老苏联"时时想念自己的家乡，被日本人糟蹋过的"猴姥"的内心依然向往善良和纯真。写作开始迟子建就注意到东北地域的独特性和历史的复杂性，苏联、日本没有被简单地符号化，个人身上既有民族的特性，也有人类的共性，迟子建以包含二者的个人性来刻画鲜明饱满的人物形象。

20 世纪，民族问题凸显，成为复杂的现代性追求中的核心问题之一，但宏大的家国情怀很容易流于抒情，义愤仇恨或是英雄颂歌，愤慨挟制叙述者的理性。迟子建勇敢地将笔深入历史的

---

① 苏童：《关于迟子建》，《当代作家评论》2005 年第 1 期。

② 王安忆、张新颖：《王安忆眼中的当代作家》，《西部华语文学》2007 年第 6 期。

③ ［法］波德莱尔：《波德莱尔美学论文选》，郭宏安译，人民文学出版社 1987 年版，第 475 页。

怀抱，探索这片沉默土地内部的风暴，最终她选择了在这片土地上生老病死的小人物，她说："在写作时我还有一个想法：伪满那一段历史仅仅靠一个'皇帝'，几个日本人，以及历史书上记载的一些人，无论如何是不完整的。而在众多的小人物身上，却更能看到那个时代的痕迹。从社会各个层面的人物身上，你能看到普遍的不满。他们中有这些不满，还有爱情生长，还有婚姻与爱情，以及那些尔虞我诈的东西等。我想应该从他们身上来看这一段历史，所以，我在作品中往往特意让小人物来说历史。"

她曾在《伪满洲国》的后记中谈小说的开头是一个很好的例证：

> 吉来一旦不上私塾，就会跟着爷爷上街弹棉花，这是最令王金堂头疼的事了。把他领出去容易，带回来难。吉来几乎是对街上所有的铺子都感兴趣，一会儿去点心铺子了，一会儿又去干果店了，一会儿又笑嘻嘻地从畅春坊溜出来了。我觉得找到了《伪满洲国》的叙述基调和语言感觉。虽然那一天只写了几百字的开头，可却觉得无限充实。傍晚散步时看着暮色温柔的街景，有一种特别的感动。

在吉来这个好动的孩子身上，她窥见了历史的光泽。吉来的身份裹挟着他对生活的新奇与热情奔涌到读者跟前。生活细节让历史栩栩如生、翩然起舞。吉来一家子，弹棉花的爷爷，死于日本屠刀下的怀着身孕的姑姑。在新京的当铺的吉来的父亲，餐厅里的店小二，土匪，日侨，抗联军人，旧私塾先生和新的学校老师，剃头的，乞丐及各色人等纷纷登场，去迎接一种看似偶然实则必然的命运。叙事并非为他们作传，但历史正是由如此众多的小人物勾连而成，小人物撞上了大历史，有多少哀痛和沉伤？

《伪满洲国》分为十四章，以“伪满洲国”的每一年为章节标题，这种沉重的时间感与丧失家国的痛感胶着在一起。

《亲亲土豆》中叙述人试图在日常生活的劳作与爱情中发掘神那永恒的意旨。秦山、李爱杰夫妇的爱情在劳动中得到升华，当得知自己患的是癌症，秦山选择离开医院回到家里帮忙收土豆，最后，李爱杰用土豆为秦山垒坟。土豆既是必不可少的物质粮食，同时也是他们夫妇爱情的见证。当劳作的汗水滴入大地的那一刻起，我们就与大自然建立了情感关系；同样在爱的交融中，我们与他人建立情感联系，与大自然、与人的感情就是生活最基本的滋味。《白银那》中描绘的盛大的捕鱼场面、分鱼、烘鱼都倾注了叙事人的情感。对劳作和爱情的歌颂就像磁石牢牢地吸附着迟子建的叙述世界。

对劳作的深情使她热爱大自然，热爱万物。在当代作家中，再没有谁像迟子建这样将动物当人来刻画，她能从自然界，从动物、植物乃至没有生命的事物身上找到情感的依托，并将叙事人的情感投射到这些事物身上去，“以我观物，故物皆著我色。”《北极村童话》中的“傻子”狗、《日落碗窑》中关小明狗“冰溜儿”、《酒鬼的鱼鹰》中那只灵性的鱼鹰、《逝川》中的“泪鱼”、《五羊岭的万花筒》中那只迷恋鸳鸯镜的猫，《鸭如花》中的鸭“如花”、《一匹马两个人》和《白雪乌鸦》中的老马、《青草如歌的正午》中的善良的陈生会为一匹马抱不平，《第三地晚餐》中的陈青将自己的草帽戴到一头驴子的头上，《雾月牛栏》中的宝坠在“花儿”（牛的名字）的牛栏里得到抚慰。

诺瓦莉斯说：“我们到处寻找绝对物，却始终只找到常物。”[①]

---

① ［德］诺瓦利斯：《花粉》，见《夜颂中的革命和宗教》，刘小枫编，林克等译，华夏出版社2007年版，第77页。

神性就是我们要寻找的终极的“绝对物”，迟子建却举重若轻地将它分布到人性这个“常物”之中。在她的叙事世界，处处散发着神性之光：在阳光的普照下，在劳作的汗水中，在泥土和种子里，在花和叶之间，在植物与动物身上，在人的宽恕和悔悟中……都透着神的意旨。人无论有多么不堪的过去，只要“放下屠刀”，用心去领会，用心去倾听，到处都有神的呼唤。比如《白银那》中贪婪的马家夫妇就从乡长的宽恕中醒悟过来，《鸭如花》中残杀自己父亲的杀人犯也从徐五婆的善良中悔悟，《额尔古纳河右岸》中马粪包这样人见人恨的人也得到萨满的救助。此刻，他们由于神的恩典得到了新生。

现代性打破了神性的权威，现代性的风暴使欲望汹涌，我们几乎无暇聆听心灵的召唤。物欲、情欲使整个世界为之翻腾，但人之为人的尊严总会让我们在某一时刻超越自身的狭窄看到广大的无所不在的神旨。就是在现代性与神性的缝隙中，迟子建开辟她独特的叙事空间。

二 黑暗的命运与洁白的尊严

迟子建的新作《白雪乌鸦》让我想起《荒原》的开篇——“冬天使我们温暖，健忘的雪将大地覆盖”。如此诗意的标题下是严寒中的傅家甸如何应对那场盛大的瘟疫。有了加缪的《鼠疫》、萨拉马戈的《盲目》，再写疾疫题材是困难的。迟子建迎难而上，另辟蹊径，将叙事镜头对准芸芸众生，试图书写在瘟疫降临家园时普通百姓的千姿百态，在一种黑暗的命运面前，人类如何艰难地保持对光明的信仰与追求。叙述凸显的不是英雄主义，而是普通人的尊严及其内心散发的神性光辉。隐忍作为一种美学，在这些被疾病围困却不懈抗争的人们身上爆发出非常的力量，历史得以蜿蜒前进。

“霜降”将整个叙事带进寒霜中。在忧伤的花园里，人们探头仰望神。马车夫王春申在自己的两个老婆那里得到的只是屈辱，歌手谢尼科娃忧郁恬静的脸深深地嵌入了他枯槁的心田。突如其来的瘟疫将她们以及恩怨情仇都带走了，王春申“从这些坏掉的时间中，看见谢尼科娃青春的脸”。正是这张在记忆中永存的脸源源不断地给王春申灌溉生活的希望。与他相依为命的黑马给了他独特而真实的安慰，“在静谧的夜里闻着马的气息，无比温暖”。人总是可以从动物那里得到真切的回报和辛酸的慰藉，这既是迟子建的叙事特点，也是她给予叙事世界温情的方式。20世纪一段特殊的历史时期，住“牛棚”曾经是对知识分子的一种带侮辱性的惩罚，而在改革开放后，“牛棚”又成了知识分子对受辱历史一种炫耀性的报复。在迟子建这里，动物住的牛栏、马厩被拂去了历史尘埃，褪去话语的魔咒还原为宁静光明的在所。动物从不使用语言伤害人，它们用有限的身体语言给人无限的安慰。迟子建对世间万物倾注了如此这般的深情。就是民间认为晦气的乌鸦也得以与瑞雪并立生成小说题目，并成为翟芳桂的情感寄托。当许多作家只在生活之树上采集果实的时候，迟子建却采撷了整个森林的碧绿馥郁，采撷露珠的晶莹，采撷整个芬芳。所以，她的叙述世界广大、丰富、生机勃勃。清新的大地上，“一切景语皆情语”，动物感恩图报，花草知情晓义，迟子建谈道：“我把一花一草，一石一木，都看作是生命的伙伴。在雷电声中，我能感受到大树被劈裂的痛苦；在春雨中，我似乎能听到万物生长的欢呼声。我的作品中，缺不了大自然，它们在里面呼风唤雨，尽显风流。”这也是神的恩赐，有了感激之心和对生命的尊重，卑贱者、贫困者和弱小者都可以从常人习焉不察处发现美，获得感动。

作为民族工业的代表，傅百川是大义的化身，他身上始终洋溢着民族大义，这种大义让他可以超越个人利益乃至“小我”的爱情来决策。当瘟疫来袭，他拿出自己产业的绝大部分来救灾济困，配合医生为大家义务做口罩。他的心中藏着于晴秀的慧眼，但是在现实生活中始终担负着一个疯女人丈夫的责任。同样于晴秀也将对他的欣赏埋在心中，默默支持他为平息瘟疫所做的一切。为傅百川酿酒的秦八碗则是孝的象征，因为鼠疫他未能兑现母亲生前对她身后事的承诺，便杀身成孝，陪母亲到另一个世界去。

于晴秀、周耀祖夫妇开着点心店，过平常的日子。疫情来了，周耀祖带着自己的儿子喜岁去隔离区送饭，能说会道的喜岁善解人意，在为母亲取迎接新年的干草时染上病的，他在死前将自己的诺言兑现了。祖孙三代一起亡故，即便如此悲惨的死亡，叙述人也并不多加渲染。他们死于瘟疫，更是死于奉献，甚至他们身上不合适使用牺牲这样隆重的词汇。他们只是默默地和广大同胞一起承担一起忍受，无论生活是喜乐还是哀痛。当于晴秀再次生下男孩时，依然取名喜岁，她要让喜岁在她的生活里复活，一位母亲只能以此种方式来爱自己的儿子。

医生伍连德在文本中是个更为复杂的存在，他是外来者，在这场大的灾难面前知难而上，与傅家甸人一同战斗，他身上集中展示了神性与现代性的复杂纠葛。在《额尔古纳河右岸》中，叙事人说：“我这一生能健康地活到九十岁，证明我没有选错医生，我的医生就是清风流水、日月星辰。”鄂温克人遇到灾难和疾病都是靠萨满跳神度过的，但面对一场如此巨大的瘟疫，萨满的神力失效了。为了彻底治愈这场灾难，伍连德不得不挑战宗教、习俗和权威。实验的结果让他挑战了法国医生的权威，最终法国医生丧命于自己的傲慢。有了实验的支持，伍连德先对基督教堂里避难的教徒进行隔离，后来不得不决定在迎春节时焚尸。这与当时的习俗和信仰大相抵牾，在这位留德归来的医生面前，科学与迷信的对垒得以演绎，科学这个奏响20世纪现代性追求的号角它首先面临的挑战就是神性，神性天然地与愚昧相关，当人类无计可施几乎无一例外地会向神求助。伍连德将这最后一丝幻想连根拔起，这也是科学给他的勇气。同时他的身份显示了中医在西医面前的溃败，经验在实验面前败北。伍连德使用的西方语言代表了西学东渐的时代大潮，强势的西方文化对传统文化构成巨大的冲击。在这场流行的瘟疫面前，中医溃不成军。伍连德受命危难之际，怀着破釜沉舟的信心并最终以科学战胜了疾疫。他失去了自己的小儿子，丧失了一种“小我”的光明，但他将大的光明带给了傅家甸乃至整个东北。在他身上，同样凝结着萨满大舍大爱的精神。萨满是依靠个人的神力和爱的虔诚来救助他人，但可能对大规模的瘟疫无济于事，而伍连德带来的西方医学却可以医治疫情。伍连德挑战了宗教，挑战了不同信仰的神，但是这并不妨碍他自身内部的神性熠熠生辉。

神性既来自大自然，来自原始的生活方式中产生的萨满教，也与人内心深处涌动的超越渴望息息相关。不朽是人类的终极渴望，神性的光辉泽被众生，卑贱者、平凡者都可以因为心灵内部的神性而通体透亮。妓女翟芳桂和哥哥翟役生恰好形成了两个极端，哥哥本为荣华富贵到宫廷去，饱受等级制度的欺压，最终被逐出，性格和心理极度变态，对自己丧失男性器官耿耿于怀，他对泥塑的“高升”的在意到了不可思议的程度，只希望于整个世界与他毁于一旦。憎恨使他人性泯灭。妹妹却截然不同，身经各种磨炼依然不失尊严。外部生活接二连三的沉重打击没有磨灭她心中的温柔，她同情白雪中的乌鸦，同情卑贱物，最终，饱受其辱的翟芳桂意外地得到了遗产、爱情和孩子，在瘟疫过去之后过上了平常人的幸福生活。这看似信手拈来的故事恰恰反映了叙述者的世界观。

迟子建信仰善，但从不轻视恶的力量，在直面千百种恶之后依然坚信善是更为广大的存在。她写疾疫却并不去渲染死亡与恐惧带来的痛苦，但也绝不回避这些残酷，她书写的重点在于非正常的生存状态下广大百姓对疾疫的默默承受，他们在劳作中感受神的意旨。此时，就是基督教堂的主也沉睡了，但神性的光辉依然从这些素朴的心灵中折射出来，王春申对苏联歌唱家温暖的回忆，喜岁对母亲承诺的兑现，秦八碗为践行诺言殉母，傅百川为大义舍“小我”，伍连德迎难而上，这一切的一切都在这个严酷的冬天闪闪发光。善良和温情构筑起抵御疾疫的城门，最终为傅家甸迎来了光明。

三　一天与一个世纪

迟子建的长篇《额尔古纳河右岸》获得茅盾文学奖，讲述人花一天的时间来讲一个民族一个世纪的事情，讲述时间和故事时间之间存在着巨大的落差，这种落差让笔者想起传说中建立起来的神的时间与人的时间的比例，也隐含着今昔的时间观的变化，讲述之易与承受之难形成巨大的对比。

《额尔古纳河右岸》中，“我”是一个 90 岁的老人，伴随着 20 世纪的风雨飘摇。叙事人的一生与整个民族一个世纪的命运休戚与共。

> 我是雨和雪的老熟人了，我有九十岁了。雨雪看老了我，我也把它们给看老了。

在这里，“我”与风和雪是老朋友的关系，这种关系确定了人与大自然的和谐关系，这正是鄂温克人生活的基本情境。那时候，所有的事物都有神居住其中，比如火神、树神、河神，等等。此时的人类既敬神也被神护佑。驯鹿在月光、森林、水草鲜美之处怡然地生活。我的“医生”也是大自然，我在大自然的拥吻中无忧无虑地生活。

随着科技的进步，手表和望远镜的发明、哥白尼的“日心说”，当地球不在中心，人与自然的关系随之发生了革命性的变化。以培根“知识就是力量”为代表的对知识的崇尚就像楚河汉界一样将人和自然隔开了，人与自然的关系逐渐走向对抗。自然由人类的家园变成了人类肆意征服的对象。现代性的风雨是比自然界的雷电更大的袭击，民族国家的洪流是弱者和弱小民族所无法抵挡的洪流。

当所谓的文明的生活方式替代了原始的生活，一系列冲突和尴尬产生了，人类以“万物灵长”凌驾于自然之上。人类与自然的关系变成了攫取和掠夺的关系，尤其是消费社会带来，全球资源无限被当成一个潜在的前提。欲望的刺激导致无限度地攫取自然，直接导致了环境恶化和全球变暖。对待自然这种无节制的态度虽然一再遭到自然的反抗与惩罚，但并没有使我们从内心深处产生根本的警醒，对利润和欲望的追逐使我们放弃了子孙后代的利益。

周作人曾在《希腊岛小说集》的序文中谈道：“若在中国想建设国民文学，表现大多数民众的性情生活，本国的民俗研究也是必要的，这虽然是人类学范围内的学问，却于文学有极重要的关系。”迟子建生长在北国大地，与少数民族有广泛的接触，对各民俗有深入的了解，遍布在她创作中的民间歌谣，尤其是萨满跳神时诗一般的歌唱无比动人，无不让人感受到民间的力量。

迟子建对人类境遇有预先的警醒。在全球化的时代，弱小民族的今天很可能就是我们的明天，这是一切人类要分担的共同命运，因为我们生活在同一个“地球村”，当我们砍伐森林，在今天看来是为了建设自己美好的家园，明天站在更高的地方就会看清楚我们不过是在毁坏一个更大的家园。我们正在以文明的名义来满足漫无边际的欲望。

萨满作为鄂温克族的神灵、医生和精神导师，与其说是具有神力和魔力，不如说是因为爱。爱有多深，痛有多深，神力就有多大。尤其是在“我”的弟媳妮浩这里，她每次跳神，救活别人的条件就是牺牲自己的一个孩子，而且她事先已经预知救助别人的代价。这个世界上还有什么伤痛能与母亲失去孩子相比呢？这种牺牲精神就是神的精神，就是大舍。

妮浩接二连三地救人：一次是为了救“马粪包”，他是人见人恨的“坏”人；另一次是为了救上山偷东西的汉族少年；还有一次完全是为了救陌生人……这就是妮浩，用母亲爱孩子的心来爱别人的孩子；这就是萨满，用神爱天下的心来爱这个世界。这就是迟子建始终信奉的神性在人间的落实。

萨满是民族精神的化身，就像灯光，像眼睛，照亮这个情深义重的世界。萨满精神就是一种牺牲自我，救助别人的精神。通过敬神唤醒我们的心。鄂温克族人的两难命运告诉我们：人类并非自然的主宰，人类本身就是大自然的一部分，大自然并非一个单纯的被动的客体，她养育我们，为我们提供赖以生存的一切，同时大自然也是我们的精神家园，我们一切情感的基础立于此。人类只有清醒地认识到这种相互的关系，生态环保才有可靠的基础，绿色世界才有重返的可能。人心才会得到温暖的慰藉。弱小的民族在20世纪的遭遇颇有代表性，既有家国丧失的痛苦，面临着大民族的重重压制，还有现代性追求强加给他们的诸种不适。传统生活方式的改变中包含着巨大的创痛，这种创痛被文明、进步等嘹亮的口号遮蔽了。一种虚幻的宏大追求往往要求我们付出内心的代价和生存环境的代价。

可贵的是迟子建并没有简单地美化鄂伦春族的生活，在现代性的狂风还未吹进山谷之前，他们一直在承受着自然界豺狼虎豹等凶猛动物的攻击，更可怕的是瘟疫的无情袭击。鄂伦春人靠拜神来企求自然的恩赐，河有河神，树有树神，一切生物都有灵性、神性，他们对待大自然就像对待神灵一样敬畏有加。豺狼的伤害只及个体，瘟疫则伤害整体，此时，萨满的虔诚也无济于事。瘟疫吞噬了他们赖以为生的驯鹿，并伤及整个民族的生命，然而，传统的游牧生活方式对此束手无策。

迟子建深深地意识到现代性追求的两面性，全球一体化给世界带来的双重变化。哪怕生活在深山老林中，也不能彻底摆脱全球化的侵袭。两种民族语言的冲突和融会其实就是不同文化的冲突和交融。逐水草而建的“乌里楞”与城镇的统一风貌的楼房形成有力的对照。年轻一代愿意下山去，接受新的文明的洗礼，但现代与传统的裂缝也无所不在，甚至可以吞噬掉一代人。画家依莲娜就是这代人命运和处境的象征，传统的生活方式孕育独特的民族艺术，她考取了美术学院，接受正规的大学教育，成了知名画家，并以个性化鲜明的少数民族风格震撼了画界。她获得了各种奖项，心灵却无法获得满足。她只能在养育她的深山中汲取艺术灵感，然而，城市的热闹与躁动又吸引着她。她在这种生活中发现了双重的残缺——身体与心灵的严重分裂，于是她的精神家园再也无法宁静，她找不到自己的“故乡”，最终她主动走进故乡的河流结束了肉身的漂泊，永远沐浴在家乡的怀抱中。依莲娜的选择不无象征意义。

笔者更愿意将鄂温克族在20世纪的命运变迁看成一个象征。当驯鹿无法获得新鲜的苔藓，当鄂温克人不能在森林深处的“乌里楞”里枕着月光睡觉的时候，当我们伐木建设“新”家园让鄂温克人去过整齐划一的现代生活时，我们也在摧毁森林，摧毁鄂温克族的精神家园和民族记忆，摧毁人类的历史。当一切被连根拔起的时候，人们也就丧失了历史记忆和集体意识，物质的富饶从来不能给民族带来长久的激情。现代性在将现代带给我们的同时切割了民族的多样性和历史的丰富性，“诗意地栖居”就会再度变成神话。

在这部小说中，我看到了作家对整个世纪民族处境的思考，尤其是以国家的名义对少数民族所进行的一系列改变他们命运及生存措施的关注。一旦弱小民族丧失了赖以居住的环境，他们独特的文化也会被摧毁殆尽。年轻一代一旦走出去就再也回不来了，失去家园的他们再度成为内心的“游牧民族”。现代性、全球化这股宏大的世界潮流恰恰是以牺牲少数人的利益和文化为代价的。迟子建以女性细腻真切的感受描述了这种变化内部的千疮百孔，叙述人以苍老叹息和荒凉的叙述引起我们的警醒。

神性与现代性的冲突正在成为新世纪文学的处境，如何处理好二者的关系，既看到神的退席，同时看到人心深处神性的光辉；既看到现代性大潮的必然性，又注意到现代性的多重面孔，是我们时代共同面临的巨大问题。

第四章

乡土叙事的版图迁移

第一节　乡土中国与现代性

20世纪中国文学中取得最大成就的是乡土文学。二三十年代，在鲁迅的影响下出现了蔚为壮观的乡土小说大潮，作家们以同情之笔写出了“乡土中国”的不幸，闰土、祥林嫂以及那些没有名字的“沉默的大多数”谱写出乡土中国的精神肖像，他们勤劳善良、任劳任怨然而愚昧、麻木、忍耐。乡土小说蕴藏的这种启蒙精神作为文学的精髓流淌在20世纪中国文学的长河中。

随着民族国家的建立，中国社会主义革命与建设经验参与到乡土叙事中，出现了《暴风骤雨》和《创业史》这种史诗式的著作。改革开放之后，“乡土中国”发生了巨大变化，其社会结构、生活方式乃至生活节奏都发生了翻天覆地的变化。文学忠实地反映了时代的变化。

我特别注意到《白鹿原》的出版时间是在20世纪90年代初，80年代商业文化的涌现使得作者预感到乡土中国将会发生变化，于是渴望深入到历史深处去探求这种来龙去脉。作者跨过一个世纪的历史直接进入到19、20世纪之交去透视乡土曾经发生过的变化。而这种变化对今天有参考借鉴作用。商业文化同样影响了作者对情欲的叙述，开篇对白嘉轩娶妻的铺张描写，就是时代使然。

《白鹿原》以宏大的“史诗”气势建构了20世纪上半叶“白鹿原”上的时局变幻，当然，这种气魄得益于《红楼梦》的家族叙述传统和西北本土文学资源的养育，比如20世纪80年代出版的路遥的《平凡的世界》，这部小说完全符合经典现实主义的创作方法：时间、地点、人物，而且是典型环境中的典型人物。家境非常贫穷的孙少平在学校领取最便宜的黑馒头，然后，叙事镜头慢慢移到他的内心，向我们展示他家为他上学所付出的巨大代价，这在当时是具有典型性的。《白鹿原》继承了这种对现实的批判精神，试图以家族叙述深入到家国同构的超稳定结构中。

一 男权话语中的女性叙述

《白鹿原》中的女性描写既展示了作者的男权意识，也反映了传统社会的真实。女性几乎无一不是悲剧，白赵氏对儿子娶媳妇的说法渗透着赤裸裸的男权观：“女人不过是糊窗子的纸，破了烂了揭掉了再糊一层新的。”事实上，这种观念一直横贯在整个文本中。媳妇熬成了婆，女人成了白赵氏，她们就自觉地成了男权文化的帮凶和执行者，她们比男性有过之而无不及，正是白赵氏这种强硬的姿态给了白嘉轩再次娶亲的力量。当孝文娶了一个大三岁的媳妇乐于房事的时候，白赵氏出面斥责孙媳妇的话语非常之不堪，她根本不把这个责任往自己孙子身上放哪怕一点点，而且她的表述中完全没有女性该有的委婉与柔情，而是权力的表达方式。得知小孙子孝义不能生育后，他们想出的计谋是借兔娃的种，那时的兔娃还一窍不通，孙媳妇听从白赵氏的安排跟兔娃同房，白赵氏负责听风，这和田小娥的先生武举人的大太太的所作所为本质上没有区别。后来孙媳妇果然怀孕了，此后，白赵氏就再也不能忍受孙媳妇，她的身体在她眼里是不洁的，甚至连她送的饭也让她厌恶，最终在重孙面世之前离世。与其说她是老死的，不如说她是被自身的封建观念害死的，她不能忍受孙媳妇的不洁，尽管这种不洁是他们强加于她的，强加于她的根源是为了保护孝义不受流言伤害，更本质的是为了维护传宗接代，“不孝有三，无后为大。”

在这部小说中，女性不是主要的叙述对象，因为中国的历史是男权的历史。她们的命运都是悲惨的，不自由的。比如白嘉轩的死去的六房妻子，第七位妻子吴仙草虽然也害怕六个死鬼的纠缠，仍然听从父命来到白家，她依从封建社会的宗法制及道德伦理观，到白家后就自觉以贤妻良母的身份要求自己，积极传宗接代。当她终于为白家生下一个男孩后，她心安理得地享受婆婆的悉心服侍。而白嘉轩对她的感激也是他为白家生下了三个男孩，因为他们家几代都是单崩儿。所以他对妻子说的是“你给白家立功了！”女性的家庭地位完全是母凭子贵，是靠生育而不是自身的价值确立的，也就是说生育和为男性提供性满足是女性唯一的价值。

为了平衡这种关系对等，后文通过一个革命的老太婆讲了自己嫁了七次的故事，但总的来说并不太可信。在旧社会，一个女人克夫的话其命运可想而知，她不被流言毒死就已经万幸了。笔者要特别提及的是鹿兆鹏的妻子——冷先生的女儿。冷先生作为一位有名的大夫，他要在这个平原上立足，自然是要与白鹿两家搞好关系，于是，他想了个两全之策，将大女儿嫁给鹿子霖的大儿子，二女儿嫁给二儿子孝武。这样一来，他们就由世交朋友变成了儿女亲家关系。可惜受过新式教育的鹿兆鹏再也不愿听从父母之命。他是在父亲的三个巴掌下与冷先生的女儿完婚的。此后，他妻子就独守空房。冷先生虽然几次提到写休书让女儿回家，但鹿子霖执意不肯。后来，当鹿子霖被国民党俘虏，冷先生将几乎全部家产送给总乡约田福贤来搭救他“女婿”，他非常清楚女儿婚姻的内幕。而当守活寡的女儿因为情欲的煎熬神经质开始说胡话，对着大伙说自己同家公的暧昧时，冷先生不惜开重药让女儿变成哑巴最终抑郁而死。这就是封建礼教制度下父亲对女儿的“爱”，“爱”就要尽全力维护她的名声，哪怕丧命也在所不惜。冷先生开药使女儿抑郁和白赵氏的抑郁异曲同工。贞洁观念的影响深入骨髓成为一种自觉，所谓的贞洁比活生生的生命更重要。父亲愿意为了自己的颜面亲手杀死女儿！

田小娥是小说中着墨最多的女性，她是个“坏女人”。她嫁给七十多岁的武举人之后，得到的不是爱而是他和大老婆双重压迫。武举人一个月只能来三次，而且不能在她房间里过夜。更让田小娥难以忍受的是大老婆让她给武举人泡枣，要看着她将三个干枣塞进下身才离开。田小娥的反抗是一种非常细微的无效的反抗，她将枣泡到尿盆里。她与长工黑娃私通，事发后黑娃被遣散，田小娥被驱逐回娘家。黑娃去将田小娥带回白鹿原，但是族长白嘉轩为代表的封建宗法制忍不下这对贫贱的夫妻，包括他父亲长工鹿三也不容许他们。他们不能进祠堂，只好在村外的破窑洞里过日子。田小娥毫无怨言，黑娃干苦活，过了一段恩爱的日子。农协起事时，黑娃听从共产党员鹿兆鹏的建议入党，在原上清算田福贤等乡约们的贪污罪，由于国共合作的需要他们没有杀害田福贤。后来，两党关系破裂，四一二反革命政变之后，鹿兆鹏、黑娃被国民党追捕。黑娃逃到山上当了土匪。妻子田小娥被鹿子霖等国民党等人报复。为了去给黑娃求情，田小娥只好低头去找鹿子霖。鹿子霖被田小娥的美貌吸引，利用权力霸占了田小娥。并唆使田小娥去引诱未来的族长田孝文报当年不准他们入祠堂的仇。一无所有的田小娥听从了鹿的诡计，在看戏时引诱了白孝文。然而白是一个深受白嘉轩观念影响的未来族长，颜面使他没办法进入田小娥的热情的身体。最终，他们的奸情被白嘉轩发现，他一头栽倒在田小娥的烂窑洞口。他决定不顾父子情，按族规处理白孝文，并召回在山里采药的孝武回来继承族长惩罚他的哥哥。此后，白孝文颜面丧尽之后就正式与田小娥胡混，他卖田地卖房子，钱全部拿去跟田小娥吸鸦片。田小娥意识到自己真正害了人。一次在和鹿子霖寻欢时撒尿到鹿的脸上，这就是田小娥对他的报复，因为他曾说只要她把白引到床上就是把尿尿到族长身上。女人对男人的报复不过是撒点尿，而男人要了女人的命还有诸多理由。

就在田小娥引诱白孝文的看戏的夜里，黑娃让他的土匪兄弟教训白鹿两家，在白家要了金银之后就打断了白嘉轩的腰，因为自小黑娃就嫌他的腰挺得太直，每次到白家院子里他都害怕，白家的人让他想到祠堂里的神像。这些神像是乡村道德感的源泉，白嘉轩笔直的腰也成了乡村道德的化身，黑娃害怕这种旧道德带来的压迫。

白家遭受的这种剧变使长工鹿三痛恨田小娥，他将黑娃的人生道路变化归罪到儿媳妇身上，终于在一个夜里用梭镖亲手杀死了田小娥。田小娥不甘心，变成鬼魂复仇，她让原上爆发了瘟疫，并夺走了吴仙草的命，此处同样泄露了叙事者的男权立场，吴仙草不仅不是田小娥的敌人，甚至是与她一样受男权压迫的受害者，作为族长的白嘉轩才是她的报复对象，可是她对他以及他所象征的权力无可奈何。她只能附鹿三的体在马号和晒谷场当着许多人的面讲出自己的心声："我到白鹿村惹了谁了？我没偷掏旁人一朵棉花，没偷扯旁人一把麦秸柴火，我没骂过一个长辈人……族长不准俺进祠堂，俺也就不进去了，怎么着也不容让俺呢？……"最终，连她的灵魂也被镇压到塔下，田小娥又重演了白蛇的命运。

从白嘉轩与白灵断交、冷先生毒死自己的女儿和田小娥被家公杀害，可以见出整个封建礼教是如何“吃人”的，见血的凶器梭镖与杀人不见血的礼教一起迫害女性的幸福、自由和生命。

杀害儿媳的鹿三被白嘉轩认为是“最好的长工”，因为他遵守了封建等级制度给“长工”下的定义！他自觉地以主人的意志为自身的意志，他以自身的言行默默地宣扬主人的仁慈美德。他从来不质疑等级制度的不合理。他的麻木顺从就像闰土。鹿三没有主体性，他信奉的奴隶的道德，黑娃反抗的也是这种道德。《白鹿原》通过这些人物群像写出了男权无比残忍的真相。

二　权力的隐喻与追逐

小说从19世纪末一直写到解放战争，横跨了半个世纪，将民族历史聚焦到平原上的一个村庄，以白鹿两家的命运为主线串起20世纪前半叶整个民族国家风云变幻的命运。扉页上引用了巴尔扎克的名言：“小说被认为是一个民族的秘史。”显然，这是作者的理想，也是他的信念，以虚构和想象来承载历史的秘密。陈忠实创作白鹿原这样一部宏大叙事作品的愿望就是要通过一个村庄写出整个民族精神和民族命运！

文本中朱先生值得特别注意，他是白嘉轩的姐夫，也是白鹿原上的先生。白嘉轩碰到任何重大难解的问题都向他请示；同时作为白鹿书院的主持人，不管政局如何变化，所有的当政者都给他面子。与其说是因为他的先生身份，不如是因为他修县志，他掌握本县历史的写法，也就是说他掌握着评价当权者的话语权。最有意味的是“共匪”和“共军”这个前后不统一的叫法展示了明显的价值判断，这种价值判断是追求客观公正的历史所忌讳的，但是朱先生不回避他的价值立场。“成则为王，败则为寇”

在历史叙事中得以具体呈现。小说中朱先生是知识分子，同时被神化为圣人。他的只言片语都具有神的未卜先知的功能。他自己力主简单生活，在封建价值序列里，修身和治天下是并立的。尽管治天下是个虚远的理想，但治天下者必须修身，修身者方能治天下，这是一个基本信条。朱先生是这个信条的践行者，他为白鹿原立《乡约》，这个乡约的内容反映了旧时代知识分子的理想秩序：包括“德业相劝”、“过失相规”和“礼俗相交”等内容，这些传统社会的文化价值基础在此后的革命中遭到了破坏，这种破坏是双重的，既有对刻写乡约的碑的形象破坏，也有心灵对乡约精神的违背，前者的破坏是形式性的，而后者无形的破坏恰恰是根本性的。

朱先生过世时，白嘉轩感叹：“白鹿原最好的一个先生谢世了……世上再也出不了这样好的先生了。”朱先生是族长白嘉轩的精神支柱，他为乡土社会立法。朱先生的谢世意味着一个时代的过去，这个时代从外部的形式到内在精神的必然消失。这不是个人的力量说能挽救或改变的。

鹿三的死亡意味着这种旧剥削制度的必然终结，因为他的儿子黑娃已经不愿意重蹈父亲的命运，他背弃并极大地破坏这种已知的生活；鹿子霖作为一个乡约——行政统治权力的象征，他的两个儿子一个选择了共产党，一个选择了国民党。选择了国民党的鹿兆海不是战死在沙场，而是死于红军之手，尽管白鹿原上给了他最盛大的葬礼，朱先生送他以“白鹿精魂”的赞誉，然而抗日的他死于同胞之手的真相仍然是一个极大的讽刺。鹿子霖的大儿子共产党鹿兆鹏则“不破楼兰终不还”，并与白灵结合。鹿子霖最终在新政权成立后宣判田福贤时吓成了神经病，冷先生的药也无济于事，最终冻死在自家的柴房里。

白嘉轩是白鹿原内在的权力符号，族长是旧时代宗族观念的执行者和意识形态的传承者。祠堂就是精神权力的核心，一切有象征意味和训诫意味的重大事件都在祠堂里进行。白嘉轩是旧制度旧文化的执行者、维护者，他尽自己最大的努力维护、挽救这个濒临崩溃的旧家族。不论新的政权如何变化，不论是惩罚不肖子孙还是迎接浪子回头，白嘉轩领着大家朗诵《乡约》，身体力行地维护白鹿原上的古风，对自己儿子孝文的荒唐举措同样没有姑息。开篇“白嘉轩后来引以为豪壮的是一生里娶过七房女人。”这句话当然有哗众取宠的意味，因为这个小说发表在经济基础转变后的20世纪90年代，对市场效应的关注使叙述方式发生了转向。当然这个引子经过后文的铺垫也将白嘉轩的果敢性格与男权社会男性的特权和女性的卑微一一展现在读者面前。

鹿子霖虽然身为“乡约”，却不时地冒犯《乡约》。他的家族是靠勺勺客的“天下第一勺”发家的，而且这个第一后面有着一个耻辱的故事，他是在失身之后才得到别人传授的手艺，所以勺勺客以勾践自勉，给子孙的遗言是希望家族里出读书中举的人，然而，革命打断了这个梦想，鹿子霖的两个儿子参加了不同的党派，殊途同归地走上了革命的道路。他们虽然选择了不同的党，但内在目标是一致的，就是要反戈一击，要与旧家庭决裂，摧垮旧的制度、旧的文化。

白嘉轩、鹿子霖分别代表了常和变的力量。白嘉轩代表乡村“熟人社会”自发形成的民众生活的横向联系，这种联系横亘千古深入人心，前提是族长以身作则，民众信奉权力监督；而鹿子霖则代表垂直支配关系的行政力量，他上面是“总乡约”田福贤，而这种垂直力量的到来伴随着强大的社会风暴。这两种力量之间的博弈构成了白鹿原的转折历史。

医生冷先生是原上的外来力量，他希望以自己的力量来维持二者的平衡，他是用儿女亲家的联姻方式来维持横向与纵向的平衡。他的姓氏不能不让人联想到时代的冷静和残酷。

作品被命名为《白鹿原》，这是一个隐喻。顾名思义，白是白家，鹿是鹿家，原是平原。但这只是字面意义，内则隐含着“逐鹿中原”的含义，“古代非常聪明地将朝政大权形象地比喻为‘鹿’”，此时，我们理解白嘉轩看到鹿显形中的“鹿”只有朱先生能解为鹿的缘由了。因为朱先生从古代文化中知道他们将权力比喻为“鹿”。白鹿原上关于鹿的传说实质是人心中对权力的追逐的集体潜意识。

当白嘉轩看到白鹿显形并破解其寓意之后，他用阴谋换得了鹿家的宝地，并通过种植鸦片发了财，扭转了家运。鸦片这个符号让我们刻骨铭心，它恰恰是漫长传统中国现代转型的开端。《白鹿原》中，也正是换地后鸦片生产改变了白、鹿两家的经济地位。扭转命运后的白嘉轩勉力维护传统的族长制，成为我国现代性转型时期古代士大夫励精图治的精神象征。

新世纪出版的贾平凹的《秦腔》中夏风跟白雪生的孩子没有屁眼，这是一个现代性与乡土中国结合的隐喻。纵观历史，我们会发现现代性的启动最终带来乡土文化的分崩离析，乡村作为文化的根的位置会被城市替代，乡村只是一种自然意义的乡村，社会意义的乡村渐趋消亡。

离开乡村到城市去从事新闻文化工作的夏风是全球化语境中民族国家城市化道路文化前进方向的象征，而白雪是古老大地秦腔这种渐渐没落的传统文化的象征，他们的结合是不健康的，最终生出畸形的孩子来。这个没有屁眼的孩子的诞生意味着这两种文化的结合是没有繁殖能力的、没有未来的一种结合。

乡土中国的活力被城市吸纳了，那些怀揣欲望的新一代都“到城里去”了，尽管很多农民工在城里只是获得“垃圾”的命运。

第二节　消费社会，为大地歌唱的人

在中国当代文学的版图上，让大家记住西海固的回民作家有两个：一个是特立独行的张承志；另一个是沉默寡言的石舒清。张承志用大刀阔斧将西海固的天空推到我们面前，石舒清用精雕细琢将我们带到西海固的土地上。张承志的书写就像光，石舒清的叙事恰如影。他们以不同的方式描绘故乡。

一　为大地写作的人

在石舒清与王征合作的《西海固的事情》这本图文书中，皲裂的大地醒目惊心地提醒我们匮乏的无处不在。而掩饰匮乏、人造繁荣、忽略资源的有限性正是消费社会处心积虑合谋的假象。金钱这一世俗之神横冲直撞，给我们预设了无边的陷阱，事物的价值遗落在价格边上，品牌大于商品，符号价值超过使用价值，劳作与创造的荣光隐匿了。就是在文学这一带有梦想性质的事业中，甚至小说这个虚构的世界中，我们也丧失了歌唱的能力，我们无法颂歌劳动无法颂歌生活也无法颂歌宁静和安闲。我们不能够正视自己那颗蒙尘的心。我们流连在都市幽暗狭窄的叙事风景中，堆砌的物淹没了通向远方的道路，暧昧的情调、迷离的欲望次第绽放，我们远离了太阳的光辉，也失去了大地的拥抱。正是在这样的时代际遇中，要进入石舒清的叙述世界是困难的，因为他独自背对着消费社会的洪流，孤独地为大地写作“农事诗”。

今天，“消费社会”已使我们对消耗、浪费安之若素，无论在经济生活还是在文化生活方面都假装资源是取之不尽的，这也是科技高速发展给人们带来的僭妄。摄影来到世间，机械复制加剧了文化消费的幻觉，日新月异的梦想覆盖了人类生活最恒常最古老的部分。视觉文化对印刷文化的排挤使得小说这门“孤独”的艺术正在遭遇前所未有的挑战，真实受到质疑，经验日趋贫乏，“大众媒介的作用不是使事件像传统的方式那样成为‘可以记忆’的，而是在事件令人眼花缭乱地从四面八方向我们袭来时，消灭这些时间，帮助人忘记它们。”[①] 在这样的精神处境中，作家的分化就成了必然的事情。与时代和解，做一个时尚的消费符号是一种自然而然的选择；而一位严肃的小说家的努力不免有“风萧萧兮易水寒”的悲壮。

在西海固这片“失血”的土地上，生存本身成了严峻的事业。石舒清的“生命是从严冬开始的”，他的命运似乎早已注定，他只能用笔来迎接。这支迎接命运的笔轻轻地落在生命深处，落在人类历史的根部。

石舒清是当代文坛少有的一个，他不随流俗，荣誉和名声都没能使他就范，他审慎、敏感、静默、孤独，对写作保持警惕，不单是他自身的写作，也包括整个周遭的文学环境。从 2001 年以《清水里的刀子》获得鲁迅文学奖至今 7 个年头过去了，石舒清仍然埋头写作短篇残笺，不温不火，是一副只问耕耘不问收获的姿态，短篇就是他的“果院”，他愿意在此安静地栽种，修剪，采集，有如诗人济慈曾长时间地观看花开一样让生命的喜乐缓缓流淌，他在那些寂静深处收获热闹，又透过热闹看到生命寂静的“底片”。那些留在叙事者心中的“底片”未必是事实却是褪除了一切色彩之后的真实，它见证生命的华美和衰败。记忆是生命中唯一的真实。

石舒清的视点年深月久地落在平凡处：种子破土而出的一

---

① ［美］詹明信：《德国批评传统》，见《晚期资本主义的文化逻辑》，张旭东编，陈清侨等译，生活·读书·新知三联书店 1997 年版，第 318 页。

瞬，命运千钧一发的一瞬，落叶视死如归的一瞬，欲望千军万马的一瞬……叙事一视同仁。宏大的社会事件，生活的喧闹浮躁，物质的繁华堆砌都是石舒清有意摒弃的。他关心的是土地上的生产、院子里的劳作和内心的盘根错节。阳光的浩大照见内心的尘埃，俗世的风吹动隐蔽的欲望，那一念，一动，尽管细小尽管随风飘散，却能给人以生命感。历史的繁衍就是靠了这些最基础最平常以致习焉不察的力量。“他们不是英雄，他们可是这个时代的广大的负荷者……而且我相信，他们虽然不过是软弱的凡人，不及英雄有力，但正是这些凡人比英雄更能代表这时代的总量。”[①] 从开始写作他就致力于细小的叙事，他凝视平凡的事物，在《果院》中他引用了博尔赫斯的说法：“我只对平凡的事物感到惊奇”，就像人性的神庙在“沉重的肉身”之外无处可寻一样，惊奇的事物并不“在别处”。平凡的事物中隐藏着深意，隐含着常道乃至永恒，肉身中蕴蓄着神性。当诸多作家试图在外部世界尤其是消费生活的物质化中寻找写作的落脚点时，已在省城银川生活多年的石舒清却对都市的灯红酒绿视而不见，都市生活的意义似乎只是使他更加怀念他的故乡，他的全部所念只在西海固那片土地，“有时在城里待久了，会动起出游的心思，但是除了西海固，除了老家，哪里也不想去。当强光下的班车穿行在西海固滚滚怒涛似的群山中时，我会被一种久违的雄野气势震撼到不能自禁，而群山间偶或一闪的村庄像是被阳光完全地照亮着，虽是一闪即逝，却叫我心跳不已，鼻根发酸”。这就是西海固的儿子对故乡对土地的感情，石舒清愿意他的笔是一支采矿的钻，永久地在这片土地的脏腑处采油。写作从终极意义上说就是回家。母

---

① 张爱玲：《自己的文章》，见《张爱玲评说六十年》，中国华侨出版社 2001 年版，第 73 页。

亲温暖的子宫早就回不去了，身在此世的流浪已经注定，我们只能通过写作重建家园。西海固这片只生产信仰的土地经由他的笔已从地理意义上的故乡升华为文化意义上的故乡。

二　优雅的语言及其自觉

对文学而言，语言是根本的驱动力，孔子说："言之无文，行之不远。"文学简而言之就是"言之有文"。尽管目前对文学性的研究尚未取得关键性的突破，但文学性的提出本身就意味着对文学语言研究的一种自觉。索绪尔的《普通语言学教程》告诉我们语言是一种权力制度。正是语言从质地上将文学与科学区分开来，不仅如此，语言还是"共同体"有效的区分物。华莱士·马丁认为小说本身就是可见的语言生命，"在任何关于叙事的讨论中，语言都具有中心地位。"①

身为小说家，石舒清的长项不在故事情节，也不在人物命运的跌宕起伏，而在于语言。卢梭在《论语言的起源》中凝练地梳理了人类语言的历史，认为语言起源不是由于需要而是由于激情。我觉得这一观点尤其适应于文学语言，文学本身就是情感的产物。语言是检验作家的标准。

写作早期，石舒清曾一度倚重故事，在《砸石头》、《正晌午》这样一些小说中，故事的脉络也曲折起伏，叙述会借助自然的力量，比如一场暴雨来淋湿人物的命运、浇灭欲望之火。比如《砸石头》中的艾米乃，一个即将出嫁的女孩，想用砸石头的钱为娘家的父母和弟弟买份礼物做留念，就在卖了就可以给家人买礼物的时候，一场暴风雨带走了她那么多天辛劳的成果，而她小

---

① ［美］华莱士·马丁：《当代叙事学》，伍晓明译，北京大学出版社1990年版，第188页。

小的心愿压在心底还不曾跟自己心爱的家人说过就湮灭了。人生有多少理想与梦幻不是这样，还没来得及发芽就和在泥土里头了，除了在个人的内心掀起波浪外一点痕迹都不留下。《正晌午》中还是借助暴雨使得主角想强奸的想法终于没能实现。但在2008年出版的自选集中，石舒清没有选入这些篇目。脱下故事的外衣之后，叙事镜头直接对准人物的内心，语言是通向内心的幽径，在钱穆看来，“中国文学亦可称之为心学”。每颗心都是一个世界，有什么样的内心世界就会产生什么样的语言什么样的文学。“语言，以及它们所蕴含的价值标准和态度，与我们认为是独立于语言的事物其实是不可分的；语言就在事物之中，事物我们始终是从这一或那一视点体验的。”① 语言暴露视点，作者、叙事者和人物无一例外。

消费社会叙事的合力是使灵魂的活动物质化，取消精神性活动的光辉。而石舒清则致力于恢复优雅的语言和故事包含的精神性的部分。他的叙事努力在戏剧性之外，其生命力保存在语言洋溢的诗情中。

由于现代小说是西方的产物，所以当代许多小说家都有一个西式的语言之父，语言的欧化在所难免。石舒清的语言却直接脱胎于中国的古文和诗歌，他执意追求“辞达”：“肩了犁走出城去”（《二爷》）的“肩”字与“春风又绿江南岸”的“绿”异曲同工。

“我把手像小鸟归巢一样放在母亲手中。”（《风过林》）一个简洁的比喻，动作就把感情带进去了。

“脸上也落了一片云似的沉思下来，同时也就了然并理解地

① ［美］华莱士·马丁：《当代叙事学》，伍晓明译，北京大学出版社1990年版，第184页。

将头点着了。”（《贺禧》）如此形象的话语与标题之间产生了明显的张力。

“胡子白得像草根，白帽子脏兮兮的，明显是洗也洗不干净了，像是这白帽子也同着他一并老了……我发现他走着的时候，一摇一晃的，像是以上身的摇摆带动着两条僵僵的腿。他并不太显佝偻，像是他已近枯槁，连即使佝偻也不能了。”（《黄昏》）白胡子与白帽子的对比，枯槁对佝偻的程度加深，这样一个经历坎坷、处在生命“黄昏”的人却是急于替父亲还债的人。叙事者对人物节制的同情跃然纸上。

“晒在院子里的粉面在阳光下白得发青。”

“院子大得像一个世界。有时候神思恍惚起来，就觉得由屋子里走到大门口那段亮亮的路得走上一年。”

“虽说在一个村子里住着，她常常想一些姐妹就觉得是在远得不能再远的地方，下死劲想某一个人的脸，刚要想清，哗一声，像石子倒入水里，一张将要看清的脸又水一样哗哗哗地散开了。”

“院子这么大，几乎能看到天边。”

“多么不同于人们的两个面孔，像奇特的果子结在不可言说的树上。”（《旱年》）

在“旱年”这样的标题下，萨利哈婆姨的生存世界：她的孤单，她的富足，她的恍惚与疑惑一一展开。

“那么大的耀眼而洁净的白，似乎一世界的花都开了，似乎世间的蜜蜂和蝴蝶都飞到这里来了。我在人群里走着，像一滴水在海里。”（《疙瘩山》）

诗歌的语言，叙述一个圣洁的死亡。

就是一些看似随意的口语也诗意绵延，如《父亲讲的故事》完全模仿长辈给后辈讲故事的现场和话语方式；如《果院》则注重与日常生活的内在的节奏匹配，可以朗诵，就像内行的劳动有张有弛，还有余音绕梁之感。

石舒清的语言整体感觉是略有点涩味的，而他的行文尤其是结尾却十分干脆，这就使他的小说漫溢着古文的余韵。这种语言内部的音韵感几乎没有被小说理论提上日程，好像那只是诗歌家里的事情。学科细分的毛病也横行于写作内部，连小说、诗歌、散文也仿佛要彼此老死不相往来。石舒清尽一己之力在语言的斟酌上，他用诗歌的语言来叙事，用散文的抒情来叙事，用评论的晓畅来叙事。他的全部的文学理想融会在他的字里行间，他的审美趣味凝聚成他优雅的语言。他似乎不必借助故事的中介就可以乘着语言的翅膀飞翔。

《娘家》这样的小说读来真要让人吃惊，这种力量来自作者对语言的自觉。没有作者长期对语言的思索就不会有这样的文本。语言是何等的造物？古话说祸从口出，气死你使用的工具不过是语言，可见无形的语言的杀伤力并不亚于一把明晃晃的刀子。诺瓦利斯说：“语法乃是灵的王国的动力学。一个祈使语可以调动千军万马；‘自由’一词可以驱策各个民族。”[①] 这样的思考落实到具体的生活中，落实到一个人、一个家庭头上会产生什么样的命运？石舒清用小说演绎了语言主宰的人生片段。

娘家和丈夫到底哪方重要，这样一个可以与“母亲和媳妇同时落水”相比拟的经典问题横亘在夫妻生活中，一旦被选择，就像惊涛骇浪一样席卷平静安详的家庭生活的各个角落。语言不费吹灰之力就毁坏了一种幸福的生活，摧毁了一种和谐的秩序。语言敞开了私心的罅隙，使一对夫妻再也握不住彼此的手。

---

① ［德］诺瓦利斯：《花粉》，刘小枫编：《夜颂中的革命和宗教》，林克等译，华夏出版社 2007 年版，第 77 页。

一对恩爱的夫妻就因为一个话语选择竟然撒了那样的气。叙事的显微镜一直对准妻子，不断放大她在娘家所遭受的身体的苦楚和内心积聚的幽怨之苦；直到文尾，丈夫的摔死使得一直在暗处的故事也昭然若揭：自从妻子回娘家之后，丈夫就有了一个习惯，坐在房上往远处看。至于他为什么要到房上去，他看到了什么，他究竟在想什么，叙事一概省略了。语言驱遣一对爱人走向生命的严冬，独自忍受猜测的寒冷。

除了语言以外，我们还得惊叹于叙事者对妇女的心思的拐弯处、幽微处揣摩得那样仔细。“她”的一切回味、懊恼都只能往自己心里去。语言的内驱力化在生活的细处，化在人心的深处，化在暗夜的无形处。像《娘家》这样的小说我更愿意越过这个世俗的悲剧本身去探询叙事者对语言的态度，语言能指在任意的滑动，所指模糊不清。当她的女婿和女儿锁儿分别到马家村来接她时，她和丈夫之间的怨仇不仅没有化解反而被巩固了。语言的真相和歧途洒布在生活的每个角落。语言遮盖了内心深处的感受也遮盖了现实，语言成了唯一的将军。我们都在做着语言的奴隶，包括感情和爱，都是叙述的结果。我们没有办法超越语言，是语言规划了自由的边界。离开语言，自由无迹可寻。《娘家》在故事层面让我们的目光越过生活的表面聚焦到凹凸不平的内面，在叙事形式上却使我们摆脱故事的手去拉住语言的胳膊。语言比故事有更大的力量引领我们前进。

三　叙事中的抒情性与生命感

在小说中，叙事与抒情是小说的两翼。石舒清这种对语言的自觉也内在地决定了他的叙事面貌，一旦偏离了故事，就必然地拐向抒情。抒情性使他的叙事别具特色，“抒情性不是一种属于文学作品内容的‘类’的方面的属性，而是属于可称之为作品之激情方面的属性。——在叙事和戏剧作品中，读者和观众可以通过作者（叙述人）叙述和描写语言的表现力以及人物对话和独白语言的表现力感觉到作品的激情。”[①] 激情在我看来就是作品的血液，没有血液的文本是干枯的、垂死的。

《风过林》这样的小说可以与史铁生的散文《我与地坛》媲美，尤其是文本中的抒情性，尽管文体不同。《我与地坛》中，史铁生是通过自身和所见的不同人物的命运来叙述人类的必然的局限，并由此获得一己的超越。而《风过林》中，石舒清将笔触始终集中在一个人的内心，集中在“我”面对墓地时对于生命往何处去的思考。“未知生，焉知死。”两个文本中，“我”都将死亡当成生命的参照物。死亡是一种恒久的诱惑和慰安，我们向死而生。

《清水里的刀子》直接对死亡的思考，“这样一种朴素的结局，细想起来，真是惊心动魄”。这也是人类共同的结局，不管曾经多么强大，多么辉煌，最后都殊途同归地浓缩为一个坟包。

马子善老人因为女人的死内心往事翻腾，对自己的一生进行简略地回顾清理，“把那样一个鲜活的婴儿，把那样一个强壮的青年混成了目前这副样子，这使他觉得尴尬而辛酸”。而一头牛对于献祭的坦然与从容令叙事者心惊。“他觉得这牛是在一个难以言说的地方藏着，而只是将头探了出来，一脸的平静与宽容，眼睛像波澜不惊的湖水那样睁着，嘴唇若不是耷拉在地上，一定还是要静静地反刍的。他有些惊愕，他从来没有见过这么一张颜面如生的死者的脸。”生与死的界线何在？何谓此生，何谓来生？人这种自认为命运主宰的动物又哪里可以主宰自己的命运。

---

① ［苏］波斯彼洛夫：《文学原理》，王忠琪、徐京安、张秉真译，生活·读书·新知三联书店 1985 年版，第 153 页。

死亡盘踞在石舒清小说的内部。在汉文化传统中，我们忌讳谈论死亡，死亡被当作不吉利的事物不去触及。在叙事中，我们要么小心翼翼地回避，要么趁势制造一个悲剧的高潮，后者甚少，我们偏爱大团圆。无论是在生活中还是在文学中，死亡的意义始终没有得到正视，生命的意义也没有得到足够的尊重。民族文化和宗教信仰在这里分岔。石舒清经常思考的就是死亡，死亡无处不在，作为生存的背影或是作为生存本身。是生死共同构成人生。

在石舒清的小说世界里，死亡是沉思、是寂静，生活则是行动、是热闹，死亡的寂静是恒久的，生活的热闹是倏忽的。

《家事·四十房土蜂》里写到割蜜：

> 那些蜂子呢？
>
> 都和在里头了。
>
> 它们还活着嘛。
>
> 活着也和在里头了。
>
> 听起来真是毛骨悚然。
>
> 但是父亲说，一种性命一种归落，蜂子它命定就是这么个下场嘛。

“有时候，一场暴雨不期然地倾泻下来，花地里的蜂子和往返途中的蜂子就悉数遇难了。每一场暴雨后，总有几间蜂房几乎要空出来。”

如此平静不加渲染地叙述生死也有一种力量。

石舒清倾心于诗化小说的一脉，他的写作诗意盎然而也有别于田园诗，桃花源不是他的目的地，麻醉剂般的田园牧歌不是他要歌颂的对象，甚至也不具备对都市生活的安抚作用。在石舒清看来，只有那些蕴涵人类智慧的生产，包含情感的劳作、内含苦难的烟火才是他的叙述对象，因为智慧、情感和对苦难的承受正是人类的尊严所在。

人类的尊严不仅来自于外部世界的不妥协，也来自对内心世界的警醒，那些不曾为外人道的想法同样通向“暗处的力量”，“突然这空空荡荡的村子和只有母亲一个人的事实焕发了我的一种邪念和魔力，在平日里我总是担心自己受迫害，然而在此一刻我却成了一个危险者，我有一种强烈的要迫害人的欲望。我要迫害我的母亲么？我汗如雨下，我感到我的左手和右手之间一种默默无声又惊心动魄的搏斗。”（《暗处的力量》）暗处的力量来自我与“自我”搏斗，这种搏斗不仅没有胜利可言，而且永远没有停下来的时候，这样内心洞开的时刻，就是最亲近的母亲也成了他者，成了地狱。不同的只是敏感的人意识得强烈，而麻木的或者忙碌的人不曾感觉。钱穆说：“古人生事简，外面侵扰少，故其心易简易纯，其感人亦深亦厚，而其达之文者，乃能历百世而犹新。后人生事繁，外面之侵扰多，斯其心亦乱而杂，其感人亦浮而浅。”[①] 从这个意义上，我们见到西海固这片只生产信仰的土地，这片生存本身就是事业的土地对于写作的意义，是西海固赐予作者以赤子之心。

石舒清的叙事相对单纯，他不将叙述对象置于复杂暧昧的人情世故中，他更愿意让他们沉在自身的命运的暗影中，安静地观察“自我”的运动，咀嚼内心的波澜。

“已经不短的时间了，我一直好像在一种无形的围裹中生活着，似乎我四周有半透明的漠然的屏障，一直寸步不离地限制着

① 钱穆：《略论中国文学》，《现代中国学术论衡》，生活·读书·新知三联书店2001年版，第245页。

我。我若前行，它便同着我的前行退一退，但并不让步，然后又同着我的定住一并定住，以死鱼的眼冷冷地看我，我早就厌倦透了。”“心实在是闷得慌，像被人用双手摁着。但这心它还是自顾自拼力地跳着。这似乎不关我的事。有一段时间我心里像是有火了，我愈是静坐不动，心里火势愈烈……”（《风过林》）

因为关注暗处，所以对光与影特别敏感，强烈的阳光会使心事赫然暴露在自己的眼前，“阳光使院子很亮。马八斤在阳光下的院子里站了一会儿，心里似乎和眼前一样茫然。阳光把他的影子从他脚下流出一块，脏水一样，很短促，从影子看，根本不像个人。马八斤看看自己的影子，突然就探出脚去踏，惊得影子猛地向前一跃。马八斤的影子突然使马八斤的心情复杂起来，有一种莫名的愤怒兴起在他心里了，他转过身去，把自己的影子丢在后面，这样他就对着大门了”。（《恩典》）

“恩典”不仅没有使马八斤感到喜悦，反而使他觉得屈辱，他宁静的生活受到威胁，他在家庭的价值和地位受到挑衅。厅长第二次再来他家时，马八斤躲进洋芋窖，黑暗使他感到温馨和踏实，“他在这静而阴郁的窖里坐着，那很多的洋芋都像有生命的东西一样沉默而忠厚地陪伴着他。”那些有生命的人包括马八斤的亲人都屈服在权力面前，洋芋这种无生命的东西却给人温暖的慰藉。此处的“洋芋”和迟子建的《亲亲土豆》中的土豆异曲同工，不仅是农民的物质粮食，也给农民精神安抚。《恩典》这个文本既有对强权的反讽，也有对弱小者尊严的勉力维护，尽管这种个人的维护在群体面前不堪一击，但叙事更强烈地指向后者。

对命运的安之若素是石舒清叙事的力量源泉。忍耐和承受似乎获得了比反抗更高贵的品格，因为忍耐和承受是此生对来生的献礼，是对命运赴汤蹈火的从容，也是使此生值得一过的理由。

四　重新接通生产的血脉

在石舒清的创作中，特别值得一提的是他对生产场景的细致叙述，今天，即便是书写乡村生活的作家也很少再具这种描述能力：比如蜜蜂分窝，羊羔出世，剪果树，织“毛屉”（袜子），打水窖……石舒清在叙事中重新创造了生产生活，让消费社会的游子重新回到生产生活的怀抱，让我们分享生产的喜悦与生活的丰盈，也分享生命终结的忧伤与沉思。让我们在消费这种宁静中领略久违的幸福与充实。

“二爷”（《二爷》）这个上过大学的知识分子在打成右派后做厨师仍然安心于此，他精于做鱼和熬鱼汤，“就像是自己的呼吸那样自然和简单”。而这样的厨师也被精简后，二爷居然靠糊顶棚维持生计，然而，苦力糊着顶棚却要花钱去看篮球赛或者电影。外部生活的苦楚没能磨蚀他的内心，就像知识分子的身份并没有阻碍他对劳动的投入一样。无论外界如何变化，俗世的流言如何飞来，内心坚持提出自己的要求，将最卑微的事情化成艺术，在这种变形的生活艺术中获得人生价值。沉重的弯曲的历史在他笔下化成了人物的命运，“二爷原本是兰州大学历史系毕业，后来学得最精的却是熬鱼汤和糊顶棚，不知道平反后，他积数十年之功学得的这两门手艺还用得上不！”全文没有夹杂太多感叹和抒情，结尾举重若轻，留下余味。

《古董》这样的小故事也同样是在结尾的一笔意味深长，“那天夜里，父亲对我说，爷爷劳改时期，他还卖过一个铜镜的，卖的时节也心疼，但卖了也就卖了，这些年也并不觉得少什么”。古董以其罕见稀有和特别而独具价值，然而与我们凡俗的日常生活尤其是我们身体的需求究竟是没有具体关联的。它不过和其他事物一样见证历史，光阴也在其身凝结价值，然而我们对古董的热情并不来自这种对历史的见证，而是来自欲望，来自虚荣心。生命之光照来，内心隐蔽的欲念闪烁，如《古董》中我内心对叔叔玉猴和红木狮子的觊觎。这样一个一两千字的短篇、几段关于古董的断片它最终触到了人类的软肋——占有欲。对奢侈物的占有在桑巴特看来就是资本主义产生的一个诱因，消费社会的到来会使这种占有欲加剧和膨胀。这样一来，石舒清逆向而行的叙事努力就更加让人心惊。当越来越多的叙事都在把我们推向欲望的陷阱，石舒清却有意让我们在繁忙的都市生活中停顿片刻，凝望热闹背后的不变的寂静，回顾乡村的生产活动，回顾劳动者的辛劳和幸福，就是骆驼粪（《父亲讲的故事》），就是撒粪（《农事诗》），因为凝聚了人类的劳动和情感，也是温暖的，诗情洋溢的，“发酵了多次的粪堆已全然看不出粪的样子，沃湿着，肥腴着，像被油一次次浸透过的黑土，散发出一种浓浓的味道，这味道和着阳光，就几乎成了某种芬芳，将人的鼻腔虚虚地满了，使人在惬意的恍惚中觉到一些醉意”。只有一个愿意与脚下的大地共命运的叙事者才能用这种丰满的情感歌颂撒过粪的土地，只有真正的劳动者才能如此地歌唱。

当叙事深陷消费生活的泥淖中时，叙述生产生活是一种逆时而动的巨大努力。只有生产与创造是与世长存的，这是生命的律令。只有生产能够让人亲近大地，亲近大地既使我们谦卑，又使我们当之无愧地享用大地上的一切，因为生产使事物的价值显形，使珍惜心不凌空蹈虚。生产本身包含着珍惜心。

这种努力如果单单以市场效应来考察或许是徒然的，只有生产才会使我们的记忆丰盈，只有生产使过去永存，消费只会使我们的双眼紧盯着价格，数字这个统治消费社会的唯一真理正在无形中抹平人类劳动的真正价值。

在写作过程中，石舒清始终是一个用一只眼睛盯着心灵，用一只耳朵倾听心声的作家。他的叙述是舒缓的、平淡的。他的语言是口语化的、诗意的。他的“赤子之心”表现在，一方面在语言上他努力承续古代的文气，另一方面在叙事上他有一种低到尘埃里的姿态，对弱小者尤其抱有同情，“因为是一个盲童之故，使得他脸上有了一种其他孩子都没有的东西……总觉得盲人那深陷的眼睛是自有着一种神秘的，能看到我们看不到的东西，能看到暗中的东西。总觉得盲人的脸上始终有着一种聆听和猜想，但他们聆听和猜想的似乎并不是我们和我们的现世，而是很容易就超乎并越过我们去了。”①

“她发现乞丐们（尤其是她这一方土地上的乞丐）是人里面一个奇特的群落，他们身上都有一种共同的东西，比如虔诚、小心、忍耐、礼节周全、推心置腹，对小收获的珍惜和喜悦。平常人脸上往往有着一种恍惚、游离、忘却的神情，乞丐们很少有，乞丐们脸上总是有一种很真切很令人心动的东西，似乎把一层多余的什么从他们脸上剥去了。”

在石舒清的叙事中，生命的韧性始终闪烁。人重新趋近单纯，人很少被外物所扰，即使这样的瞬间人也天然地具有纠错的能力和力量。人的这种纯粹和纯洁来自由土地和万物构筑的生产世界。欲望没有力量侵吞他的叙述世界，他的叙述世界独立而温馨，散发着乡村生活恒久的气息。所以，一切的事物哪怕是最微小的物，也具有生命感，比如那头待宰献祭的牛。就是无生命的物也在他的叙述中获得了自己的命运，比如那把不知去向的银锁和不知所终的家书。

石舒清曾在访谈中提到回民文化，“享用大地上的一切，但

---

① 王征/图、石舒清/文：《西海固的事情》，北京十月文艺出版社 2006 年版，第 60 页。

又时时处处有珍惜心。”作为一个回民，伊斯兰教的教义融化在他的价值观和人生观中，这也融合在他的写作中，他珍惜文字，虽然今天电脑的普及使写作变得如此便捷，他也从不滥用鼠标和键盘，不让文字在他的手下任意扩张。他耐心地挑拣每一个字词和句子，尽量让它们与那颗高贵的心优雅的情感匹配。

石舒清的笔下，人并非先知，他们未必清楚前方会有什么样的命运会光临，但是无论何时何处，他们对于命运都有一种泰然处之的力量。悲剧可以随时光临却不能击败他们，这就是人类生生不息的秘密。石舒清的写作靠近并揭示这种秘密，他的目光总是透过人物的表情直接抵达生活的实质。

在这样一个时代，阅读石舒清至少会使我们警醒：重新唤醒我们对生产活动和劳动者的敬意，让我们重新审视自己的生活，并反思消费社会的文学叙事。石舒清的写作提示我们好文学的方向：使我们的心更洁净，眼睛更明亮，情感更优雅，感受更丰盈。

第五章

20世纪，革命与民族国家想象

第一节　消费时代的革命叙事

一　理解革命，理解20世纪

革命是20世纪的关键词。革命既是现代民族国家建构的内核，也是文学叙事的中心内容，“影响二十世纪中国命运和决定其整体面貌的最重要的事件就是革命”①。它至少曾经在五四新文化运动时期、30年代左翼文学思潮、“十七年”革命小说、样板戏和部分80年代文学叙事中扮演主角。对革命的冷淡和对革命的符号化是90年代“告别革命”以后的事情，也是消费社会有意为之，消费社会将一切纳入消费的轨道，包括有关革命以及历史的叙述，消费改写了我们的记忆。所以，要理解20世纪，进入现代文学，革命是最有效的视点。

鲁迅《阿Q正传》以反讽的方式为20世纪中国文学拉开了思考革命的帷幕。阿Q对革命的理解非常有意味——从开始没由来地感觉到革命便是与他作对到要“投降革命党”，而目的不

---

① 李泽厚、刘再复：《用理性的眼睛看中国》，见《告别革命·序》，香港天地图书公司1995年版，第3页。

过是“我要什么就是什么，我喜欢谁就是谁”。革命尚未成功，阿Q这样一个底层无产者已经在打个人的小算盘：报仇，财物和女人。直到今天，对革命这种狭隘利己的欲望仍有其代表性。顾彬在分析《八月的乡村》时指出：“战争对日本兵来说就是可以抓到中国妇女，对伪满的中国士兵来说就是可以逛窑子，而对反抗的农民来说则是通过革命达到娶媳妇的梦想。理所当然地，这些恋爱故事危害着革命进程。”[①] 在当时的中国，农民可能是娶不上媳妇而使情欲遭到压抑，而对更多出自上层社会家庭的知识青年来说，压抑来自“父母之命，媒妁之言”以及他人的痛苦，爱情、人生选择上的不自由和专制集权带来的压抑正是很多青年走上革命道路的直接动机，像《祝福》所揭示的，这种压抑跟理学对“灭人欲”的倡扬有隐蔽的关联。中国传统文化的弊病在民族国家的现代转型时期成为内在阻力，使人产生革命的强烈渴望。同时中国革命队伍成员的多样性以及农民自身的狭隘私心也决定了革命的不纯粹与不彻底，所以以民主自由法治为核心价值观的现代性并未伴随革命的结束而完成，相反，现代性说携带的憎恨和暴力持续地占领着民众的精神高地。

当然，在鲁迅的叙述世界里，现代性显示了它的丰富与张力，夏瑜为革命所流的鲜血却只成了人血馒头的药引被同胞吃(《药》)；《伤逝》中爆发出“我是我自己的，他们谁也没有干涉我的权利!”这一“呐喊”的女主角子君最终陷在盲目的爱情中，像娜拉一样找不到人生的出路；而发出“从来如此，便对么”的狂人也“赴某地候补”了；一直宣扬新思想，砸佛像的知识分子吕纬甫还得回头靠“教”子曰“诗云”谋生……鲁迅清楚地意识

① ［德］顾彬：《二十世纪中国文学史》，范劲等译，华东师范大学出版社2008年版，第140页。

到中国传统文化的弊病，所以他说："即使搬动一张桌子，改装一个火炉，几乎也要血；而且即使有了血，也未必一定能搬动，能改装。"（《坟·娜拉走后怎样》）绝望的旷野和封闭的铁屋子意象频频出没于他的叙事世界。鲁迅对革命复杂性的认识让他成为"五四"运动的"过客"，过客与革命者之间的距离使鲁迅超越了具体的时空走向未来。鲁迅对现实革命的认识为此后的关于革命的叙事奠定了反思性的基调。然而，这种保持距离的反思到底被革命的严峻性和民族国家的危亡所兼并。30 年代随着东北的沦陷，民族存亡的大问题压倒了一切，以血肉之躯捍卫疆土完整的革命天经地义地具有正义性和优先性。

随着新政权的成立，关于革命的叙事比例迅速上升，革命加爱情成为"十七年"叙事的基本模式，其目的不过是通过叙事强化新政权的合法性，并使这种合法性积淀成一种集体共同想象。革命者的形象被叙述为"高、大、全"，以爱情为代表的私欲被叙述所摒弃。革命者的情爱故事是"我们来自五湖四海，为了一个共同的目标"笼罩下的叙事，是在坚定的革命性与合法性的框架内展开的，儿女情长等缠绵的情调为正面叙事所不容。身体的魅力、七情六欲的诱惑及其恐惧只能在敌人身上展开，于是坏人道德上的"坏"和腐化的生活细节在一定程度上满足着读者的窥私欲，只有反面人物才有普通的个人的世俗欲望和日常生活。样板戏更决绝，几乎革命者的伴侣都是缺席的，残缺的私人生活侧面提醒我们革命的沉重代价，这种宏大叙事方式奠定了我们对革命者的基本想象：崇高、刚正、无私，这成为一种挥之不去的集体记忆。而主流意识形态一直在设法并稳固这种共同记忆和历史想象，有意识地维护革命者形象的纯粹刚毅，而叙述所付出的代价是使他们成为"扁平人物"，爱情的正当性和人性的丰富复杂在这种波澜壮阔的革命叙事中被遮蔽了。这也是一直以来革命者的形象显得崇高然而疏远、可敬然而不可亲的重要原因。

80年代末出现的“新历史小说”叙事试图努力丰富这种对革命者的共同记忆，并在拉近于革命者的距离和复活革命者的血肉人生方面做出了一定的贡献，“我爷爷”这一经典的叙述语法顿时抹平了我们与历史的鸿沟，但是以莫言、苏童、叶兆言为代表的作家们几乎都抛开了20世纪现代性追求的历史重负，叙述人的感情浮出地表的同时历史本身却隐匿了，这也是新历史小说在开拓新的叙述方式时付出的沉重代价及其限制所在。亲近的历史往往流于戏谑而丧失了尊严，这也是历史叙事的尴尬。

所以，至今主宰我们记忆的革命者的形象依然是一片意志、理想和激情遍布的丛林，离我们的日常生活和七情六欲非常遥远。今天，消费社会的脚步匆忙而至，历史逐渐依稀，“当下”的消息相处流传。正是这种时代语境中，艾伟的《风和日丽》的出现犹如一道彩虹，让我们可以在一种清新的叙述中触摸痛并狂热着的历史。文本对革命和革命者的想象与叙述有了不同的维度，标示着新世纪新一代理解历史的方式有了新的可能。

二 叙述革命，还原历史

在解读新作《风和日丽》时，我们要时时注意新世纪这个时间信息，同时也注意到叙述人对历史怀有的“温情和敬意”，因为历史与假设不兼容，它永远包含着后置的视角。事实上，这个关于革命的叙述文本也不时散发着今天的消费文化的芳香，叙述者是站在消费社会的风口回望并讲述20世纪下半叶的历史，而对历史的“温情和敬意”使叙述摆脱了非此即彼的二元结构，远离了仇恨和愤怒。

《风和日丽》以私生女杨小翼寻找“父亲”及其自身的合法性为主线，随着对“父亲”的不断靠近和审视，她慢慢地沿着消逝的时间的脉搏碰触到历史的心脏。开篇，童年的杨小翼就开始为自己的身份焦虑，她希望有一个真实的父亲。隔壁女友米艳艳的父亲虽然早有正室和妾，但她可以坐在父亲膝上撒娇的场景仍让杨小翼深深向往。此后，她的人生每一步尤其是重大的转折和选择都与“父亲”息息相关。人物的命运随着时间的回流轰然敞开，革命活跃在历史的深渊。而女主人正在行进的生命与她的爱情萌动也弥漫着革命的气息与蛊惑。她的血管里仍然流淌着革命的血液，散发着狂热的气息，她对伍思岷刻骨的一见钟情就是这种狂热的迷惑，革命以无所不在的方式参与到个人的最私密的部分，没有人可以孤立地从自己的时代里出走。艾伟在对现代性追求的叙事过程中借鉴了古典小说刻画人物使用戏剧性的矛盾冲突方式，人物始终处在一种有重负的紧张状态，而这种负重凸显了人物选择背后的自由。在“风和日丽”的标题下上演的是波澜壮阔起伏跌宕的人生，故事的魅力熠熠发光。

叙述在尊重历史的前提下展开，主体是革命者的情爱与宏大理想之间的冲突，这种冲突不仅是个人与集体、小我与大我的冲突，而且是个人内部的冲突，是革命意志与异性情爱的冲突。情爱是青春的光源，而青春是人生的华章，所以情爱叙事历来就是文学最光华的部分，而宏大的理想总是驱使着革命者不断地舍弃小我去融入集体的大我之中，舍弃个人的感情去服从对祖国的感情。“父亲”当年对母亲的放弃固然有这种服从的成分，但是，后来对母亲的不承认则是对上流社会身份和既定生活秩序的屈服。我们躲在习惯的幕布背后，革命成了最方便的借口。如果我们在此引入存在主义的思维，认为所有的选择是自由的，是对自由的一种追求，而且个人的自由与整个人类的自由密切相连，我们就会舍弃道德评判，看到“父亲”对革命的选择与民族国家建构的同一性。

文本借杨小翼的视野展现了一群革命者的形象。革命是一面诱人的旗帜，它上面镌刻着“自由”，同时它是一副变化的面具，它下边有不同的面孔和心灵：隐没在叙事暗处的“父亲”尹泽桂将军，家乡的刘云石夫妇和北京的夏津博父母，还有四川广安的陈主任，伍思岷的父母，伍思岷身上也流淌着革命的梦魇。他们的人生选择有一个共同的宏大的旨归，使得爱情在此黯然失色。对他们的叙述多为旁叙，是通过他们下一代的语言实现的，以限知视角进入他们的人生内部，迅速地勾勒出他们为代表的历史。聚焦光散去，尹泽桂将军这样的大人物可以为维护革命者身份和形象而不顾自己的记忆和情感，夏津博的父母为了去延安参加革命将儿子寄养在别人家，当儿子为自己幼小时曾被抛弃的历史而责备父母时，他们却觉得在当时的历史条件下，一己的家庭完整远不如建立一个保护千万家庭不再分离的新政权激动人心。而这对夏津博父母的结合本身就挑战了门当户对的旧俗，其母因为革命的诱惑而抛弃富裕的家庭追随父亲去到圣地延安，这种爱情是同志式的爱情，指向精神而不是身体。爱情重新回到阶级性的摇篮。

主人公杨小翼母亲的家族流淌着资本主义的血液，资产阶级小姐的贵族气息和优雅举止随时泄露她们身份的秘密。而她没有合法的父亲为之遮风避雨，所以，她的坎坷命运和种种劫难与生俱来。因为她的到来不合法，母亲不得不离开上海，独自到永城生活。作为当地权力象征的刘云石与母亲常有往来，杨小翼单方面在心里将其想象为自己的父亲，很乐意与刘家来往，并与刘家长子世军的情感密切。所以当她发现母亲与李医生私通时便觉得不可原谅。成人世界的性游戏让她大受刺激并觉得耻辱。杨小翼愤怒而悲伤地去找心灵之父刘伯伯，最终得知的却是她隐秘的身世。原来，她的父亲是刘云石的上司，北京一个大名鼎鼎的将军尹泽桂，这让杨小翼背负了巨大的精神秘密。这个秘密让她激动欣喜向往不已，也让她付出了沉重的代价。革命家的父亲一度成为她生活中一个缺席的在场，从此她自觉地将自身与革命联系在一起。革命的血源使她激情贲张，悲剧悄悄发芽。新中国成立初，杨小翼的外祖父将医院捐给了新中国，但是最后依然厄运难逃，自杀身亡，并且影响了后辈的人生。杨小翼的母亲到北京寻找父亲徒劳而返，“寻父”就自然地成为杨小翼的人生重负。她到北京读书的全部心思是为了能够亲眼见到真实的父亲——将军。她明知道自己同父异母的弟弟爱上了自己仍然铤而走险，利用这种恋爱关系以便接近父亲。终于有机会见到了想象已久的将军，她渴望得到缺席的父爱，父亲也乐意在跟她的交往中温习旧日时光。有一天，她精心策划认父活动，她穿了件仿照母亲当年穿的样式的旗袍，在与父亲见面时公开了自己的身世，出乎意料的是，她得到的是最彻底的拒绝：不仅被送出将军府，而且被学校开除，勒令离开北京。将军不能因为这个私生女揭开历史的幕布，他要有完整的革命身份和已修复好的历史。而对她心怀乱伦之爱的弟弟尹南方遭受了巨大的情感刺激而跳楼，造成终身瘫痪。这也是革命者为隐瞒身份所付出的新的代价。

杨小翼选择去广安——她曾经爱过的刘将军的司机的儿子因为她而失控开车闯祸之后发配原籍。在内地广安，杨小翼一心追寻自己的初恋，她试图以自己的努力来弥补这个因她的鲁莽带来的命运变化。然而伍思岷是一个一意孤行的人，他终生都为革命的热情所激荡，有着极端的理想和雄心。他的人生偶像就是父亲为之开车的刘将军，他钦佩他身上的威严和无私。此外，他母亲身上的那种不安分的血液也在他身体里乱窜。

杨小翼的新婚之夜未见红，命运同她开的玩笑也为她日后的悲剧命运埋下了伏笔。她的怀孕受到质疑，她的身份合法性问题再度降临到她儿子身上。好在她生的是男孩，这就使她儿子不必重蹈覆辙。但是她的丈夫始终无法随遇而安，他一直为自己当年未能上大学而不平。他上访，屡屡失败。“文化大革命”给了他机会。他当上了历史的债主，他要让今天为过去还债，想让亏欠他的人受到加倍的报复，这也是革命动力的一种，报复私仇以革命的名义进行并被无限度地扩大。

杨小翼为了从造反派手下放走自己的父亲尹将军而被好色之徒吕维宁要挟，最终他们苟合的事情败露。伍思岷迅速地与杨小翼离婚，并以人民的名义置吕维宁于死地。杨小翼再度孤身一人，调到北京后因为孤独而与从小一起长大的刘世军发生了情爱关系，然而，对自己好友——他的妻子米艳艳的歉疚一直折磨着他们，他们不能放下沉重的现实。

“文化大革命”一度改变了这些老革命的命运，他们失势了，刘世军为了改变家族的命运而决定孤注一掷，报名去参加越南自卫还击战，结果却当了俘虏。历尽艰难越狱逃回后又遭到误解，舆论的力量尤其是父亲的轻蔑打击着他，他选择到孤岛上守礁，在岛上度过了五年寂寞的时光。终于因被评上劳模重新回到正常的社会生活中。

杨小翼的前夫伍思岷在“四人帮”倒台后入狱，儿子天安来到北京。因为对父亲的崇拜，因为来自偏僻的地方而与同学格格不入，竟和当小偷的同学好。这极大地打击了以身上流淌着革命者血液为荣的母亲，为了教育儿子，杨小翼坦诚地公布了自己的身世。谁知天安会为了搭救小偷而天真地以将军外孙的名义去请求警察。结果尹将军把他带到了自己府上，秘密地认了自己的外孙。

在不健全的环境中成长大的天安初恋时遭遇了沉重的打击。后来他跟父亲一起参加了学潮，在演讲的聚光灯下，那位昔日的象征权力的父亲复活了，儿子的心病也得到治愈。太阳重新照亮这对父子的人生，然而历史再度转折，现实受到嘲弄，父子被迫流亡，儿子天安在云南边境因车祸丧生，杨小翼又变成了孤零零的一个人！革命裹挟了她的父亲，如今又夺走了她的儿子。当所有的亲人一一离去，独自面对这种沧桑变化，杨小翼领略了历史的悖谬和人生的荒凉，她找到了情感以外让自己安身立命的事业。她开始以研究者的身份客观地保持距离地审视父亲，她选择了对革命者的私生子的成长和生活进行研究，她看到了历史的浓重阴影和革命的秘密，通过这些遮蔽的人生她翻阅了历史的背面，触到了历史的潜文本和个体的代价。这个课题影响广大，并受到生父尹泽桂的关注。

"父亲"变成了她的研究对象，身份变更之后她终于可以独立地坐在父亲对面，以学者的身份审视这位见证共和国的将军和缺席女儿人生的父亲。研究性的冷静对话遮掩了内心情感的惊涛骇浪，杨小翼最终没有跟父亲相认，革命成功地将一对父女分隔在历史长河的两岸。当父亲回心转意要召见她时，她本能地选择了拒绝，她拒绝的不只是"父亲"，而是整个父权文化。她发现自己经过现实的重重掠夺之后，已经不需要"父亲"了，她一直追寻的生命合法性自动地隐匿了。她更愿意一个人承担沉甸甸的现实，她独自遭遇身边的亲人一一离去，就像她独自来到这个世界。然而，当父亲真的过世之时，她却发现父亲是血的烙印，是与生俱来且无所不在的，与个人的自由选择无关。父亲带来生命也带来命运，人生的道路时时与来路纠缠。

三　个体生命与民族国家的合法性

小说以杨小翼寻找"父亲"为主线，同时上演的是她一波三折的爱情瓜葛。关于父女两代人的时间在回顾和讲述中错综，历史经验与个人经验纠结。杨小翼的不合法的身份以及由此带来的对革命的想象使与她交往的异性无一不落得悲壮的结局，因为她携带着不合法的身世的秘密。对她的爱情叙述上落入了古老的窠臼，那就是重新生动而丰富地注释了红颜薄命。但是她的这种薄命的源头是她的身世，这又曲径通幽地指向革命。寻找父亲是寻找一种生命的合法性，而革命的正义是政权合法性的来源。为了捍卫民族国家的合法性，将军宁愿让自己的女儿生长在历史的阴影中。当将军垂垂老矣，当他希望给历尽千辛万苦的中年丧子的女儿以真正的父亲的安慰时，杨小翼却不假思索地拒绝了。生命的真相像洋葱一样层层裸露，她已不需要别人的安慰，哪怕父亲。这不是仇恨，而是成熟，每个人必须孤独地面对这个世界，何况是杨小翼这样卓然独立长大成人的。

“父亲”是一个符号，他既是我们文化生命的源头，也是我们自然生命的缔造者，我们处在一个父权社会，一切的文化思维方式意识形态乃至生活方式无不打着“父亲”的烙印。在中国这种家国同构的文化格局中，父亲就是家庭的拥有者，他占有物也支配人，就像“父亲”在家庭拥有无上的权威一样，国家的缔造者对这个国家同样拥有无上的权力。“率土之滨，莫非王臣。”内在的意识形态的变化要比政权的变化缓慢和艰难得多。经济的现代转型并不必然带来民族精神的现代转型。

“私生女”是不合法的，尽管它是中国“农村包围城市”的特殊革命过程中一种不可忽略的存在。这种不合法反过来又影响当事人的命运，他们不能走到阳光下沐浴新政权的光辉，享受革命者合法后代拥有的一切。改革开放后，尹南方和夏津博等红色子弟都享受了父辈艰苦革命的回报，而杨小翼却承担了“父亲”缺席的全部黑暗。这也是革命的悖反。革命的目标是为了使人享有人权，享有健康的人性和人情。“人生而平等”

的呼声至今激动人心。然而，革命本身的残酷和革命给他人带来的剥夺、耻辱和伤害同样让人触目惊心，只不过被革命的帷幕遮蔽在幕后。

小说没有浓墨重彩地描述将军，仅有的几个镜头非常有限，然而，关于将军的言辞闪烁在其他人物的话语中，尤其是在主人公杨小翼的追寻中。将军是个复杂的存在，就像他经常将自己关在屋子里一样，他的内心生活也被四壁屏蔽了，经过了革命伦理的细心洗涤。对革命者的身份认同使他始终没有对自己的私生女儿敞开心扉，同样也没有对合法的妻子和儿子敞开。当他弥留之际，面对妻子的追问，他的回答是他“热爱毛主席”，这里毛主席当然是民族国家和革命理想的象征。在历史叙事和文学叙事中，毛主席曾经被歌颂为红太阳，被歌颂为“时间开始”的地方。在他身上，寄予了整个民族对新的现代政权的热望。我们不能说这个回答是虚假的，正是在这个真实的回答中我们看到了现代民族国家建构的沉重代价，它让很多革命者牺牲了情爱，牺牲了个人生活和情感，也牺牲了记忆和历史，但其本质仍然是对自由的追求和对幸福的向往。民族情感是一种超越个人之上的绝对的感情，这也和十七八世纪经历的西方革命相关，现代国家激发我们重新认识国家权力和民族情感。“民族属性是我们这个时代的政治生活中最具有普遍合法性的价值”①，因为是民族属性让我们变成一个牢固的记忆共同体，这在我们给婴孩吟诵唐诗的过程中已经开始萌发了，在安德森看来，小说的阅读和诗歌的吟唱正是构成想象共同体的必由之路。

将军的身世，经历和复杂的情感历程被革命掩盖了。然而，

---

① ［美］本尼迪克特·安德森：《想象的共同体：民族主义的起源与散布》，吴叡人译，上海人民出版社 2005 年版，第 2 页。

无论是主流媒体的话语表述还是儿女的偏见，都不能还原一个真正的将军。将军是革命的熔炉中修炼出来的，在革命时期他曾以对待敌人的暴力方式对待持不同政见者，同样不近人情地对待自己的旧情人杨泸和自己的女儿杨小翼，而这种冷酷却有高尚的正当的外衣。将军这种姿态是复杂的，既有个人的自私和权力欲望，也有对革命的无条件的维护。尹泽桂托付自己的部下刘云石关心自己的情人和私生女，在历史起伏之际暗中安排女儿杨小翼的人生。与尹泽桂将军异曲同工的是他的部下刘云石，还有夏津博的父母，他们都是老革命的一代。在革命的过程中，他们愿意牺牲个人利益，无条件服从组织，服从集体。新中国建立之后，他们难免以老革命自居，并渴望给后代以相应的物质和社会资源的补偿。物质与现世利益修改了革命的法则。革命的悖反力量尤其明晰地流淌在杨小翼的丈夫伍思岷身上。一旦权力降临则将刘云石身上那种革命家的果断与勇气发挥到极致，这就必然地给他人带来伤害，离他越近则伤得越深。

在艾伟的叙述世界中，革命不是一个被滥用所简化的名词，而是一个动词，确切地说它回复为一个动宾词组。这个命是活生生的生命，是具体的与日常生活深深纠葛的情感、欲望和秩序。革命的诱惑来自一个远景，这个宏大的远景要求革命者自觉地做出个人的牺牲，在中国这样的一个“熟人社会”则必然地波及整个家族。

市场经济重新解放了人和社会关系，包括尹泽桂这样处于社会上流的将军。1989 年之后，20 多岁的外孙天安意外车祸身亡，将军终于勇敢地将这个没有名分的外孙的遗体带回北京。此时，将军的眼里只剩下他是自己的外孙这个血缘的事实，而不必顾及他是因为反抗现实体制参加学潮被迫逃亡的事实，可以说外孙生前是站在外公的对立阵线。而外公最终从人情和天伦的角度容纳了外孙的反动，他从情感而不是阶级立场确认了这个外孙，这正是经济改革和思想开放所带来的巨大变化。而过去革命者要不惜一切去捍卫自身的形象和身份，然而，他们也是人，也有自己的情欲、爱和亲情，这是革命不能磨灭的印迹。尹将军在年老的时候亲手将外孙的尸骨埋到北京，并将年轻时的情诗“愿汝永远纯洁，如天上的明月”刻在墓碑上。与其说他是为自己的女儿办一件事，不如说他在追忆自己的爱情和过往，他确认了自己的血脉，在回忆中肯定了革命者身份之外的作为一个风流男人的血肉之躯，肯定了自己当年欲望的某种正当性。“小我”战胜了“大我”，人的感情伦理战胜了革命者的身份。这种人性的回归也是一种历史的进步。

四 作为消费对象的革命与历史

在小说的结尾，将军曾住过的石库门被改变成了红色革命旅游景点，这一笔颇有意味，历史的长河流到了当下，将我们带进消费社会的现实中。尹泽桂将军曾经试图掩藏的不合法的爱情记忆如今真相大白，并被消费社会所利用，变成了一个关于权力和革命的诗意神话。

在导游的娱乐话语中严肃的神圣的革命被放大为郎才女貌的千古佳话，融入周围带异域风情的自然风光中。这是消费社会的奇迹，也是消费社会的强大所在，它不为革命者的个人意志所左右，不仅让所有具有娱乐功能的事物被消费，而且将一切严肃的、痛苦乃至庄严的事物也纳入了消费的轨道，被消费的逻辑所改写。革命这段20世纪及其纠结的历史被拥入消费的广大怀抱。如果我们把将军理解成共和国的符号，那么一切与民族国家相关的庄严事物均在消费逻辑面前黯然失色。消费社会的逻辑是一笑泯恩仇，因为“上帝偏待的是那些拥有能够娱乐他人的才能和技巧的人”[1]。作家艾伟敏感地意识到这一点，他用细节证明他的叙事建立在消费社会的根基之上，应验了华莱士马丁的论断：重要的不是叙述的时代，而是时代的叙述。

《风和日丽》这个时空跨度很大的文本为我们提供了消费社会对革命和情爱故事的重新想象。革命者的后代，合法的与不合法的共同参与到革命者的形象想象和重塑系统中，他们身上携带着革命者的密码，也泄露了革命者最私密乃至残暴的一面，这也是建构民族国家的沉重代价。“光荣与梦想”的背面是痛苦和黑暗，这就是真实的历史。革命者的刚正无私中也许包含了最大限度的私心，因为他们伤害亲人，而这种伤害可能是不能慰安和化解的。这种“小我”与“大我”之间的紧张构成文本的密度。

《风和日丽》通过私生女杨小翼的寻父、审父和拒父为革命者公共化的身体和形象增添了新的维度，普通的人的情感和欲望终于与宏大的民族国家的理想站在同一地平线上，成为革命人生的多元注脚。

第二节　寓言叙事及其民族国家想象

寓言叙事与人类历史如影随形。20 世纪以前，寓言叙事的象征阐释系统是传统的、确定的，20 世纪以来，叙事的现代转型以及现代性的复杂使其象征阐释系统也变得多元和不稳定。现代民族国家的建构使现代性叙事成为 20 世纪中国文学的核心问题，现代性想象不仅持续地统摄着中国文学，也规约着作家的叙

---

① ［美］尼尔·波兹曼：《娱乐至死》，章艳译，广西师范大学出版社 2004 年版，第 6 页。

事想象和叙事自由。个人化叙事的倡扬或许是为了摆脱一个世纪以来这一幽灵的魅惑，当作家在炫耀写作技巧、专业知识和语言能指的舞台上畅快地滑行时，精神的失重也在威胁着文学，使它剑走偏锋。历史意识是一个渐行渐远却又叫人眷恋的背影，它沉积在叙事深处，随时可能复活。

《大势》是陈希我的新作，小说演绎了当今世界最为敏感的问题——民族与民族主义，“民族属性是我们这个时代的政治生活中最具有普遍合法性的价值”①。这种合法性是否真的如此理直气壮？陈希我在现代意识的烛照下将它放进 20 世纪的历史怀抱中慢慢展开。这是一种艰难可贵的努力，也是一种高远的叙事理想。

对陈希我的写作我一直抱有期待，他自觉地将自己放置于他者的边缘位置上，不祈求写作以外的赐予，写作就是此生。他将双眼紧盯着现实的深渊，不放过细小的皱褶，他窥破了现代生活的神话，看到了根本意义上的不自由，那是欲望对灵魂的统治。陈希我以自身的写作指认了人对现实的无力感，并试图发掘这种无力感的来源，使我们于此生出直面生活的勇气。同时，不遗余力地将叙事往细微处、往极端处推，将叙事的刀子直接对准自己，在滴血的心面前也没有掉过头去，他从痛中感受快意，去舔尝血的腥甜并独自疗伤，笔者以为这种写作态度来自他对日本文化的自觉借鉴。在陈希我的文学养料构成中，他的留日经历不容忽视，这从他对日本一系列优秀作品的解读中可以知道。阅读陈希我的作品让人不安，你会感觉遭到了冒犯，体面的生活表皮露出了狰狞的真相。恩格斯说人类历

① ［美］本尼迪克特·安德森：《想象的共同体：民族主义的起源与散布》，吴叡人译，上海人民出版社 2005 年版，第 2 页。

史上所有的进步都是以神圣的事物遭到亵渎为代价的，这同样适应于文学王国。

如果说写作是纸上的权力，那么今天这种权力显然被许多写作者滥用和挪用了。权力从来就是双刃剑。当大部分叙事者利用了话语权力、现实被一再悬空之后，最终换来的是读者对文学的普遍冷淡和怀疑。阅读上当也会累积出经验，精神世界的法则与现实世界并没有两样，尤其是写作日益臣服于现实利益的法则之时。在水平线以上，写作比的不再是才华，而是勇气，激情，受难和献身的精神。精湛的写作技巧远不如一颗卑微的心动人。心是文本最后的栖息地。

一　民族怨恨、含毒的创伤与现代性

《大势》是经历了重重屈辱与坎坷的20世纪的中华民族的寓言。当中日甲午战争和八年漫长的救亡战争只浓缩成历史书上薄薄的几行，当南京大屠杀变成被屠戮者是20万人还是30万人的数字争论时，当“落后就会挨打”成了顺口溜的时候，当我们对大和民族的称谓简化成“小日本”、“日本鬼”并获得阿Q式的快感之时，我们对中日之间沉痛的历史的反省与思考正在弱化，潜意识中试图淡忘民族的历史伤痛，阿Q对头上疤痕的忌讳多么惊人而普遍地重演着，所以鲁迅先生要以写作来“揭出病苦，引起疗救的注意”。

阿Q头上的伤疤至今依然是我们的镜子。一个弱势民族的精神胜利法可谓所向披靡，但本质是可悲的。我们不敢揭开历史的伤疤，家丑不可外扬，我们缺乏正视过去的力量，也缺乏自嘲的勇气，于是我们选择回避，我们希望时间慢慢地治愈伤痛，我们不知道这是含毒的创伤。马尔库塞说：“在时间中治愈的创伤也是含毒的创伤。思想的一个最崇高的任务就是反对屈从时间，恢复记忆的权利，把它作为解放的手段。”[①] 叙述人“王中国”将这些我们正努力淡忘的“含毒的创伤”和被埋葬的记忆重新推到我们面前，20 世纪狭隘的民族主义的暴涨给整个人类带来的伤害，给人类尊严带来的尘垢，给人类记忆带来的疮疤又一一再现。

当今，“全球化”使社会关系在世界范围内不断强化，消费主义的渗透也不断加强，民族关系更需审慎对待，此时，《大势》的面世别具意义。让我们这个正在快速崛起的大国重新审视自己曾经“帝国”的悠久历史，细细品味其中的波澜，就会发现我国追求现代性的历程有其复杂性，而且以理性和自由为核心价值观的现代性在今天仍是未竟的事业。它曾经在建构民族国家的崎岖道路上踽踽独行，一度与民族主义并驾齐驱最终让位于民族主义。19 世纪末的几次惨败，战败国的身份使民族主义赫然抬头。五四新文化运动以充满暴力的宏大叙事激活了民族麻木脆弱的神经，同时煽动了战败国的怨尤情绪，主流意识形态利用了这种怨恨，使无数的热血青年踏上了革命的征途。民族情绪的狂热与集权专制往往只有一墙之隔。在救亡的迫切局面下，民族主义的背面暂时还没来得及敞露。然而同时我们也要意识到，民族情感并非普通个体的情感总和，尤其是对于中华民族这样一个多民族而言，它是错综复杂的，在面对他者尤其是在国家存亡之际它会成为一个强势的符号，而内部更真实地弥漫着个人的私欲，甚至成为一个攫取个人利益的噱头。哲学家罗素在《中国的问题》中以“贪心、懦弱和冷漠”概括中华民族的国民性。

《大势》中，王中国身上凝结了这些因子。他是一位中学语

---

① ［美］赫伯特·马尔库塞：《爱欲与文明》，黄勇、薛民译，上海译文出版社 1987 年版，第 171 页。

文老师，在知识分子序列的下端，表面上看起来十分自傲，时常因教师身份而对他人振振有词、好为人师，其实内心非常自卑，"自卑与自傲的多样组合构成中国现代思想中怨恨心态的基本样态"。[①] 生了女儿之后这种来自身体能量的自卑心理极度膨胀，莫名的怨恨迅速覆盖了知识分子对于普通大众的优越感。身份曾经带来的优越感被生了女儿这个现实击穿之后，他对女儿既溺爱又苛刻，骨子里头根本不希望她长大，所以给她取名为"女娲"。这里"女娲"既有女娃的谐音，也有女娲补天的谐义，这是我们民族最古老的寓言，是前男权社会最初的寓言。寓言既是文学叙事也是历史叙事，它是人类创造意义的一种重要方式，它创造了过去也创造了想象共同体的通道。人类追溯历史并寻求意义，这是人类的基本追求，也是亘古的困扰。因为人会遗忘，所以需要借助他人的叙述来确认自己的童年，同样民族依赖寓言叙事来确认自身起源的历史。女娲就成了中华民族的象征。

王中国与女娲的关系不仅是父女关系，也是个人与民族国家的关系的隐喻。在女儿的成长过程中，王中国的占有欲愈演愈烈，父女之爱和男女之爱的边界变得渐趋模糊。这种变态的父女之爱集中地表现在吃女儿照片的细节中。"我"偷渡到日本去，途中见证了偷渡的艰险与同胞内心的黑暗，因为不准出现中国的符号，一个偷渡客的护身符被同为中华民族的台湾人强行扔进大海。为了避免女儿照片被毁，也为了与女儿合二为一，我将女儿的照片吞进肚里，这是一个高度象征的仪式，王中国以非常抽象的方式完成与女儿的融为一体。在这一刻，具象的父亲保护女儿照片不遭侵犯的动作和抽象的国家对民族意识的护卫融合升华，悲壮意味弥漫开来。

---

① 刘小枫：《现代性社会理论绪论》，上海三联书店 1998 年版，第 383 页。

可是，就在王中国独自吃完照片不久，同船偷渡的一位男孩的女朋友被当着他的面强奸，这是意味深长的伏笔。她身穿的红色风雪衣总是让我联想起自己的女儿，当然红色也让人在潜意识里联想起女性贞血的颜色，红色这种血的象征终究为她的主人带来了不堪的命运。“我”这位女儿的父亲、和一船的男性同胞一样怯懦苟且，“我”压住知识分子的愤怒和“父亲”的无奈，在刀子的寒光中以假睡来维护颜面，在心底里暗自哀伤并设想这对小恋人的残缺未来，女性薄薄的命运被强力打开。女孩被强奸的命运映衬着女娲的未来。

王中国历九死一生到达了真实的日本，这片 1905 年曾云集中国革命青年的土地，西方文化的中转地，如今既是“我”等梦想发财的地方，又是积聚了民族血仇的现代国家。半个世纪后，战败国日本，成为我们现代性想象的参照物，真实的“西方”离我们很远，无论是时空距离还是文化距离。弥漫的宿怨在偷渡客心中时消时长，大民族主义的自尊与自卑交替隐现。王中国在东京十字街头的红绿灯前拥挤人流的整齐步伐中感受到理性的力量，面对他国的先进感到震惊，弱势民族的悲哀和异乡人的凄凉接踵而至。他们在这里不仅受到各种具体的他国的现实制度和文化生活的排斥，也受到共同记忆和民族想象所带来的伤害，后者在他乡被放大，要比在国内来得分明和强烈。任何细节都可能被上升到民族国家的高度而被无限放大为复仇。

经过一段东躲西藏的时光之后，“我”开始正视自己的“黑人”身份，尝试以自己拥有的知识谋生，先是教日本人书法，并从这种古老的“纸上的武术”发现民族文化之间的差异，也从书法的势——“势来不可止，势去不可遏”中慢慢领悟到历史的偶然性与必然性；在教日本人汉语的过程中“我”更清晰地发现历史上同一事件的不同命名与阐释其实暗含着不同的意识形态，民族的立场无所不在且根深蒂固，正如研究殖民文学的英国学者埃默所言："倘若殖民者的野心是知晓，是吸收同化，是统治，那么，我们就应该时刻牢记，对于被殖民、被奴役、被束缚于在契约之上的人民来说，即便真有人就殖民过程应如何实行向他们咨询过，那真实的情况也是迥然不同的——于殖民者的法庭、市政厅和图书馆等说描述的情况都会相去甚远。"① 视点决定叙事面貌，而民族立场使殖民者永远不会平等地对待被殖民者，同样地，被殖民者也不可能心平气和地面对殖民者。《大势》中，"王中国"一度试图在中日之间经营石材赚钱，材料来路已经打通，在面对日本商人高高在上的姿态和蓄意压低石材价格并怀疑质量时，混合着怨恨和尊严的民族情感袭击着王中国，使他无言地放弃了即将谈成的生意。

随着王中国把女儿办到日本留学，叙事在更深的层面展开。女娲到达东京的时候，王中国正因身份的不合法躲在鲁迅当年学医的仙台。我托同乡王国民去接机，并再三嘱咐他给女儿单间。王国民是流氓式的人物，他有自己的生存法则，无赖却有效，他时时怀着一种历史的债主心态，这也是其他偷渡者意识深处的烙印，他们随身携带这种印痕来为自己的使坏找借口。王国民内心其实并没有真正的祖国和民族，只有怨恨和暴力，他的眼里只有金钱。他是偷渡客中的一个小头目，利用自己的签证租房然后转租牟利，并将这块中国人聚居区命名为"阵地"。我和分别多年的女儿就在这小小的"阵地"相聚，我发现女儿已经长大成人，她的身体美好动人，每时每刻都在辐射青春的芬芳，给"阵地"带来了欲望骚动。"阵地"总是在提醒我们要冲锋陷阵，那么在

---

① ［英］艾勒克·博埃默：《殖民与后殖民文学》，盛宁、韩敏中译，辽宁教育出版社 1998 年版，第 21 页。

他国的土地上，这片小小的租来的“阵地”到底要为谁冲锋陷阵呢？“王女娲”的到来揭开了谜底。“王女娲”一度成为“阵地”男性崇拜的对象，大家将她当成了真正的“女娲”施神圣之礼。现实生活中的“王女娲”被神化了，她在“阵地”成了本民族的象征，这群背井离乡的遭受民族歧视的男人将神性的美感、民族的想象和个人的欲望集中到她身上。“她”由王中国的女儿变成了“阵地”的财富，她成了阵地冲锋陷阵最实在的导火线！女儿是父亲的“阵地”，女性是男性的“阵地”。这是由漫长的人类男权历史积淀而成的潜意识。

“我”已经觉出情欲的气息和危险，只能拼命打工让女儿正常上学，女儿也慢慢懂得怜恤父亲，那一小段美好幸福的域外时光使我恍然回到了女儿的童年，对女儿全部的占有让我欣慰。但是“阵地”里每位男性都对女儿的身体想入非非，双眼泛着豺狼般绿色的光芒，压抑的情欲终于得到了具体的臆想对象，已婚的王国民对女娲以“妹妹”相称，希图通过语言获得某种觊觎的合法性。而瘦弱的依宝则趁宿舍无人时到厕所装镜子以便偷窥，结果被王国民发现后痛打了一通。依宝从此变得孤立无援，没过多久便因被日方殴打在极度孤单中死去，阵地上的同胞对这个年轻生命的逝去十分冷漠，这也是民族情感的现实一种。依宝家里知道消息还未及悲伤就迅速地决定要让来收尸的依宝弟弟非法待下来，他还只有 15 岁，尚未成年就要接过哥哥的道路，重复“沉沦”的命运。浓黑的苍凉像潮水涌来，迅速覆盖敞露的伤。

1921 年，留日的郁达夫就在《沉沦》中发出了“你快富起来！强起来吧”的喊叫。这喊叫充满着弱势民族的切身的痛苦，被唤为“支那”人和“东亚病夫”的文化自卑情绪始终笼罩着主人公。就像我们总是通过镜子来整理衣冠一样，我们无时不是通过他人的眼光来建构“自我”的。

《沉沦》中的“我”是一位到日本来留学的青年男子，敏感的“我”时时感觉被歧视，青春的情欲受到压抑，只好通过手淫和偷窥来解决。然而，一个弱势民族的脆弱与自卑，年轻的心渴望爱情而不可得，最后从妓女那里获得的不是身体的满足而是心灵的摧残。知识分子的使命意识又使他无法忍受这种道德上的污浊，最后走到海边去试图自尽，一边发出绝望的呼喊：“祖国呀祖国，我的死是你害死的!”这声绝望的叫喊穿过漫漫时光回荡在我们耳际。这位留日学生的遭遇至今仍然在世界各地循环。

二 民族关系与性别关系的想象及其置换

文学世界历来就有将祖国比喻为母亲或女性的传统。郭沫若曾将祖国比喻为“女郎”，将诗集命名《女神》，这也是对女性生殖和哺育的尊重，对短暂的母系民族历史的正视。《大势》将母子关系置换为父女关系，这吻合了漫长历史积淀的男权意识。在女儿成长的阶段，王中国处心积虑地消除她的性别意识。可是，到日本后，青春让其女性的身体特征呼之欲出，而阵地男性的垂涎更触目惊心地提醒王女娲的性别，这成了王中国的心病。

女娲参加了学校的“地球村合唱团”，“地球村”来自麦克卢汉对信息时代的信息的即时快捷的比喻。就是在这个合唱团，女娲认识了日本青年佐佐木并且彼此相爱，他们试图穿越20世纪的中日历史握住彼此的手并握住一个世界。王女娲的双眼泛着初恋的光波，传递着情窦初开的消息。“我”意外地发现了女儿恋爱的秘密，这个沉重的秘密致命地压迫着这个孱弱的父亲，男性的耻辱与民族的仇恨夹杂在一起，疯狂地燃烧。王中国从来渴望独占女娲，害怕被人分享，尤其不愿意对方是日本人。面对这种现实，王中国显示出知识分子的两面性，软弱无力和尊严互相交战，一如当年船上面对被强奸的红风衣的女孩。噩梦重现，而这次他不能后退，只好向王国民求助，得来的是古老的“父母之命”的专制和暴力。

佐佐木却不顾风险到“阵地”来拜访“我”。女娲出走，“阵地”全体出动在东京街头进行地毯式搜索，第二天早上才在学校见到女娲。我们找到了女娲的身体却摸不到女娲的心，于是软禁、跟踪等对付敌人的办法以“爱”的名义派到女儿身上，仅仅为了捍卫父亲的权威和独占欲。

佐佐木甚至请求他的父母远道到东京来见“我”，“我”和老佐佐木在对 20 世纪的历史交谈时发生了激烈的争论，见证了真实的民族冲突，佐佐木的母亲虽然努力使交谈气氛变得轻松，但当老佐佐木和“我”之间发生真正的话语冲突时，她几乎是本能地不假思索地维护自己的先生，这也是民族属性使然。

陷入热恋的佐佐木仍然渴望以自己的诚意打动“我”，坚持到“阵地”来跪下求婚。于是，女娲和佐佐木的恋爱一事成了催化剂，这群偷渡者多年积攒的愤恨发生了化学作用，他们在佐佐木身上找到了突破口。一对青年男女的恋爱演变成中日的民族问题。弱者的怨恨找到了具体对象，在对佐佐木进行毒打之余商量着要用掉包计来迫使女娲就范，同时还要以女娲的婚礼录像让佐佐木死心。最暴力、最专制的结婚骗局在最现代的都市上演，而且有短信这种现代科技的支持，现代性的悖谬被展开。

一个叫李思爹的四川留学生被介绍给“我”，他有一个绰号叫“死鸟”，“我”本来以为这只是一个下流的玩笑，却不料在上洗手间的时候他主动给我看他受伤的下体并告诉我他在国内致残的经历。“我”对女儿有一种变态的占有欲，这种将女儿物化并据为己有的占有欲是男权意识的戕害。“我”从不希望女儿的身体被他人进入，所以答应让李思爹来充当新郎。“我”甚至假装是佐佐木通过手机短信与女儿调情。在正式办结婚仪式时，李思寥被对女娲心存幻想的王国民借酒打倒在地，并被无情地展示了下体，而“我”这位岳父却漠然地当起了“看客”，这也是真实的国民性。女儿发现结婚受骗之后离家出走，对父亲和“阵地”的失望使她执意地离开父亲，投入了佐佐木的怀抱。“阵地”因为警察的介入分崩离析，人去楼空。小头目王国民被捕入狱，据传自杀；水仙嫂被迫回到她办假结婚的日本男人那里去，其他人则被遣送回国。

“我”又回仙台去躲避，途中遇见了各式各样的人一起探讨中日民族的关系问题。早在20世纪初，以孙中山为代表的仁人志士就开始东渡日本寻求救国济世的良方。漫漫的近代史一直与日本深深地纠缠着，文化上的源流关系也被不断修正。仙台越过日本的其他城市名称出现在我们的视野中是因为鲁迅，那篇入选教材的散文《藤野先生》。仙台，是看幻灯片的地方，是他因此决定弃医从文的地方，是我们伟大的“民族魂”觉醒的地方：

> 有时我常常想：他的对于我的热心的希望，不倦的教诲，小而言之，是为中国，就是希望中国有新的医学；大而言之，是为学术，就是希望新的医学传到中国去。他的性格，在我的眼里和心里是伟大的，虽然他的姓名并不为许多人所知道。

这就是鲁迅对于日本一位默默无闻的老师的怀念。在我中学课文读到这段时我一直纳闷，“希望中国有新的医学”和“希望新的医学传到中国去”有什么分别呢？更重要的是我对他这种“小”和“大”的排次颇为不解，从小我们就被民族英雄黄继光、董存瑞的事迹和内蕴的民族主义情结所熏陶，可是在中国现代文学奠基人鲁迅先生这里怎么会认为中国“小”反而学术“大”呢？这个困扰一直盘桓在我心头，如今我才深切地意识到自己已在不知不觉中站到民族主义立场来看待鲁迅，而鲁迅的伟大正在于他的超越，他超越了五四超越了狭隘的民族立场，时时努力以全人类的视野来对待审视中华民族审视自身。

从《药》开始，鲁迅就在为这个弱势民族寻找良“药”。然而，人血馒头救不了华小栓的命，革命者的血白流了，不被广大民众理解的革命救不了中华民族。知识分子一厢情愿的革命不是一个积弱成疾的“华夏”民族的解药，“铁屋子”里愚昧麻木的国民并没有就此惊醒。鲁迅全部的创作都在试图描画出这个弱势民族孱弱而傲慢的灵魂。凶手（“杀人”）和帮凶（看客）像梦魇似的缠绕着鲁迅关于现代民族国家的想象。现代性的旷野荆棘密布。

“由于西方列国的殖民扩展，不仅传统的精神帝国（所谓‘天朝’）的政治统治面临危机，而且传统的精神价值理念和制度理念的正当性亦遭到质疑。中国士大夫和新兴知识人面临具有高度文化理念和强势政治制度的异族入侵，这种同时夹带着文化理念和政治制度的异族入侵在中国并不乏异族入侵的历史上还是第一回。所谓‘中国问题’——中国何以能富强，中国文化精神和政教制度何以能继续生存，是在与西方的社会制度和文化理念的民族性生存比较中提出的关涉中国之生死存亡的大问题，它成为现代汉语思想的基本语境。”① 整个 20 世纪，我们在现代性的追求上艰难行进，留下斑斑血迹。即便消费社

① 刘小枫：《现代性社会理论绪论》，上海三联书店 1998 年版，第 381 页。

会试图将我们从历史中抽身而出改造成消费者这个统一的身份，民族意识依然通过各种途径积淀下来，看似白纸的年轻一代早已在无意识中接受了民族情感，安德森认为对小说等出版物的阅读是想象共同体建构基础。女娲最终在日本这片国土上，尤其是在与佐佐木这个异族伴侣的交往经验中感受到民族文化的巨大隔阂，尤其是强势文化的压迫，而这种隔阂与压抑不是单纯的一己之爱可以弥补得了的。“女娲”可以补天，却被这种现实的无力感和民族弱势带来的溃败感所击中。王中国与佐佐木父母的会面演变成一场谶语，横亘在王女娲与佐佐木的爱情中，像魑魅一样随时显形，他们不能在彼此的爱情中安生，她的身体尝到了强奸的屈辱味道，也尝到了弱势者的怨恨。王中国的死亡也不能拯救王女娲的爱情，她的爱情死于民族情感之中，死于民族历史的叙述之中。尽管这种民族情感更多地是私欲的激发，有虚假甚至虚伪的成分，但它干扰着现实。民族想象和民族身份是一个严酷的事实。“阵地上”的人对待日本的索债姿态和已定居的老移民们对待同胞的态度，都是打着民族主义的旗号进行的，而实质则是为了满足私欲。而私欲是与金钱这一“世俗之神”的垄断密不可分的。因为金钱的支撑，并无性欲驱使的王中国去嫖妓。他在日本妓女那里获得的是一种变相的满足，与其说满足的是雄性的身体不如说是民族征服心理。金钱变相地给人强势的想象和虚荣心的满足。

在《大势》中，陈希我通过寓言写作的方式将现代民族—国家的想象落实了，在男女关系这种充满压迫与奴役的关系中重新注入了历史意识和民族精神，而这种历史意识一度因市场的宰制力量被抽离。性欲，作为文明的压抑，对它的叙述本身具有革命性的意义。因为“交媾从来不在真空中进行；尽管它本身是一种生物的和肉体的行为，却植根于人类活动大环境的最深处，从而是文化所认可的各种态度和价值观的集中表现”。[①] 恩格斯在私有制的起源过程中考察了两性关系，认为最为普遍的家庭就是女性受压迫的场所，帕特曼在此基础上发现两性关系是人类其他一切关系的基础，“婚姻关系是一种按性别进行劳动分工的关系，是从私人家庭延伸到资本主义市场的公共领域的从属关系”。[②] 文本中佐佐木对王女娲的身体占有既有性别权力，也有民族意味。

在《大势》结尾的部分——被质疑其结构完整性的地方——陈希我以独特的方式邀请鲁迅重新进入 21 世纪，并督促我们认真对待“五四”的遗产，这是当下诸多作家所断然回避的。陈希我注意到在现代性的追求中民族主义的抬头，同时又阐释了民族主义的丰富性及其悖反。《大势》写出了快背后的痛，虐底下的恋以及痛裹着的爱，个人感情和民族情感交织在一起的复杂性、微妙性一一呈现。王中国对王女娲的爱超越了单纯的父女之爱和男女之爱，是一个人对民族的爱，是大爱，是知道了这个民族历史的黑暗、痛楚和苦难之后依然深深的忍耐的激情。叙事者始终敏锐地感觉到现实的缺陷仍然拥抱它，“谁逃避痛苦，就不再愿意去爱。爱者必须由于感觉到缺陷，始终露出伤口”。[③] “王中国”正是这样一位爱者，他死在王女娲的刀下，“始终露出伤口”。

陈希我愿意在写作中承担痛苦，他选择第一人称“我”来叙

---

① ［美］凯特·米利特：《性的政治》，钟良明译，社会科学文献出版社 1999 年版，第 36 页。

② ［美］卡罗尔·帕特曼：《性契约》，李朝晖译，社会科学文献出版社 2004 年版，第 121 页。

③ ［德］诺瓦利斯：《夜颂中的革命和宗教》，林克等译，华夏出版社 2007 年版，第 223 页。

事，王中国和“阵地”上这群偷渡客对中国的抱怨承继了郁达夫当年绝望的叫喊。在这种“哀其不幸，怒其不争”里面，是无论如何也不能剥离的民族情感，这种情感与生俱来、至死不渝，恰如王中国对王女娲的爱。民族情感与民族历史一道延绵，历史如何延伸并左右着今天，如何与今天搏斗并流向未来，这是《大势》推到前台的问题。

第六章

现代性与当代文学批评

第一节　现代性与中国心

日本著名汉学家竹内好曾经说过："学问与生活并非同样的事情。然而，从终极结果上说来，与生活不相联系的学问根本不存在，任何学问都是从我们应该怎样生存这一追问出发的。确实，学问与生活不能等同，脱离直接的生活，学问自身的发展是不可能的。尽管如此，如果终极意义上的联系被忽略了的话，学问就会变成经院派的学术，那么学问也会堕落的。学问具有国际性，存在着世界共通的课题。但是，那共通的问题应该具有的性质，是可以还原到人类世界应该怎样生存的问题上来的。"① 笔者以为重建学问与生活这种内在而迫切的努力也是当代文学批评面临的重要问题，而程文超毕生的文艺批评实践恰好为我们提供了有益的借鉴。

八卷本的《程文超文存》包括专著《意义的诱惑——中国文学批评的当代转型》、《1903：前夜的涌动》、《醒来以后的梦——20

① ［日］竹内好：《近代的超克》，孙歌编，李冬木、赵京华、孙歌译，生活·读书·新知三联书店2005年版，第270页。

世纪中国文学中的现代性问题》、《欲望的重新叙述——20 世纪中国的文学叙事与文艺精神》、《中国当代小说叙事演变史》，论文集《寻找一种谈论方式》、《反叛之路》和散文集《打捞欢乐的碎片》。正如他的导师谢冕先生在序言中说："他的生命的点点滴滴已是超负荷地化作了精美睿智的文字，这点点滴滴都是血汗凝成。"文超师独特的遭遇既使他的身体遭受了百般苦楚，又使他在精神上生长出反抗疾病的力量。这种对死亡的反抗最终成就为独特的生命理解力和历史洞察力。生命感既是文学的内核，也是一切学术的基础，哪怕是启蒙倡导的科学最终也会曲径通幽、蜿蜒至此。

一　对当下现实的敏感与承当

在程文超这里，学问不必囿于专业，无论哪个专业的学者都要对沉重的现实有一颗敏感的担当之心，不和现实发生关系的学问都是伪学问。麻木才是学问致命的敌人。他的学术是灼热的，是与现实碰撞出来的理论火花。

程文超对"中国文学批评的当代转型"的博士论文命名为"意义的诱惑"，可见，对文学批评他关注的核心是意义。意义原是人生最重要的问题，没有意义支持，人生就无处安身立命。古人的"修身"既是对为人的要求，也是我们的治学传统，钱穆强调学问与身世的互通。总之，当身体在书斋的时候要将自己的心也放进去。

在这部论文中，程文超梳理了"新时期"以来的文学批评话语的变迁，这段时期，他自身也以批评家的身份参与其中，所以他谈论批评既有切身的现场感，也有对同行中肯的评价和褒扬。不过对批评的谈论不是他的目的，程文超致力于文化理论建构，他对每种进入中国的西方理论进行了仔细的辨析，尤其是"现代主义与人道主义两套话语系统的合作/反叛关系的微妙而复杂的演化”，这种演化恰恰是20世纪80年代左右中国文学命运的话语主流。

综观20世纪的中国文学的表述及传承教育，我们几乎无法脱离西方话语，强势话语的长驱直入也是现代性的必然结果。如果将文学史、文学理论中的西方术语全部驱逐出境，我们将沦入新的失语状态。就像今天如果我们要闭关锁国已经不可能一样，我们再也不能维护语言的纯正。尽管我们身处此境，程文超从来没有臣服于西方理论，西方理论在他这里只是工具，是解剖刀，而他面对的、他要解决的永远是中国的现实文化问题。据不完全统计，在《意义的诱惑》一书中，出现频率最高的词汇首先是中国，其次是裂缝、误读。我们常说中国用改革开放“新时期”的十几年走过了西方几个世纪的话语历程，在这个浓缩的时间段频频接受西方不同时空的理论话语难免会有种种错位和误读，这种误读有些是无意的有些却是一种理论策略。西方理论话语与中国语境对接的裂缝、中西知识分子使命的不同等等乃是程文超论证的重点所在。别人急于将西方理论拿来使用的时候，程文超已经看到了西方理论背后存在的问题，尤其是现代性的陷阱。读博期间西方留学的经历使他接触了真实的西方，为想象的西方祛魅使他可以全方位反思建立在西方经验基础上的西方理论，就像19世纪20世纪之交梁启超的西方之行对他思想的触动一样。有了对中西直观经验的对照，程文超在别人习焉不察之处开始追索，诸多的学术问题在他的眼里呈现出错综复杂的矛盾状态，他指出人道主义话语在西方和当代中国的不同意义，中国的形式批评与西方的形式批评的裂缝……让理论思辨从裂缝中生长，从矛盾和张力中打开论述空间可以称得上是程文超的学术方法。沿着话语呈现的裂缝，程文超发展完善他的理论。《1903：前夜的涌动》他对世纪初四位伟人思想的把握是从启蒙现代性与反抗现代性的裂缝中展开的，最终导致他对“两个西方、两种现代性”的思索。程文超的观点今天仍然具有指导意义的缘由正在于他对中国历史、现实以及思想复杂性和多面性的尊重。一种深切的对民族国家命运的忧思伴随他整个学术生涯。

程文超的学术扎根于现实的土壤中，就是在严谨的学位论文中，也会有对现实的体察，比如在谈论 1985 年这个激动人心的文学时段时他出示了自己的观感：“亚文化层次，这种‘交替、交错、交锋’以另外的形态进行着，它可以描述为生命活力冲动与冲撞的曲线。庄重大方的西服逐渐变成了带点野味的牛仔裤，优美典雅的拖地长裙大多换成了富于青春活力的迷你裙或短裙。在使用标准普通话的广大区域出现了一种新的时髦语言：广东话。舞厅里，缓慢抒情的交际舞早已受到粗放有力的迪斯科的冲击。银幕上，脉脉含情的生活片被厮杀震天的香港武打片所挤压……”① 对非理性的描述和判断不是停留在纸上，而是在对文化生活全方位的扫描之后。同时他的理论是能够还原于生活的，如他对现代主义与后现代主义区别的探讨，他联系中国 20 世纪 80 年代具体生活来考察。后现代主义面对的是一个“无法修补的世界”，这个世界是碎片化的，这种碎片化不仅指理论归纳，而且指现实经验。“为艺术而奋斗的艺术家们干起了‘走场’的职业，为一千五还是二千元一支歌与人争得脸红脖子粗。为科学而拼搏的科学工作者‘练’起了地摊，学士们干起了个体户、博士们‘下海’开了公司。卑贱与高尚、雅与俗、聪明与愚蠢的界线被打破了、消解了。多元价值各行其是。”② 在程文超那里，

① 程文超：《意义的诱惑》，《程文超文存》1，中国社会科学出版社 2009 年版，第 69 页。

② 同上书，第 101 页。

文本从来不是孤立的，文学文本永远不会脱离背后的社会大文本，统一的价值观的分裂与世界的碎片化是相应的。而这一点恰恰是中国文学批评与西方文学批评的根本区别所在，“在中国八十年代批评家那里同时有一个永远走不出的大文本：时代、社会、历史”。也就是说，虽然同为形式批评，中国的形式批评永远与意义相连，究其源头，可从中西语言文字的不同特点那里找到答案：中国最基本的造字法就是会意和象形，言辞的搭配也非常讲究意会，这种表意的传统源远流长，对我们的思维有归根结底的决定作用。“得意忘言”、“言外之意”这些古老的说法都证明意义的存在；而西方语言的表意却是通过形式变化来实现的，其词根与意义的关系是任意的。

程文超不是一个象牙塔里的学者，他在接通学术史的同时接通生活世界这个广大的空间。他所经历的民族国家的现实是20世纪下半叶的中国：从集权时代进入全球时代的中国，他自身的现实却是在学有所成、风华正茂的时候遭遇绝症。杜甫诗曰：“文章憎命达，魑魅喜人过。”程文超就是在反抗死亡的过程中思考民族国家的文化建构问题，20世纪复杂多变的历史文化尤其是现代性问题成了他的研究对象，对中国20世纪八九十年代文化现实处境的思考诞生这一系列著作。他的学术与人生追求是融合的，当他的一只眼睛在历史深处扫描的时候，他的另一只眼睛从来没有离开中国的现实；当他的左边的心随翻阅的最新理论起伏时，他右边的心却与社会这本“活书”一起跳动。书斋只是他写作的地方，生活才是他灵魂的栖息地方。程文超的学术是与现实人生血脉相连的，现实不仅是他的出发地，也是他的目的地。他渴望通过治学从真实的现实到达理想的现实。他的理想就是一种既尊重欲望又能引导欲望从善的文化。他的学术中既有学者的沉痛和沉思，也有学者的雄心与意志。

二　对20世纪历史的整体把握

歌德说：如果一个人不能给自己描述出过去三千年的历史，那么，他就仍旧生活在愚昧之中，没有体验，浑浑噩噩，一天天打发着日子。显然，歌德也是从古为今用的立场出发的。我们每个人必须面对当下，承担现在，一个没有历史关怀的人就无法安顿自己的现实人生。历史是今天的去处。现在、此时、当下都在“逝者如斯”，都在不断地汇入历史之川。如果我们不能对过去的历史有所体察，便不能很好地面对当下，人生的意义也就无从建构。而描述历史的困难在于窥破历史的话语面具，历史并非一种真实的存在而是一种后置的叙述，而且往往是一种胜利者的叙述，恰如历史学家汤因比所言：“胜利者确实具有一种巨大的优越感；而历史学家必须提防的事情之一，就是听任胜利者垄断对后人叙述故事的权力。”[①] 20世纪的历史经过胜利者的叙述之后已经成为追求现代性的历史，现代性内部的复杂以及反抗现代性的一脉已经被尘封。要走进历史深处的丛林，才能嗅到其微弱的气息。对中国现当代文学史的叙述同样遵循追求现代性的意识形态，蜿蜒曲折的文学道路被“革命”一言以蔽之。“成者为王、败则为寇”的陈旧的历史观仍在暗中操纵着我们队过往的历史叙述。这样一来，文学史的表述就显得过于单一过于扁平。要回复到原初的未经修剪的模样则需要不断地祛魅，去除隐喻的外套。

在博士论文写作过程中，程文超已经显示出不同凡响的学术抱负和开阔的学术视野，研究20世纪末的文学批评话语转型同

① ［英］汤因比、厄本：《汤因比论汤因比》，王少如、沈晓红译，上海三联书店1989年版，第10页。

时开始关注世纪初的历史，尤其注意到鲁迅写作《野草》时的心理纠葛：他已经“看到人道主义话语在西方的败北和西方话语的新话语的进展”，但他同时也看到“尽管在中国也仍然会走向反面的人道主义话语在当时却仍然有其作用。一个在他人的土地上已经被判定为‘死亡’的话语形态，在这块土地却能焕发生机……那是双份的悲凉，既有现代主义的，更有现实土壤的。”[①] 这里，他对人道主义话语和现代主义话语的仔细甄别已经为此后进入历史的方式与谈论研究对象的方法打下了基础。

历史著作《万历十五年》的叙事启发了程文超，他撷取一个时间点进入历史的甬道。他缓缓地拨开历史的尘烟，驾一叶轻舟荡入历史深处，去会访20世纪初的思想大家，直接进行“生命与生命的对话”。这种对话建立在理解与同情的基础上。钱穆曾说：“非通古人之心，焉能知古代之史?”[②] 程文超的《1903：前夜的涌动》正是从通古人之心出发的，他说自己研究的初衷，“是因为我认为，20世纪初的中国文学为我们打开了一片五彩缤纷的文化天空。它不仅孕育了‘五四’，而且蕴藏着整个二十世纪文化发展的机锋。对它的深入研究，可以从一个重要方面帮助我们清理中国二十世纪文化演变的足迹。我试图突破对这段历史单向度的理解，写出它的多向度性和深刻复杂性。”在《1903：前夜的涌动》的“小引”里他将这种“多向度性和深刻复杂性”概括为：“在孕育期的文学和文化状态里，特别值得一提的有两点：第一，在现代性的内部，在其被孕育的同时，已经生长出与其对话的力量。第二，在现代性

① 程文超：《意义的诱惑》，《程文超文存》1，中国社会科学出版社2009年版，第95页。

② 钱穆：《略论中国史学》，《现代中国学术论衡》，生活·读书·新知三联书店2001年版，第113页。

的外部，已出现反抗现代性的声音。”[①] “对话”与“反抗”不仅表现在论者对于研究对象的遴选上，也表现在对研究对象的论述上。梁启超、章太炎、苏曼殊和王国维四位研究对象都具有相当的复杂性，他们站在中西交汇的历史点上思考近代中国的出路，他们与革命发生了诸多纠葛，“五四”时期他们的后撤被后来居上的启蒙叙述所诟病。这批急于为当时中国寻求出路的志士为什么在激进的革命潮流中后撤？物理学告诉我们：每一种运动都是多种合力作用的结果，所以拐弯和后撤总是充满了内心的游移、迷惑与挣扎。他们挣扎有个共同原因就是他们比同时代人更先一步看到西方的弊病，看到现代性的可能后果和人的困境，看到被现代性所遮蔽的“另一个西方”。

每个人都在自己的时代中，黑格尔说一个人走不出自己的时代犹如走不出自己的皮肤。他看到时代对人的整体的规定性以及人与时代的互动，人是具体时代的人，时代也是具体人的时代。程文超既看到了时代对人的力量，同时也看到人的主体性所发挥的作用。他放下定论，从每位对象具体的生命史入手，重新阐释他们的文本世界和生活世界，尤其是他们的多重面孔和思想的拐弯。程文超对构成研究对象的思想合力进行了条分缕析，他的思考重点放在他们与文化潮流的相异处。逆时代潮流必定有特殊的原因，这些特殊处在每个人那里都有具体的人生契机。在梁启超那里，是自己对西方的亲眼考察使他明白了资本主义的弊病，他虽然尽一己之力敦促五四爱国运动的到来，但是他最终却未能成为五四人，正是他的朝前追问使他成了时代的“落伍者”！并不是落伍者就丧失了价值，相反，当现代性的弊病逐渐显露出来

---

① 程文超：《1903：前夜的涌动》，《程文超文存》2，中国社会科学出版社2009年版，第2页。

时，也是批判地继承梁启超的思想成果的时候。因为梁启超“孕育了中国现代性话语的内部结构”，他“既是现代性的孕育者，也是孕育者内部生长出来的对话者”。[①] 为“革命”坐过监狱、1914 年只身闹过总统府的章太炎在五四时却退回到宁静的学术研究中，革命家与国学大师这中间的藩篱他如何跨越？程文超并不将这对矛盾非此即彼地简单处理，而是从他两种截然不同的身份中发现共同处，那就是他内心的真正理想，对东方式的社会秩序的建构与个人精神家园的建设。也就是当五四人依照西方的标准对旧道德进行猛烈批判之时，作为国学大师的章太炎已经在思索如何从古老的传统中吸取精华建构新道德和新秩序，那就是“自贵其心”、“不依他力”。对苏曼殊的论述，既注重他特殊身世给他带来的尴尬和痛苦，又注重他在佛教境界与世俗人生之间的挣扎，“革命和尚”与“情僧”在他短暂的一生并行不悖。对王国维，程文超将他与鲁迅相提并论——“20 世纪的另一思想源头”！对他的自杀学界一直有殉朝廷还是殉文化的争论，无论哪一种说法，都说明他与革命之潮是背道而驰的，前者尤甚。但是当我们反抗现代性的视野被打开之后，不同的意义就凸显出来了。也是因此，王国维在康德和叔本华之间徘徊很久之后选择了叔本华，他看到叔本华的学术中非理性的面影，这就使主流的理性与启蒙的优越性得到质疑。由此，程文超高屋建瓴地将王国维的学术价值提到了一个新的层次。

开放的心让程文超除了选择四位有代表性的伟人之外，还选择了两种当时影响广泛的文学潮流作为研究对象：一是晚清谴责小说；一是鸳鸯蝴蝶派。这二者在既定的文学史上评价都不太

---

① 程文超：《反叛之路》，《程文超文存》7，中国社会科学出版社 2009 年版，第 27 页。

高，尤其是后者长期遭到批判。对谴责小说的“谴责”，程文超关心的是文本“如何谴责”，而他们对社会进行谴责的目的是为了拯救清朝这只“破船”，以达到富国强兵的目的，这也是民族主义话语的主潮。不过他们的未来想象还包括人内心的道德建设，走出宋明理学的误区，现实地正视人的情欲。在论述鸳鸯蝴蝶派的时候，程文超认为过往对鸳鸯蝴蝶派的讨伐“丧失了鼓吹‘个性解放’的一部分相当重要的思想资源”。[①] 并对其中氤氲的市民情调及其凡俗的欲望加以肯定，这样以市民为主要叙述对象和消费对象的俗文学就在文学地图中找到了自己的位置。在分析中国历史上“天理”对“人欲”的压抑之后，他谈到“从神圣走向世俗的过程一定伴随着张扬个体情欲的过程”。[②] 最后，在多元的文学格局中给鸳鸯蝴蝶派一席之地后，他将目光落到 20 世纪 90 年代市场的解放和都市文学的勃兴。当经济发生转型社会发生断裂的时候，欲望再度被视为洪水猛兽，人文精神的失落说盛行一时，程文超却引领我们倾听历史的回声。一切都仿佛如昨。

虽然专著中程文超花了大量的篇幅去描绘四位文化人的思想脉络及其生命内部的丰富性，但是，他论述的落脚点却在于他们与时代文化潮流的不同以及这种逆流而动对于今天的意义，这种不同凸显了现代性的张力。他在学界较早关注到反抗现代性的一维，正是这种逆向的思维、注重中西文化传统不同的维度丰富了中国的文学和历史，也是这一维度的存在使 20 世纪中国文学生机勃勃。如今，现代性的多元性、西方的不同面孔已经成为共

---

① 程文超：《反叛之路》，《程文超文存》7，中国社会科学出版社 2009 年版，第 349 页。

② 程文超：《1903：前夜的涌动》，《程文超文存》2，中国社会科学出版社 2009 年版，第 207 页。

识，20 世纪文学叙事的多重面貌也随之展现。

程文超在多种场合表示：今天的现实，既是我理解历史的灵感，也是我研究历史的目的。所以，他对 20 世纪历史的整体考察也是为了今天的现实。现实是历史的落脚点，是历史的落实。由此，我们会看到程文超先生从 20 世纪 90 年代猛然转身到 21 世纪初的真正意义。当他摒除时空距离和话语障碍，跨越既定叙述的藩篱之后，程文超看到了历史中依稀潜藏着时代的答案。

改革开放的深入，全球化的到来，市场经济对计划经济的取代，对市场与自由的信奉解放了个人的欲望，人文精神的失落、道德沦丧的隐忧、知识分子中心话语权的丧失以及无所不在的解构一度让知识分子焦虑不堪。就是在这种剧烈的社会转型的现实文化语境中，程文超希望重建心灵的家园和社会的秩序。他转身在历史中的寻觅与努力所产生的长远影响正在慢慢彰显出来。

三 对未来的观照

程文超在《面对“现代性”》的论文中明确谈到自己探讨这个问题的目的：“不只为了 20 世纪，更为了 21 世纪。”[①] 赵汀阳在编《现代性与中国》的前言中谈道：“人们能够批判现代性，但是无法回避现代化，因为现代化已经物化为存在的命运。关于现代性的批判与其说是对历史的重述，还不如说是关于未来生活的想象……现代问题是一个历史、现实和未来三位一体的问题，除非同时思考到这三个层次，否则不可能知道它是个什么样的问题。”[②] 这里指明了现代性的特质，它是一个动态的、流动的、

---

① 程文超：《反叛之路》，《程文超文存》7，中国社会科学出版社 2009 年版，第 3 页。

② 赵汀阳：《从中国经验到中国理念》，《现代性与中国》，广东教育出版社 2000 年版，第 1 页。

复杂的历史过程，我们之所以返回历史现场进行重述正是为了找到现实的根基，为了在内心展开对未来生活的想象。

以这种姿态去对待世纪初的文化潮流，就会发现别样的格局，敞亮主流意识形态所遮蔽的部分。虽然在《意义的诱惑》和《1903：前夜的涌动》以及更早期的批评文章中，程文超对欲望问题都有不同程度的思考，比如在论述王国维时他是从欲望进入："欲望，在王国维那儿，是一个人生问题。王国维早期喜爱哲学，而对人生问题的关注是他喜爱哲学的重要原因。"[①] 可见，王国维走上哲学道路与西方人不同，是疾病这种个人经验让王国维倾心哲学，蒙田告诉我们："学习哲学即是如何学习去死。"是在与疾病邂逅的时候，人才会前所未有地生命意志的强大，死亡的威胁使人更迫切地感受到欲望的翻腾跳跃。在论述谴责小说和鸳鸯蝴蝶派时，程文超浓墨重彩地论述了文本中的欲望表达，并肯定其欲望叙述的合理性。

将欲望叙事理论化、系统化是他在身患绝症后的教学过程中逐步深入和不断完善的。批评家本雅明在《文学史与文学学》中谈道："关键并不在于要通过研究来更新教学，而是要通过教学来更新研究。"[②] 即使在手术甚至病危的时候，程文超也从来没有放弃教学。他以自己的生命践行本雅明的信念，事实上，教学相长。病床上，身体受困的文超师最常给我们讲述的恰恰是飞翔的生命欲望。此时，他更深切地感受到这种超越个体局限的渴望正是创造性的源头！创造性本为欲望一种，也是生命的终极意义所在。

程文超对自身生命意义的确认就是要解开欲望的张力之谜，

---

① 程文超：《1903：前夜的涌动》，《程文超文存》2，中国社会科学出版社2009年版，第123页。

② 本雅明：《经验与贫乏》，百花文艺出版社1999年版，第249页。

他清楚欲望叙述是安顿人心的良药，他认为："智慧的精神建构方式是利用人的欲望系统的张力，对欲望进行引导。"[①] 在《欲望叙述与当下文化难题》中，程文超尝试从东方的孔子、庄子以及传来的佛经和西方的柏拉图等最古老的思想源头阐释欲望系统的张力所在，并试图利用这种张力找到解决民族国家遇到的文化难题的方案。当众多学者要么像祥林嫂一样哀叹知识分子的边缘化而陷入角色焦虑中时，要么沉迷于解构的快意中时，程文超却勉力寻求建构的方案。这是一个知难而上的伟大尝试！因为今天的文化难题是在历史长河中慢慢形成的，所以，要重新到历史的河床中去探求成因及答案，从20世纪末逆流而上就成了顺理成章的事情。正是对历史的全面观照使程文超将文明解释为对欲望的叙述。

在弗洛伊德等心理学家那里，文明被解释为欲望的压抑。而这种压抑在程文超看来隐藏着满足的允诺，似乎只要冲破那些束缚，欲望就能得到满足。从"压抑"到"叙述"的解读中包含了对欲望不同的叙述态度和价值判断，背后是论者经世致用的文化目的。著名学者陈思和在《〈欲望的重新叙述〉前言》中写道："我从未想过文字的叙述能够达到现实的致用性和物质的功能性，从而创造出对于研究对象的改造。文超的意图让我的眼界为之一开，我想这也是文超所以孜孜不倦于学术研究的热情所在和根本动力，他能看到学术背后的当下意义，才会心甘情愿地将有限的生命耗费进去，同时也通过学术将生命的能量释放出来，达到兼济天下的理想境界。"的确如此，程文超始终自觉地肩负着知识分子的使命——"社会需要良知，文

① 程文超：《反叛之路》，《程文超文存》7，中国社会科学出版社2009年版，第356页。

明需要动力！这就是使命。”[①]

程文超迫切希望用自己有限的生命找到切近的研究方法使学术能够突破象牙塔为今天所用，为未来社会的伦理道德建构提供思想资源。在他看来，知识分子应该正视20世纪90年代以来个体欲望充分解放的社会现实，而且将“我”从“我们”中解放出来是一种进步，因为纵观人类历史尤其是人类走出中世纪的经验，世俗化是一种必然，而这个过程一定是一个欲望解放的过程。今天应有的姿态就是“在边缘做大众型的思考者，作社会冷静而宽容的良知”。[②] 程文超在看到西方后现代解构之刀所向披靡的同时仍然倾心倾力于建构，他希望西方的理论话语能与中国的具体国情结合并开出奇异的现实之花，结出优良的杂交之果，这是学术良知给他的勇气，学术抱负给他的力量。程文超留给后世的不仅是做学问的方法，更是一种情怀、一种责任、一颗中国心！他的学术背后是对整个民族国家的热情，对中华文化现代转型和未来走向的深切关怀。

尽管程文超无意于成为批评家，我还是想谈谈他评论的在场感和生命感，《寻找一种谈论方式》收录这些指点江山的文字，激扬中跃动性情，细节处展示功力，感悟背后是对理论思辨的把握。他的评论是在场的批评，是热情的批评，无论褒贬均有个性而不尖刻。20世纪80年代初对陈奂生的批评影响较大也很有代表性，开篇用的是“那是谁？哈，陈奂生!”这种笔调是典型的散文体而非批评体。这种自由从何而来？从一颗自由的心中来。自由从哪儿来，从束缚中来。程文超不脱离身体的感觉去空谈文

---

① 程文超：《反叛之路》，《程文超文存》7，中国社会科学出版社2009年版，第347页。

② 同上书，第16页。

学和文学批评，感觉本身是一种束缚，但直面它也可以导向自由。程文超不割裂文学与生活的联系，不脱离中国的历史传统和社会实情，这恰恰是中国自古以来生生不息的文人传统，也是20世纪启蒙叙述以激进姿态所割裂的传统。对意义从不止息的追寻构成程文超的学术风景，这也是20世纪80年代理论情境给学者的雄心壮志。

还要强调的一点是程文超对身边事物的关心，比如他从北京大学毕业后分配到中山大学工作，就当年的情形来说离开文化中心多少有点流放的味道。但是，程文超并不因俗话说广东是文化沙漠就轻视广东，恰恰相反，他开始更多地关注广东文化并深入到生活细节中，他注意到粤语的波（BALL）鞋与球鞋表达的话语差异，每一种话语表述都是一种意识形态的作用；他还注意到广东生意人求财拜关公这一世俗行为背后对忠义的信仰，因为世俗生活不是信仰的敌人而是信仰的落实，“只有世俗活动能驱散宗教里的疑虑，给人带来恩宠的确定性”[①]。在程文超的批评文章中，分量最多的要数对广东作家作品和文学现象的批评，但他不囿于此，他的目光越过五岭直接到达学术前沿，他的批评的参照物是20世纪的民族国家的艰难历程及其沉重曲折的文学叙述，即便是报刊上的小文章，心中同样有一个阔大的文学视域。

师从谢冕先生攻读博士进一步打开了程文超的理论空间，西方的游离不仅丰富了他的理论资源，更切实地了解真实的西方。尽管写博士论文《意义的诱惑——中国文学批评的当代转型》时他已身患疾病，但疾病没有腐蚀他的热情，火热的心依旧不懈地追寻意义。论文中前沿的西方理论与中国情怀进行了激烈的博

---

① ［德］马克斯·韦伯：《新教伦理与资本主义精神》，于晓、陈维纲等译，生活·读书·新知三联书店1987年版，第85页。

弈，辨析的结果是使程文超日后逆流而上，到最中西古老的源头去探求解决中国当下文化难题的方法。对于欲望的叙述和重新叙述贯穿了他毕生的思考，他抓住欲望这个介于理性和非理性之间的事物重新谱写学术乐章。可惜天不假年，不然我们一定会看到他以欲望叙事作为关键词完整地论述 20 世纪这个挣扎时代的文学及文化。

要透彻理解《程文超文存》的确切意义以继承其精髓仍需假以时日，但我知道就是这厚重的八卷本也不能还原我们的文超老师。随便翻翻以前上课记下的笔记，笔者为自己当年的懒惰遗憾，也庆幸那薄薄的笔记本没有随岁月遗失，那些讲稿今天看来仍然让人心潮汹涌，给人以遥远而清晰的启迪。岁月过早地掠夺了文超师，他的英年早逝对尚未登堂入室的我是个沉重的打击，也是文学界的巨大损失。

在文超师辞世 5 年后，经过师母和师兄们的精心整理，八卷本的文集得以出版，这是对逝者不屈奋斗的一种告慰，也是对当代文学研究的推进。让我们后学者终于可以抚书忆人，沿着文超师的愿望慢慢前行。

打开素朴的书页，那亲切的往昔一一重来……

第二节　文学批评的介入与抽离

在访谈中孟繁华说：“我觉得一个批评家除了要具备系统的专业知识、敏锐的文学感受力和表达才能之外，最重要的情怀，是对公共事务的关怀和介入热情。文学批评当然有个人趣味在里面，但那不应是决定性的东西。批评更应该对公共事务或能够进入公共领域的话题感兴趣，并从中找到具有普遍性的文学问题。我觉得一个批评家要有三类相关的知识储备：文学理论、文学史和对当下创作状况的了解。理论是武器，是批评的起点；文学史是依据，它会告知我们哪些作品是新鲜的经验；当下创作状况是我们发言的基础。不了解创作如何批评。我们现在经常看到一些人笼统地否定当下文学，但他们并不了解。这样的批评是无效的批评。"① 他也曾写道，"真正有效的批评不是抽象的、没有对象的，它应该是具体的，建立在对大量文学现象、特别是具体的作家作品了解基础上的。"② 我愿意将此看成孟繁华的批评观，并由此进入孟繁华的批评世界。

一 在普通读者止步处前行

红尘滚滚可以算是孟繁华对我们时代的基本表述，也是他近年来批评的关键词之一。对于同一个时代，更多学者笔下出现的是欲望，到孟繁华这里，就成了流行歌曲中借来的"红尘滚滚"。欲望是一种学理的客观表达，而红尘滚滚则是文学性的形象表达，形象给人联想，也隐含着不经意的批评。从这个词汇的表达方式可以看出孟繁华对感觉的尊重，这也符合什彼洛克夫斯基对文学陌生化的要求。在文学批评中增添感觉的维度，是孟繁华的自觉。当然这并不是新事物，我们老祖宗的诗话、词话中充满活泼的生命感觉。只是后来对理性的过分推崇和学院制度使得文学研究在依赖知识和概念脱离感觉的道路上渐行渐远而已。在当代文学批评中，西方术语的使用频率越来越高，孟繁华会依据具体的讨论对象设置相应的理论环境，而在具体的文本解读时很少使用术语。

在《〈玉米〉论》中，孟繁华将《玉米》置于百年中篇小说的

---

① 孟繁华：《坚韧的叙事》，福建教育出版社 2008 年版，第 292—293 页。

② 孟繁华：《文化批评与知识左翼》，吉林出版集团 2009 年版，第 146 页。

历史长河中加以考察，事实上，中篇是孟繁华考察文学的最主要的指标，这也决定了孟繁华对待发表和出版的不同姿态，出版容易受到市场的诱惑，而文学期刊相对寂静的处境使中篇更专注于文学性。中篇往往会成为时代文学成就的代表。孟繁华判断："《玉米》应该是他最具代表性的作品，在百年中篇小说史上，也堪称经典之作。"接着分别按照时间、空间和民间对之进行三维分析。在时间部分中，他将《玉米》的时间定义为"玉米情感'疼痛的历史'"，抽象的时间立即获得了具体的所指，一己之疼痛获得了历史的归宿。玉米疼痛的历史既有血缘中承续的，也有自身的，归根结底是从历史中来的。因为她自身的疼痛按照乡村的习俗可以说是父亲作孽的报应。在大王庄这个"超稳定社会"，父亲王连方因为拥有权力一度成为大王庄的"王"，与很多女人有染。当母亲终于在第八胎生下儿子完成传宗接代的任务之后，玉米让扬眉吐气的母亲坐着嗑瓜子，自己抱着小弟弟轮流去父亲的"女人们"面前示威。这种示威本来就是一种弱者的卑微的反抗，是将对父亲的不满和无奈转发到同为受害者的女性身上，此时，要强的玉米其实不由自主地接受了父权逻辑，这种对权力逻辑的臣服就是玉米悲剧的源头，包括她日后对婚姻的选择和处置自身贞操的极端行为。父亲出事远走他乡之后，妹妹玉秀、玉秧遭到了惨烈的报复，这不仅没有引起玉米对权力的反省，而是坚定了玉米对权力的信念，她选择对象的依据佐证了她对权力的认识。她将自己含苞欲放的身体交给一位即将丧妻的五十多岁的革委会副主任。

孟繁华浓墨重彩地分析了《玉米》的叙事空间，玉米的未婚夫飞行员彭国梁来玉米家探亲。"天女下凡"的民间故事在此被逆性别运用。不同的是，在天上飞的彭国梁本来就是从凡间去的男性，这就注定了他不可能拥有仙女的境界。仙女可以为了真爱不计人间的贫寒，彭国梁的超越却是有限的：他的身体可以上升到开阔无垠的高空，他的精神之根仍在俗世。当他来到玉米家狭窄的厨房，玉米就成了这位高空的飞行员的欲望对象，他的全部心思是占有她的身体。飞行员这个现代的意象与厨房这个传统的女性的领地相遇时，前现代的乡村伦理左右了他的行为。彭国梁的要求是前现代的，玉米的拒绝也是前现代的，依循的是相同的男性权力逻辑。当王连方失势时，彭国梁首先关心的是玉米的贞洁。哪怕是在高空的飞行员，也没有超越俗世的性别观，女性只是他的占有物，贞操乃选择对象的头等大事。孟繁华由此得出，“现代科学技术难以承担改变、提升人的精神世界的功能和任务，科技神话在彭国梁这里沦陷了。”“女性的贞操在彭国梁这里几乎与高科技是同等重要的。”[①] 这是孟繁华的发现。虽是只言片语，也显示他对20世纪科技崇拜一种持续的反思。而这种反省建立在细读之上，他在普通读者止步处前行，延伸并深化作家的思索，所以他见到与众不同的精神图像。

将叙述空间从地面升到空中，将视点在虚与实之间往返穿梭，这是作家毕飞宇的深刻之处，当很多作家将双眼盯着俗务的时候，他已经由“头顶灿烂星空”抓住了人内心飞翔的渴望并将此作为叙事内核。飞翔既使我们远古时代的祖先想象出嫦娥奔月的民间传说，又促使现代人类最终发明了飞机，可以乘梦想的翅膀到更高更远的地方去。2000年发表的《青衣》中，毕飞宇就开始往“天上”拓展小说的叙述空间，所以，青衣名角筱燕秋饰演的是嫦娥，嫦娥的飞升与自由让筱燕秋神魂颠倒，她渴望跨越身体和时空的藩篱去追随高远的诱惑。作为一

---

① 孟繁华：《文化批评与知识左翼》，吉林出版集团有限责任公司2009年版，第234页。

名演员，她再也不能从“嫦娥”的天上下到自己的凡间。对嫦娥自由魂灵的向往使筱燕秋不惜虐待自己的身体，混淆了人生大舞台与舞台小人生的界限、分不清角色与演员的不同，这就注定了筱燕秋的悲剧。

主体内心超越的向往与现实对超越的限制构成了毕飞宇小说的叙事张力。女性作为生活中的弱者，除了受这种人类共同的矛盾之苦外还要面对女性沉重的肉身，要忍受男权的掠夺，就像所有的事物要接受地心引力一样，人要接受现实的宰制，男权对乡土中国几乎是绝对命令。所以，矛盾和痛苦在女性身上加倍，她们对超越的渴望、为之付出的努力及其代价也是双倍的。《青衣》如是，《玉米》亦然。在《〈玉米〉论》中，孟繁华不仅清晰地论述了作家的意图，而且发现叙事逸出的部分。这就是批评家的发现，是批评对创作的升华。

在对陈昌平近几年的中篇小说的批评中，孟繁华调动了“贱民”、历史、修辞等多个角度对其小说进行立体阐释，他发现：“它们都是试图重新表现在并不遥远的过去、切近、特殊的历史境遇中‘贱民’的悲喜剧和不在个人把握之中的宿命般的被宰割的命运。”[①] 我尤其看中的是《汉奸》中李徵的落魄文人的身份。抗战期间，他勉为其难地教日本军官田中的书法，而在讲授书法的过程中他清晰地体验到一种文化优越感。也就是说，在尖锐的民族矛盾之上还可以有一种更深的文化认同，这种文化认同甚至可以为建构民族国家服务，李徵曾利用自己的职业为抗日军队提供据点的情报。但是敌人消灭之后，这种超越民族的文化认同也要被消灭。于是，善写书法的李徵有口难辩，他只能像阿 Q 画

---

① 孟繁华：《文化批评与知识左翼》，吉林出版集团有限责任公司 2009 年版，第 239 页。

押一样在行刑前写下满纸“李”字，这个姓曾经是唐朝王室的姓氏。李徵这个名字就是中国文人乃至中华文化传统的隐喻。孟繁华由此论述：“在历史的紧要处，文化的优越是不能救国的，负载文化承传的文化人不要说救国，他们甚至连自己都拯救不了。李徵就这样成了‘汉奸’，他是因他的‘文化’而成为汉奸的，但这也是历史。”孟繁华以《英雄》为文本阐发了英雄与文化之间的相辅相成的关系，“老高是在‘英雄文化’的哺育中成长并退休的。中国文化在某种意义上就是英雄文化，英雄文化哺育文化英雄，文化英雄又创造了英雄文化。”纵观 20 世纪追求现代性的文学尤其是“十七年”时期，英雄叙事几乎成了作家们内心的道德律令，“三突出”、“三陪衬”的美学原则使英雄深入人心。陈昌平小说的命名《汉奸》、《英雄》和《国家机密》显示了宏大叙事对作者的深远影响，不同的是，他努力解构宏大叙事，依据自身的感性经验对文化、历史、国家等事物进行重新叙述。

孟繁华的评论涉及大量当下文学作品，可谓不拘一格，有的是老作家们的新作，有的是青年作家的力作，还有的甚至是刚刚出炉冒着热气的处女作。比起名家，孟繁华更加倾力于对青年作家的发现和对他们的代表作品的深度解读。相对于出版和市场青睐的长篇，孟繁华花更多精力阅读文学期刊，他觉得中篇的成果更好地反映出作家的叙事能力以及对时代介入的热望。一旦碰到心仪的新作，他打电话给朋友，为报刊撰写评论，并在年选中浓墨重彩地介绍，可谓不遗余力，这也是批评家对文学承担的责任。还需特别提及的是孟繁华对“吃惊”或“惊讶”一词的运用。这让笔者时常觉得一个中年男性的好奇和一位中年女性的羞涩一样珍稀而魅力无比，只有心灵不老的人才能终生保持。当下的叙事在展示好奇和羞涩方面已无心无力，而好奇和羞涩本身就是生命力。

二　对当代文学的整体评价

在当代文学界，批评家是个尴尬的角色，常受到史家和作家们的双重夹攻：史家抱怨批评家没有史的意识，一味地表扬作品；作家们则嫌批评家自说自话，不阅读作品。和孟繁华同资历的老将几乎都躲进象牙塔中准备建构个人学术堡垒。孟繁华曾经撰写过文学史的著作，主编过好几套影响广泛的“宏大书系”，也就是说他的这种理论和视界的准备非常适合“端着”，但是他仍然乐意在文学前线激扬文字，做一位与当代文学同行的伯乐，对创作做出快速乃至即时的反应。孟繁华甘当文学游牧者，像牧羊人对待他的羊一样热爱着文学事业，指给它牧草和河流的所在。

孟繁华的这种选择既来自文学信念，也来自文学激情。文学研究应该于何处建基？毛泽东曾说过的“没有调查研究就没有发言权”在孟繁华这里落实为“没有阅读就没有批评权”。光有这种认知还是不够的，当阅读只是成为职业甚至苦役，批评之源就会凝固干涸。而能够天长地久地对同一事物保持激情是多么困难。笔者只能认为文学批评悄悄地给了孟繁华隐形报酬，名利不过是显性报酬而已，这种报酬只能给人一时半会儿的热情，因为它们随后就携带着虚空。叔本华的人生钟摆理论已经清楚地告诉我们。批评的本质是创作，是具有发现性的创作，发现是对批评者隐蔽的会心的奖赏。

中国的疆域辽阔，年均发表和出版的文学作品数量巨大，而且有着地域文化色彩和代际审美趣味的不同，要对各种层次各个地域的文学有恰如其分的评价对批评家既有阅读量的要求，也有整体把握能力的要求。孟繁华评论中涉及的作品之多、问题之丰富、“年度中篇小说选”及其他各种选本的编辑工作显示了他巨大的阅读量。这构成孟繁华批评的坚实基础。

正是在具备了阅读的广度和深度的基础上，孟繁华出示自己对于当代文学的整体评价："就当下高端的小说艺术成就而言，它不仅没有'衰落'，而且说它超过了以往的任何时期也不是没有依据的胡言乱语。在没有大师或解构大师的时代，那些重要的小说家不能成为'大师'并不是他们的错误，我们也无须以历史的经验来做比方。"[①] 孟繁华的依据来自他对文学现场的考察，对中国经验尤其是当下社会实情的洞悉。文学不是打群架，但是文学实绩的确需要传统和整体环境。一个大作家的诞生依赖于时代氛围，因为"一个人的面目中，蕴藏着一个人的生命史和一个时代文化的潮流"。[②] 时代对作家有某种无法抗拒的规定性。数字化、商业化、大众化、娱乐化都在形成时代的合力作用于文学领域。在这样一个急剧变化的转型时期，要对时代的文学进行整体评价也面临尴尬。"在当下的文学批评中，整体否定和具体肯定这个悖论已经成为一种相当普遍的现象。无论在公开还是私下的场合，到处可以听到对文学的不满和指责，文学的末日似乎已经来临。但在大小传媒上，对具体作品的肯定如鲜花遍地盛开，我们仿佛就处在一个文学盛世。这两种判断究竟哪一种更真实、哪一种更接近当下文学创作的实际，显然已经构成了小说评价的困惑和隐痛。"（《这个时代的小说隐痛——评〈小说选刊〉兼与一种文学观念的讨论》）在这篇对 2004 年《小说选刊》进行考察的评论中，孟繁华与韩少功《个性》的商榷最终演变成最近陈晓明与顾彬、肖鹰、林贤治他们的论争。可见，对当下文学的整体

---

① 孟繁华：《文化批评与知识左翼》，吉林出版集团有限责任公司 2009 年版，第 239 页。

② 宗白华：《美学散步》，上海人民出版社 1981 年版，第 274 页。

评价是困扰整个文坛的难题，为作家、批评家和思想家们共同关注。

这个话题由来已久，自20世纪90年代人文精神大讨论开始就隐含着评价当代文学的标准分歧。这种困扰既来自我们对具体作品价值的判断分歧，更来自我们对当下这个时代的判断。我们对文学的整体不满实质包含着我们对置身其中的时代的不满和对我们自身的生活状态的不满。20世纪语言学和结构主义的发展使意义的追寻变成了“扑朔迷离的游戏”，甚至使得文学生产由原来的意义传播演变成符号生产，价值的模糊使我们很难坚信具体的事物。而当今生活节奏如此迅捷，信息瞬息变脸，作家已经无力描绘出稍纵即逝的时代面影。前现代的超稳定社会遗留下来的营养结构根本不适合承担书写后现代的任务，同样，传统的阅读要求也面临着前所未有的挑战。双重的挑战围攻今天的文学。

从20世纪80年代中期讨论的“重写中国文学史”至今已经二十多年过去，我们在对待20世纪的文学史问题上仍然困难重重。从海外汉学家将“文化大革命”与五四相提并论之后，价值观领域就产生了剧烈的动荡。国内一些研究“文化大革命”的学者反对这种观念，但是价值观念的论争往往一时难于真相大白于天下，何况还有史料的散乱与不公开的障碍。时间的逻辑和价值的逻辑并不在同一轨道上运行。对“文化大革命”的评判和认知往往影响我们对所谓的“新时期”及其后来的文学评价。而20世纪80年代经过文化精英、文化英雄们的追忆和表述已经成为纯文学、精英文学的象征符号，20世纪90年代相对80年代则意味着精神的堕落。也就是说，我们对20世纪最后二十年的文学评价有天壤之别，对这个时间的指称俨然像唐诗宋词一样包含着价值高下的判断。

为什么对短短的20年会有如此分裂的评价？仅仅是针对这最近的20年吗？我们曾经对改革开放所持的欢欣和希望都到哪里去了？我以为是因为我们不愿意正视历史的发展。纵观历史，神圣化和世俗化的拉锯战从来没有间歇过。世俗化的运动往往是最后的胜利者。西方的文艺复兴、我国的五四新文化运动以及20世纪80年代改革开放都是如此。这是因为世俗化运动以人为本，以人为目的和尺度，以人的解放、人的全面发展为目的。与之相应的是叙事对人的权利、人的理想、情感乃至欲望的正视，从某种意义上说，这就是人的尊严。

我们对20世纪八九十年代这种不正常的评价归根结底来自我们对国家意识形态的依赖和对中庸文化传统的信奉。虽然，表面上，我们大呼改革开放、思想解放、欢迎启蒙、民主、自由，好不热闹，但是，当我们真正面临抉择的时候，集体主义的文化传统就会从心灵激流的旋涡中宰制我们，使我们还没有学会“公开使用理性”，我们更乐于当“群众”、当看客。鲁迅先生说只有两种社会“做奴隶的社会和做奴隶而不得的社会”对今天依然适用。我们都害怕反抗、寂静、孤独。我们迎合哗众取宠、娱乐至死的媒体。

市场经济虽然已经在物质方面为我们带来剧变并为精神的解放打下了一定的基础，我们害怕所罗门的瓶子一经打开便会放飞所有的欲望，我们希望硬币永远显示向上的一面。孟繁华打断我们的梦，质问道：“如果没有市场经济，没有商业化，没有大众文化等，我们所期待的‘多元文化’如何实现？我们所期待的创作、自由的批评，其空间将设定在哪里或怎样条件的基础上？因此，简单地抱怨市场化和商业化是没有意义的。”（《犹豫不决的批评》）对批评的犹豫不决恰恰显示了批评家的谨慎、理性。这理性的一声质问也让我们警惕自己内心游移的双重标准。对市场经济解放力量的肯定也促使他对"当代性"有更深的认同，题材的"'当代性'，显示了作家对现实生活介入的热情和勇气，这当然是一种特别值得肯定的创作取向。"① 对现实生活的介入程度同样也是考验批评家和理论家的标尺。任何研究与批评最终要面对今日的社会现实，批判抑或赞同都要为迎接至美至善的生活服务。

孟繁华对新世纪文学真相的指认，对评价标准如此悬殊的文学现场的仔细勘察辨析，对底层写作的热切关注，对乡土题材、知识分子题材、女性题材的演变研究无不显示了他对公共事务的关怀。他对文学所承担的责任越过了他的个人趣味，使他时时回望历史的丛林中崎岖的文学来路。

孟繁华内心时时涌动理想主义的热情，但和诸多思想家凌空蹈虚的指责与抱怨不同，孟繁华的谈论总是要落实到具体的文本和具体的文学现象，力求有的放矢。孟繁华的批评背后屹立的是中国漫长的文化传统以及 20 世纪中国文学史起伏跌宕的现代转型，同时他的史观又是从具体的创作和文学现象中建立的，史、论与批评密切相依，三者互相生发。

三　边缘与中心

孟繁华曾经长时间在北京工作，作为文化中心，很多评奖、研讨会、新书新闻发布等都在这里举行。比较而言，在北京更容易掌握批评的话语权。同样，在北京写作也更容易受到关注。处在批评中心的孟繁华有意识地关注地域文化关注地方性，在评论广东作家魏微和盛可以时以"地方性与普遍性"为题，并提出"新地方性"的概念。这个概念对于我们切入今日的地方文化及

① 孟繁华：《坚韧的叙事》，福建教育出版社 2008 年版，第 43 页。

文学的外部研究大有帮助，因为人口流动、文化渗融的缘故，大城市事实上已经不可能保持过去的地方性了。如何理解、描述、阐释“新地方性”已经成为一个课题摆在研究者的面前。孟繁华选择以他生活之地为个案，他不仅研究沈阳大众的生活方式、地方文化特点，也对辽宁的文学创作情况进行了全面扫描。

20世纪西学东渐的其中一个后果就是使我们一心向往别处，而对自己身边的生活习焉不察。在《“中国想像”与午夜都市——以沈阳为例》一文中，孟繁华从著名的“铁西区”进入，对铁西区这个符号进行诠释，历史与现实像蒙太奇一样交替晃动，在那些整齐划一的小区中，何处可以寻觅烟囱的背影？今夕何夕之感油然而生。消费的城市如此迅速取代了生产的城市，消费培养出来的青年男女的疯狂表情替代了大工厂工人由国家主人翁幻影产生的光荣感。论者带我们穿越沈阳的午夜，在以酒吧为代表的夜生活区，他发出由衷的感慨：“午夜的沈阳不是风情万种的妩媚，它是如此的斑斓、绚丽、暧昧、粗野甚至疯狂，它使所有外来者发现了另一个沈阳。”[①] 接着论者从“注意力经济”，“现代想象”以及大众文化的消费特点分析沈阳文化生活的特点。“知识左翼”表明了孟繁华的基本立场，他清楚地意识到大众文化是“带菌的文化”，但并不因此就简单地贬斥它。一味否定并不能改变大众文化的传播速度，消费依赖叙事，对消费的揭示同样依赖叙事，只有通过对叙事的秘密进行解码我们才可能获得真相——“现代化必然要付出的文化代价”。

孟繁华特别关注广告词，如沈阳“午夜阳光俱乐部”的广告词：“令人心醉神秘的聚会活动。想认识和你一样热情奔放，活

---

① 孟繁华：《文化批评与知识左翼》，吉林出版集团有限责任公司2009年版，第35页。

力四射的帅哥美女吗?”房地产和家居等广告词都成为他的批评对象，此类广告词的内核是挑逗，由挑逗产生的只是欲望并非需求，在消费社会，广告词是我们进入大众文化的通道，它们“发挥着与幻象本身及象征功能相适应的作用。”[①] 我们可以从广告词这种非常具有诱惑力、煽动性的叙事中观察到欲望生产和消费的机制，那就是“欲望并不欲求满足，欲望欲求欲望”。孟繁华还关心《时尚》、《瑞丽》等非常有代表性的时尚刊物，很有意思的是，孟繁华翻阅这些刊物不是为了有“四套西装，十二件衬衫，十六双袜子”，而是为了切中当下中产阶级的趣味生产。孟繁华由《时尚家居》肯定“家居”对“家”这个私人生活空间的美化，认为这种美化符合人性的要求。尊严本身就包括物质的部分，物质的匮乏往往导致廉耻的丧失。时尚刊物的应运而生与20世纪90年代文坛兴盛的“个人化”叙事不谋而合，它们共同拓展了窗帘内的世界，承认个人生活的合理要求，提高我们对日常生活的审美水平，并为现代性文学叙事增添柔软的维度，为我们重新理解个人与民族国家的关系提供了新的注脚。

批评家要介入社会现实，就要关心脚下的大地，关心周遭的生活。孟繁华对马秋芬、孙惠芬、李铁、刁斗、马晓燕、于晓威等辽宁作家的创作动态的关注尤其值得我们后辈学习。

根据杰姆逊对第三世界文本的解读理论，孙惠芬的《燕子东南飞》也可以看成民族国家的寓言。东北的沦陷构成了国家的隐痛，具体到一位女性的身上，她的痛楚则是持续一生的、不可言说的，当国家受辱的时候，她的儿女也必然受辱，这是郁达夫的《沉沦》开创的叙事传统。但是个人的命运也有逸出民族国家命运

---

① ［法］波德里亚:《消费社会》，刘成富、全志钢译，南京大学出版社2001年版，第161页。

的部分，当国家的主权收复之后，个人的创伤却并不能随时愈合。文本中这位“燕子”在不断地向东南的眺望中守护着一个终生的秘密，那就是她在新婚的路上被日本人强奸并怀孕生下了“燕老大”，这对母子的血缘和大半生的岁月堆积的感情终于没能超越民族感情，燕子没办法像其他母亲一样爱“燕老大”，当“燕子”临终终于对儿子讲述这个身世秘密时，“燕老大”同样无力承受这个血的事实而悬梁自尽了。中日关系可能是20世纪最纠结的民族问题，这个问题被很多有理想的作家所关注，较早有莫言的《红高粱》，最近有陈希我的《大势》，还有上文提及的《汉奸》。《燕子东南飞》显示了孙惠芬作为女性和母亲对这一问题的个人思考，她将民族问题隐藏在女性的命运之中，有如图穷后带毒的匕首。显然，民族问题超越了个体生命，具有无比重要的意义。当她怀的儿子是敌对民族的，儿子的存在就只是成为女主人伤痛和屈辱的证明，这种“含毒的”民族创痛最终演变为个体生命的代价。

李铁的《工厂的大门》则揭示了我国由生产向消费过渡时期工人这一生产阶级的命运。当刘志章从工厂的大门进入时，他精神抖擞、意气风发，一副舍我其谁的主人姿态。而这位技术工人从侧面进入厂房时，竟在自己熟悉的钢铁丛林里迷失了方向，“那扇熟悉的大门在哪里呢?”这个追问让我们惊心，实际上工厂的大门已经对工人关闭了。孟繁华由此延伸：“工人必须从‘工厂的大门’进入他才有可能找到自己明晰的方向，他才会有‘主人翁’的光荣与梦想……在‘规训’之外，在‘国家’之外，他必须付出迷失自己的代价，他不再是自己，当然也不再是主人。”刘志章的迷失就是消费社会生产者面对消费伦理的迷失。一位技术过硬的工人要摆脱下岗的命运竟然要求助比武大赛的胜出，这就是消费时代的“娱乐”，昔日的领导阶级今日成了大众的娱乐对象。刘志章这个人物的代表性既表现为时代也表现为地域，围绕他发生的这一切就是东北大多数工人们在社会转型期的境遇。安全感的丧失也是消费社会的主要代价。

刁斗的《哥俩好》主要通过食和性这两个基本欲求来表现兄弟的手足情。食欲和性欲的饥渴成为当代许多作家开启叙事世界的钥匙，比如曹乃谦的《到黑夜想你没办法》、刘庆邦的《到处都很干净》等。食欲和性欲既是人类生存的基础，也是与廉耻道德、人性人道关联最紧密的事物。《哥俩好》中，为了经济打算，哥哥坚持为读书的弟弟送饭。当弟弟在妓女那里得到性欲满足的美妙时立即想到让哥哥也来享受一回，哥哥却在城市上空失足坠落身亡。这釜底抽薪的结局让我们看到城市高楼大厦光鲜的表面嗜血的本性，钢筋水泥的寒冷是身躯和热血所无法温暖的。

孟繁华对辽宁作家的研究既凸显了地方性，又注意到时代的规定性，无论是叙述历史题材还是对当下的介入，都贯穿叙述人的当下的视点。孟繁华对边缘作家和地方文学“新地方性”的研究具有示范意义，这是抵抗中心强势文化对地方文化的挤压以及文学同质化、贫乏化的一种切实有效的努力。他对我国地方文学的研究恰如我们在全球化时代对于第三世界文学的研究，中心与边缘的关系对后者同样适应。

孟繁华既关心时代的中心命题，也关心身边切实的文学创作，既努力倡扬文学的“介入”，也关心时尚、数字化对文学的冲击以及具体的叙事处境。

宽容、理解并肯定，即便是批判也是为了建设，这就是在文学史与文学现场中“游牧”的批评家孟繁华对待文学的基本态度。

第三节　文学批评的话语变革

当谢有顺在近作《对人心世界的警觉》一文中用很大的篇幅

谈到“后退也是一种革命”[①] 的时候，作为普通人的谢有顺穿越了作为批评家的谢有顺。他的第一本论文集的名字是《我们内心的冲突》[②]，而现在，他“追求清晰而温润的表达”，他的新论文集被命名为《此时的事物》[③]。从“内心的冲突”到“此时的事物”，从“人心世界”进入“生活世界”，尽管谢有顺所关注的核心事物——语言和存在——并没有发生根本变化，但是，随着对生活的日渐深入，他在慢慢调整他对世界、对生命、对人心的观察与理解。他身上多了人间的气息，多了人情练达，也多了宽容、谦卑和同情——这种同情不是来自大脑，不是来自观念，而是来自心灵对事物的切近。

近几年，谢有顺差不多每年都会有新书出版，但新作《此时的事物》或许可以视为他批评路途中的一个信号。通过批评他参与此时，通过语言运动到达事物本身。事物与他如此深刻地纠缠着，事物在他身上，他就在此时的事物中。换句话说，他与事物之间不再有隔阂不再有分别，他就是此时他所理解的事物。

一 语言与存在

长久以来，我国的文学批评沿着“文以载道”的观念滑行，我们给“道”以核心位置，而语言本身的重要性、愉悦性没有得到充分的尊重。其实这种偏见是由于我们对语言与思想的关系认识不够。我们素来喜欢犯观念先行的毛病，忽视语言与思想、语言与存在所具有的同等重要性。语言既是一种思维的工具，同时也是通向存在的道路。抽离了语言这一符号中介，人就无法抵达

---

① 谢有顺：《对人心世界的警觉》，载《南方都市报》2005 年 12 月 5 日。

② 谢有顺：《我们内心的冲突》，广州出版社 2000 年版。

③ 谢有顺：《此时的事物》，江苏教育出版社 2005 年版。

存在。正是由于语言如此重要，索绪尔的《普通语言学教程》才具有巨大的革命性意义。

谢有顺以富有诗情的语言与当代众声喧哗的批评区别开来。马塞尔·雷蒙在《为了诗》一文中谈道："在改变我们自身、粉碎我与非我之间的障碍这个范围内，语言的魔力是有效的。"语言的诗情给他的批评一种裹挟性的魔力，迅猛地将你带进他高速的语言运动轨道，从第一句话开始直到最后一句才醒过来。阅读过程中你会陷入对象中，过后你会进入沉思。

在谢有顺的批评中，语言和存在是同位素，这突出表现于他提出问题和进入问题的方式。探查存在的热情持续地贯穿在他对语言魔力的沉醉中。就像他不在文学的外部兜圈子一样，他也不在语言之外研究文本和作家，在他看来，作家的独特正是他所运用的语言，比如他研究格非：

> 他的叙事繁复精致，语言华美、典雅，散发着浓厚的书卷气息，这种话语风格所独具的准确和绚丽，既充分展现了汉语的伟大魅力，又及时唤醒了现代人对母语的复杂感情。他出版于2004年度的长篇《人面桃花》，作为这一话语理想的延伸，在重绘语言地图、解析世道人心、留存历史记忆上，都富于创造性的发现。[①]

无论研究对象是文体特征明晰的小说、诗歌还是形式模糊的散文，谢有顺坚持从语言开始，坚持心灵的在场，坚持被存在之光照亮。什克洛夫斯基在《散文理论》中谈到艺术的存在，"正是为了恢复对生活的体验，感觉到事物的存在"。谢有顺从文本内部

---

① 谢有顺：《此时的事物》，江苏教育出版社2005年版，第29页。

最微小处进入每个作家不同的话语方式，他不放过那些让他眼前一亮的事物，哪怕一个细节、一个句子甚至一个比喻、一个词语。比如《散文的文体意识》一文中对余华的语言所进行的独到的分析：如“我怕把他抱坏了”的“坏”字一用，意味全出，新生儿子的小，初为人父的复杂心情跃然纸上；又如他对余华叙述儿子喝可乐的情景的分解，还有余华的比喻：（一个作家失去信心之后，会）“觉得自己正在进行的工作只是往垃圾上倒垃圾”、“那种一下子就占满口腔的甜”、（声音）“是那种消失得比风还要快的东西”，等等，谢有顺不仅用自己的艺术感觉阐释了它们的精妙，而且找到了余华富含现代感的美妙修辞的源头。在这种透彻分析的过程中，他提出自己关于散文文体革命的考虑——使散文语言获得现代感、建立现代叙述的维度。[①] 而这种语言的现代感和现代叙述维度的根本目的不就是为了抵达现代人的存在吗？也只有这种现代叙述的维度才能有效地抵达现代人的内心，温暖我们日渐疏离的心灵，去抵挡现代人的孤独、焦虑和恐惧。

谢有顺的批评是由具体的文本中生发出来的，是个性化的语言点燃他的批评激情。他愿意放弃自己的成见去切近对象，用心去感受，而不是急着下断语。批评家首先是个好的读者而不是判官，正如李健吾所述：“我不大相信批评是一种判断。一个批评家，与其说是法庭的审判，不如说是一个科学的分析者。科学的，我是说公正的。分析者，我是说要独具只眼，一直剔爬到作者和作品的灵魂的深处。一个作者不是一个罪人，而他的作品更不是一片罪状……在文学上，在性灵的开花结实上，谁给我们一种绝对的权威，掌握无上的生死？因为，一个批评家，第一先得承认一切人性的存在，接受一切灵性活动的可能，所有人类最可

---

① 谢有顺：《此时的事物》，江苏教育出版社 2005 年版，第 175—180 页。

贵的自由，然后才有完成一个批评家的使命的机会……他不仅仅是印象的，因为他解释的根据，是用自我的存在印证别人一个更深更大的存在，所谓灵魂的冒险者是，他不仅仅在经验，而且要综合自己所有的观察和体会，来鉴定一部作品和作者隐秘的关系。”①

同时，谢有顺的思考是全局性的，是历时与共时的交汇，他的眼光从来没有囿于单个文本，他让具体的文本在开阔的视野中存在、流动和升华。他曾在多个场合谈到时尚的文学经验对于边缘的生活事实的覆盖，他期望以自己的努力让我们看到时代的真相：浮在消费时代浅表想象的泡沫下面，还有众多丧失了话语权的沉默的大多数。

谢有顺的批评既不是离开文本的自说自话，也不是依附文本的藤蔓，而是力图给事物带来生命，“在精神和事物之间建立起一种不断的交流；正是通过事物本身、通过事物变动不居的存在，精神试图发现通往不变的真实的道路。”②

二　神性与人性

纵观谢有顺的批评轨迹，会发现一个有趣的现象：在 20 世纪 90 年代，谢有顺将存在的最高位置让度予神性的存在，他在多篇文章中引述了神学家蒂利希的言语。而经过十几年的发展，谢有顺更多地将焦距对准人，对准现代人的生存状态和精神境遇。日常生活、平常的欲望等凡俗事物在他的批评中获得了合理的存在。当我在《此时的事物》中对比阅读他对格非的旧作《欲

---

① 李健吾：《咀华集·咀华二集·边城》，复旦大学出版社 2005 年版，第 24 页。

② 转引自［比］乔治·布莱：《批评意识》，郭宏安译，百花洲文艺出版社 1993 年版，第 110 页。

望的旗帜》和新作《人面桃花》的评论时，从神性到人性的回归体会得特别强烈。这大概也可从某种角度阐释他对于“后退也是一种革命”的理解。

是神性的灯塔指引着谢有顺走上批评这一荆棘丛生的道路。在一个多神也即无神的国度，能够纯粹地感受神的指引使他获得了一个至高至善的起点，使他在立志批评之初就与众不同，他清楚自己的人生使命。那时的他刚踏进大学，不满 20 岁，热血汹涌、满怀希望地扎进文学的海洋，以为一直向前就可以到达彼岸。那时的他单纯朴素，一心向往的是如神一样的纯粹和至高无上的境界。在他的批评世界，欲望就是恶的渊薮，是善的障碍也是人生的障碍。在他写于 1996 年初的《最后一个浪漫时代——我读〈欲望的旗帜〉》一文中，思想与欲望始终是对立的、互不相容的，“欲望起源于情感的颓废，然而，在情感颓废以前，思想已经先贫困了，这时欲望才乘虚而入，日益膨胀成为生存的主体。”“欲望的旗帜升起来了，这是一面破碎的旗帜，也是人类在信仰、理性、自我的道路上失败之后手中仅存的最后的旗帜了。”[①] 在这里，欲望的膨胀不只是思想的敌人，也是情感的敌人，而且是信仰、理性、尊严等等一切失败的根源，所以，欲望遭遇贬斥，它的价值是单一的。显然，谢有顺的批评精神背后，依然是康德将人叙述为理性的存在的同时建立起来的二元对立——理性/欲望。

但是，之后的尼采，他高呼“上帝死了”、“重估一切价值”，他发现生命的本质就是欲望，他将非理性的旗帜高高飞扬，开启了哲学的现代思考。对非理性的正视拓展了艺术世界，全面改写了 20 世纪艺术的基本面貌。欲望这一自古被压制、被贬抑的事

---

① 谢有顺：《此时的事物》，江苏教育出版社 2005 年版，第 75、85 页。

物得到了重新叙述，它从一个贬义词变成了中性词并有向褒义进发的可能。欲望的多向度性得到了普遍的认同。

20 世纪 90 年代以来活跃我国文坛的“私人叙事”、“小女人散文”、“下半身写作”等等都是基于对身体欲望的肯定，对非理性的再认识。在这种整体语境中，谢有顺也慢慢修正了自己对欲望的理解，从欲望的真实性和复杂性的基点上去重新考察欲望的价值。这一点比较明晰地表现在他的《一九五七年的生与死》[①]以及近作《革命、乌托邦和个人生活史》[②] 等长篇论文中。

文学是对记忆的忠实，对遗忘的抗拒。乌拉圭诗人贝内德蒂赋诗道：“好吧，我们不再玩绝望的游戏/不再用忘却给记忆文身/有许多东西需要讲和保持沉默。”尤凤伟的长篇小说《中国一九五七》与此异曲同工，谢有顺在《一九五七年的生与死》一文中，以此为钥匙进入这部长篇，他开篇就谈到“失忆症的敌人”，给予了尤凤伟的拒绝遗忘以相当高的评价：“历史的苦难只有在它被记忆的时候，才有可能转化为积极的思想资源，以及必要的前车之鉴……记忆，居然成了这个时代每一个还有责任和良知的人，必须首先对付的精神难题。”[③]

接着他用了一节专门来谈论“软弱是一种权利”：

> 我们应该怎样面对这一切？当历史沉重的一页翻过之后，假如一个人要站在道义的立场上对知识分子的软弱和失节进行控诉、揭发或严厉谴责的话，那实在太容易了，相信也没有什么人会站出来反对；但这样做，在我看来未免过于

---

① 谢有顺：《一九五七年的生与死》，《当代作家评论》2001 年第 3 期。

② 谢有顺：《革命、乌托邦和个人生活史》，《当代作家评论》2005 年第 4 期。

③ 谢有顺：《话语的德性》，海南出版社 2002 年版，第 58—59 页。

残酷……如同坚强是人应有的品格一样，软弱也是人性合理的一部分，理应得到尊重和谅解，因为我们不能要求每一个人都做圣人，都做战士，毕竟，像顾准、张志新、遇罗克、林昭这样的人，属于人类精神史上的理想一族，是少数；而对于大多数人来说，在强大的压力和死亡的威胁面前，只能选择屈辱地活着——我们又怎么忍心去谴责他们？

一个真正自由、民主和人性的社会是允许人软弱的，它相信人承受压力的能力有限，也就会致力于解除加在每个人身上的压力，使每个人尽可能自由轻松地活着。相反，只有强权社会才不允许人软弱，因为它要求每个人都成为革命者，都为某个社会理想和革命目的不惜牺牲自己，完全无视你的个人意愿，更不关心你的心灵是否会受到伤害。①

我们从小就受宏大叙事的熏陶，被教育要坚强勇敢，要有为祖国为民族奉献一切的准备，英雄主义的召唤使我们将鄙视的眼神投向软弱者，我们不大能够看得到我们血肉之身的基本要求。谢有顺勇敢地承认软弱"是人性合理的一部分"，将软弱作为一种权利来谈论标志着他对欲望、对人的存在的理解发生了变化。他尊重生命本身的经验，倾听宏大叙事遮盖下的欲望之声，关注被外界所要求的和内在生命本身提出的要求之间的裂缝。正是这一裂缝最终促成他将批评根植于"生活世界"和"人心世界"的焊接。

在承认"软弱是一种权利"的基础上，他也激赏《中国一九五七》对爱情的肯定：

---

① 谢有顺：《话语的德性》，海南出版社2002年版，第62—63页。

为爱情而有所妥协和软弱，这不是什么羞耻的事情，在我看来，它有着与追求真理一样高贵的理由……

为爱情而活，难道不比为革命而活来得更真实、更可爱、更有价值吗？在那个强权时代，在那个政治利益高于一切的时代，并不缺乏为革命而活的人，也不缺乏为一个虚假的政治信念而活的人，惟独缺少为自己所爱的人而活，为自己真实的内心而活着的人。大家把所有的热情都献给了革命和政治，可是，革命和政治却反过来侵略、阉割、践踏了每个人的热情，甚至把每个人的一切私人空间都彻底摧毁。[①]

这些并非什么高深复杂的理论，只是勇敢地面对生命的欲望说出自己的真话而已。然而，正是朴素的真话才最容易在一个人的内心长驱直入，因为朴素的真话往往是最难得的——说真话也是当今的文学批评所面临的首要的常识问题。

在《一九五七年的生与死》一文的最后，谢有顺谈论了“沉睡的私人空间”和“人被自己所吓住”。私人空间无疑是一种现代意识。柏拉图说人是政治的动物，他强调的是政治的迫切性、现实性。在古代的城邦国家中，公民将生命的绝大部分时间和热情献给了公共政治，行使公民权利不仅是他们的职业也是他们生命中最重要的部分，他们由此获得人生的价值和意义。在这样的制度下，私人空间和私人生活基本上是被取消的，甚至连男性探望自己的新娘也被严密地监视。而现代社会，政治不再像古代那么具体那么贴近那么容易直接参与，所以政治在人们生活中的地位降低，人们更多地倾向于从私人生活中获得个人价值的实现。于是，当务之急就是要唤醒沉睡的私人空间，让每个公民能够在

---

① 谢有顺：《话语的德性》，海南出版社 2002 年版，第 68 页。

私人空间自由自在地行走、生活、思想。而在中国，20 世纪经历了太多的断裂，太多的捕风捉影，太多的断章取义，太多的你死我活，这一切已经极大地侵占并伤害了人们本来就有限的私人生活，这样一来，信仰、信任、相信及其人内心的空间都成了问题。有一段时间活跃在谢有顺批评中的词汇“闭抑”可以视为他的关键词之一，与“闭抑”对应的是专制社会普遍存在的精神境遇和身体状态。“闭抑”不仅阻碍我们迈向自由的脚步，也遮蔽引领我们向往美好的阳光。谢有顺的批评赋予它生命，让它获得了具体的形象。

牢记历史的灾难、“不再用忘却给记忆文身”、复活私人空间变得迫在眉睫。只有私人空间受到保障，自由才会成为可能、幸福才能如愿地临及每一个生命个体。

三 生活世界与人心世界

“生活世界”是西方哲学家胡塞尔提出来的，是现象学的核心概念；而“人心世界”是我国一个古老的儒家思想范畴中的词汇，与天道并置。“我的文学研究，总是在‘生活世界’和‘人心世界’这两个场域里用力，以对人类存在境遇的了解，对人类生命的同情为旨归。我追求清晰而温润的表达，目的也是为了更好地到达那个已被我们疏远了的生活世界和人心世界……我渴望看到一种文学，能在‘生活’中展开，同时又能深入‘人心’——尽管这两方面都做得好的作品，在当代十分罕见，但我的研究，总是尽力握住这两条线索，使得我在阐释别人的时候，不忘张扬自己的心中所想，也不忘说出我对生活和人心的真实看法。”[①] 当谢有顺有意识地将“生活世界”和“人心世界”这二

① 谢有顺：《此时的事物·自序》，江苏教育出版社 2005 年版，第 2 页。

者缝合，这也标示着他批评的转向——积极地回到我国的文学传统中寻求现代批评的资源，探求在西学东渐、全球化的大背景下中西文化更有机融合的途径。

这一转向与当代众多先锋作家的转型有着某种内在的呼应。作为一个生于斯长于斯的中国作家，经过这二十多年西方文学思维的训练，有一些人已被这种强势话语所奴役，而另一些人则开始意识到，得重新回到中国的传统和现实中来，这才是中国文学的正途。就像一个园丁得活在花园里、农人得抚摸庄稼一样，作家、批评家也得回到此时此地的生活情境中，用中国人能够理解的方式触摸我们的历史、文化和现实。历经漫长的西方化过程之后，今天的中国，有必要重新审视自己所走过的文化道路，也有必要重新对中国自身的文学传统作一个恰当的定位。

与许多炫耀知识、言必称西方大师的学者不同，谢有顺从几千年的中国文化的精髓中找到某种启示，比如"仁"、"本心"、"赤子之心"等，以企及一种"根本的学问"（王阳明语）——所有这些，其实都是为了重获对人本身的尊重。真理、文化及一切知识，只有建立在以人为本的基础上才具有最高的乃至全部的意义，文学写作和批评的全部目的不外乎使人更好地成为其自身，"一个批评者，穿过他所鉴别的材料，追寻其中人性的昭示。因为他是人，他最关心的是人。创作者直从人世提取经验，加以配合，作为理想生存的方案。批评者拾起这些复制的经验，探幽发微，把活动的灵魂赤裸裸推呈出来，作为人类进步的明证。他应该是一个古希腊人，尊奉的只是人与其崇高的意志。"①

对人的重视，具体化为对生命个体日常欲望的分析和私人生

---

① 李健吾：《咀华集·咀华二集·叶紫的小说》，复旦大学出版社 2005 年版，第 122 页。

活的珍视，弗吉尼亚·吴尔夫说："生活逃掉了；没有生活也许其他一切都是不值得的……看看一个普通的心灵在普通日子里的经验。"[①] 华莱士·马丁也认为："归根结底是读者决定着什么真实什么不真实，而读者的态度则是他们所体验的现实的产物。"[②] 与生命如影随形的就是生活，"未知生，焉知死"。一切都必须始于生活并终于生活，背对生活去寻求真理只会南辕北辙。"人心世界"与"生活世界"须臾不可分离。

在《革命、乌托邦与个人生活史》一文中，谢有顺多处谈及人心并对人心进行追根溯源，他认为《人面桃花》"写出了这场人心的变乱"，"更重要的是，它还写出了尘世里的天道和人心"。"为我们呈现了一个广大的人心世界，从而为解答20世纪初的革命和乌托邦实践的困境，提供了新的文学图景。"[③] 他认为，格非的不同凡响之处在于，他一方面精细地描绘了世纪初恰逢乱世的生活世界，另一方面传神地勾勒出了混乱不堪的人心世界。在"人心世界"里，他们一致听从乌托邦的革命梦想的召唤，在"生活世界"里，他们承受寒冷、破败、惨烈、孤单和安宁。在这两个世界接壤之处，身体和心情最终和解，那"深稳的安宁"给了小说人物以精神慰藉。

通常，我们会期待作家能够不断超越、不断创新，希望作家也像战场上的猛士勇往直前，所向披靡。然而历史不紧不慢的并非直线的运动并不给我们提供这种幻想的支撑，所谓的巨大进步其实是长时段合力作用的结果。如果我们站在史家的高度回望几

---

① ［英］弗吉尼亚·吴尔夫：《普通读者Ⅰ》，马爱新译，人民文学出版社2003年版，第127页。

② ［美］华莱士·马丁：《当代叙事学》，伍晓明译，北京大学出版社1990年版，第88页。

③ 谢有顺：《此时的事物》，江苏教育出版社2005年版，第35—36页。

千年的人类文明史，也许除了科技有明显的进步外，其他方面变化并不大，因为困惑人类的终极问题并未发生根本变化，也就是说人心世界的元图景依然如故，我们的线性进步观在这个意义上看是虚妄的，需要审慎地对待。在这种语境下，作为日常的人占了上风，平静地面对内心最静默最细微处的风暴，谢有顺说“后退也是一种革命”，正如古语所言，“退一步，海阔天空”。

四　学术与批评

这几年，笔者时常会碰到的困惑就是学院派与当代批评之间的矛盾，归结起来很简单：学院派关注的是知识的积累传承、理论框架的建构，提倡学术规范，重视文献，重学术轻批评；而批评家大多更关注当下的社会现实，尊重内心的瞬间的真实、甚至神秘的感受，强调性灵，轻视循规蹈矩。这二者之间的分歧很可能是根本性、整体性的，它直接指向文学史、文学理论与文学批评这三者的内在关系，远非这几点表象归纳可以涵括。综观当代的文学批评，主流依然是学院派，有着唯知识论的痕迹，然而真理并不总是掌握在他们手中。在我看来，文学批评是文学研究中最基础的工作，是与文学理论和文学史密切相连的部分。文学批评与文学创作一样构成文学的血肉之躯。

谢有顺似乎不愿过早地被学术制度所格式化，在他的内心，一直保持着对批评的激情，同时也对批评存着一个高远的理想：

> 批评不应是作品的附庸，也不仅仅只有冷漠的技术分析，它应该是一种与批评家的主体有关的语言活动；在任何批评实践中，批评家都必须是一个在场者，一个有心灵体温的人，一个深邃地理解了作家和作品的对话者，一个有价值信念的人。就这点而言，我认为，批评也是一种写作，一种

能“给一部作品、一本书、一个句子、一种思想带来生命”的写作。是写作，就有个性；是写作，就有私人的感受、分析、比较、判断。批评既然是一种写作，不是法律，也不是标尺，就不可能是完全客观的、公正的、符合大众的普遍准则的，也不可能是“是非自有公论”，它更多的是批评家面对作品时有效的自我表达。①

这样的批评理想对谢有顺来说是一种拯救。假如他在年轻的时候，就投诚于一种僵化的话语制度，他的批评事业也许会进行得比现在更加顺利，但他的批评面貌一定会和现在有很大的不同。至少他不会采用“散文的心”、“诗歌的内心”这样感性、温情而亲切的语词，他也不可能这么轻易地将这些批评文章随意地辑录成书；他会受课题的蛊惑将这些内容扩充成一本书，然后冠以“当代散文经典研究”、“诗歌理论”等诸如此类的命名或者更宏大的噱头被陈列于大学图书馆中。

曾长时间在媒体供职的经历，也增进了谢有顺的批评文字的质感和趣味：一方面，他直接处于文学现场，随时感受文学的风吹草动，能够正视消费时代大众文化的迅速崛起，而不是以高高在上的精英架子来俯瞰这正在发生的一切；另一方面，这种瞬息万变的生活，也直接影响了他的话语方式。还有就是广州这种人性化的生活、巨大的私人空间都为他提供了开阔而独立的思想环境。这是他批评中所提倡的“生活世界”与“人心世界”的基础，也是他批评精神的根。

《此时的事物》一书“散文的心”一辑中，谢有顺对语言的趣味颇为推崇，与之并重的便是对陈旧的话语方式的批判。他对

---

① 谢有顺：《批评应“挟着风暴和闪电”》，《新华文摘》2005年第23期。

散文的研究，在国内怕是罕有同道的，因为他是将散文视为精神自由表达的重要表征，这和一般人所理解的散文精神完全不同。在今天这个媒体时代，散文蓬勃兴盛，有人说，我们进入了一个新的散文时代。“所谓散文时代，就是平平淡淡过日子，平凡而琐碎地解决日常生活中的现实问题。没有英雄的壮举，没有浪漫的豪情，这是深刻的历史观。”（李泽厚语）在琐屑的循环的时间之流中，在浪漫和激情消退以后，趣味就成了我们会心一笑的源泉。这瞬间的会心成为我们人生的回眸，这飞逝的欢悦可照亮我们庸常缓慢的人生，生之欢欣抵挡死之寒冷，死又成为生存在的明证。趣味在某种意义上说就是人生的一种境界。

对语言之趣味的重视也承接了中国古代小品文的传统。谢有顺还注意到，现代小说可以从古代笔记体小说中吸收闲笔及从容的叙事姿态，营造阔大的气象，这些都从不同的侧面体现出谢有顺的文学史眼光。

曾有先贤告诉我们，青年时代的颠簸有助于丰富我们对世界的感受、观察和认识，所谓“行万里路，读万卷书”，大概就是强调阅历和眼界的重要性，“眼界始大，感慨遂深”（王国维语）。谢有顺所走过的批评道路似乎验证了这一点。笔者曾记得在一个私人场合，谢有顺曾坦率地谈到一种理想的学术人生的标准：在三十岁以前要让人看到你的才华，在三十岁以后要让人看到你的学问，而在五十岁以后，则要让人看到你的通达——他大概是在这样暗中实践自己的写作理想的。如果以谢有顺的批评为坐标，那么当下许多在各大传媒上大行其道的评论就会变得形迹可疑。

同时不可否认的是，时代步伐的加速度所带来的数量焦虑同样在谢有顺身上打下了现实的烙印，如果他愿意写得更慢一些，甚或为抽屉写上两年，他一定会飞得更高……当然，这仅仅是笔者的一厢情愿。不过笔者一直坚持：当一个作家的作品获得漫天飞舞的特权之后，自省和清醒就变得无比重要。所幸，谢有顺已经意识到了这个问题。他曾经追问自己，“我说出了自己想说的话吗？我了解世界和语言的秘密吗？我说的这些有意义吗？我常常这样问自己，结果总是一片茫然。人只有真正站立在语言面前，才会知道自己是贫穷的。”[①] 他还这样告诫自己：

> 梁漱溟说：“在人生的时间线上须臾不可放松的，就是如何对付自己。如果对于自己没有办法，对于一切事情也就没有办法。”这话说得透彻。在今天这个时代，面对文学的喧嚣、批评的歧途，太容易迷失自己。多少人都拿自己没有办法，远离了本心，失去了本原，不仅细小的利益可以摇动他的信念，随波逐流者更是不在少数。写作的光芒正在黯淡，清明自觉的人日益减少。这是一种可悲悯的事实。我承认自己过去也常是昏昏然而不自觉的，所幸我还想往前，还想改变自己。我一直相信，世间万事原非定局，它是可以变的；人力虽然渺小，但也是可以增长和积蓄的……因此，我从来是推崇悔悟、自新的精神的，除此之外，还有什么办法能让我们省察和觉悟呢？人本来如此啊。[②]

在媒体日益发达的今天，在批评日益泛滥的今天，如何重建批评的尊严，如何通过更有效的方式到达事物，到达此时，谢有顺的批评实践为我们提供了可能的途径。至少他唤起了我们内心的向往，给我们带来了期望。

---

① 谢有顺：《先锋就是自由·自序》，山东文艺出版社 2004 年版，第 2 页。

② 谢有顺：《此时的事物·自序》，江苏教育出版社 2005 年版，第 1 页。

第七章

消费社会的文学生产

20世纪90年代以来，市场经济对计划经济的全面取代深刻地改写了社会的整体面貌。文学虽然在使用价值上有别于其他商品，但是作为文化商品的图书也以其明确的交换价值像其他商品一样进入流通领域，不过“文化产品与其他产品的区别在于它的初始成本相对较高而再生产成本非常低，所以传播能比生产带给投资者更可靠的回报”。[①] 对“可靠的回报”的追求不仅影响着出版商的价值判断，改变了图书生产和传播的地位，最终也作用于图书的模样。图书的封面、封底、勒口、腰封、护封和书签等不失时机地印着形形色色的宣传话语，真正可谓“语不惊人誓不休”。对封面装帧、版式设计、印刷工艺、纸张质量乃至色泽的过度重视已经是一个不争的事实，如何在形式上取得足够的诱惑力成为出版商的核心追求，因为书的购买是瞬间的选择，而其使用价值是模糊的，因人而异的。

出于对出版速度的顾虑，面对名家的新作，出版商已经完全放弃了对内容的要求，我们对事物的判断更多地依赖经验，记忆

---

① ［英］约翰·费斯克：《大众经济》，陆扬、王毅选编《大众文化研究》，上海三联书店2001年版，第134页。

让我们条件反射，这种依赖导致我们对知名作家新作的期待，然而，今天的事实是许多有名的小说家后期的创作很难维持前期的水准，而新人则渴望借助各种标签让媒体的炒作以便出名趁早。作家们三番五次修改作品的现象已经一去不返，“十年磨一剑”的不朽追求几近绝响。透视这种巨变，《废都》和《上海宝贝》这两个先畅销后被禁的文本的传播是非常具代表性的：它们不仅开创了都市情欲的叙事模式，而且谱写了消费社会文本传播从自发向自觉转型的轨迹，其中市场的宰制性力量不断显形，而文学生产领域的这种变化最终会反作用于文学叙事的内部，促成叙事面貌和叙事模式的嬗变。

一 《废都》：消费社会的文本传播

经过20世纪七八十年代初的发展，出版社在图书生产、流通领域都慢慢积累了一些经验。而体制的改革加强了出版社的经营意识，1984年，在哈尔滨召开的地方出版社工作会议上提出“我国的出版单位要由单纯的生产型逐步转变为生产经营型，同时提出要适当扩大出版单位的自主权，出版单位要实行岗位责任制。”同年底，国务院发布了《关于期刊出版实行自负盈亏的通知》，规定“除少数必须补贴的期刊外，其余期刊都要‘独立核算，自负盈亏’。”出版社、期刊等单位虽然定性为事业单位，但实质上已经逐步走向企业化操作的道路。经济压力迫使出版单位面对市场，面对读者。这也就使得许多双眼紧盯书斋的编辑不得不分出眼角的余光来投向市场。当文学性与娱乐性发生冲突的时候，编辑们会适当调整自身的审美趣味来考虑大众的喜好。

影视等电子媒体来势凶猛，迅速地瓜分受众市场。新华书店前排长龙购书的情况消失了，印刷机像印钞机一样旋转的盛况一去不复返了。多种多样的娱乐方式分享了阅读的殊荣，图书这种曾经让人肃然的精神消费品也有些黯然失神。出版社也开始借鉴其他商品的销售方式，慢慢地摸索出一套常用的售书方法：在图书要上架之前发出具有卖点的订单，然后请作者到大城市的大书店现场签名售书，并接受媒体连篇累牍的采访，请有名的批评家撰写书评。书商的炒作方式则更显灵活。

先来看看《废都》出版前北京出版社发出的关于该书的订单：

> 西京城里，四大名人，奇闻迭出。
> 文化闲人，熙攘沉浮，屡见事端。
> 情场男女，恩怨交错，生死纠缠。

书上架时，与书并排置放“当代的《红楼梦》，90 年代《金瓶梅》”的广告词。寥寥数语，将看点勾勒放大。正如《畅销书》所述：“一段简介，一纸梗概，即为作者换来巨额的预支版税和销数……文学代理人和编辑在现代畅销书制作中起着重要的作用。”[①] 这种广告效应不说是无中生有也可谓推波助澜，或让人想看，或让人联想。广告这个第三产业的产值每年都在递增的实情也说明其在消费社会所扮演的角色之重要。

> 《废都》更是一个充分地运用传媒手段为作品争取市场的典型例子：作品尚未出版，就传出各种各样的信息，比如说，《废都》的稿酬高达 60 万元啦——这在当时，无异于是天价，虽然后来又更正说，这是撰稿者道听途说，与事实相

---

① ［英］约翰·苏特兰：《畅销书》，何文安编译，上海文化出版社 1988 年版，第 13 页。

> 去甚远，但是，这种反复“炒作”，更扩大了作品的影响——作品中大胆的赤裸裸的性描写，堪称当代《金瓶梅》啦，这些消息经过各种报纸的传播，从不同方面给读者造成种种阅读期待心理，使作品尚未出版，就已经被人们所熟知。[①]

先以百万稿酬为炒作点继后又蓄意传出百万稿酬的失实新闻，然后又在大众媒体上反复辟谣说是60万。数字拉扯着消费者的眼神。这种接二连三的新闻炒作使得《废都》“未见其人，先闻其名”。这种热身运动有效地将《废都》推进了读者的期待中。“《废都》起印数为37万册，估计印数达一百万以上。”[②] 与关于高稿酬的蓄意炒作可相匹配的是全国各地的评论纷纷见报，褒贬不一，这就让读者按捺不住一睹真相的兴致。《废都》在短时间内引发的热闹状况令绝大多数作品望尘莫及。

> 据不完全统计，仅是关于《废都》的评论专集，就在短短的一两个月里，先后出现四五种，比如，由陈辽主编、南京地区的评论家撰文的《〈废都〉及〈废都〉热》，中国矿业大学出版社1993年11月出版；汇编了报刊上对《废都》有关论争及贾平凹生活状况的《〈废都〉废谁》，学苑出版社1993年11月版；由北京一批文学博士李书磊、陈晓明等撰稿的《〈废都〉滋味》，多维编，河南人民出版社1993年10月版；《废都啊，废都》，先知、先实选编，甘肃人民出版社

---

① 张志忠：《1993：世纪末的喧哗》，山东教育出版社1998年版，第104—105页。

② 资料来源于《新世纪文坛风云录》，转引自张柠《文化的病症》，上海文艺出版社2004年版，第15页。

1993 年 10 月版……对于一部作品，引起如此密集的关注和如此迅速的大量的评论，在中外文学史上都是一大奇观。[①]

“当《废都》迎来铺天盖地的批评时，贾平凹无处藏身，连在大街上一阵风刮来的报纸上面都有批判他的文章。”[②] 这种说法尽管有所夸张，但也道出了当时所刮起的“废都风”之盛。

在如此高密集的评论文章中，学院批评和媒体批评共同为该文本积聚了符号资本。媒体批评往往遵循麻辣烫的原则，精悍短小的书评裹着新鲜热辣的观点，至于观点是否合情合理，是否切中要害则并不被认真考虑。面对《废都》这一具体的文本，追求独立性和逻辑性的学院批评很难不受到媒体高密度炒作的影响，而这些新闻炒作比较集中于文本对性叙事话语尺度和频率以及大量方框的运用上，很多批评文章的焦点就集中于《废都》与《金瓶梅》的联系，加之评论者对贾平凹前期创作成就与审美取向的顾虑，这就妨碍真正有独立灼见的深度批评浮现。《当代作家评论》（1993 年第 6 期）推出的评论专辑和《小说评论》等刊发表的评论都或多或少地受到媒体批评炒作的影响。“炒作并不承诺和保证对于批评的责任，但它能够极度充分地利用批评的形式……在这种情势下，文学批评很难做到不为所动，始终如一地保持自身的情形和独立会变得身份困难，而身不由己地随波逐流却是最常见的现象。炒作的可怕之处在于，它能够造成一种既定而强大的事实，这种事实将剥夺你的怀疑能力，逼你缴械，甚至将你一同席卷进去。你在为虎作伥却又根本不能自觉。于是，文学批评沦为一种话语工具，它的丰富性和多元性消失了，单一的

① 张志忠：《1993：世纪末的喧哗》，山东教育出版社 1998 年版，第 136 页。

② 胡传吉：《拒绝喧嚣》，《当代作家评论》2004 年第 6 期。

目标主宰了它的价值取向。”[①] 炒作的根本目标就是引人注目。

《废都》为什么会在1993年出现，并在大众传媒“一石激起千层浪”，除了跟出版方的某些有意的炒作和都市欲望叙事的全面敞开有关之外，更与大众传播媒体自身的机制转型有着内在的关系。走向市场的大众传媒以引起关注为己任，迫切欢迎引起争议的话题。

媒体承担的是宣传主流意识形态的功能，过去，它为政府所养，同时为政府所用，传达政府的声音，一切均在计划指令下运转，绝大多数媒体“千报一面”、从内容到版式甚至张数均相当僵化。而20世纪90年代初开始，随着市场经济对计划经济的取代，作为时代最敏感的器官，传媒的“改版”雷厉风行，最直接的变化是报纸明显变厚，彩页和广告剧增，图片多了、大了、色彩丰富了，设计元素的注入使报纸的形式率先具备了视觉冲击力，并且很多报纸有了清晰的形象意识，设计了自己的形象广告，同时内容也变得多姿多彩了，空话、大话明显少了，身边的新闻多起来，以往的“豆腐块”被大面积的深度报道和评论文章所替代。

大众传播媒介由往昔政治的传声筒变成了催生符号、制造符号的摇篮，“扮演消费导师的角色”[②]，“大众传播媒介的美学意识到必须讨人高兴和赢得最大多数人的注意，它不可避免地变成媚俗的美学……直到最近的时代，现代主义还意味着反对随大溜和对既成思想与媚俗的反叛。然而今天，现代性与大众传播媒介的巨大活力混在一起，作现代派意味着疯狂地努力地

---

① 吴俊：《发现被遮蔽的东西》，《南方文坛》2000年第4期。

② ［美］大卫·理斯曼等：《孤独的人群》，南京大学出版社2002年版，第193页。

出现，随波逐流……现代性穿上了媚俗的长袍。”[①]《废都》这部媚俗的作品披着纯文学的外套搭上了传媒媚俗的大潮，甚至成了媚俗的弄潮儿。就是在1993年2月5日，《南方周末》这份市场销量很大的报纸顺应市场号召由南方日报的增刊变成一份由南方日报主办的报刊，经济效益方面实行独立核算并尝试自办发行。而这份后来曾一度在全国周末报中风骚独领的报纸就曾在头版发表《〈废都〉热里访平凹》[②]，在这篇访谈里，贾平凹谈到《废都》在北京首发式的盛况，而且还专门提到“我签名签了一百分钟”，这种有具体指数为证的宣传尤具效果，因为“对于深受媒介即隐喻这种观念影响的现代人来说，数字是发现和表述经济学真理的最好方式”。[③] 在新意识形态的笼罩下，小说的发行量正与电影的票房、电视的收视率、网络的点击率等数字一起成了最耀眼的风景。而其他小报发的访谈及书评根本无法计数，如果没有现代媒体这一催化剂，《废都》发行量的雪球效应不可能如此猛烈。就在《废都》声势震天之时，1994年1月20日，北京市新闻出版局下达了《关于收缴〈废都〉一书通知》。

市场的号角已经吹响，贾平凹率先从中嗅到了激动人心的消息，果断地将20世纪80年代写作中尚“犹抱琵琶半遮面”的面纱揭开，将色情叙事的频道调换了，过去，道德压抑着色情，今天，色情果敢地揭开了道德的面纱，我行我素。色情叙事与新闻传媒这一大众话语的通道达成默契，为消费快感制造所谓的纯文

---

① ［捷］米兰·昆德拉：《小说的艺术》，孟湄译，生活·读书·新知三联书店1992年版，第159页。

② 扬子：《〈废都〉热里访平凹》，《南方周末》1993年8月13日。

③ ［美］尼尔·波兹曼：《娱乐至死》，章艳译，广西师范大学出版社2004年版，第29页。

学的嫁衣。在《废都》的大红大紫的背后，有着比印数和禁书更深刻的内容。如果我们依循消费社会的惯例，将印数视为市场的标记，将禁书作为政治体制或意识形态的标记来看，那就意味更深。《废都》这部社会转型期的代表性作品，一方面，它迅速地获得了市场的认同，姑且不论其以何种方式取得的；另一方面，它受到了体制强力的禁锢，体制给它定了刑，折断了它继续深入市场的翅膀，但同时这种禁令却增加了该书的诱惑力，导致大量盗版书的产生及地下流传。

《鸡窝洼的人家》、《腊月·正月》等中篇的写作使贾平凹在读者心目中凝成一个叙述乡土的纯文学作家的符号。长篇《浮躁》主人公金狗的人生和爱欲选择集中展示了作者对于改革开放的时代农业文明与商业文明、欲和爱的冲突的深入思考及其困惑，其中金狗与英英以及当记者时与有夫之妇石华的苟合表明了一种由情向欲的位移，《废都》继续并扩大了这种位移，作家们在 20 世纪 80 年代文学创作中饱满的启蒙热情受到抑制也有如催化剂，最终发展为欲望对激情的替代和颠覆，这种肉欲与爱情的冲突以及欲对爱的替代成为 20 世纪 90 年代都市情欲书写的典型特征，这也可视为一种现代西方文明对古老的农业文明、消费社会对传统社会的替代之象征。“依一般看法，市场被说成是生产和交换的自由场所，国家则被视为垄断了强制性权力的公共权威。就其性质而言，前者是自发的、平等的和私人性的，后者是人为的、等级制的和公共性的。此外，还有一点非常重要，即市场是有效率的。”① 在《废都》身上，市场和体制迎面相撞，体制仗着自己的强力撞断了市场的双翅，但市场暗中绕开了体制，

① 梁治平：《市场·社会·国家》，《市场社会与公共秩序》，生活·读书·新知三联书店 1996 年版，第 2 页。

给非法的出版商人打开了另一扇侧门，使得盗版的《废都》在非法的市场上依然能够与读者相遇。更重要的是，被禁事件无形中为作者增加了象征资本，《废都》的被禁使读者将对《废都》被砍伐的剩余感情全部转移到了贾平凹这个符号上，这为作者的知名度和市场号召力增添了筹码，读者难免不抱着在他的新作中重睹禁书《废都》风采的希望。

消费社会迎面而来，文学生产机制发生了剧变。体制一手拿着喇叭高喊文艺创作要弘扬主旋律，另一手拿着权力的武器横冲直撞，随时准备为刺眼的文艺作品量刑。而市场一声不哼，却窃笑着躲在暗影中掌握着遥控器，兵来将挡积极应对，一方面不断挑逗我们的窥探欲望，另一方面却偷偷地篡改时代的叙事方式和叙事想象。

二　卫慧：作为消费符号与“上海宝贝”的形象代言

虽然《废都》在流通过程使用的宣传手段依然比较传统，作家贾平凹在文本传播过程中表现得并不主动，但其作为知名纯文学作家的符号价值，社会转型时期大众的都市想象通过稿酬风波的渲染以及情欲想象借助文人的恩怨官司仍然得到了比较充分的调动。时过7年，等到《上海宝贝》面世时，作者卫慧的“宝贝”姿态已经跃然报上，恰如作品的形象代言人，卫慧本身也演绎成消费符号。这一符号在面世之初就是与都市、女性、前卫、情欲、疯狂等凝结在一起的。也就是说，此时作家不仅是书的生产者，也是商品的形象代表。我们告别了钱钟书的时代，我们可以一边吃鸡蛋，一边欣赏下蛋的母鸡。

借助女性主义运动的持续影响以及世界妇女大会在京召开的推波助澜，女作家们获得了一个史无前例的大好时机。1996年第3期《小说界》开设了“七十年代以后”的栏目，其他刊物也做了一些响应，真正使这个概念在文坛深入人心的是《作家》杂志的“七十年代出生的女作家小说专号”。1998 年 7 月，在宗仁发、施战军、李敬泽一次“密谋气氛”的谈话[①]之后，《作家》杂志隆重推出“七十年代出生的女作家小说专号”，集中推出卫慧、周洁茹、棉棉、朱文颖、金仁顺、戴来、魏微 7 位女作家的作品，并配发了各自的照片和著名批评家的点评以及女作家自己的创作谈。这期专号的封底有意转载了《文汇报》上的报道《一批年轻女作家崭露头角》[②]，这篇报道指出这些年轻女作家外貌“或清秀或亮丽”，打扮“流露出都市中现代派女性的前卫和时髦”，文风“热烈而无所顾忌”。而被置于头条地位的卫慧在自己的照片下方写道：“穿上蓝印花布旗袍，我以为就能从另类作家摇身一变为主流美女。”事实上，此后的卫慧与东方女性身体象征的旗袍发生了较深的纠缠，也因此被媒体关注有加，在《上海宝贝》的勒口采用的正是卫慧身着旗袍的照片。旗袍这个东方女性美的道具成了卫慧的符号资本，成为她进军西方市场的旗帜。

“美女作家”的称谓此后在文坛不胫而走，策划者李敬泽等也被媒体冠之以“美女作家”的制造者。出版界趁热打铁，出版了一些女性作家的作品，如“文学新人类丛书”[③]；王干主编的“突围丛书”（作品集）也选取了卫慧和棉棉两位“美女作家”代表。卫慧和棉棉在“美女作家”名号的光环下得到了前所未有的出版时机，卫慧在 1999—2000 年短短的时间内出

① 参见宗仁发、施战军、李敬泽《关于“七十年代人”的对话》，《长城》1999 年第 1 期。

② 邢晓芳：《一批年轻女作家崭露头角》，《文汇报》1998 年 5 月 21 日。

③ 谢有顺主编，作者包括卫慧、周洁茹、金仁顺、朱文颖四位 70 后女作家，珠海出版社 1999 年版。

版了六本书[①]，其中有四本是小说集，两部长篇小说。棉棉在2000年出版了三本书[②]。

在卫慧所出版的六本书中，影响最大的要数《上海宝贝》，其大胆出位的姿态、关于上海和宝贝的想象均挑起了大众的阅读欲望。就在《上海宝贝》和《糖》出版后不久，棉棉和卫慧发生了矛盾。这对“美女作家”笔墨官司的结果是使《上海宝贝》和《糖》的销售量均因此而上升。此后不久，“七十年代出生的女作家小说专号”的策划者宗仁发、施战军、李敬泽又一次发表三人谈《被遮蔽的“70年代人”》[③]，这次，他们是想以编辑家和评论家的专业身份对“美女作家”这个哗众取宠的称谓进行批评，他们认为这个提法是“媒体阴谋”，并强调“本来一些期刊接纳和扶持新作者并无强烈的商业考虑，但图书出版一介入进来就不一样了。”魏心宏也对传媒炒作“美女作家”的说法表示愤怒，也暗示了对这三位策划者的不满。同时，他本人重女性重时尚的编辑方针也受到批评。这些指向各异的批评殊途同归，最终不同程度不同侧面地加深了读者对于“美女作家”和“70年代人”的印象。其中，受益最大的是大胆的卫慧，市场选择了卫慧作为消费符号——“70年代人”或“美女作家”的代表形象，当然这也是她毫无顾忌的“美女”自诩的结果。就像作家东西感谢批评家提出“晚生代”来安顿

---

① 卫慧：《蝴蝶的尖叫》，湖南文艺出版社1999年版；《像卫慧一样疯狂》，珠海出版社1999年版；《上海宝贝》，春风文艺出版社1999年版；《水中的处女》，花山文艺出版社2000年版；《欲望手枪》，上海三联书店2000年版；《来不及拥抱》，百花文艺出版社2000年版。

② 棉棉：《每个好孩子都有糖吃》，花山文艺出版社2000年版；《糖》，中国戏剧出版社2000年版；《盐酸情人》，上海三联书店2000年版。

③ 宗仁发、施战军、李敬泽：《被遮蔽的“70年代人”》，《南方文坛》2000年第4期。

60年代出生的作家一样[①]，卫慧也得益于“美女作家”和自己的主动相互选择。

从《像卫慧一样疯狂》到《上海宝贝》，卫慧的走红显示了作家对文本流通过程的主动参与，首当其冲的是《上海宝贝》这个标题，让“上海”这种关于国际化大都市的公共想象与“宝贝”这一亲昵的私密想象进行接轨。其次封面设计也有孤注一掷的特点：左边是大幅的卫慧的写真半身照，胸口写的是上海宝贝，手臂上书卫慧的名字。右边错落排列的三句广告从不同的角度诱惑读者：

> 一部半自传体小说
>
> 一部发生在上海秘密花园里的另类情爱小说
>
> 一部女性写给女性的身心体验小说

卫慧事后坦言自己对此设计的策划和参与。“自传体”强调叙事的真实性，同时暗示读者可以用索引法加以解读，并暗示叙述满足隐含读者的窥私欲；“另类”则在兜售一种新奇的与众不同的生活方式；“女性的”强调第二性的主体性，即叙述所包含的女权主义态度，我们知道，20世纪90年代中期，在林白、陈染等女性作家的叙述下，女权主义在文学领域中慢慢洇开，被越来越多的读者尤其是女性读者所认可，但相对漫长的主流的男权的历史，女权终归是边缘的。有如女性处在“被看”的地位一样，“一部女性写给女性的身心体验小说”依然是在提供诱惑，邀请我们依照提示语按图索骥。

消费者已经成为时代赋予我们的共同角色，我们很难拒绝消

---

① 东西等：《认识晚生代》，《南方文坛》1997年第5期。

费发出的邀请：

> 我叫倪可，朋友们都叫我 CoCo（恰好活到 90 岁的法国名女人可可·夏奈尔 CoCo·Chanel 正是我心目中排名第二的偶像，第一当然是亨利·米勒喽）。每天早晨睁开眼睛，我就想能做点什么惹人注目的了不起的事，想象自己有朝一日如绚烂的烟花噼里啪啦升起在城市上空，几乎成了我的一种生活理想，一种值得活下去的理由。

这就是《上海宝贝》在引用了乔尼·米切尔的《献给莎伦的歌》作为题记之后的正式开篇。这是一段姿态坦率的自我介绍，第一人称叙事迅速地将我们带进叙述现场，加强"半自传"的真实性。

在这短短的出场白中，叙述者引用了两个名字，这是两个不同领域的代表符号。他们均来自西方，CoCo·Chanel 就是名牌的符号，是昂贵的象征，跟发酵的物欲密切相连；而亨利·米勒是著名的性叙事大师，他的代表作标题就是《性》，这本书是 20 世纪 40 年代在巴黎出版的，而在我们一直以为非常开放的美国它一直是被禁止的。CoCo·Chanel 和亨利·米勒这两个符号就像河流的两岸，规定了《上海宝贝》的叙述流向：在汹涌的物欲和性欲的挟持中滚滚向前。

"我"想"做点什么惹人注目的了不起的事，想象自己有朝一日如绚烂的烟花噼里啪啦升起在城市上空"。这种想法不仅是主人公的欲望，也是叙事的内驱力，而亨利·米勒正是叙述者在写作路途上的导师。"在复旦大学中文系读书的时候我就立下志向，做一名激动人心的小说家，凶兆、阴谋、溃疡、匕首、情欲、毒药、疯狂、月光都是我精心准备的字眼儿。”[①] 对亨利·米勒的崇拜和这些“精心准备的字眼儿”一道出示了卫慧的叙事趣味。

在《性的政治》中，凯特·米利特对亨利·米勒进行了深入细致的研究，发现“米勒小说一个重大的虚构是，小说的主人公（他总是或多或少是作者米勒的化身）具有不可抗拒的性魅力，且性功能无比强大，令人叹为观止”。[②] 在卫慧的叙述中，这种“不可抗拒的性魅力”和“无比强大的性功能”被移植到女主角身上。而且隐含着作者的影子，她们无不为此骄傲。

卫慧的符号诱惑也贯穿在广告语的选择以及在签售活动中：

> 围得里三层外三层的少男少女们充满期待和渴望的目光中，在一声声代表极度兴奋的欢呼和尖叫声中，一位穿着黑色缎面旗袍和蓝色绣花高跟鞋的年轻女子姗姗而来，面对狂热的人群，她笑着向人们抛了一个飞吻，这样的情景，很多人会以为是某位大牌当红明星的歌迷见面会，然而实际上，上述情景发生在不久前新新人类作家卫慧在一家书店的签名售书现象。[③]

卫慧在成都签售时更是出语惊世骇俗，说“让他们看看上海宝贝的乳房”[④]，网络上一片讨伐声，使得此次签售成为一个事件，跟风书如《成都宝贝》等相继出版，最终，是在《上海宝

---

① 卫慧：《上海宝贝》，春风文艺出版社 1999 年版，第 3 页。

② ［美］凯特·米利特：《性的政治》，钟良明译，社会科学文献出版社 1999 年版，第 5 页。

③ 张鹏：《新新人类作家引出文学追星族》，《北京晚报》2000 年 5 月 5 日。

④ 参见王珲《她俩把“问题”解决了——卫慧和棉棉的吵架》，《三联生活周刊》2000 年 5 月 15 日。

贝》的印数[①]冉冉上升的过程中被禁售。2000 年 5 月，作品因“描写女性手淫、同性恋和吸毒”而被新闻出版管理部门定为“腐朽堕落和受西方文化毒害”的典型加以禁售。此后，卫慧长期在网络上活动，《上海宝贝》可以轻松地网上下载，同时大量盗版书籍占据地摊市场；且《上海宝贝》被作为畅销书翻译成多国语言流传到西方。在《上海宝贝》被禁一年多后，卫慧对外称有 30 多个国家购买了该书的版权，并且，她本人在《苹果日报》上撰写了将近一年的“上海宝贝”专栏。更有意味的是，卫慧被认为是继张爱玲、王安忆后的上海书写代表女作家。

尽管在德国汉学家顾彬眼中，卫慧的作品就是一堆垃圾。但这种专业评判并不影响《上海宝贝》在国际市场上长驱直入。同时，卫慧的文风、签售作风及其在传媒上的大胆言论也在国内产生了不浅的影响，如 21 世纪在网络上一再掀起的自我暴露以求出名的风潮。“大众传媒的精神是与至少现代欧洲所认识的那种文化的精神相悖的：文化建立在个人基础上，传媒则导致同一性；文化阐明事物的复杂性，传媒则把事物简单化；文化只是一个长长的疑问，传媒则对一切都有一个迅速的答复；文化是记忆的守卫，传播媒介是新闻的猎人。”[②] 无论我们如何批评媒体的作用，作为大众文化的摇篮，媒体在消费社会已经扮演越来越重要的角色，我们的视野、我们的思维和我们的选择已经很难与媒体决裂。其对消费生活介入得如此深广，我们甚至很难在我们的独立追求与媒体的影响之间划出清晰的界线。

---

① 《上海宝贝》1999 年 9 月出版，到 2000 年 3 月，加印 7 次，印数高达 11 万。

② ［法］安·德·戈德马尔：《小说是让人发现事物的模糊性——昆德拉访谈录》，收入艾略特等著《小说的艺术》，张玲等译，社会科学文献出版社 1999 年版，第 83 页。

三 享乐的身体、神化的“西方”及所向披靡的金钱

费斯克指出：“出于商业目的生产的商品最容易跨越阶级、种族、性别或民族的界限。”[①] 事实也是如此，消费社会给人感受至深的是物的丰盛与压迫，广告的花样繁多以及接踵而至的“审美疲劳”，人的感觉神经在高频率的刺激中渐趋麻木，我们已经无法对消费品进行恰如其分的价值判断。曾经在宏大叙事中受到压抑的物欲和性欲一道铺叙出享乐主义的氛围，这种提供快感的氛围与都市壮丽妩媚的物质生活一道支配着消费社会的想象。

《废都》将情欲的面纱揭开了，文人庄之蝶的身体是双重的、沉甸甸的，一方面是道德的身体、文化的身体和名誉的身体；另一方面是利益的身体和情欲的身体，随着情欲的苏醒，庄之蝶的身体不断地从道德束缚下失控；而“上海宝贝”倪可的身体一向是轻松的，本能地亲近享乐，虽然这种享乐稍纵即逝。

和过往的情欲叙事一样，《废都》采用了男性的视角，女性虽然得到了某些溢美之词，然而终究不过是男性取乐的工具，“因为有史以来，绝大多数女性被局限在向男性提供性的发泄渠道和繁衍后代这一动物生活的水准上。这样，在女性的生活方式中，性只不过是不时降临到她头上的一种惩罚。”[②] 卫慧则试图还原自然状态的性，将男性也作为女性获得性快乐的工具来叙述，女性不再是被动的他者，女性和男性在满足性欲的过程中互为他者，他们同时兼具主体和客体的双重身份。脱掉披在性欲之上的文化面纱之后，男性和女性在性行为上是一种契约关系，

---

① ［英］约翰·费斯克：《大众经济》，陆扬、王毅选编《大众文化研究》，上海三联书店 2001 年版，第 148 页。

② ［美］凯特·米利特：《性的政治》，钟良明译，社会科学文献出版社 1999 年版，第 181 页。

“公民、就业和婚姻都是契约性的”[①]。男权文化的结果之一是塑造女性的从属地位，并进一步将性别差异讲述为身体差异和政治差异以强化男权文化的存在事实。

为了恢复女性的主体性地位，拥有对自身的支配权，卫慧在情欲叙述中果敢地切断了生育这一后路。“性爱始于生殖，但它从开始就超越了生殖；生殖是赋予它以生命的力量，但不久便成为一种限制。为了自由地操纵和随意地处理性欲的过剩潜能，必须把性爱‘重新植入’具有更大的力量和额外营养力的其他土壤；文化必须把性的快乐从生殖这一功利主义的应用中解放出来。因此，性的生殖功能既是性爱不可分割的条件，又是使之感到烦恼的东西；两者之间既有牢不可破的联系，也有持续的关系紧张——这种紧张关系的无法消除也如联系的牢不可破。”[②] 在《蝴蝶的尖叫》、《床上的月亮》等作品中，怀孕都成为悲剧的诱因，怀孕使女性“他者”的弱势地位更加明晰。

避孕自由、堕胎技术和试管婴儿等高科技的发展使繁殖这一性行为的苦恼开始得到缓解。女性与母亲这一角色的必然联系将很可能发生断裂。男女之间的关系、他们对孩子负有的情感关系及现有的家庭模式也将随之发生深刻的转变。高速发展的科学技术这一决定性的力量不仅快速地改变着事物，也正在迅速地改变人类以及人类对事物的理解。卫慧在写作过程中未必明确地意识到科技给女性身份带来的变化，但她直觉到一个女人要完全地成为自己，要彻底地捍卫自主性，她就必须从母亲和妻子这样的社会角色中解脱出来，女性和男性务必处在一种平等合作的地位

---

① 参见［美］卡罗尔·帕特曼《性契约》，李朝晖译，社会科学文献出版社2004年，前言第1页。

② ［英］齐格蒙特·鲍曼：《个体化社会》，范祥涛译，上海三联书店2002年版，第289页。

上，这一点在性行为上表现得最是充分。“我，一个二十才出头的女孩，勤于发现各种肉体特征，和同一肉体的多样性。”[①]“我比较重视自身在现实中的感受”[②]，这种叙事基调决定了“我”作为单个的个体对世俗生活持享乐态度，我不愿意为了所谓的远大理想而舍弃现时涌动的欲望。当精神与物质发生冲突的时候，我仔细辨认享乐的声音。当精神性的爱欲和物质性的性欲发生错位的时候，我依顺感官欲望。肆无忌惮的性欲“就是自身存在的惟一并且充分的理由和目的。”“性爱的自足性，即为性的快乐自身的缘故而加以追求的自由，已经上升到文化常规的层次，与它的批评者们更换了位置，而后者现在已属于文化怪异的内部技术和灭绝物种构成的废墟。而今，性爱已经获得了一种自己以前绝对不可能独立肩负起来的实质性内涵，但也获得了闻所未闻的草率与轻浮。”[③] 卫慧成功地阐释了这种性的草率和轻浮并将性爱从生殖中解放出来。

《上海宝贝》中，德国情人马克和中国情人天天一起分享着倪可的性欲与爱欲，三者相安无事，倪可则从他们身上得到完全不同的肉体刺激和情感体验。追求新奇刺激的感觉和体验似乎成了倪可存在的目的和依据。这种状况正如鲍曼的概括：“绝大多数人——既有男人也有女人——在今天的结合都是通过引诱而不是控制，通过广告宣传而不是教化灌输，通过需求的创造而不是常规性规则。我们大多数人都是在受到社会和文化的训练和塑造之后，成为感觉的追求者和搜集者，而不是生产者和战士。不断接受新的感觉，贪婪无度地追求总是比以前更加强烈和深刻的崭

---

① 卫慧：《蝴蝶的尖叫》，湖南文艺出版社 1999 年版，第 295 页。

② 同上书，第 114 页。

③ ［英］齐格蒙特·鲍曼：《个体化社会》，范祥涛译，上海三联书店 2002 年版，第 291 页。

新体验，这些都是顺应引诱的必要条件。”[①] 不断地制造诱惑，引起关注，让事物超越实用性，凸显其外在惑魅，以便激起更多欲望；在享乐中迷醉，在物的包围中沉溺，在快感刺激中迷失，这正是消费社会的突出特征。吸毒这种愈演愈烈的社会现象可以视为对快感极端追求的结果，是神经系统对正常刺激失效的偏激选择。

> 身体有一自然的核心（a core of nature）：为控制身体的意义而展开的争斗之所以如此重要，是因为它所带来的奖赏是一种权利，该权利可以控制文化的意义以及身体与文化的关系。身体失控后那种极度兴奋的快感——即自我的丧失——是一种躲避式的快感，是从自我的控制/社会的控制中逃避出来的。而这双重的控制，用福柯的话说，便是“人治理自身，也治理他人”。它也是对意义的躲避，因为意义永远是在社会的层面被生产出来，并在主体中再生产出各种社会力量，对任何事物赋予意义，必然会对主体也赋予意义，不管该主体怎样可变或是游牧式的。[②]

《上海宝贝》中天天的吸毒就是对这种“躲避式快感”的选择，他在现实生活中不具备适应能力，母亲的背叛与情人的背叛使他选择了躲避，他和倪可以不同的方式讲述享乐的身体。

卫慧从不避讳自己对西方的崇尚，这种崇尚是彻头彻尾的。她曾在不同的场合叙述过她对弗洛伊德的倾心，弗洛伊德关于性

---

① ［英］齐格蒙特·鲍曼：《个体化社会》，范祥涛译，上海三联书店 2002 年版，第 294 页。

② ［美］约翰·费斯克《理解大众文化》，王晓珏、宋伟杰译，中央编译出版社 2006 年版，第 53 页。

本能的叙述不仅敞开了人的本能世界，而且赋予了性本能以反抗文明的意义。性欲是意识形态的宰制力量最为显形的场所。

卫慧还借人物之口表达这种崇尚，“当然我也承认我从骨子里崇尚着西方人的某些生活方式”[①]，这种崇尚不仅表现在女主角的生活方式西化，很容易与异域的男性发生情爱关系；而且使她的文本中堆砌着琳琅满目的西方符号，这些符号涉及不同的领域，“我向来都是把书当作一种朋友、食物、镇痛剂、避难所、打火机、击球棍，甚至是宽大舒适的眠床。我熟读了博尔赫斯、塞林格、福克纳、尼采、泰戈尔、川端康成、凯鲁亚克、金斯堡、庞德、伍尔夫、斯宾诺沙、爱伦坡、屠格涅夫、陀思妥耶夫斯基、纳博科夫，一串金光闪闪的名字……”[②] 这样大段的罗列在过去的文本中是比较难于设想的，很少有小说家会这样借叙述人物来兜售自已的写作资源，同时这“一串金光闪闪的名字”正是卫慧对西方文化进行想象的凭据。发展到《上海宝贝》中，这种对西方进行想象的疆域拓展了，各式各样的西方文化符号堆砌得琳琅满目：

> 《上海宝贝》彩旗飘飘，堆满了五颜六色、应有尽有的西方文化时尚：从乔尼·米切尔、亨利·米勒、伊芙·泰勒、艾瑞卡·琼、鲍·布拉赫特、海伦·劳伦森、狄兰·托马斯、贝西·斯密斯、威廉姆·巴勒斯、普赖斯、席尔维亚·普拉斯、伊丽莎白·泰勒、弗·奥康纳、萨尔瓦多·达利、杰克·凯鲁亚克、艾伦·金斯堡、让——菲处·图森、罗宾·摩根、麦当娜、弗洛伊德、杜拉斯、保罗·西蒙、鲍

① 卫慧：《蝴蝶的尖叫》，湖南文艺出版社 1999 年版，第 115 页。

② 同上书，第 241 页。

勃·狄伦、伊恩·柯蒂斯、萨莉·斯坦弗、托里·阿莫斯、冯·莫里斯、尼采、米兰·昆得拉、苏珊·维加、斯纬德、比利·布拉格、弗吉尼亚·伍尔夫、丹·费格伯格、莱西·斯通，到笛卡儿和特蕾莎修女，乃至披头士、公共形象有限公司乐队。这是一份奇特的无珍不搜、无奇不有的西方时髦文化产品清单。小说庞杂的引文构成了一个色彩斑斓的奇特景观，这是一顿极端丰盛的大杂烩。①

这份指向四面八方的文化清单既是20世纪持续的西学东渐的结果，也展示了下半叶全球化加剧的后果，一位东方第三世界国家的青年作家的文化粮食几乎全部来自西方世界。“复制”使得我们的文化生活也惊人地同化了，尽管文艺一直追求的是个性、独特性、原创性。就像高科技核心技术被西方掌管着一样，文化生产的大权也被西方世界垄断着，至于东方，只是西方的想象客体。西方对东方的阐释以及对东方的误读误解反过来影响着东方对自身文化的认识及其文化工业的生产。面对西方无所不在的文化霸权，东方除了束手就擒之外似乎难有其他作为。卫慧这份清单从某种程度上证实了我们所受西方文化的影响之深广，而《上海宝贝》的飞速畅销从更大的程度上印证了青年一代的审美趣味及精神资源。

下面我们来看看文本是如何叙述倪可的性爱对象马克和情爱对象天天的。马克的具体身份不明，他从柏林来，就职于德资跨国投资顾问公司，而且“马克”就是德国的货币单位，是流通交换的等价物。马克是高个子，与CK香水味一道出场，已婚，善于与异性周旋，并精于性事。明知倪可有连体婴一般的男友仍然

---

① 旷新年：《〈上海宝贝〉：后殖民时代的欲望书写》，《天涯》2004年第3期。

明目张胆地引诱她。马克这个货币符号代表着坚硬的物质性的性欲。他所就职的公司已经标榜了他所拥有的优渥的经济能力，他工作的流动性正好符合全球化的想象，异国情调进一步增添了他的魅力，他就是消费社会的优越者。人口的流动性一方面作为第三世界国家农村劳动力的被迫的现实存在，同时也作为城市人的一种梦想存在，它表达了一种潜藏的全球想象。“人生的抱负多半是以流动性、自由选择居住地、旅行和见识世界所表达的；而人生的恐惧却恰恰相反，往往是以禁锢、缺少变化、不能走进其他人都能轻松穿行、探索和享受的地方来谈论的。‘美好人生’是不断运动着的人生。更确切地说，是在人们不再满足于留守一地时可以充满信心、拔腿就走的那种逍遥自在。自由的含义首先已成了选择的自由，而且选择显然已获得了空间维度。”①

倪可的中国爱人天天完全是个社会的“零余人”，他不从事生产活动，也不热衷消费活动，他靠在国外开餐馆的母亲定期寄来的汇款维持生活，吸毒，性无能，随波逐流，喜欢画画，不喜欢日常生活，疏于人情世故，纯洁然而怯弱，无条件地像救命稻草一般爱着拥抱消费社会的倪可，明知倪可与马克发生关系却无能为力。倪可在天天这里意味着柔软的精神性的爱欲。

马克的强大与天天的柔弱对应着肉欲与爱情的地位。作为毫无性禁忌、性羞耻感的新型女性，倪可的“身体都成了力比多贯注的对象，成了可以享受的东西，成了快乐的工具”②。渴望惹人注目的她不排斥任何一次追新逐异的体验，她甚至与马克介绍的外国女导演一见钟情。倪可身上，除了内化到个人生

① ［英］齐格蒙特·鲍曼：《全球化——人类的后果》，徐建华译，商务印书馆2001年版，第92—93页。

② ［美］赫伯特·马尔库塞：《爱欲与文明》，黄勇、薛民译，上海译文出版社1987年版，第147页。

命深处的一点点社会性以外，传统的社会伦理道德的烙印一扫而光。在男权叙事中，女性的身体虽然被描绘，但是经过男性眼光打量过滤后的美及性感，至于女性具体的心理活动和活跃的身体意识则完全被忽略了。而卫慧笔下，女性与男性一样具有明晰的性意识，她多次写到女主人对自己身体的满意以及自慰带来的高潮，男人出场时，女性会调动自己的视觉、味觉以及所有的感官，将对方化成性对象进行考察，比如她对矮个子男性的排斥就是因为与矮个子男人有不愉快的性经验，而马克正好是“高个子”，“散发着异国的香味”，对倪可构成与众不同的性刺激。事实上，倪可也坦率地承认自己的身体激情来源于异域想象的挑逗，尤其是关于法西斯的暴力想象。西方赋予了马克的身体以光芒，照耀着向往西式生活的倪可。这种对西方的神化与全球流动的消费品那种夷平社会差异、文化差异的能力密切相关。这种夷平力量与金钱这一中介将所有事物的独特价值抽象化的行为有着内在的关联。

金钱对事物价值的评判貌似客观，其实不然，它以数量抽空了事物的独特品质。金钱以购买方便的一夜情挑战着天长地久的爱，以购买昂贵的商品房挑战着温暖的家，以购买高档的医疗服务挑战着买不到的健康，以购买图书挑战着知识，购买绘画挑战艺术修养……总之，金钱全面挑战独一无二。这就必然导致我们对传统所珍视的价值产生怀疑。而对既往价值的确信和珍视是幸福感的主要来源，当这些我们内心珍视的价值受到挑战或者威胁的时候，当我们感到迷失怅惘的时候，原有的幸福感也逐渐丧失，同时很可能导致对享乐的追逐。而供应量日渐增加的货币为这种享乐提供了基础。“同样数量的金钱可以买到生活所提供的所有可能性，不管是谁被这样一个事实所摆布，他就必然成为一个乐极生厌者。作为一条规律，乐极生厌的态度被恰如其分地归结为对享乐的餍足，因为过强的刺激摧毁了神经对它的反应能力。"[①] 而且，"正是从乐极生厌当中，出现了当今那种追求刺激、追求极端印象和追求变化的极速现象——这是在某种情境中想要克服危险与痛苦的各种尝试中非常典型的一种，其使用的手段是对内容从数量上进行夸大。……更为重要的是，现代人只选择了在上述经验、关系和信息中的'刺激'，而不考虑这些刺激为什么对我们是重要的……一种货币文化意指的是这样一种货币手段对生活的奴役，以至于从这种货币文化的疲惫中获得解脱也不言自喻地从一种纯粹的、掩盖了其最终意义的手段中——即在不折不扣的'刺激'的事实中——寻求获得。"[②] 这种对"刺激"的一味追逐最终通向漠然和麻木，身体对外部刺激的接受极限规定了这一点。同时对事物极细微处的敏锐感受却是拓展生活、丰富有限人生的有效方式。

适度的刺激可能促使我们保持对事物的敏感，但过度的刺激却可能使我们丧失感受，如对性欲刺激的追求剥夺我们对真正的爱的感受能力，对物欲的沉溺最终使我们贪婪地占有财富却无法感受财富的内在特质和基本价值，尽管享乐最终导致迷失和厌倦，然而，货币支撑着享乐的生活方式，消费社会的情欲叙事也在支撑关于享乐的想象。这种想象的核心就是女性的身体，女性的身体诱惑之所以在20世纪90年代以来的叙事中频频出镜，是由于其同样高频率地出现在现实生活中，比如，时尚期刊的封面，电视剧、化妆品、家居、家具、电器乃至一切生活用品的广告场面。"人类的存在决定了对一切性欲的恐惧；这种恐惧本身

---

① [德] 西美尔：《货币哲学》，陈戎女等译，华夏出版社2002年版，第185页。

② 同上书，第186—187页。

决定了色情诱惑的价值……”[①] 从某种极端的意义上说，人一生的所作所为，无论是结婚生子还是著书立说无不是对死亡恐惧的反抗。

女性身体诱惑的日益泛滥与过度的情欲叙述互相催化，这甚至也成为消费社会的意识形态策略，“在富裕社会里，当局几乎无需证明其统治之合理。他们提供大量物品；确保臣民的性欲能量和攻击能量”[②]。当“性欲能量和攻击能量”得到保证的时候，权力的合法性问题就会自然被搁置。根据弗洛伊德的理论，性欲是文明的压抑，那么，过度的性叙事即是对宏大叙事的压抑进行反抗矫枉过正的结果。

由于被禁，《废都》和《上海宝贝》均未曾得到完全的传播，然而，就是这种半传播过程中也显示了消费社会文化商品的生产和流通的某些显著变化。它们大大地拓宽了情欲叙述的底线，并在很大程度上消解了情欲叙事的革命性意义，即弗洛伊德所谓文明是对欲望的压抑，性欲对文明的反抗。当性欲负载的这种反抗意义被卸下之后，性欲则在新的失重状态下被消费文化所利用，其快感大受市场欢迎，被当作消费品选择的流通依据。这种对身体欲望的过度叙述既与时代的享乐风气的熏染相关，同时也构成这种风尚的重要部分，成为我们对消费社会的想象来源。

---

① ［法］乔治·巴塔耶：《色情史》，刘晖译，商务印书馆 2003 年版，第 8 页。

② ［美］赫伯特·马尔库塞：《爱欲与文明》1966 年政治序言部分，黄勇、薛民译，上海译文出版社 1987 年版，第 1 页。

第八章

消费社会的文学制度

第一节　符号价值:奖项、选刊、排行榜

一　奖项，从“羊羔体”说起

2010年，随着“羊羔体”在网络上的盛行，“鲁迅文学奖”再度被严重质疑，很多重要的问题也随着“羊羔体”这阵风呼啸而过。在笔者看来，其中最为纠结的问题一是官员到底该不该得文学奖；二是“鲁迅文学奖”制度到底存在什么样的问题。

第一个问题是无须证明的，官员当然可以得文学奖，“诺贝尔奖”就是榜样，帕斯的官衔相当于我们的外交部长，2010年的得主略萨曾参加过总统竞选。而且我们的文化传统是“学而优则仕”，假如不考虑现实夹杂的因素，我们逆推过来就是“仕则学而优”，那自然是应该得奖的了。如果当年的国家诗歌最高奖颁给李白或者苏轼，难道我们还会耿耿于怀吗?

至于“羊羔体”获奖，我们需要质疑的不是诗人的身份而是其诗歌成就，也就是我们真正要检讨的是该官员的诗歌而不是该官员的身份。当然由此也见出官员身份及其时代想象的确成了问题，显然，我们将其获奖等同受贿或者至少是“来历不明”、“灰色收入”。官员是否运作奖项远非我们文学批评者可以拎清的

问题。

二是“鲁迅文学奖”的制度问题。我想这在中国各个行当的奖项可能都存在类似的问题，那就是评审制度不健全，评委们不必对评奖的公平、公正、公开担负任何责任，所以，涉及利益分配的事情，最后都变成了分蛋糕，妥协、平衡，最后没得到的由吃不到的葡萄是酸的发展到干脆以奖为耻，得到的也高兴不起来。在这个世界上，绝对公平的评奖是困难的，因为程序的公正无法保证结果的公平，何况是文学这种见仁见智的感性事物。诺贝尔文学奖当年曾颁给赛珍珠，她活着时被看成美国的托尔斯泰。如今，没得奖的托尔斯泰依然站在文学的巅峰，而赛珍珠在美国的位置也岌岌可危。但即便如此，诺贝尔文学奖并不因此而过分受损，依然是20世纪我们选择文学经典的一个重要参考，因为无论如何，诺奖遴选出来的绝大部分是经得起时光考验的优秀作家。“鲁迅文学奖”作为中国国家级奖项之一，如果真有意追求公平，必须建立有效的评奖制度：一是依靠他律，二是依靠自律。他律需要制度充分地防范舞弊，比如参考高考命题阅卷的方式，依靠强有力的法律手段来保证。但这在信息如此发达的今天似乎仍然不现实，何况，评奖与高考还是不一样，文学作品是公开发表的，评委事前完全可能已经阅读过，而且每个评委的审美趣味大相径庭，文学性远远不如数字那么直白。但是无论如何身兼评委与得主的事情完全可以事先就摒弃。我以为依照“人本善”，最好的方式是依靠评委的自律，建立一个固定的评委会，将名单公之于众，这就会激发评委对自己声誉的珍惜。洁身自好可能抵挡外部的诱惑，不至于将有失水准的作品捧到奖台上。草台班子的临时评委身份不容易让评委自身与奖项建立责任感、亲切感，我们缺乏罪感文化的传统，我们容易在隐蔽处犯罪。

一旦有了健全的制度，有了负责诚信的评审委员会，即便偶尔有好的作品落选也不至于影响奖项的公信力。20 世纪“诺贝尔奖”也遗漏了许多优秀的作家，从托尔斯泰到博尔赫斯，但这并不妨碍这个奖项在公众心目中的威信，因为公众相信这个奖评委是从公心出发的，尽管喜好哪类作品完全是私心的。这简直是文学的悖论。

获奖并不改变作品的审美价值，但是它可以改变作品的符号价值以及市场号召力，在文学传播领域产生轰动一时的影响。国内出版界每年争抢诺贝尔奖得主的版权之战非常凶猛，2010 年马尔克斯的汉语版税是 100 万美金，这是一个非常特殊的现象，至少是非理性的，从短期看完全不符合市场经济的理性计算方式。但是我们也可以从长远观点来看，争取到马尔克斯的版权对于出版社的声誉具有无形的价值，也就是说这在积累出版社的品牌价值，而这种符号价值最终又会转化成新的市场效应。

从出版领域来说，多几个奖项是好的，有噱头要比没说法好。现在只要有钱就可以弄个奖项，作家可以看不起奖但很难看不起钱，抵挡糖衣炮弹只是传说。鲁迅文学奖、茅盾文学奖、“五个一”工程奖、冯牧文学奖，等等，还有很多刊物、民间机构以及地方性的奖项，如每个省作协文联均有一本以纳税人的钱支持的以繁荣本地创作为宗旨的机关刊物，定期要搞个奖项奖励新人或作品，真可谓乱哄哄你方唱罢我登场。我国历来就有有钱出钱没钱出力的传统，现在是有钱的赞助，没钱的出地盘。奖项五花八门，不胜枚举，有网上的，有传统纸媒质的，有些以畅销的市场名义，有些以观众喜好的名义，有些以权威的名义，有些以艺术的名义。再不，没有实质的奖项，就制造谁谁又要入选诺贝尔文学奖提名的消息在网上流转。奖的背后奖金，由奖所产生的符号价值，恰好是我们的欲望所在。

二　排行榜

排行榜是大众文化兴起对文学领域的影响。现代文学史上“鲁郭茅、巴老曹”的排序很长时间影响着文学史的叙述。后来，《中国现代小说史》对沈从文、张爱玲等的研究使这个排序受到影响。但真正以排行榜命名的应该是受到影视等娱乐行业的影响。

弄个文学作品年度排行榜是非常方便的，不用给奖金，也不用暗箱操作、人情交换那么麻烦。纯文学方面影响较大的有中国小说学会的中国小说排行榜，分为长篇、中篇、短篇，没有具体数量的限制，这个排行榜伴随21世纪应运而生，因为没有奖金，显得比奖项更纯粹些。当然，这个排行榜也不是完全没有动机，因为他们也要将榜上有名的中短篇结集出版，所以，可读性依然是这个排行榜的重要参考依据。从这个排行榜上，我们可以看到21世纪小说叙事的写实趋向和日常生活化非常明显。

近年风生水起的还有关于作家收入的由吴怀尧制作的“作家富豪排行榜”，这个排行榜受到福布斯排行榜的影响，遵循马克思所谓的“经济基础决定上层建筑”，也可以看成全球化的一个产物。这也反映了消费时代大众对于成功的向往，金钱不仅渗入经济生活，也无情地渗入精神生活领域。假如这个榜中的版税真实可靠的话，倒可以成为接受美学及文学生产研究的一个参考依据。就近5年的趋势来看，纯文学作家明显日落西山，就是苏童、麦家这样与影视纠缠较深的作家的排名也居后。网络作家和“80后”的代表高高在上，而且这种趋势在日益加剧。这是一个警醒，说明新世纪的阅读趣味、阅读方式正在发生巨大的变化。于丹对古代经典的解读、当年明月的“写史”都是借古喻今，昭示着我们时代的匮乏和功用主义的流行。而这种流行的写作方式也在影响文学的趣味，先锋作家的转型、写实的复苏、网络文学的兴起等等都在共同塑造时代的阅读风尚。

三 选刊选本

除了上述两种金光灿烂的蛊惑外，还有一种常规的持久的蛊惑那就是选刊，且选刊最喜欢干的事情恰恰是和奖项、排行榜联姻。2003 年初，南方有家报纸就有关文学期刊的发行量做了一个调查，虽然报出来的数字未必准确，但还是明显地反映出一个非常有趣的现象——文学选刊的发行量遥遥领先！少的有十几万份，位居榜首的是《小说月报》，38 万！这在文学边缘化的今天似乎是不可思议的，同时，原创刊的发行量大都捉襟见肘。这种现象叫人纳闷，也令人深思。

近年来，由于这种巨大的市场诱惑，除了比较老牌的《小说选刊》、《小说月报》、《中篇小说选刊》、《中华文学选刊》、《散文选刊》及一些文摘外，新的选刊目不暇接地冒出来了，如《短篇小说选刊版》、《微型小说选刊》、《北京文学中篇小说选刊》、《鄂尔多斯小说精选》，等等。

选刊对文学究竟起了什么样的作用？一方面它的存在增加了好作品被阅读被流转的几率，为读者节省了自己筛选的时间；另一方面，它也在一定程度上遏制了文学的多元自由发展，强化了阅读者的阅读惰性，造成审美趣味日趋单一的局面。

《文艺争鸣》杂志第 2 期发表了黄发有的《“真实”的背面——评析〈小说月报〉（1980—2001）兼及“选刊现象”》对“选刊现象”进行了质疑。问题的确十分明显，读读目录就可以发现：以去年底到 2002 年为例，李铁的《乔师傅的手艺》、迟子建的《酒鬼的鱼鹰》和《一匹马两个人》、衣向东的《过滤的阳光》、王跃文的《朝夕之间》、方方的《有爱无爱都刻骨铭心》和

《水随天去》、铁凝的《逃跑》、余华的《朋友》、徐坤的《年轻的朋友来相会》、季宇《最后期限》等作品均被两家以上选用。原创刊原则上不发别的刊物发过的作品，而选刊可以堂而皇之地一选再选，还可名之为“英雄所见略同”。这也在一定程度上对读者造成伤害，至少导致了资源的浪费，而这恰恰是消费社会的策略。

选刊最大的问题是在选作家而不是选作品，连续翻阅几年的选刊，比如《小说月报》，你就会发现部分作家出现频率非常之高，选择的作家范围有限，作品来源刊物也比较集中，这造成刊物对故事性、可读性的过分依赖。最具典型性的个案是对池莉的过分追逐。这里我想摘录一段关于池莉的“作者简介：其作品《烦恼人生》获全国优秀中篇小说奖和本刊第三届百花奖。中篇小说《太阳出世》获本刊第四届百花奖。中篇小说《你是一条河》、短篇小说《冷也好热也好活着就好》获本刊第五届百花奖，中篇小说《来来往往》获本刊第八届百花奖，中篇小说《生活秀》、短篇小说《一夜盛开如玫瑰》获本刊第九届百花奖。”（另《看卖娘》获第十届百花奖）池莉的绝大部分小说均被《小说月报》转载，而且位于头条，非常显赫的位置！池莉成了《小说月报》的一道品牌菜，由池莉的“新写实”风格也可以推算出《小说月报》倡导的文学情趣。

除了选刊外，国内每年至少有 6 家以上的出版社有年度选本，请得动国字头的协会的请协会，请不动国字头的请杂志社，再不行请个名作家、名批评家、名编辑什么的，可谓八仙过海、各显神通，哗啦啦的一批交叉跑动的书就推出来了。内容固然陈旧重复，但装帧是新颖的，老实的冠以年选、年编之类，炒作型的就以“优秀”、“最佳”自我标榜，从来不需要考证。“一个人的排行榜”貌似在伸张个人趣味，实则入选篇目大同小异，目光仍聚焦名家。自林白《一个人的战争》之后，“一个人的”就摇身变成对宏大叙事、公共话语的反抗，排行榜、选本乃至文学史、诗歌史都动用这个句式，好不热闹。往深里想包含着悖谬，“一个人”与“共识”如何达成平衡，个人性的基础建立在哪里？

四　符号价值的角逐及其问题

选刊选本表面繁华，实质却是制造了一种文学繁荣的假象。选名家作品自然是一条捷径，尤其对于缺乏自身艺术判断力的编辑而言更甚。比如同样是关于分别多年后聚会的题材，徐坤的《年轻的朋友来相会》和石舒清的《凉咖啡》均被选，我以为短篇《凉咖啡》更有深度，从很小的场面进入心灵，在那种缜密的质地里头蕴涵着一种温和的力量，很自然很亲切，既具有个人性又有普遍性，因而能够在读者心中产生比较持久的回响。而《年轻的朋友来相会》这个中篇流于世事，事浮于人，笔触停留在场面铺排上，对人物的内心深处审视得不够，缺乏饱满的细节。然而，徐坤的小说不仅被《小说选刊》选，还被《小说月报》放在头条。得承认徐坤早期写过一些很不错的作品，具有比较明晰的知识分子的批评立场。随着《春天的22个夜晚》十万册的印数，徐坤热起来了，挂在广大读者的嘴上，选刊对她的作品也有些不问青红皂白先选再说的势头，这对作家本人未必是好事。

名家只要新作出炉，自然会受到原创刊和选刊的热情追逐。名家的屏障是他自身，读者有理由期望名家的自我超越而不是重复。但是21世纪的出版情况是出版商、编辑围着名家转，出版条件任由名家开，哪怕是明知要赔本的也应承。这就很容易导致名家的自我膨胀，在对自己名声造成的市场效应缺乏恰当的估计，同时，使名家丧失艺术常识和自我创新的愿望。正如哈金所说：国内很多知名的小说家忽略基本的小说叙述常识，基本功不够。但是，高版税、出版的超常顺利容易使名家迷失。

这个利益驱动的消费时代已经很繁忙了，有比阅读重要的得多的事情在等着我们、追着我们、咬着我们，我们实在没有精力再花时间去选择眼花缭乱的文字。原创刊少说也几百份！让读者再去鱼龙混杂的刊物中遴选出自己喜爱的作品的确有些苛求，我们依赖专业分工。我们渴望信赖别人的眼睛，就像我们看新闻相信记者一样看小说我们相信选刊。

作家写出作品来自然希望有更多读者看到，刊物需要读者是因为发行量！所以选刊相信：不管纪实还是虚构，留得住读者就是好刊。市场需要明星效应，作家明星有自然好，没有也要制造。消费时代需要。大家似乎都没有错！

名家的光辉无疑是将周边的天空给笼罩了，沉默的大多数很难得到青睐。市场并非唯一的试金石！许多杰出的作家生前穷困潦倒甚至债台高筑，许多经典作品发表之初默默无闻就是一个很好的例证。“先有伯乐，然后又千里马”，这是一个等待伯乐的时代。

呈现就是遮蔽，恰如选择就是放弃，这是问题的一体两面。选刊风格的定型化、单一化在某种程度上给读者带来了错觉，遮蔽这个时代文学日趋多元化、个人化的真相。选刊在某种程度上搁置了读者和原刊编辑的鉴别力。

部分作协机关刊物领导忙于事务无暇顾及自己主办的作品，却以转载量作为衡量编辑工作成绩的指标，导致编辑蓄意融合选刊格调，最终影响创作。另一方面，由于选刊的风格拉不开，一味地写实，强调故事性、可读性，抹杀了小说的想象力和创造力，导致读者以为这就是当代创作的实情甚至以为这就是小说的艺术水准，同时也使得部分读者对选刊失望，于是近年年度选本热起来了，选刊遗漏掉的艺术价值比较高的纯文学作品被重新发掘、阅读。而部分经典作品则由于被选次数过多，造成作家个人的中篇小说专集发行量上不去，部分出版社从市场出发宁愿出版新人的长篇也不愿意出名作家的中篇小说集，最终拐弯抹角地损伤了作家的利益。

在西方很多国家，选刊是不被法律允许的。而在我国，选刊和原创刊物关系非常暧昧，一方面是选刊坐享其成，直接损害了原创刊物的利益（有名的大型文学期刊的封面、装帧和用纸均比较讲究，基本不登广告；而选刊形式方面不必讲究，稿酬支出少，相对原创刊成本降低），另一方面原创刊尤其是那些风格不够鲜明稳定的边缘小刊却希望被多选以扩大影响，所以原创刊物对选刊敢怒不敢言，而选刊却可以凌空起舞。选刊在塑造时尚的阅读趣味方面负有重要责任，但是这个问题当前许多选刊没有意识到，至少没有将责任担负起来。

我相信真正的作家不是为奖项、排行榜、选刊和版税写作，真正意义的写作是和作家的生命本身纠缠在一起的；同时我也相信利益驱动的巨大外部力量，外界的诱惑无处不在。非文学性因素对文学创作虽然可能谈不上左右，但影响是明显存在的。如果文学持续地在重复故事的道路上滑动，我就看不出阅读的必要性。最终给我们心灵提供慰藉的是文学内部的审美价值，符号价值会在我们打开书页让心灵进入叙述世界的那一刻自动祛魅。如果借用艾略特的过去性和现存性的概念，我们可以说，符号价值属于“过去性”的范畴，而文本内里的审美价值才是“现存性”的范畴，是通向永恒的那部分。

第二节　文学消费：都市对乡村的胜利

2009年张爱玲的遗作《小团圆》和2010年《异乡记》的出

版是出版界、张迷们和张爱玲研究界的一件盛事，持续已久的“张爱玲热”又掀起了新一轮高潮。版权继承人宋以朗透露，张爱玲还有一批遗作将陆续面世。

尽管我们早就知道小说有虚构的权利，但《小团圆》一致被认为张爱玲的自传，正如宋以朗在前言中所说“你说上一百遍：《小团圆》是小说，九莉是小说中人物，同张爱玲不是一回事，没有人会理你。”[①] 可见，索引欲望超过了对这部小说艺术价值的研究热情，因为更多的张爱玲的生活细节在此回放。

其中张爱玲与母亲的关系意味悠长，我觉得这正是把握她对女性和母性叙述态度的钥匙。在《童言无忌》中谈到她与母亲的关系：“我一直是用一种罗曼蒂克的爱来爱着我的母亲……可是后来，在她的窘境中三天两天伸手向她拿钱，为她的脾气磨难着，为自己的忘恩负义磨难着，那些琐屑的难堪，一点点地毁灭了我的爱。”在《小团圆》中九莉得到邵之雍的一大笔钱之后，固执地问姑姑母亲到底为她交过多少学费，最终用手帕包了金子还给母亲。同时九莉对待父亲娶继母的心情非常敏感，“九莉对于娶后母的事表面上不怎样，心里担忧，竟急出肺病来，胳肢窝里生了个皮下枣核，吃了一两年的药方才消褪。”[②] 莉的过敏和缺乏爱的童年就是源于作者张爱玲自身的记忆，这也成为她日后创作的世界观。

一 王安忆与张爱玲

就在《小团圆》在香港发行的同时，张爱玲最著名的作品《金锁记》被王安忆改编成话剧在香港、上海等地上演，广告牌

---

① 张爱玲：《小团圆》，北京文艺出版社 2009 年版，前言，第 9 页。

② 同上书，第 94 页。

上大书“在最坏的时代做最坏的事情”。而王安忆与张爱玲的纠缠比改编还要早，在她的获得茅盾文学奖的长篇《长恨歌》出版之际，王德威的评论《张爱玲之后又一人》面世。从此，王安忆就站在张爱玲的阴影里头，不得不经常在媒体面前陈述她和张的关系。

张爱玲是20世纪文学史上一个巨大的幽灵，20世纪末，她人在大西洋彼岸默默辞世，灵魂却一直“在场”，不断地用她的冷眼观看她制造着各种热点，年轻一代尤其是女性作家几乎很难逃脱她的影响。平心而论，这样的问题对人到中年的王安忆来说是尴尬的，而且是不公平的，难道仅仅因为她也是一位书写上海的颇有成就的女作家，就一定要在不惑之年不断地去回答自己如何受了一个二十多岁的女孩子的影响。关于写作方面的影响，我同意余华的见解，那是阳光对树的影响，是照耀和生长、营养和身体的关系，最终树要以自己的方式在阳光下面成为树。但是，媒体负责的是娱乐大众、哗众取宠，抓住一点，不及其余。也许是为了一劳永逸，也许是为了对历史有个交代，王安忆写下了万字长文《张爱玲之于我》（《书城》2010年2期）详细地叙述了彼此的关系，文中既有非常感性的细节，比如王安忆邻居的孩子竟然是在张爱玲的亲弟弟那里学英文，一个那么鼎鼎大名的姐姐居然有个如此没落的弟弟也是让人感慨的事情，同时也有对自己与张爱玲的理性分析，比如她们的不同表现在：世界观、各自的性格以及生活时代等方面；而她们相同的方面一是写上海，二是写实，三是都喜欢阿加莎克里斯蒂。第三点可能恰恰是粉丝们并不熟悉的内容。在我看来，这篇文章不仅满足了许多粉丝的窥探欲，也具有相当的研究价值，这种价值来源于王安忆的理性、客观和诚实。其实就凭这一点也可以将王安忆与张爱玲区分开来。

但未来可能的情况是：王安忆还会不断地被问及这个她已经

厌倦的问题并且被媒体越描越黑；还有就是无论是哪位女作家，只要书写上海就会被媒体联想到张爱玲的烙印而发起追问。这种情况恐怕是内心清明的张爱玲也难以预计的。而且，随着她的遗作不断整理问世，张爱玲的形象在读者心目中正在成为百变的、难以定论的。

二　李安—《色·戒》—张爱玲

行走好莱坞的华人导演李安通过电影、言说和眼泪使《色·戒》如王佳芝的钻戒一样光彩夺目，这种热情一触即燃且有非凡的辐射作用。最终，我们的目光投向了幕后“垂帘听政”的张爱玲，投向了她那欲说还休的旷世之恋。张爱玲已经离开人世12载，然而，她的幽魂一直飘荡在张迷们的身边，甚至她小说中的对白也在指引着张迷们日常生活的对话。

以对话见长的凤凰卫视曾以这个电影为话题做了好几回节目，时间长度大大地超过了电影本身。其中有一档是回顾当年小说创作的原型“郑苹如”的历史真相的节目，黑白的相片，泛黄的档案，幽暗的气氛仿佛真可以把我们带回到当时的历史现场还她以历史清白。在这个持续一个多小时的节目中，字幕下方一直打着《色·戒》原著张爱玲的字样，只有这几个字在提醒我们小说与虚构和真实之间的关系。分明，张爱玲已经成了一个巨大的消费符号——一个超级别的混淆时尚与经典的符号。仿佛这个世界已经由此划分为两类人群，看过《色·戒》和未曾看过《色·戒》的。所有看过的人都有话可说，关于删节的问题，关于色和戒的成分，关于李安的民族立场的问题，关于梁朝伟的身体和汤唯的演技，关于爱和民族气节的问题，关于艺术虚构的限度，关于更高层次的人性，关于张胡之恋等等……庞大的指向繁杂的话语场使看过电影的形成了一个坚固的“色戒”同盟，尽管他们内部的分歧往往更多，但是分歧不要紧，重要的是他们处在同一个平台，这个平台上色戒共舞，平分秋色。

《色·戒》已经超越了好或坏这样简单的评判标准，它让每位看过电影的人有话可说，看电影之后衍生的话题比电影本身更值得关注，网络使得传播在消费社会如此方便迅捷，以至它有时会改变事物的面貌，意义和价值。《色·戒》的搬上荧屏，尤其是被李安这样级别的导演造成如此巨大的声响，一个最直接而长期的后果是会让张爱玲迷的范围加速扩张，原来还称不上“粉丝”的人“中毒”晋升为“粉丝”，原先就是“粉丝”的变成“钢丝”，原本就是“钢丝”的则会导电通灵。在张爱玲的作品传播过程中，电影《色·戒》是一支强有力的催化剂，事实上国内迎来了新一轮张爱玲的出版热潮，而且是直接地将她的中短篇集子标题为《色·戒》，并且将李安的言论以黑体醒目地打在封腰上。

自从张爱玲过世以后，对她的出版热情就没有低迷过，但囿于版权，内地很多出版社不敢造次，既往发行的很多出版物也属非法，根据《南方都市报》2007 年 10 月 28 日 B32 报道：“内地一年有 50 种盗版张爱玲”。12 家出版社于 2007 年 9 月 5 日在《中国新闻出版报》发表《联合声明》，质疑台湾皇冠文化拥有版权的合法性。假设没有版权障碍，张爱玲的不同版本立即可能铺满书店最醒目的位置。

张爱玲到底拥有多少读者？根据学者刘川鄂在他的 2000 年出版的《张爱玲传》中的不完全统计：自 80 年代以来，大陆已经发表了研究张爱玲的论文 200 余篇，专著 2 部，传记性著作 7 部。此后，随着出版速度的加快，这个数字在剧增，张爱玲作品的“盗版”也在大陆畅销。张迷们的揣测是：有井水处有柳词，有华人处有张迷；在《同学少年都不贱》的封腰上打的是“3000

万”。以一个编辑的职业眼光来看这可能有所夸大，但读者群本来就是一个难以精确统计的数字，有些人好买书不好看书，而有些人相反，何况资料室和公共图书馆的书有何种频率的借阅率也是一个难于统计的数字。但是，无论如何可以肯定的是张爱玲不仅是20世纪拥有女性读者最多的中国作家，也是拥有自由读者最多的作家，而且这批读者是一个学历较高的群体，还可以补充一点，张爱玲对后来许多作家尤其是上海作家有不同程度的影响。如贾平凹认为：“与张爱玲同活在一个世上，也是幸运，有她的书读，这就够了。”叶兆言认为：“她的大多数读者恐怕都和我们一样，或是觉得张应该一心一意写小说。天知道这世界上有多少痴心人在白白地等待她的下一部小说。”王安忆、苏童受张爱玲的影响已经被学界作为研究课题。事实上，70年代的女作家大都表现出对张爱玲的偏爱。

三　张爱玲的传播优势

我们知道新文学的旗手鲁迅先生的传播多少带有体制权力的强制性，而这种强制在带来读者的同时也带来了逆反作用。由于篇幅、体裁以及体制的缘故，张爱玲没有任何一篇作品入选过中学课本，就是在以金庸的作品来代替鲁迅的作品的声势浩荡的语文课本改革中，张爱玲也没有进入相关人员的法眼。张爱玲的传播更多地靠了市场经济背后那只“看不见的手”。

现代社会一个人的作品能够在作者年轻乃至健在的时候走红是有诸多偶然因素的，但作品能够超越作者的寿命坚定地活下去则蕴涵着某种必然，如果作品能够超越作者的时代或者在作者完全淡出读者的视线很久以后还能在读者群中保持热潮甚至热度继续上升时，这种现象则具有研究价值，即时尚如何战败时间成为经典。当前立即断定张爱玲的作品是经典似乎为时过早，但考虑到她本人在1952年就从我们大陆的文学生活中彻底消失了，也就是说，虽然张爱玲1995年才真正辞世，但实际上我们不过是在判断一个现代文学作家的作品，这在某种程度上和沈从文的曲折身世异曲同工。“千秋万岁名，寂寞身后事。”半个世纪的寂寞凝结了张爱玲的光华：清冷、灼人。香港的沦陷是为成全白流苏和范柳原的爱情；上海的沦陷似乎只为成全张爱玲的写作，还有爱恋。

张爱玲，家世显赫，才华出众，唯美唯情，孤高妖娆，在上海沦陷区红极一时，并与胡兰成在滚滚红尘中演绎了一场旷世恋情。在上海解放之后就感觉到“惘惘的威胁”，也穿着旗袍参加了上海第一次文代会，也得到某些文艺领导的赏识，但内心的敏感不断地提醒她，使她触痛，1952年她就悄悄地途经香港转折海外去了，从此以后，再也没有回到她眷恋的上海。改革开放后，她才与嫡亲的姑姑联系，三十多年音尘绝，这也使我们对张爱玲的想象保持了距离美。直到1995年9月张被发现于洛杉矶公寓去世，停留在我们想象中的依然是那个“出名要趁早”的上海女子，我们甚至无法将1995美国这样的字眼与穿旗袍的张爱玲联系起来。

张爱玲也尝试过用英文写小说和一些别的文体如剧本，但是，最为人称道的依然是华语小说，就像她的相片，也是穿旗袍的东方女性形象深入人心，尤其是《对照记》中那张简直就是为了让我们去对照那个时代。张爱玲的一生集灿烂与寂静之大成，她品尝、她叙述，她活出了极致，也道出了极致。上海作为1842年清朝政府对外最先开放的一个港口，它受到的外来影响也最大。市民气息浓郁，日常生活热闹，这是张爱玲热爱它的一个原因。她在作品《到底是上海人》中对上海的凡俗人生有文风纤细而情绪饱满的描述。她心里眷挂那些世俗的热闹，琐细而温暖。

张爱玲在上海生活了三十年，为大陆读者熟悉和称道的作品几乎集中于孤岛时期的创作，那是她生命饱满、爱情绽放的时候。同时，她成为三四十年代旧上海——“东方夜巴黎”想象的重要符号。照片中，她的头，要么高昂着，要么低垂着，极少正视镜头，是不愿？还是不屑？张爱玲的内心境界是凄清的、宁静的，她的身体也散发出孤绝的信号。整个的她是与周围有距离的，时间上的、空间上的。她属于过去的时代，过去的世界，无人与共。

四 都市对乡村的胜利

在张爱玲最初走红的过程中，傅雷有伯乐之功，他称赞《金锁记》可以视为“我们文坛最美的收获之一”。还有张爱玲曾以身相许的胡兰成也在评论中给她以非常高度的评价“她是个伟大的寻求者”。而在张爱玲的文学地位的奠定上，夏志清赞叹《金锁记》是“中国自古以来最伟大的中篇小说”并认为“凡是中国人都应该读张爱玲”。在张爱玲作品的传播过程中，夏志清的《中国现代小说史》功不可没，他评价张爱玲“应该是今日中国最优秀最重要的作家”。后来，他又进一步谈道“至少在美国，张爱玲即将名列李白、杜甫、吴承恩、曹雪芹之侪，成为一位必读作家”。在这本早已享誉华人圈直到最近终于在国内修订发行的文学史中，夏志清给了张爱玲极高的评价，这与国内以往受主流意识形态修订的现代文学史的差距非常大，并影响了此后的现代文学史的写作面貌与审美精神。关于张的文学地位及大陆与海外学者对之的毁誉评价问题，许维贤在《张爱玲的魂兮归来》一文中已经进行了深入的探讨，本文不再赘述。

张爱玲热无疑是诸多因素的合力，这中间的种种催化因素诸多的张爱玲研究文章以及“张迷”的言论中已经谈到。但其中重要而隐蔽的因素可能是全球化的潮流带来的，海外汉学家的结论的传入并产生重要影响此时绝不是“他山之石，可以攻玉”几个字可以一言以蔽之的，也不只是停留在海外传入这个传播形式方面。在我看来，张爱玲在流通领域占据的这种地位与20世纪中国高速度的现代化进程有着内在的密切关系。无论是本文要研究的女性地位的提高还是上海想象的热潮，归根结底都是持续整个20世纪并将继续下去的都市对于乡村的胜利！这也是全球性的一个不可逆转的最重要亦最华丽的历史拐弯。资本主义骄傲地宣布了城市的胜利和乡村的溃败，宣布了消费社会的不战而胜。

隔了30年的时光，张爱玲和沈从文都经过了一个冷却静寂和重新发现的过程。沈从文虽然未曾出去，但新中国成立后远离文学创作和作家身份，我们今天喜爱的作品也都创作于20世纪三四十年代。他也同样享受了远在西方的夏志清的赞誉，同时，诺贝尔文学奖的“使者”马悦然先生后来泄露如果那年沈从文没有过世，他就会得到当年的诺贝尔文学奖。尽管我们都知道生活中没有“如果”，但是我们仍然愿意在内心保存希望。每年一度诺奖颁奖之际，我们会重新想起这个“如果”；中国当代作家离诺贝尔文学奖越远的时候，我们会更深地怀念沈从文，怀念这位居住在北京的“乡下人”，怀念他心中柔情的“边城”，忍不住要在内心深处为他发出无声的叹息。

尽管我们都知道评不评奖并不会改变作品的审美价值，但是我们还是不得不悲伤地看到评奖活动深深地参与了文本的流通过程，越是权威的奖项越深地介入文本的流通领域，并通过改变文本的受众范围而改变了它的消费价值，诺贝尔数学奖获得者也无法准确地估算出“诺贝尔奖获得者”这7个金光闪闪的字凝聚的符号价值以及它真正带来的商业利润。在一切事物均被纳入消费的洪流之后，文学生产由意义创造变成了符号生产，而符号价值越过审美价值（即文艺的使用价值）成为一种新的市场专制，这种改变是任何清醒与独立都难以抵挡的。专业批评不过是符号价值最大化的砝码之一。如果我们将张爱玲作品的传播与沈从文作品的传播过程进行对比就会更深切地感受到这一点。如今，大陆张爱玲的研究和推介越来越热，从学位论文到报刊随笔，张爱玲遥遥领先。

张爱玲在传播领域的这种绝对优势跟她的艺术水准和审美趣味有关，但关系更大的是张爱玲小说中的对都市虚无性的揭示，与张爱玲文本世界中包裹的现代内核息息相关。比如同是写爱情的佳作，抒情性的《边城》中的爱是纯粹的，安静的，理想的，古典的，受着世俗的干扰，翠翠的痛苦是通明的，她对自己的爱情无能为力；而叙事性的《倾城之恋》中，白流苏的爱是欲望的、现代的和计较的，随时保持警惕，白流苏的痛苦亦是计算的妥协的。翠翠虽然没有得到结果却仍在爱中，叙述者善意地给她希望，也给读者希望；白流苏得到了，却似乎失却了希望。翠翠的爱生于那一汪流动的水，而白流苏的爱复杂得多，复杂到要有一个城市为之沦陷。孤独才是现代人最本质的存在，因为孤独而渴望爱和温暖，因为孤独而陷于算计。从这一点上说，张爱玲抓住了现代人恍惚的心，直接叙述出现代生活的本质缺憾，而沈从文则更致力于叙述出一个理想生活和纯粹爱情的可能模样。张爱玲的叙述世界就像一面镜子，我们可以从中照见自己的内心，而沈从文的则像魔镜，我们照见的是我们的想望。同时现代化进程使乡土叙事本身处在一个尴尬的弱势位置上，当今现实乡村的衰落也在一定程度上阻挡着乡土叙事的传播。

张爱玲叙述女性入木三分，她的冷眼旁观和玲珑剔透得到了女性大规模的回应。这也造成了她作品传播的强势。女性社会地位的提高加剧了这种传播上的力度。张爱玲热与女性的地位崛起有着潜在的关系，这一点不仅仅因为作者身为女性，也不仅仅因为她擅长叙述女性心理，而是强调女性在身份上有了作为读者的可能。新中国成立后，体制一声令下，妇女的地位得到了极大的提高：其中最首要最基础的改变是女性有了受教育的机会，过去这种机会一直只属于少数开明地主家庭，而且即便女子获得了知识，但整体上主流的意识依然认为女子无才便是德。受教育则意味着女性的命运可能被改变。如果女性的时间一直被女红霸占，那么她不大可能成为阅读者；相反，如果她成了大学生，担任了文化从业者，那么她的阅读时间就会急剧增加。《小说的兴起》中提到了作为阅读者的妇女角色的重要性，“直到1740年，读者大众的一个实际的边缘部分由于高价书款还未纳入文学的全景图中去，这个边缘部分在很大程度上是潜在的小说读者构成的，其中许多是女人。当时，闲暇证实和强化了我们已经看到的读者大众构成的图画；它也说明其中女读者扮演的角色日益增多提供了最充分的适用的证明……文学正变成一种主要的女性消遣物。”① 瓦特认为女性能成为文学的消费者的主要原因是因为她们有大量的闲暇时间，女性往往很少从事政治和商业活动，而纺纱织布的工作已经逐步由机器来替代。从家务中节约出来的时间有利于女性用于阅读。

今天，瓦特关于“文学正变成一种主要的女性消遣物”的预言正在成为普遍的现实。社会的一些根深蒂固的歧视和分工选择使得女性依然很少能够进入政治和商业活动的高层，重理轻文以

① ［美］伊恩·P. 瓦特：《小说的兴起》，高原、董红均译，生活·读书·新知三联书店1992年版，第41页。

及对大学分科的想象造成的一种中文系逐渐被女性占据的局面，20世纪下半叶的中国，在传媒、出版等文化行当，女性所占比例尤高。洗衣机等替代手工劳动的家具出现使女性捆绑在家务上的时间减少，双休日以及休假日的增多均潜在地使女性阅读的时间增加了。就一般城市的中产阶级家庭而言，专业分工的细化、钟点工的盛行使女性很大程度地从家务中摆脱出来。通常女性不如男性那么热衷于酒精，在酒席应酬中节约出来的时间也正好可以用于阅读。而女性天性中就有着与张爱玲共通的一面，喜欢美，喜欢爱，有时斤斤计较，有时不顾一切。爱和美难分难解，是肉欲和纯粹的精神欲望的临界，是抵挡死亡迎向不朽的利器。女性读者往往为张爱玲对爱、对人心的叙述“会心而折服”。

其次，张爱玲的传播也与近年来上海想象的兴盛不谋而合，这种对旧上海的想象本身就是都市对乡村的胜利的一个成果，不仅突出表现在消费社会都市叙事占据绝对优势，也同样程度地表现在都市叙事的传播优势。都市想象本身就具有消费价值，比如关于上海本身就是一个巨大的消费符号，20世纪30年代“十里洋场”、“东方巴黎”成为我们进行西方想象的中介。近年来，关于上海的著作，无论是纪实的还是虚构的，研究性的论文还是回忆性的随笔，出版都十分热闹，比如王安忆的小说、陈丹燕的纪实专著《上海的风花雪月》和《上海的红颜遗事》系列、卫慧的畅销小说《上海宝贝》、李欧梵的学术专著《上海摩登》，等等。美国学者指出：“在两次世界大战之间，上海乃是整个亚洲最繁华的国际化的大都会。上海的显赫不仅在于国际金融和贸易，在艺术和文化领域，上海也远居其他一切亚洲城市之上。”① 今天的状况又像当年的重演，上海的经济地位决定了她的文化地位，

① 白鲁恂：《中国民族主义与现代化》，《二十一世纪》（香港）1992年第2期。

使她再度成为文化消费的焦点之一。

张爱玲热与上海想象是一枚硬币的正反面，它们互相依存，互相催化，互相选择。三四十年代的上海是我们想象西方的一个中介，而张爱玲成为我们怀想旧上海的票根。手中紧握这张门票，仿佛就通到了旧上海，仿佛也就可以踏上西方的甬道。趋同的全球化让我们更深地缅怀旧时岁月和人，也更加怀念张爱玲。那些让人沉醉也让人心酸的苍茫记忆点点滴滴浮显，终究如昙花，因为短暂而让人更长久地怅惘。

第九章

消费社会的叙事速度及焦虑

第一节　血—身体的隐喻

一　血的生产及其隐喻的生成

> 坐在叔叔的屋顶上，许三观举目四望，天空是从很远处的泥土里升起来的，天空红彤彤的越来越高，把远处的田野也映亮了，使庄稼变得像西红柿那样通红一片，还有横在那里的河流和爬过去的小路，那些树木，那些茅屋和池塘，那些从屋顶歪歪曲曲升上去的炊烟，它们都红了。

《许三观卖血记》的开篇是许三观去乡下看爷爷，他们的对话中夹杂着卖血的讨论。此后，许三观的眼中漂浮着这种情景："天空红彤彤的"、"通红一片"、"它们都红了"……

红，是血的颜色，是血的象征。

血，即将出发，就要洇红周围的世界。

此时，血还在许三观的血管里汩汩流淌，对35块价格的觊觎蠢蠢欲动，带着激动与兴奋，血知道自己要进入医院，进入生产和消费的轨道，但血还不知道自己的命运——被卖以及老得卖不掉的命运。血也有衰老得卖不掉的一天！

血，从它被意识被叙述的那天起，它就是一种隐喻，不仅是身体的而且是灵魂的。因为生命从流血中来，母亲在流血中生产，孩子在血泊中诞生。血也是女性生命转折的标志，从女孩到少女，从少女到少妇，从少妇到母亲，从母亲到不能生育的老人，每一步以血为标志——流血或者停止流血。《圣经》说："血，是生命，是肉身之灵魂。"（《利未记》，第17章，11）血的背后，是身体与灵魂的相互胶着；血的外部是活生生的生命。灵魂是肉身的对立物，灵魂代表着与世俗相对立的神性。"这种使血液被赋予了各种超自然品性的粗浅迷信，对于人类道德的发展具有一种非同小可的影响。"[①] 涂尔干发现，其中最明显的就是作用于人类对乱伦的禁忌。

血与生命如影随形，生命在鲜血中交接。生命在血泊中来到世上，女孩在流血中获得新生。当鲜血流尽，生命也随之终结。文学作品中像凤霞、虎妞这样死于生产的女性为数不少，现实世界中更多，在剖腹产还没有来到世上之前，生育就是鬼门关，至今在偏远的山村和城市的游医处，仍然有许多女性死于生产，死于大出血。《活着》中，福贵的儿子有庆和女儿凤霞都死于生产死于血。不同的是，有庆是为别人生孩子而死，凤霞是为自己生孩子而死。尽管有庆为县长太太难产输血过度而死隐含着对权力的宰制作用的讽刺，但叙事的真正所指却在于：生命交替本身要付出血的代价，这就是活着的代价。孔子说"未知生，焉知死。"死和生虽是生命的两极互为背影，不过他们时常邂逅，偶尔擦肩而过。加缪说：唯一严肃的哲学问题是自杀。因为自杀是对生命

---

① ［法］涂尔干：《乱伦禁忌及其起源》，汲喆等译，上海人民出版社 2006 年版，第 60 页。

意义的极端追问。福贵向死而生的故事中含有一种人类最基本的守望，这种对生命本身的坚持包含着高贵的人类情操，就像西西弗斯无休止地推石头一样，虽然无奈并不麻木，生命的局限、未来的必然的死亡划定了自由最终的疆域。

在创作《活着》这个讲述死亡的文本时，余华已经开始越来越清晰地感觉到血与生命的纠缠，血与活着的关系。此前，在余华还迷恋暴力的时候，鲜血仅仅是力量的象征，每一次流血都意味着能量的丧失以及身体受到伤害。正是在暴力代表的恶中，余华慢慢地触及善、仁慈和高贵。在人类历史上，流血，必须是流血来洗刷个人的、家族的甚至类的荣誉。比如《鲜血梅花》中每朵血铸就的梅花都是生命的浓缩，梅花这个生命的符号不断把死人埋在活人的心里，就像梅花凋零后滋养梅树。少女的献祭、为情人发生的以生命为代价的决斗、为先祖的复仇以及为民族—国家的战争而牺牲等等都在诉说血的无上的光荣。

《活着》使余华走进了生命深处，走近死亡这朵“一生只开一次”的鲜花，并且在这个亲人不断死亡的密林中发现：人类生命生生不息的秘密就藏在血这种深红色的流动性的液体中，是死亡为生命赋形。我以为正是这种秘密的洞悉召唤着余华创作了《许三观卖血记》，而且这个秘密曲折地通向文本的脏腑，推动了许三观创造血、生产血的能力。

血缘不仅是生命传承和家庭建立的基础，也是整个民族—国家成为“想象的共同体”的基础。血这一内在的事物隐蔽而有效地区分这个世界。是血这种具体的事物而不是别的什么抽象的事物建构了人类最核心的想象，凝聚了人类最基本的情感。血给怜悯这种人类最高贵的情感提供了基石，使推己及人成为可能，使爱成为可能。

斯宾格勒在《西方的没落》中叙述：

> 我们必须假定：整个身体在最初既是一种循环器官又是一种触觉器官。
>
> 血液对我们来说是生存的象征。从出生到死亡，从母体输入子体再由子体输出，在醒觉的状态中和睡眠中，血液不停地流动，永不止息。祖先的血液流过后代的子子孙孙，把他们联结成由命运、节奏和时间构成的巨大连锁。[①]

左冲右突的鲜血，此起彼伏的人生。

淡绿色的血管包裹着鲜红的血，这种遍布周身永不停歇地流动的液体，以其与生命相始终的自然特性获得了比身体其他器官更优先的叙述权，成为禁忌的对象。血液不仅是个体生存的象征，而且是人类延续的象征。随着人类文明的发展，血必须不断地被创造出来。年久月深，血的社会意义覆盖了自然意义。欲望，被文明压抑到无意识的最深处。茹毛饮血被视为野蛮时代的象征。“抛头颅，洒热血”却成了革命牺牲的广告词。热血沸腾内化为青春的代号。血染红了它流过的地方。

将近一个世纪过去了，鲁迅笔下的人血馒头仍然散发着浓烈的血腥味，刺激着我们不断地反省中医的荒谬、迷信的残忍、封建传统的可悲以及看客的麻木。《药》中，血就是一种象征，没有普通民众的理解，革命者的热血就白流了。夏瑜的原型是为革命牺牲的秋瑾，而华、夏二姓乃是中华民族的象征。民族，作为一个想象的共同体，其基石正是建立在血缘上，华小栓要喝夏瑜的鲜血就有了触目惊心的象征意义。人心的隔膜犹如万丈沟壑，

---

① ［德］奥斯瓦尔德·斯宾格勒：《西方的没落》上册，齐世荣等译，商务印书馆1963年版，第87页。

没有任何一艘船能帮助我们渡过。麻木的民众不是在充当看客和告密者，就是在蒙昧地喝着革命同胞的血，对于夏瑜的死，他们都是帮凶；然而以夏瑜的鲜血做成的人血馒头救不了患痨病的华小栓；不能深入人心的革命也拯救不了奄奄一息的中华民族。就是最爱夏瑜的母亲，也并不能理解自己的儿子，她的痛苦中夹着羞耻。相同的血并不导致相同的信仰和相同的理想。夏瑜的母亲去给儿子上坟的时候依然带着愧疚，因为儿子不名誉的死。她愿意儿子是清白的、被冤枉的，她希望儿子的冤魂显灵以告慰她的养育。夏瑜的母亲和华小栓的母亲，两位失去儿子的母亲虽然有着同样的悲伤，却也深深地隔膜着。

“药”这个篇名已经揭示了鲁迅的叙事努力——揭出病苦，引起疗救的注意。鲁迅渴望为中华民族找到医治灵魂的良药，但是他决不轻率地提供泛滥的幻想和廉价的希望。鲜血不是痨病的药引，流血并非漠然的中华民族革命的良药，“药”无处可寻。血可以孕育生命，可以创造新生，却并不能拯救麻木的民族，这是在20世纪初鲁迅通过一个精练的短篇留给我们的回响。

血，作为身体的隐喻，其社会意义会覆盖自然意义既来源于社会与个人的关系也从深处建构这种关系，这是个古老幽深错综复杂的话题。作为叙事生产者的作家，他既与所处的社会发生关系，也与自己的肉身发生纠葛，尽管这两极的表现截然不同。

正是这两重性之间的冲突、两种存在之间的斗争，也即社会文明对个人欲望的压抑造成了人的本质痛苦和内心永不平息的挣扎。随着文明的逐步发展，社会对个人欲望的压抑就越深。消费社会，在忽略资源有限的前提下给消费者提供了一种经济繁荣可以满足个人欲望的假象。这种隐含满足消费者个人欲望的行为貌似提供了一种缓解二者的桥梁，实则不然，消费行为虽然瞬时地满足了个人的某种欲望，但与此同时，社会提供的更多的消费方式和消费行为激发起更多的欲望，而且是以贪欲压制了创造欲。今天，欲望的加速膨胀已经成为不争的社会现实。“随着历史的进步，社会存在对我们单个自我所产生的作用会变得越来越重要，所以，根本不可能会有这样的时代，要求人们更低程度地克制自己，让他能够更轻易地维持生活而不再有紧张感。相反，所有迹象都不能不使我们预先看到，我们在这两种存在的斗争中所付出的努力，会随着文明的进步而持续增长。”[①] 这种二者冲突所造成的紧张状况也导致心理疾病患者和自杀者的数量持续增长。

消费社会通过人造物来控制人，通过欲望来控制消费者。时至今日，我们再也不必担心跟消费沾上边会使作家这一神圣的精神职业受损，而且无论我们的意愿如何，消费已经是回避不了的存在，它已在不同程度地影响着乃至支配着我们的时代我们的生活我们的叙事。至关重要的问题倒是我们如何理解、如何想象、如何叙述这个瞬息变化的时代。社会学家孙立平通过他的一系列观察和研究宣布自20世纪90年代以来我国已经进入耐用消费品时代，“如果说，在生活必需品时代，是生产支配着经济生活，那么，在耐用消费品时代，则是消费支配着经济生活。这就是一些人常讲的，‘没有消费就没有生产’。这是耐用消费品时代的典型特征。但必须注意的是，耐用消费品时代的消费模式与以前时代是根本不同的。如果说，生活必需品时代的消费模式是由人们的生理需求支撑的，而耐用消费品时代的消费模式则是由一系列的制度和结构因素支撑的。”[②] 这些外在的制度和结构因素通过

---

① ［法］涂尔干：《乱伦禁忌及其起源》，汲喆等译，上海人民出版社2006年版，第188页。

② 孙立平：《断裂——20世纪90年代以来的中国社会》，社会科学文献出版社2003年版，第38页。

对人的心理欲望的不断刺激而成为我们无法挣脱的社会现实。当消费品替换必需品之后，当无限度的心理欲望取代有限度的生理需求之后，当假需要遮盖了真需求时，社会从面貌到内质均在发生深刻的变化，叙事亦如此。

二　卖血叙述的城乡差异

余华敏感地发现自己“面对的是一个捉摸不定与喜新厌旧的时代”[①]，“捉摸不定与喜新厌旧”正是消费社会的典型特征，消费社会希望将每个消费者培养成“喜新厌旧”的人，把城市这个消费场所塑造成卡尔维诺笔下的莱奥尼亚(《看不见的城市》)。余华曾多次引用过易卜生的名言“每个人对于他所属的社会都负有责任，那个社会的弊病他也有一份”。在这里，他强调的是一位作家对其时代的责任以及个体的必然局限。在1995年发表的《许三观卖血记》[②] 中，余华在极其精简的叙事内核中埋藏着一个人类历史的秘密——城市的本性就是嗜血。

按照布罗代尔的观察，现代国家与城市的发展唇齿相依，“就像现代国家创造了大城市一样，大城市也创造了现代国家；民族市场和民族本身都在大城市推动下才得以发展；大城市处于资本主义和现代文明——这个五色缤纷的欧洲近代文明——的中心地位。”[③] 这也与马克思对资本主义的判断“每一个毛孔都滴着血和肮脏的东西”如出一辙。城市是现代商业文明的产物，乡村是原始农业文明的意象，城市嗜血的本性注定了乡村农民卖血

---

① 余华：《我能否相信自己》，人民日报出版社1988年版，第154页。

② 余华：《许三观卖血记》，原发表于《收获》1995年第6期，本书使用版本为上海文艺出版社2004年版。

③ ［法］费尔南·布罗代尔：《15至18世纪的物质文明、经济和资本主义》第一卷，顾良、施康强译，生活·读书·新知三联书店2002年版，第662页。

的命运，正是在这样的基础上，现代商业文明取代了原始农业文明。城市人（许玉兰）和乡村人（许三观的亲人）对血有完全不同的看法。

“人性的两重性”在血这一事物上也得到比较深刻的反映，越是在远古的社会，血被视为禁忌的程度就越深，这一肉身的组成部分却上升到了灵魂的高度具有某种让人恐惧并尊重的超越性。“凡以色列家中的人，或是寄居在他们中间的外人，若吃什么血，我必向那吃血的人变脸，把他从民中剪除。因为活物的生命是在血中，我把这血赐给你们，可以在坛上为你的生命赎罪。因血里有生命，所以能赎罪。”（《利未记》，第17章，10，11）

我们先来看看《许三观卖血记》中的城里人许玉兰是怎样看待血以及卖血这一商业行为的：

> 许玉兰仍然响亮地说着：“从小我爹就对我说过，我爹说身上的血是祖宗传下来的，做人可以卖油条、卖屋子、卖田地……就是不能卖血。就是卖身也不能卖血，卖身是卖自己，卖血就是卖祖宗，许三观，你把祖宗给卖啦。”（第84页）

许玉兰的叙述出示了血的社会性，血的文化意义，油条，屋子和田地都是物品，可以成为商品，而血是一种子孙与祖先之间的媒介，血来源于父母，是祖先留给后代最重要的遗产，是家族的象征，所以血比身子本身更为重要，血容不得任何玷污，血这种神圣之物不能成为凡俗的商品，交易则让血受辱，这种侮辱甚至超过了女性卖身所受的侮辱。当然，这种观念也含有男权文化对女性身体的压制，因为父权体系中，女儿、孙女的身体与本家族的血脉延伸没有关系。许玉兰的父亲愿意她嫁给许三观正是因为他姓许而何勇不姓许。自进入父系氏族之后，男性的传宗接代的意义就被大书特书。血的象征意义尤其明显地表现在“血盟”的过程，当一个家庭没能顺利生下一个男孩，我们传统的选择是宁愿认养一个本族的侄子或者领养一个完全没有血缘关系的男婴却不愿意将家产和姓氏留给女儿的后代，入赘本身也对男人蕴涵着某种羞辱。在《乱伦禁忌及其起源》中，涂尔干用大量的篇幅考察了血这一禁忌意象的起源及其在社会生活中的象征运用。

> 一个异族人被收养并吸收进氏族的程式，也就是在这个新人的血管中注入几滴家族的血……“血盟”……尤以血液格外含有作为群体及其每一成员之灵魂的共同本原……当鲜血流尽，生命也就完结了；所以血液是生命的运载者……也正是以血为媒介，祖先的生命才被其后世子孙分有和共享。
>
> 故此，图腾存在是内在于氏族的；它化身于每个个体，存在于他们的血液之中。它本身就是血。不过，在作为祖先的同时，图腾也是神；它是群体的保护者，是真正的膜拜对象，是氏族特有的宗教的核心。个别人的命运和集体的命运全都要取决于它。于是，在每一个单个的肌体内都有一个神（因为它在每一个肌体内都是完全的），而这个神就栖身于血液之中；从而血便成了神圣之物。一旦鲜血流出，神也就散溢出去。[①]

在人类文明不断发展的进程中，血的社会意义逐步高出了自然意义，尽管对个体生命来说，血本身具有至高无上的意义，但

---

① ［法］涂尔干：《乱伦禁忌及其起源》，汲喆等译，上海人民出版社 2006 年版，第 48—49 页。

是，为了集体，如家族、民族—国家，我们甘愿付出鲜血和生命。身体的另一称谓“血肉之躯”中将血的地位置于肉之前，其他一系列与血相关的语词，如血脉相连、血浓于水、以血盟誓、刎颈之交、血汗钱、血泪史、血口喷人、血债血还、血管里流出来的是血等等说法无不凸显了血的重要性。

但在别无选择的乡下人眼里，血的社会性暂时被搁置了，只剩下与个体生命的自然关系。当血的文化面纱被祛除之后，血所包孕的象征意义和神圣性也消失了，仅仅只是个体肉身中流动的物质。所以在许三观四叔、根龙他们眼里，血降低为纯物质。它比肉更轻，来得更容易，它就是力气，有如井水一样源源不绝；同时，它也是乡下人身上不多的可以用于交换的有利资本，于是，血就具有了一般商品的属性。

> （许三观四叔）“什么规矩我倒是不知道，身子骨结实的人都去卖血，卖一次血能挣三十五块钱呢，在地里干半年的活也就挣那么多。这人身上的血就跟井里的水一样，你不去打水，这井里的水也不会多，你天天去打水，它也还是那么多……”
>
> “四叔，照你这么说来，这身上的血就是一棵摇钱树了？”（第5页）

> 阿方说：“你把力气卖掉了，所以你觉得没有力气了。我们卖掉的是力气，你知道吗？你们城里人叫血，我们乡下人叫力气。力气有两种，一种是从血里使出来的，还有一种是从肉里使出来的，血里的力气比肉里的力气值钱多了。”
>
> ……
>
> 根龙说：“也不能说力气比你多，我们比你们城里人舍

得花力气，我们聚女人、盖屋子都是靠卖血挣的钱，这田地里挣的钱最多也就是不让我们饿死。”

许三观说，“我今天算是知道什么叫血汗钱了，我在厂里挣的是汗钱，今天挣的是血钱，这血钱我不能随便花掉，我得花在大事情上面。”（第15、16页）

这段对话反映了乡下人对血的观念。许三观虽然已经在城市生存，但他的根仍在乡下，他的感情、想法和思维方式依然是乡土的。

许三观家族从纯物质角度来看血和许玉兰对血的社会性的看法之间存在着根本的分歧。这种分歧也显示了人类历史的进程，血如何被叙述关系到文明如何被叙述。实质上，对血的理解以及由此而来的生活方式的区分正是城乡差别的一个内在的、与身体联系最紧密的标志。

在暴力冲突中流血有某种被动的性质，身体是被迫受到伤害的，而在许三观他们这里，卖血变成了一个主动的过程，但这个主动的过程的发生仅仅是因为35元的现金，也就是说因为血的价格而使他们忽视了血的价值，35元钱使他们有意识地忽视身体本身可能受到的伤害。输血这种在西方被视为人道的事物到了中国乡村便被权力和金钱扭曲了，如《活着》中福贵唯一的儿子年幼的有庆为县长太太输血过量而死；本文中根龙因频繁卖血而死在了医院。

血这一神圣的在宗教叙述中与灵魂相关的事物沦落为一般商品的过程也可以看成城市对乡村的扩张和掠夺的过程。

许三观虽然拥有城市的户籍，但他的根基依然在乡下，他的父亲已经不在，祖父和四叔等亲属依然生活在乡下。他本人不过是一个丝厂送茧的普通职工，所以他要成家立业，他要让家里人在困难时期吃一顿面条，要赎回家具，要让下乡插队的儿子回城，要让儿子治病，要让家里渡过种种难关，他都只能动用在身体内部流淌的血——这一来自祖先的最古老最恒久的遗产来换取。也就是说，作为第一代来城市生活的乡下人，他们依然要沿袭乡下的生活模式，因为他的血脉来自乡下，在这种城乡身份更替的过程中，农民要付出血的代价。城市是嗜血的！资本的原始积累异常残酷。

就在许三观为了招待好二乐的村长不得不再次卖血的时候，他碰到了开篇跟他一起卖血的老乡根龙，根龙卖完血后就没能跨出医院，他那农民的身体在失去了血这唯一的资本之后死在了城里的医院。而在此前，另一个老乡阿方的身体败掉了，他因为卖血前拼命喝水而把肚子撑破了。

> 他一直坐在那里，心里想着根龙，还有阿方，想到他们两个人第一次带着他去卖血，他们教他卖血前要喝水，卖血后要吃一盘炒猪肝，喝二两黄酒……想到最后，许三观坐在那里哭了起来。（第 203 页）

根龙在刚开始卖血时才 19 岁，到过世时年龄也并不大，很可能和许三观相仿，正当盛年，生命轰然倒塌。可是城市抽干了他的血，他死在卖血之后，死在自己卖血的医院，死在自身的血流光之后。叙事者回避了正面描写根龙的死亡，甚至在描述许三观知道真相时的状况也尽力克制自己的情感不置一词，死亡的悲剧性留在许三观那些未被描述的泪水中。

华莱士·马丁在他的《当代叙事学》中说："重要的不是叙述的时代，而是时代的叙述。"余华的《许三观卖血记》虽然是叙述过去的历史，但无处不显示时代的叙述痕迹，瘟病完全可以被解读为对中国从农业社会向工业社会乃至消费社会转型时期的一种隐喻，蚕吐的丝要卖到城里去，人身上的血同样要卖到城里去。民工要到城里去卖力气，肉里和血里的。城市的权利不仅表现在其他可见的物品的层面，也深入到我们的血肉之身内部。

血的代价就是生命的代价。生命与血须臾不可分离，血是生命的源泉。血型决定性格，性格决定命运。在某种程度上也可以说血型决定命运，因为血划定了我们在社会中的位置，社会地位和身份对人有归根结底的制约作用。一个乡村的农民或城市底层的市民要想获得生存发展的基本权利，他只能够不顾传统的忌讳，他不仅要“远游”到城里去而且要出卖自己的鲜血这一祖宗留给他的“动产”。血在文本中是一个不断被强化的流动的意象，卖血与先喝水、再跟李血头套近乎、卖血后吃猪肝、喝温黄酒紧密地联系在一起。卖血先喝水是为了稀释血液浓度，在某种程度上也是一种商业造假（所以来喜在输血给熟人许三观时，他没有喝水）；跟李血头套近乎是为了使卖血这一交易顺利进行，而吃猪肝、喝温黄酒是为了补血，也即生产血，为下一次卖血做好铺垫。水、血、酒三种液体的循环造成了作为商品的血的生产流通过程。

最具意味的是在松林卖血：许三观因为卖血过于频繁而导致血压剧跌，医生又给他输回 7 百毫升血，于是他“两次卖血挣来的钱，一次就付了出去”；为了能够继续卖血，到七里堡时，许三观从摇橹的来喜身上买回一碗血。尽管这次是买血，可是许三观一看到医院就想到要喝水。喝水已经和到医院卖血融为一体成为生理上的条件反射。到长宁后，许三观通过喝水稀释血液卖了两碗血给医院。为了给没有血缘关系的一乐治病，许三观就这样一路卖着血到了上海。所以许玉兰在文末痛骂儿子时说：“那么是他用血喂大的。”

许一乐的血管里流的并非许三观的血而是何小勇的血，所以，从生物学角度看，许一乐就不是许三观的儿子。想当初，因为这个血脉的事实，许三观对这个许一乐产生了本能的排斥，所以在他卖血让二乐、三乐吃面条时他不想给许一乐吃面条，就是因为许一乐没有延续他的血脉，所以他卖血的钱也不能花在他身上。但是，经过了许多事情之后，最终许三观竟然为了救这个不是亲生的儿子许一乐卖了无数的血。许三观是一路卖着自己的血去上海救得病的许一乐。

在这个文本最重要的情节中，血的自然意义和文化意义互相渗透互相融合了。许三观一直为金钱去卖血的行为终于超越了价格获得了真正的内在的价值。许三观和许一乐的精神血脉通过许三观的不断卖血被接通了，获得了高于生理血脉的升华。这种升华比那种简单的“血盟”仪式来得更为纯粹更为明净。他们由许三观身上那些不断被卖出的血紧紧地联系在一起。

血是由身体内部生产出来的，血与生命息息相关，它与以往由人类劳动生产出来的物品和马克思所分析的商品具有本质的不同。在《许三观卖血记》中，血实质就是一个关于身体的隐喻。无色的水—红色的血—黄酒三种液体的循环造成了作为商品的血的生产流通过程，身体所受的伤害忽略不计。喝黄酒是因为卖了血后要生产血，喝酒只是制造血的手段。“他已经有十一年没有卖血了，今天他又要去卖血，今天是为他自己卖血，为自己卖血他还是第一次。他在心里想以前吃炒猪肝喝黄酒是因为卖了血。今天反过来了，今天是为吃炒猪肝喝黄酒才去卖血。”（第252页）如今，许三观卖血的目的和手段被倒置了。这也是消费社会给人带来的幻景，让人陷入生产者与消费者的身份奴役中而不自觉。

卖正是流通的关键环节，是生产和消费的中介，到城市以血换取钞票，换取城市生活的权利。故事结尾的时候年老体衰的许三观因为想吃猪肝喝黄酒本能地想到去卖血，然而不再认识他的年轻血头不肯收他的血还用言辞侮辱他，于是许三观在大街上旁若无人地号啕大哭。三个儿子不仅不为父亲悲伤，反而纷纷指责父亲丢了他们的脸。

在许三观看来，虽然他并不缺买猪肝黄酒的钱，然而，血卖不出去对他仍然是最严重的恐慌，要是血不被城市接受，那么他就不再拥有渡过难关的资本，他在城市的生活也受到威胁和质疑，城市对在城市里生活一辈子的他而言依然是个陌生的对象。也就是说除了血，他就再也没有什么可以被城市接纳的了，所以血卖不出去于他就是釜底抽薪。与其说许三观是为血哭泣，不如说他是为城市里不再有他的位置而哭泣。他在城市里卖了一辈子血，城市依旧没有宽容地接纳他。除了血，除了血肉之躯，他就一无所有，这也可以看作社会转型过程中农（市）民命运之卑微与无奈的写照。

三 卖，从物品到商品，从血到身体

在西方，从农业社会到消费社会经历了一个漫长的历史过程。几次工业革命的进行比较彻底地改造了传统的农业社会，消费社会是在高度工业化之后出现的。而在我国 20 世纪下半叶，社会转型非常急剧，农业社会、工业社会和部分发达城市的消费社会同时并存。所以城市对乡村的压迫和掠夺非常直接，农民剩余劳动到身体本身都成了城市吞噬的对象。城市化的过程本质上就是商品化，从物质的商品化、艺术的商品化到身体的商品化，文学形象地保存了这一剧变的缩影。

1980年，高晓声的《陈奂生上城》[①] 面世，这篇小说名重一时，得到多方好评。小说里头陈奂生上城卖的是油绳——“自家的面粉，自家的油，自己动手做成的。今天做好今天卖……”生产材料来源、生产方式、地点、时间一目了然，传统农业社会时期的油绳的特征一语道破。

陈奂生卖油绳同样是为了换钱，但不是为了在城市占有一席之地，他换回来的钱也只是用在生活必需品（帽子）上。他不幸生病，于是在城市宾馆里滞留了一天，他心疼为这一天住宾馆消费的5元钱，但是接着，他就用阿Q精神战胜了这些，他将自己在城市收获的经验变成了谈资，一向口拙的他获得了乡亲们的羡慕，他变成了有见识的人。

> 他总算有点自豪的东西可以讲讲了。试问，全大队的干部、社员，有谁坐过吴书记的汽车？有谁住过五元钱一夜的高级房间？他可要讲给大家听听，看谁还能说他没有什么讲的！看谁还能说他没见过世面？看谁还有瞧不起他，唔！……他精神陡增，顿时好像高大了许多……哈，人总有得意的时候，他仅仅花了五块钱就买到了精神满足，真是拾到了非常的便宜货，他愉快地划着快步，像一阵清风荡到了家门……（《陈奂生上城》）

在这个发表于改革开放初期的文本中，作品的意图非常明晰，就是想通过“漏斗户主”陈奂生的城市见闻刻画出改革开放后农民精神面貌伴随着农村经济改革所发生的变化。

农民形象是20世纪以来文学一直非常关注的形象，最典型

① 高晓声：《陈奂生上城》，《人民文学》1980年第2期。

的要数鲁迅塑造的阿 Q，阿 Q 的存在为我国关于国民性的探讨和批判提供了蓝本，而他的“精神胜利法”是农民麻醉自己得以苟活下去的法宝，时隔多年，这一法宝同样流淌在勤劳的陈奂生身上，尽管叙事者给了他更多的同情。

将《陈奂生上城》和《许三观卖血记》对照着阅读很有意味，十多年之后的许三观要比陈奂生自觉，这种自觉来自许三观的城市户籍，这种户籍使他自然地知道城市的本性和卖的意义。而陈奂生依然生活在农村，还是刚脱帽的非常有名的“漏斗户主”，他家一向连吃都成问题，如今得了联产承包的好处才拥有多余的粮食。所以他的卖油绳不过是流通中的一个环节，油绳的价值与它的生产成本、使用价值之间构成一种对应的关系；而许三观卖的是血，血的价值、生产成本与使用价值之间的对应关系彻底地被打破了。尤其是去上海途中，许三观在那个年轻的来喜身上购买了 200 毫升的血，然后再喝水稀释卖掉 400 毫升的血这一细节特别值得回味。血变成了赤裸裸的商品，身体本身成了血液这种“商品”流通的摇篮，此时，许三观的身体既是血的生产者，同时也是血的消费者。《许三观卖血记》形象地寓言了血—身体在一个消费时代的处境。

在《陈奂生上城》中，农村长期被关闭着的闸门被打开了，城市这个农村的他者被引入农民的视野，这个剥夺农村的对立物反而变成了农村的希望。农民上一趟城就可以将剩余的粮食变成灵活的货币，可以换来商品、眼界以及相关的精神满足。而在《许三观卖血记》中，城市对农村打开的希望之门又无情地闭合了，城市除了提供金钱以外不再提供希望，城市变成了残酷掠夺者的形象。根龙死在了城市，阿方身体败了，城市用微薄的货币购买了他们的血—身体，除此之外不再对他们提供任何意义、幻想和希望，就是许三观这样一个在城市里拥有一份微薄的工薪的城市底层市民的人生希望也变得渺茫。

从《陈奂生上城》到《许三观卖血记》，在陈奂生卖油绳的交易过程中，他的“基本观念还不是金钱——就是说，它并没有从货物中把价值抽象出来，把金属的或杜撰的量固定下来，企图用‘商品’去衡量货物。”① 而在许三观的卖血中，基本观念就是金钱，赤裸裸的交易使“血”的价格闪耀，而价值却隐匿了，数量成了与价格和金钱直接相关的事物。“城市在经济史中居于首位并控制了经济史，以不同于物品的金钱的绝对观念代替了和农村生活、思想永远分不开的土地的原始价值。”② 于是，血这种身体内部的事物也像其他物品一样轻而易举地就被商品化了。当血也参与到生产消费的环节中，这个世界上就再也没有别的事物可以逃脱沦为消费品的命运了，这就是消费社会血—身体的隐喻。

血—身体的商品化是社会剧烈转型过程中的必然代价，《许三观卖血记》以叙事的方式形象地演绎了这一过程，这也是文本的独特价值所在。

第二节　消费时代的叙事焦虑

马原在接受访谈中说道：今天即使一本畅销书，也就是几万的发行量，最多不过二三十万，相对十几亿人口这个庞大的数字，万分之一二这个概率几乎可以忽略不计。他还表达了不愿意为这微乎其微的概率写作的意思。我以为这个低概率是个一体两

---

① ［德］奥斯瓦尔德·斯宾格勒：《西方的没落》上册，齐世荣等译，商务印书馆1963年版，第209页。

② 同上。

面的问题，一是在一个欲望飞扬的消费社会，文学根本无法挣脱消费这种新的时代伦理，大多数作家有意无意地与商业合谋；二是文学失去号召力之后，部分相对严肃的创作主体像马原一样选择淡出。越来越少作家是因循内心深处神秘的召唤而写作的，孤独地坚守精神高地还是与喧嚣的商业合谋的抉择将文学逼入尴尬的处境。

一　现代性的焦虑

比较令人欣慰的是先锋文学的代表作家格非在沉积了十年之功后推出了他的新长篇《人面桃花》（《作家》长篇小说夏季号）。《人面桃花》拥有完整的故事面貌，不再如《锦瑟》一般的能指与所指断裂。父亲的离家出走和一个突如其来又突如其去的“表哥”张季元像谜一样吸引着年轻美貌热血沸腾的秀米走上革命之路，以激情的身体投身到为自由而战中去，她向往的是天下大同的桃花源。这部书写历史的小说试图叙述出乌托邦的真相，宏大的革命历史被叙述为个人奋斗史，无论是理直气壮的革命还是隐含个人目的的造反，其最后结局都像那幅“正在融化的冰花”，这也正是女主角秀米的过去和未来。小说中的女性毫不例外地处于第二性的弱势地位，到底摆脱不了被男人看的位置。没有自由，平等从何谈起？

衣向东的《阳光漂白的河床》（《人民文学》2003 年第 12 期。叙述的是媳妇和婆婆之间为抚养孩子发生的重重冲突。媳妇是城里人，她按书本、理性和科学来哺乳自己的孩子，她定时哺乳，讲究卫生；而婆婆是乡下人，她按习惯、情感和经验来带孙子。她依自然的法则表露自己的亲情。她喜欢呼吸孩子身上的乳香，她喜欢亲孩子的脸蛋，她也高兴让别人一道分享这种天伦之乐。虽然母亲尽量息事宁人，然而媳妇却得寸进尺，步步为营。叙述者“我”夹在婆媳之间举步维艰，只好在孩子就要满周岁时提前买票让母亲回乡下老家，老母亲临死前想亲亲孙女儿的愿望也未能达成。最终是媳妇胜利了，因为孩子是她生的，孩子依赖她的乳房，孩子只准接受她的亲吻。乳汁这种物质粮食是文化的象征。拥有乳汁的媳妇有恃无恐，她可以随心所欲地教育孩子——乡下穷，奶奶脏。而乳汁干涸的奶奶只能在乡下日益干涸的小河边暗暗地思念自己的后辈。小说细节饱满，情感丰沛，叙述动人。祖辈是完全传统的，是农村化的，而儿辈是半城市化的，到孙辈已经完全城市化了。乡下已经被话语彻底丑化、脏化、妖魔化，正如媳妇讲述的奶奶。诗意流离失所，情感无处藏身。对河流的怀念，对奶奶的解释——“一条干涸的河流”暗示了叙述者反抗现代性的诉求。小说的内核叙述的是理性对情感、现代对传统的胜利。

陈笑黎的《符号》（《花城》2004 年第 2 期）是个具有隐喻意味的文本。符号学的驰骋场中，所有的一切均被符号化了。当符号作为商品拥有了经济交换价值之际它就一跃成为时代的主宰反过来对主体构成压迫感，人类能够做的不过是编码和解码。《符号》叙述人类进入消费社会之后被符号所控制的可笑面貌。

王松的《红莓花儿开》（《收获》2004 年第 4 期）、陈应松的《马嘶岭血案》（《人民文学》2004 年第 3 期）从不同的侧面展示愚昧和传统的强大力量，对真理和科学的执著追求往往要付出生命的代价。

阿来的《随风飘散》（《收获》2003 年第 5 期）是个意蕴复杂的文本，提供了宗教、阶级和社会历史等多种视角阅读的可能。比格拉和恩波之间因兔子之死产生的私人矛盾更为尖锐的是社会制度和意识形态变化给人内心带来的冲突。在一个宗教信仰由来已久的地方，强行将佛像推倒给世道人心以坍塌性的冲击，精神家园的丧失所带来的后果甚至比形体上的流离失所更为严重。人们的灵魂失去皈依的同时，诚实、善良、正义、真诚和爱等美好宝贵的品质均受到了严重的挑战，留给叙事者的是无限的欷歔、惋惜和怀想。

王跃文《乡村典故》（《当代》2004 年第 2 期）乡村气息浓郁，趣味十足。小说写一个叫陈满生的农民因为牛丢了而去派出所报案，结果却发现牛是被自家的侄子偷走卖掉做赌资了，他想撤销案件未果，去了报案费，侄子涉赌被抓罚了好多钱才赎出来，最后落下“满叔赢官司”的典故。作品对乡村权力的荒谬描摹得栩栩如生，蕴涵着强烈的现实关怀。作者对农民的生存哲学和辛酸的生存境遇非常了解，小说语言充满黑色幽默，又贴近生活语言，活泼动人。

王蒙的《王蒙玄思小说》（《北京文学》2004 年第 9 期）打破小说固有的故事逻辑对现实生活中接踵而至的荒唐事物进行深入的思考，文体近似随笔，因融进小说的想象而更具穿透力。

素擅文体的韩少功在《小说二题》（《上海文学》2004 年第 9 期）中依然坚持可贵的探索精神。《801 室的故事》对小说叙事的多种可能性进行了新探索，形式感较强。《是吗?》在凸显人性阴暗地带的过程中对个人记忆与历史的关系进行了深入的思考。他《月光二题》（《天涯》2004 年第 5 期）同样展示了他对跨文体写作的探索，文体对他已经不再是写作的藩篱，他已经到信手拈来的境界。与其说这两短篇是小说，不如说是散文，淡淡的哀伤情绪随月光流淌，印证了苏轼所言：绚烂之极归于平淡。

值得特别关注的作家是须一瓜，2003 年她的小说基本上戴着一个突发的新闻案件的帽子，比如《淡绿色的月亮》、《雨把烟打湿了》和《第三棵树是和平》（《十月》2003 年第 6 期）等作品，以离奇故事出奇制胜的道路使她迅速成为消费时代的宠儿。

到《鸽子飞翔在眼睛深处》（《十月》2004 年第 5 期），传奇就变得微不足道了，仅仅是个引起阅读的楔子，这是一个温情的故事，因为一把宝刀，一对职业小偷对一个孤独的老人产生了不由自主的关心和同情，而这个老人在知道他的职业是小偷之后仍固执地在电话里对孩子们将他叙述为自愿服务的大学生。因为孤独因为内心深处的贫乏，他们在一起度过了一些让人心酸的温情时光。一个略带荒唐的故事，但错综的叙事透露出作者窥视我们时代之溃败的能力。老太婆对革命年代的深情回忆标志着须一瓜的目光开始向历史纵深处挺进。《海瓜子，薄壳儿的海瓜子》（《上海文学》2004 年第 3 期）涉及社会伦理道德疆域，因为家公偷窥儿媳洗澡而将原本宁静美好的家庭生活打破了，爱与恨互相交织成无所不在的网，剪不断，理还乱，文尾父亲依然在晒丝瓜瓤准备给儿子媳妇做席梦思床的细节意味深远，昭示着亲情依然坚韧恒久地存在。《穿过欲望的洒水车》（《收获》2004 年第 4 期）的谜底稍嫌简单了些，一边是洒水车司机和欢耐心地等待和寻找失踪的丈夫，另一边是圭母和吴杰豪的追求，交错的叙事不断地指向纯粹的爱，庸常的生活中是否还有爱的位置是否还有为爱而执著的坚守是须一瓜一直关注的话题。须一瓜的叙事也有些絮叨，但对当下生活的漏洞和我们内心的匮乏处的步步逼近使她的作品脱颖而出。

作为消费社会的主要代价和表征的情感焦虑正是消费时代的书写重心，与 20 世纪 80 年代着重刻画心灵世界所承受的爱情的煎熬不同，如今大写的是曾经隐蔽的身体的欲望。情欲关系的叙述从精神层面的爱欲降落到物质层面的性欲。身体彻底地符号化了，身体本身不仅包含着政治权力关系，也包含着一种经济秩序和价值秩序。身体既可以是女性进行性别反抗的武器，也是女性获取经济地位的工具。叶弥的《小女人》（《钟山》2004 年第 1

期）中的凤毛曾经敢为内心涌动的某种不甘而以生活不和谐的理由解除并不算坏的婚姻，但在下岗失去经济来源之后却一心计划着用自己即将枯萎的身体去换取一个稳定的归宿。更为直白地演绎这种观念的是盛可以的《青桔子》（《天涯》2004年第3期），尽管小说叙事还嫌生硬。桔子除了娇好的身体之外一无所有，而她的准妯娌周莉却有一个当场长的父亲，所以她只能跟长得不好的余少虎处对象，周莉却可以跟英俊的余少龙。同因余家兄弟堕胎，周莉得到的伺候完全是产妇式的，而桔子却无端地遭遇她们的飞短流长。她们同时摆结婚酒，新房和家具却不一样。桔子只好动用身体资本，她通过分别跟家公和余少龙发生关系获取了与周莉一样的结婚待遇。与此异曲同工的是李铁的《出墙的红杏》（《北京文学》2004年第7期），红杏因与上司吴大手之间的身体关系而稳住自己开天车的职位，当新手小叶被安排来做她的同事后，红杏难免不以己之心度人之腹，结果反而掉进了自设的圈套。金仁顺《爱情诗》（《收获》2004年第1期）叙述一个叫赵莲的侍应小姐与两富商兄弟之间的微妙瓜葛。弟弟安次给赵莲背北岛的诗歌“即使明天早上，枪口和血淋的朝阳/让我交出自由，青春和笔。我也决不交出现在/决不交出你”使她对他心存幻想。已婚的哥哥安首想买赵莲青春的身体而她执意要把自己的清白交给未婚的弟弟。而在安次那里，赵莲同样只是爱情的错位，是欲望的转移。在消费时代，爱在欲望叙事中被悬置，精神上的苦楚被抽离，爱与不爱以及爱能否实现已经不是问题，重要的是若即若离的情感游戏中肉欲的实现和身体的经济交换价值的达成。

阿成的《丑女》（《上海文学》2004年第5期）从另一个角度深入地表达了男人眼中女人美色的重要性。仅仅因为没有姿色，水仙的人生比别人艰难崎岖得多，用尽心机搏到无冕之王的职业，她依然不得不嫁给煤城那个丑老公。现实生活中她连幻想的权利都没有，虚拟的网络给了她这个机会。然而，当他们约见时，男方缺席了并从网络上永远消失了，像梦一样不留痕迹，给敏感多情的水仙当头一击。

周瑾的《被世俗绑架》（《花城》2004 年第 1 期）、孙惠芬的《岸边的蜻蜓》（《人民文学》2004 年第 1 期）、潘向黎的《白水青菜》（《作家》2004 年第 2 期）、陈笑黎的《抱住》（《花城》2004 年第 2 期）、映川的《我困了，我醒了》（《人民文学》2004 年第 6 期）、戴来的《给我手纸》（《人民文学》2004 年第 4 期）、锦璐《双人床》（《当代》2004 年第 2 期）、鲁敏的《男人是水，女人是油》（《人民文学》2004 年第 8 期）、津子围的《小温的雨天》（《中国作家》2004 年第 5 期）等小说均从不同的角度对当代情感的错位和困惑展开思考。

能够从司空见惯的“婚外恋”模式中超脱出来的是迟子建的《踏着月光的行板》（《收获》2003 年第 6 期），一对夫妇林秀珊和王锐分别到哈尔滨和齐齐哈尔打工，中间隔着几个小时的火车车程，他们没有手机，联系很不方便。在一个意外的休假日，他们渴望给对方一个惊喜，于是各自踏上了去往对方城市的火车。叙事在火车的哐当声中缓缓展开，循环往复。男女主角在通往对方的火车上，火车在他们寄居的城市之间来回奔驰，思绪不时地延伸到他们自己的乡村，那里有他们的往事他们的当年。他们徒然地奔波了一天，他们在彼此的想象和展望中。舒缓的叙事和浪漫的结尾蕴涵着一种少见的温馨，为我们渐渐干涸的心田注入了一汪甘甜的清泉。《咱俩不能死》（《大家》2004 年第 5 期）是刘庆邦小说中比较特别的，背景还是枯燥乏味且随时有危险光临的矿井，一对青年矿工因为随时面临生命的消亡而产生身体接触，因为身体有了秘密而使他们之间有了温暖的情谊。叙述者既没有渲染这种同性的性行为，也没有对此进行道德评价，力求客观的叙事使矿工的生活跃然纸上。朱日亮的《水捞面》(《山花》2004年第6期)荡漾着一种淡淡的韵味，结尾不落窠臼。

能够从当下情感经验叙事中有所超越的是陈希我的《抓痒》(《作家》长篇小说春季号)。文本显示了极端叙事的功力，鄙弃了一切外在的因子，撇开物质上的理由，直接进入人性的内部、细部，不仅是身体的也是灵魂的。嵇康和乐果这对夫妻在别人的眼里正是美满幸福的象征，男才女貌搭档的典型。嵇康有钱却不嫖，他只是厌倦，厌倦自己，厌倦自己当老师振振有词的妻子，厌倦这个人人渴望挤进来的城市，厌倦这个终日忙碌飘浮的世界。他沉溺于网络，他只有对着这个虚拟的世界身体才能够变得有力量。太太乐果也一样，很早很早就以毒药的名字给丈夫发信。他们在网络世界亦真亦假，他们在现实世界中亦假亦真。他们爱吗?他们不爱吗?当所有的物质问题解决之后，当所有的障碍拆除之后，精神问题接踵而至、排山倒海，谁能真正地彻底地解决?现实世界最终没有了他们的藏身之处甚至也没有他们的葬身之地，因为现实是不允许追问的，追问会让现实尴尬，让现实理屈词穷。现实如此强大如此顽固是因为它设法挡住了我们的追问。活下去是身体的本能要求，我们只能苟且我们才能活下去，但是追问却是灵魂的本能要求。我们在冲突的夹缝中苟活——这就是我们真实的生存状况。

《抓痒》以离奇的想象和残酷的细节抵达生命内部的真实。通过对性这一根本问题的思考，时代的症结得以呈现。如果简单地将《抓痒》以为是反映婚姻内部的情感小说，那是一种简化、一种轻巧化。《抓痒》透视的是人内心最丰富处最细微处的动荡，这种动荡是颠覆性的、是不遗余力的，是外部物质无法平复的，它与生命的本能相关。在每个堂皇的外表底下遮盖的是一颗混乱的心，一堆不堪的思绪。

二 身份的焦虑

在传统的农业社会，社会关系是由熟人网络中产生的。而现代社会的高速流动性使得身份成为一个问题，关于身份的焦虑也随之而来。现代社会正在使我们逐步迷失，甚至我们已经丧失了确认自我的能力，我们只能随波逐流。就像《瓦城上空的麦田》里的老头子李四至死也未被孩子们认可一样离奇，刁斗的《身份》（《花城》2004 年第 3 期）叙述了一个名叫于非愚的男人出一次长差回来后发现自己的位置已经彻底地被另一个也叫于非愚的男人顶替了，无论他如何解释，他的妻子、儿子、上司、外父母和父母都不肯认为他就是那个于非愚，就连借他房子住的好朋友张巍也不由得要产生怀疑而委婉地将他驱逐出去。最后，身陷绝境的他对自己产生了深深的疑惑，只好接受了“妻子”任杰和她丈夫“于非愚”的安排——去冒充于非愚死于矿难的堂弟于飞龙的位置，令于非愚吃惊的是他更适应的正是于飞龙的位置。《身份》中，刁斗继续着他在小说中的思考，在荒诞叙事中反复演练现代人对自我的确认。

卢江良的《狗小的自行车》（《当代》2004 年第 3 期）的题材与此类似，狗小因为寻找丢失的自行车而与一个终日寻找丢失的儿子的父亲相逢，父亲开始误以为狗小是自己丢失的儿子而不断地造访狗小贫穷的家，后来，几经协商各怀鬼胎，狗小的父母同意将狗小让给这位父亲当儿子。一段时间之后，大家都各得其所尽管彼此心知肚明，狗小沉浸在富饶的物质世界中再也不绕道去看贫穷的父母和弟弟。物质取代了亲情，取代了我们传统的伦理价值。

苏童的《手》（《花城》2004 年第 2 期）是个精致的短篇。小武汉抬尸体的职业被公开之后，他的手就幻化为一种与死人相关的符号而失去了很多权利，他好不容易处的谈婚论嫁的对象跟他吹了，牌桌上的朋友拒斥他，连三岁的孩子也远离他，他走到哪里歧视就跟到哪里。被职业害苦了的“小武汉”一气之下辞了职，然而，所有的境遇并没有改变，孤苦无告的小武汉跟财神一起去贩毒，在被判死刑前接受记者采访摄影时大家才第一次在电视上仔细打量小武汉的手——一双白净秀气的手——一点儿也不像是抬死人的手。

艾伟的《中篇1或短篇2》（《当代作家评论》2004年第5期）叙述关于俘虏与忠诚之间的故事，文本致力于探讨生命本身和名誉价值之间的微妙关系，对过往政治意识形态叙事具有解构作用，同时也展现出身份对于活生生的生命和情感的持续束缚，身份某些时候就是权力甚至暴力。对于话语权力褫夺生命的残酷进行反思的还有麦家的《两位富阳姑娘》（《红豆》2004年第2期），叙事举重若轻，隐含着叙事者的批判立场。

三　当下文学存在的问题

高产正像电脑病毒一样在作家队伍中快速传染，写得太快太轻率已成为我们时代的通病，这也是我们社会长期以来对数字和效率片面追求的必然结果。高产本身并非坏事情，问题的关键还是质量。海明威曾经谈到有许多办法可以把作家毁掉，而“第一是经济，他们挣钱……这就写坏了。不是有意写坏，是因为写得太快。”歌德曾经指责雨果说他胆敢在很短的时间内写两个长篇一个悲剧。

在我国，通常一位作家只要越过发表和出版的门槛之后你就会发现他的名字正在以铺天盖地的姿势席卷而来。一半以上的青年作家几乎每年都能写一个长篇或者好些中短篇。当然，在这个过程中，编辑的惰性和惯性起了推波助澜的作用。刊物对名家稿子的宽容乃至纵容使得作家几乎意识不到自己承担的使命。能够为神圣的理想而舍弃当下的数量的作家和肯在精神上冒险、在语言上历险的作家正在濒临灭绝。十年磨一剑成为遥远的神话遭遇鄙夷。在以消费驱动的商业社会，我们大家都被捆绑在速度列车之上，已经没有几个作家仍旧心怀写一部伟大的作品的理想，所以大部分长篇都显示出虎头蛇尾的草率，部分中篇内部存在着明显的重复的印记。正如陈村曾经说，随着书写工具的变化，写作速度越来越快，到电脑时代，作品都带着同一股软件的味道。电脑复制的快捷使模仿和自我模仿变得容易，乐于推敲的文学传统已经彻底地被遗忘。对作家蓄意谋杀读者时间的行为我们在称赞他们的辛勤之外必须保持必要的警惕。

对速度的盲目崇拜让作家自甘成为匠人，在同一个领域同一个难度指数上重复操练，我看这除了走向圆滑和消磨大家的时间以外并不具备别的价值。一味渴望的是成功，是从一个胜利走向另一个胜利，是著作等身，是一蹴而就的快感。作家们对于已经写就的作品并没有修改的信心，所以需要不断地以新作品来覆盖，周而复始，以名字高频率的出现来制造名家的视觉冲击效果，甚至不惜以诗外工夫来吸引读者快速转动的眼睛，他们最害怕的莫过于被遗忘，因为被读者遗忘就意味着被市场遗忘、被利益遗忘，同时还意味着寂寞孤独将至。

与高产相伴的是絮叨，絮叨的可怕不只在于无端地拉长篇幅，更可怕的还在于叙事人的津津乐道，如王安忆的《一家之主》（《大家》2004 年第 3 期）、莫言的《养兔手册》（《江南》2004 年第 1 期）等作品以此为乐。

絮叨导致空洞，这不仅是文学创作中的弊病，同时也正在侵入文学批评和文艺理论的肌体之中。部分作家误以为叙事啰唆节奏拖沓就是细节描写，就是写作功力，甚至以为细节就是不厌其烦地展显日常琐事，就是捕风捉影般的细碎松散的场景描绘，就是技术主义主宰着的毫发毕现的所谓的真实感。殊不知真实来自公共性体验而不是个人经验和隐私。真实就是力量，没有简洁就没有力量。繁复、絮叨，将任何一个可能的空间均用没有所指的能指填满，不将任何可能留给读者是注定要失败的。

什克洛夫斯基在《散文理论》中谈到艺术的存在“正是为了恢复对生活的体验，感觉到事物的存在。”而很多作品正是在绕弯子的过程中丢失了主体对生活的体验，变成语词的堆砌和才华的炫耀，未能有效地抵达事物本身。大概是由于稿费按字数计的弊端，作家们不自觉地就将短篇写成了中篇，中篇写成了长篇，长篇写成了三部曲。梁实秋先生曾经感慨：好的文章未必短，坏的文章一定长。我觉得我们正在丧失在很小的体积容纳完整的心灵图景的能力。废话太多太多使作品成了废品。如果作家们都能以女士减肥的热情对自己的作品进行瘦身，使之变得清洁干净，我想文坛的状况可能会比现在理想。

经验正在将我们俘虏，向经验屈服使我们沉湎在对日常生活经验的临摹中，小说家变成了个人隐私的贩卖者，阅读由审美变成了窥私。作家坐在自己的电脑面前，理直气壮地将读者臆想为近似白痴或者窥私癖，对读者的智商缺乏起码的尊重已经成为作品向纵深处潜行的障碍。

叙事囿于经验的狭窄体积之内无法升华，无法抵达存在，使得作品格局打不开。昆德拉在《小说的艺术》中谈道：“存在并不是已经发生的，存在是人的可能的场所，是一切人可以成为，一切人所能够的。”小说的使命在于“通过想象出的人物对存在进行深思”。昆德拉的作品在中国如此热销，他作为一个话题还在持续地存在，然而，他对于小说艺术的理解却并未被有效地被吸纳。池莉的《托尔斯泰围巾》（《收获》2003 年第 5 期）虽然在开篇致力于要写出一种大世面来，但几个回合之后马上显露出新写实派的驾轻就熟。

当今充溢刊物的是小叙事、小气象、小感觉……小叙事在对抗启蒙叙事解构宏大叙事话语的有效性上功不可没，但发展到今天，小叙事泛滥成灾，小叙事日益锐变成围绕时尚消费旋转的身体叙事，蜕变为窗帘以内私生活的一一陈列。小叙事因精神向度的持久缺席而演变成单边的身体秀，其功能也必将大打折扣而受到质疑。身体叙事面对的逼仄的叙述领域湮没了更宽广更真实的现实存在，其津津乐道的身体细节已经让读者产生深深的阅读窒息感。

第三节　文学是失败的证词

当城市化的步履裹挟乡村的时候，作家写作方式也发生了根本的变化，专栏、网络、鼠标大大地降低了写作的难度，加速了文学的生产速度。文学的文学性受到了商品性的挑衅，曾经披着的温情脉脉的面纱被无情地揭开了，露出另一副商品的面孔。而商品交换的基本原则是将商品还原为一般等价物，还原为抽象的量使不同的商品具有可比性从而使交换得以进行。这一方面使文学出现了商业的闪亮点——少数作家明星化，受到各大传媒的包围，得到了高版税高稿酬，享受了市场带来的自由；但另一方面是交换价值的袭击给了往昔清高的纯文学以毫不留情的打击，部分严肃的作家不得不因为生存压力而放弃其严肃性投奔市场的怀抱，文学的消遣性、娱乐性所向披靡。

市场犹如一把双刃剑，它考验着作家和文学，有时候它会给叙事提供自由和动力，有时候则会变成压力甚至阻力。布罗代尔在《资本主义的动力》中谈道："在两个世界——产生一切的生产世界和耗损一切的消费世界——之间，市场经济是纽带，是马达，是狭窄但活跃的区域。刺激、活力、新事物、创举、各种觉醒、增长、甚至进步皆由此涌出。”①

市场如何改变文学的生产与消费？从哪些角度改变了写作的面貌甚至轨道，创造了哪些新的叙事成规，从何种程度改变了作家的外部的生态环境和内在的创作心境，这一切日益成为我们研究当代文学不得不面对的问题。

一　速度焦虑与单面的敞开

以往，我们更多地关心作品本身，我们崇奉的是“十年磨一剑”、“慢工出细活”。如今，当文学的商品性的一面被凸显之后，量化就使写作速度前所未有地成了问题，它不由自主地要跟上商品的高速更替节奏。正如詹姆逊所言：“当前西方社会的实况是：美感的生产已经完全被吸纳在商品生产的总体过程之中。也就是说，商品社会的规律驱使我们不断出产日新月异的货品（从服装到喷射机产品，一概得永无止境地翻新），务求以更快的速度把生产成本赚回，并且把利润不断地翻新下去……在社会整体的生产关系中，美的生产也就愈来愈受到经济结构的种种规范而必须改变其基本的社会文化角色与功能。”② 西方的这种情况我国并不能幸免，文学及文化产品的生产的速度一点儿也不亚于其他商品，逛书城、阅读新书目录、年终盘点带来巨大的压迫感。

没有最新颖，只有更新颖。美学生产与商品生产的普遍结合给作家带来一种内在的追新逐异的焦虑。暂时地平抚这种焦虑变

---

① ［法］布罗代尔：《资本主义的动力》，杨起译，生活·读书·新知三联书店、牛津大学出版社 1997 年版，第 11 页。

② ［美］詹明信：《后现代主义，或晚期资本主义的文化逻辑》，见《晚期资本主义的文化逻辑》，张旭东编，陈清桥等译，生活·读书·新知三联书店 1997 年版，第 429 页。

成了他们潜在的创作动力。

慢明显地不合时宜了，快才是时代的整体节奏。传统的价值观彻底被抛弃了，现在你已经很难找出准备拿十年来写一部长篇的作家了。生活被各种各样的事情切分成无数的碎片，大家都“只争朝夕”，用一小段一小段时间写作片段然后拼贴，浮光掠影地奔跑，走马观花地浏览，狼吞虎咽地生活。细斟慢酌的时代一去不复返。

贾平凹在《废都》的后记中说：一个月把30万字的草稿写好了。也即一天一万字的速度。无疑，这种写作速度只能是打开无意识的闸门顺流而下，不可能再从自己的经验出发沿着理性的险滩逆流而上了。贾平凹自1993年出版《废都》之后，又出版了《白夜》、《土门》、《高老庄》、《怀念狼》、《病相报告》、《秦腔》等作品。在接受南方周末的采访中，记者叙述：“贾平凹不会用电脑，坚持传统的手写，所以一部《秦腔》50万字，改抄了三遍，等于写了150万字，耗时一年零九个月。”[①] 言语当中透露出一种对贾平凹写作之高速的褒扬。

再看莫言的《生死疲劳》，50万字的作品，只用了40来天。就连非常赏识他的马悦然先生也说：“莫言非常会讲故事，太会讲故事了。他的小说都是很长的，除了在《上海文学》发表的《莫言小说九段》（外）。有一年我在香港，我们在宾馆聊天，我说莫言你的小说太长了，你写得太多了。他说我知道，但是因为我非常会讲故事，只要开始了就讲不完”[②]。

余华这个曾经对文字比较谨慎的作家也受到这股速度神风之

① 《从“废都”到“废乡”》，《南方周末》2006年6月1日。

② 夏榆访马悦然：《诺贝尔跟中国作家“有仇”?》，《南方周末》2005年10月20日。

熏染，先是将《兄弟》（上）匆忙推出，其次是斗胆将下部写成了 476 页，比上部足足多了 1 倍。这样的上下比例过往是很少出现的，更重要的是文本的荒谬程度绝对与下笔匆忙有关，也可归结为他“强劲的想像产生事实”① 的口号所带来的极度狂妄。至于合理与真实这些写作的基本规则被抛到了九霄云外。许多作家、评论家都从不同程度强调文艺的真实观，因为这直接关系到文艺的生命力。

> 小说中的人物和事件应该合情合理，甚至什么都可以没有，但不能没有这一点。合情合理的标准也就是生命力，即有关主人公的全面和一致的信息。这是小说的法则。有一个聪明和敏感的人曾半开玩笑地说过，如果他不知道主人公的生活资金来源，他就不会相信小说中描写的事件。显然，一个真正的艺术家从来不会强迫主人公做他“不想”做的事情。②

贾平凹、莫言、余华的这种写作速度必然会导致对自己的盲信，导致一种无意识的宣泄，导致写作呈单面的敞开——朝自己的本能世界敞开，而通向现实、通向生活的大门却被有意无意地关闭了。作家难免带着踌躇满志的情怀在自己的臆想世界中散步，把幽闭已久的非理性的部分拿出来孤芳自赏。这样一来，作者必定会勉强自己的人物，委屈人物的愿望，让人物说着作者习惯的语言，用作者的思维的方式去思维和行动。自我复制的叙事

---

① 余华：《强劲的想像产生事实》，收入《我能否相信自己——余华随笔选》，人民日报出版社 1998 年版。

② ［俄］弗·霍达谢维奇：《摇晃的三脚架》，隋然、赵华译，东方出版社 2000 年版，第 348 页。

变成了炫技，叙事的面孔日益定型乃至僵化单一。

这种写作姿态是非常可疑的，然而，由于出版界对名家的仰望，对利润的追求，以及对读者的不负责任，这些名家的名字本身成为消费对象，而跟在他名字后边的文本质量反而被忽略了。名字成为一种记号——消费选择的记号。像商品的品牌掩盖了商品的质量一样，作家的名字遮盖了文本的内在分量。

这种写作的速度焦虑困扰着整个文坛，王安忆、阎连科、刘震云、池莉、铁凝等知名作家的出版速度也相当惊人。一旦越过出版的界限，几乎所有的作家都不约而同地保持着这种高产；就是尚未获得出版机会的写作者速度也相差无几，有时候打开邮箱，就会发现一个作者同时投了几个长篇。难道我们中国的作家真的有着非凡的想象力、持续的书写能力？难道我们的写作也变得兵贵神速、千钧一发？

二　作为手段的写作及文学的文字化

新、快不仅是大的出版环境，而且成为当代作家不由自主的艺术追求，也成就了新的高速的叙事流通速度。

在这个速度惊人的叙事流通过程中，大众传媒起了推波助澜的作用。通常，当今的报纸会有文艺副刊，而副刊的一席之地专门用来报道出版动态、新书的书评书讯或者作家的访谈，但只在新书登台的这个月。某些名家的新作会引起媒体的一阵骚动，但这种轰动总是像过眼烟云，飞快地烟消云散。媒体的矛头朝秦暮楚，因为公众对报纸的注意力就是一天，确切地说是半天，因为晚上还有晚报和无数的电视节目，明天又有一大堆新的报纸如期而至。文学期刊的刊期一般是一个月或两个月，也就是说，两个月后，期刊变成了旧刊物，期刊上发表的作品就变成了旧东西，新东西会覆盖它。周而复始。出版的周期稍微长一点，最多也就是一年。新的出版物马上就把旧的取代了。没有一个书店会让一本书在书架上待太久，尤其是书店进门的畅销架，往往一两个月就会被撤下来，一般情况一年后就会被书店清理出门退货。就是名家，也有新作；即便旧作，也会有新的版本，图文本、精装本、自选集、文集、名目繁多的年度选本……越来越新颖、越来越精美的形式遮蔽了内容的残缺与陈旧。

遗忘似乎成了信息时代的必然命运，而一个作家要想不被时代冷漠，要想努力保持自己的知名地位，就不得不在大众传媒保持影响，不断地出新作、出新言论，争取上下一周的排行榜首。无法遏止的日新月异的出版速度像噩梦一样缠绕着作家，他们除了奋力向前奔跑以外别无选择。

苏童曾在一次作家座谈中谈道：

> 江苏的作家群是文学领域的劳动模范群，多年来不管世界风云变幻，他们的作品总是像一只打开的蜂箱飞出嘤嘤嗡嗡的声音，从不停歇，这种现象曾令外地的同行瞠目结舌，但我作为江苏作家群的一员，始终觉得一切都自然而然，迷恋写作是我们许多人的通病，著作等身是我们许多人的生活目标。当他把写作视若生活的重要意义，多产、高产便都是易于解释的，而且我希望不要听到别人对此的贬词，患有写作狂癖的人往往需要别人的爱怜或理解，而不是类如“粗制滥造”的攻讦，没有一个作家是抱着“粗制滥造”的欲念去写作的，有失败的作品，却不会有失败的写作狂热和激情，也不会有失败的写作过程。①

---

① 《文学和它所处的时代》，《上海文学》1993 年第 10 期。

不只江苏的作家群是这样，几乎我国各地的作家都是这样，那么多刊物要存在，那么多书号要派上用场，那么多约稿电话和信函，后面跟着的是那么多名与利，叫人如何能轻易拒绝？

勤奋的确可以有效地解决技术问题，所谓熟能生巧、勤能补拙，讲的就是这个道理。但是勤奋不能解决艺术的灵感问题、想象力的问题以及对世界与生命的理解方式等问题，而这些可能是文艺更根本的问题。如果从一个职业作家的角度来说，勤奋不仅是值得称道的，也是可以辩护的，但是勤奋绝不能成为粗制滥造的辩护词。理论上说，向上是人的天性，每个人都会有良好的动机，作家当然不会抱着粗制滥造的欲念去写作，可是这并不代表作家不会将写作当成手段。所以里尔克在给青年诗人卡卜斯的信中说：

> 只有一个唯一的方法。请你走向内心。探索那叫你写的缘由，考察它的根是不是盘在你心的深处；你要坦白承认，万一你写不出来，是不是必得因此而死去。这是最重要的：在你夜深最寂静的时刻问问自己：我必须写吗？你要在自身内挖掘一个深的答复。若是这个答复表示同意，而你也能够以一种坚强、单纯的“我必须”来对答那个严肃的问题，那么，你就根据这个需要去建造你的生活吧；你的生活直到它最寻常最细琐的时刻，都必须是这个创造冲动的标志和证明。[①]

显然，里尔克知道写作的滋味和艰难，更重要的是他提出了

---

① ［奥地利］莱内·马利亚·里尔克：《给青年诗人的信》，冯至译，上海译文出版社2005年版，第6—7页。

写作与生命本身的关系。将写作始终不懈地当成生命目的是非常困难的，正因为困难所以更加必须。严肃的作家在写作的目的性这一点上很容易达成共识，比如卡夫卡在他的日记里写道："要是不躲进工作里，我就完了"（1914 年 7 月 28 日）；批评家别林斯基要求"把写作和生活、生活和写作视为同一件事"①。英年早逝的作家路遥认为："作家的劳动绝不仅是为了取悦当代，而更重要的是给历史一个深厚的交代。如果为微小的收获而沾沾自喜，本身就是一种无价值的表现。最渺小的作家常关注着成绩和荣耀，最伟大的作家常沉浸于创造和劳动。"②

作为一项直接跟心灵发生关系的劳作，写作与体力劳动有着质的区别。技术熟练后可以进入一种随心所欲的状态，而写作一旦进入惯性的轨道，就容易沦为作家的手艺，说通俗点，也就是玩文字游戏。就像一个小孩玩拼图游戏一样，一旦玩熟悉了，无论从哪一块开始无论怎么拼都能够成图形。作家要玩文字游戏同样是容易的。故事每天都在发生，拼凑一个曲折离奇的故事不难，熟练的写作匠人无处不在。但叙事则是有难度的，对于自己没有经历过的境域，作家是否能够通过想象召唤出一个真实的境界？是否能够保证细节的合情合理？是否能够越过一己的生活抵达生活本身抵达存在？是否能够永远在场、永远及物？如今，众多时尚的成长小说要么留下清晰的模仿痕迹，要么打着明显的身体自传之烙印。就是因为作者停留在自己的经历中，未能从自己的个人经验中超越开去，未能真正地看见生活。爱伦堡在《捍卫人的价值》中要求："作家就应该在短暂的一生中体验很多很多

---

① ［俄］别林斯基：《别林斯基选集》第 1 卷，满涛、辛未艾译，上海译文出版社 1979 年版，第 121 页。

② 路遥：《路遥全集》，散文・随笔・书信卷，广州出版社、太白文艺出版社 2000 年版，第 7 页。

生活，他应该燃烧自己去温暖人们的心，他应该给人们的内心世界以光明，帮助读者更清楚地去看事物，更充实更高尚地生活。”①

尽管很多严肃的作家对写作提出了很高的内在要求，但曾经红极一时的作家王朔不顾这些传统，干脆将自己称作“码字儿的”，这固然是基于作者蓄意于宏大叙事的整体性话语环境中戏谑文学的神圣性，但也与市场经济条件下的稿酬制度——按字计费的特征不谋而合。所以，张抗抗认为王朔最大的贡献“在于他把‘文字’的价格炒了上去。‘买’‘卖’双方商讨稿价。”② 请注意，张抗抗在这里用的是“文字”而不是“文学”，这就不难理解关于她的《情爱画廊》借《廊桥遗梦》之机造成的宣传攻势以及文本中无孔不入的性爱场景。这一切无不意味着文学在 20 世纪 90 年代以来的位移。消费将文学从高高在上的精神飞地上拽下来，坠入平地，与其他文字站在同一起跑线上接受消费者的检阅。文学的功能历来众说纷纭，但一旦将文学与文字等量齐观，那么文学的娱乐性就成了出版商权衡的至关重要的因子。

文学的优越性丧失了，与之相伴的是作家的优越性的失去。同时，与文学同舟共济的文化的命运也发生了同样的转变，知识分子、文化精英遭遇了比政治惩罚更严酷的戏谑，正如陈平原指出：“此后，文化精英们所主要面对的，已经由政治权威转为市场规律。对他们来说，或许从来没像今天这样意识到自身的无足轻重。此前那种先知先觉的导师心态，真理在手的优越感，以及因遭受政治迫害而产生的悲壮情怀，在商品流通中变得一钱不

---

① ［苏］爱伦堡：《捍卫人的价值》，孟广钧译，辽宁教育出版社 1998 年版，第 31 页。

② 张抗抗：《玩的不是文学》，《文学自由谈》1993 年第 2 期。

值。于是，现代中国的堂·吉诃德们，最可悲的结局很可能不只是因其离经叛道而遭受政治权威的处罚，而且因其‘道德’、‘理想’与‘激情’而被市场所遗弃。代之而起叱咤风云的是‘躲避崇高’因而显得相当‘平民化’的顽主们。”[①] 市场经济通过经济杠杆重新调节了社会的阶层划分和格局。网络、电脑、信息传媒业迅速成为市场的新贵，在我们纪念恢复高考20周年的同时，高考致贫以及毕业失业已经成为21世纪初崭新的经济课题。知识分子曾经指点江山的激情遭到沉重的打击，他们不得不重新审视自己在消费时代的尴尬位置。“经济一旦启动，便会产生许多属于自己的特点。接踵而来的市场经济，不仅没有满足知识分子的乌托邦想象，反而以其浓郁的商业性和消费性倾向再次推翻了知识分子的话语权力。知识分子曾经赋予理想激情的一些口号，比如自由、平等、公正，等等，现在得到了市民阶级的世俗性阐释，制造并复活了最原始的拜金主义，个人利己倾向得到实际的鼓励，灵—肉开始分离，残酷的竞争法则重新引入社会和人际关系，某种平庸的生活趣味和价值取向正在悄悄确立，精神受到任意的奚落和调侃。一个粗鄙的时代业已来临……知识分子有关社会和工人的浪漫想象在现实的境遇中面目全非。大众为一种自发的经济兴趣所左右，追求着官能的满足，拒绝了知识分子的‘谆谆教诲’的钟声已经敲响，知识分子的‘导师’身份已经自行消解。”[②] 如何迅速地将知识权力转换为货币成了知识分子不得已的选择。众多的当代作家很快地调整了自己的心态，因为他们意识到时代的洪流不可抗拒，而自己的生存却必须继续。写作于是

---

① 陈平原：《近百年中国精英文化的失落》，《二十一世纪》（香港）1993年第6期。

② 蔡翔等：《道统、学统与政统》，《读书》1994年第5期。

由生命的必须蜕变为谋生的职业。写作的手段化、文学的文字化在一定的范围内似乎在劫难逃。

看看刘心武这段非常有代表性的言论：

> 在我看来，作家不过是一种社会职业，跟其他的社会职业，并无本质区别。不错，有严肃追求的作家，品位趋雅的作家，热爱写作因而功利心不那么强烈也就是说比较“纯粹”的作家，他写作时，要体现特立独行的人格、充溢创造性发挥的“文本”、新奇诡异的个人风格，可是他不能不考虑安全问题、温饱问题、出版问题，当然他应在可达性与可行性之间求得一个最大也最优的生存系数，他如向社会规范和市井俗尚过分尊媚，当然有碍他的突破创新，但是他完全不顾所在的环境而放肆地“伤时骂世”、心无读者地“严雅纯”到底以至全不考虑出版面世，那么，他不是傻子必是疯子。①

在这里，世俗的利益被置于文学性的前面成为作家首要的考虑因素。尽管这段话里面包含了某些偏见和误读，但依然可以代表很大一部分作家的意见和选择，日常生活获得了优先性与认同。

三 日常生活至上

记得新写实的主将池莉曾说：

> 现实是无情的。
>
> 它不允许一个人带着过多的幻想色彩，那显示琐碎、浩

① 刘心武：《话说“严雅纯”》，《光明日报》1994年3月30日。

繁、无边无际，差不多能淹没销蚀一切，在它面前，你几乎不能说你想干这，或者想干那，你很难和它讲清道理。

另一主力刘恒在对话①中谈道：

> 什么力量都可以改变文学，文学的力量却什么也改变不了。软件越来越发达，会写小说会写诗的芯片正等着抢大家伙的饭碗呢！我不是对我们的大脑没有信心，我是觉得市场的力量太强大，这些为文学操心的脑袋像葡萄一样，一碾就碎了。在市场的蔑视之下，我们看家的本领只剩下孤芳自赏了吧？

这样的话语实质上是在塑造一个事实。

与这种妥协态度如出一辙的是新写实小说中对主人公的叙述。比如《太阳出世》中的赵胜天，《烦恼人生》中的印家厚，虽然他们的生活充满各种烦恼、困窘和诸多的不尽如人意，然而，他们甘愿放弃涌动的欲望，甘愿放弃智性和主动性而听从环境的摆布，执意地维护日常生活的惯性运转并从中寻找现实的合理性。刘震云的《一地鸡毛》中叙述一对留京的大学生意气风发之际却遭遇了日常生活的种种打击，最终与日常生活同流合污；《单位》则直接将单位定义为分东西的地方，而且分的是烂梨子。刘恒的《贫嘴张大民的幸福生活》中张大民靠了一张贫嘴获得短暂的快乐，在瞬时的快感漩涡中沉迷。这一批产生广泛影响的作品莫不如此，它们共同为现存世界提供坚实的合理想象，消解我们曾经关于幸福的想象和生命应有的激情与意志。

---

① 刘恒、章德宁主编：《菊花的幽香》，同心出版社 2005 年版，第 63 页。

对现实无条件的认同、妥协与维护共同谱写了新写实的主调，归根结底，新写实是一种惰性的文学，它将日常生活的律令当成了至高无上的人生命令，听从现实的安排、役使，放弃了人之作为人的那种奋争精神和主动性，放弃了人强大的内心世界以及宽广丰富的内心生活，因而也就失去了根本的自由。对外面事物的关注和投入使人沦落为一种习惯性的生存的现实的套中人。外部的事物居高临下，人在外部世界的安排和役使下变得渺小卑贱。人由丰富多元变得枯燥单一，内心生活的艰难被放弃了。

自古天道与人心相系，而在新写实文学中，我们见不到人心，当然也见不到天道。我们见到的只是生活碎片之拼贴，而生活本身隐匿了，存在不再发光。天道酬勤。而在新写实作品中，勤劳只是惯性使然，并非人的主动选择，坚韧被麻木取代了，勤劳后边的智慧被取消了。人失去了自由，人被降低到与动物同一起跑线上，劳作的意义顿时黯然失色，只剩下一具具蝇营狗苟地存活的空洞的皮囊。

打开世界文学史，我们一定能够发现，经典名著的总基调不是妥协不是消解，而是抗争和奋进，而且内心世界从来优先于日常生活世界的，所以文学对内心世界的懒惰非常之警惕。这是文学真正的不息的主旋律，正是在这个意义上我们说文学是人学、人是一切事物的尺度。尽管新写实在对于现实生活细节的逼真呈现、对叙事的情感克制方面有所贡献，但是在主基调上却与文学的根本使命背道而驰了。塞万提斯的遗产被遗忘了，堂·吉诃德的小风车失去了力量。鲁滨孙依然在他的小岛上漂流。乌托邦则被人耻笑。

隔着 10 年的时光回望，新写实这股涌现于 20 世纪八九十年代之交的文学潮流对于 90 年代文学对消费的应和产生了明显的消极影响。那就是使广泛的时尚写作在顺从消费潮流的道路上渐行渐远，并且积极地参与消费社会的合理性想象。更年轻的一代干脆直接听命于本能的欲望的安排。理性被放逐，内在的是非判断和道德激情消失了。留在文本中的是今朝有酒今朝醉的纵欲与狂欢，以及今宵酒醒何处之茫然。文学长期在抚摩日常生活上停留。

新写实对日常生活碎片的逼真展示实质上遮蔽了更严肃的问题——作家为何写作与为谁写作等终极的问题。韦恩·布斯认为："小说修辞的终极问题，就是断定作家应该为谁写作的问题。"[①] 而鲁迅则在《南腔北调》集中表述："说到'为什么'做小说吧，我仍抱着十多年前的'启蒙主义'，以为必须是为'人生'，而且改良这人生。"关于小说的题材，鲁迅也有自己关于美之灼见：

> 世间实在还有写不进小说里去的人。当写进去，而又逼真，这小说便被毁坏。
>
> 譬如画家，他画蛇，画鳄鱼，画龟，画果子壳，画字纸篓，画垃圾堆，但没有谁画毛毛虫，画癞头疮，画鼻涕，画大便，就是一样的道理。[②]

如果从韦恩·布斯和鲁迅的要求来考察，那么新写实文学无疑是南辕北辙的，倒是与20世纪末越演越烈的时尚写作在精神血脉上如出一辙，他们都是为货币经济写作，因为这些作品塑造这样的事实，那就是人们生活的唯一依据就是事物的货币价值，

---

① ［美］韦恩·布斯：《小说修辞学》，付礼军译，广西人民出版社1987年版，第408页。

② 鲁迅：《半夏小集》，原载民国版《作家》第2卷第1号。

是量而不是质。而这种缺乏确定意义和幸福感的生活正在成为新的都市图景，正在成为困扰我们的生活之网。新写实文学发展了文学轻的一翼，然而只是羽毛的轻而不是小鸟的轻盈，因此是随波逐流的轻、是无法飞翔无法致远的轻。这种写作放弃了应有的批评姿态，而这种批评在19世纪末已经被西方哲学家注意到了，“由于货币经济的原因，这些对象的品质不再受到心理上的重视，货币经济始终要求人们依据货币价值对这些对象进行估价，最终让货币价值作为唯一有效的价值出现，人们越来越迅速地同事物中那些经济上无法表达的特别意义擦肩而过。对此的报应似乎就是产生了那些沉闷的、十分现代的感受：生活的核心和意义总是一再从我们手边滑落；我们越来越少获得确定无疑的满足，所有的操劳最终毫无价值可言……一种纯粹数量的价值，对纯粹计算多少的兴趣正在压倒品质的价值，尽管最终只有后者才能满足我们的需要。”① 消费社会，一切都变成了数量和数字，具体的事物及其切实的内在品质离我们越来越远了。真实感、确定感也将我们抛弃了。陪伴我们的只是被挑起的欲望、乍一看来似曾相识的感觉和无言的欷歔。

四 影视模式、全民写作及低龄化倾向

相对于文字，图像是更具亲和力的，观察一个婴儿的生长过程可以发现，图像要比文字来得直接，更容易接受。根据麦克卢汉《理解媒介》中的观点，印刷文化是线性的，而视觉文化是同步发生的。那么从对速度的盲目追求来说，线形的显然更耗费时间，而同步发生的视觉文化则貌似给了人更多的信息，尽管这种

① ［德］西美尔：《金钱、性别、现代生活风格》，顾仁明译，学林出版社2000年版，第8页。

信息的给予是以破坏受众的想象力和打断思维的逻辑性为前提的。而且，一个遥控器、一只鼠标似乎就可以将我们与外部世界即时的瞬息万变联系起来了，空间、时间这些亘古的困惑如今对我们似乎都不再是问题。

所以，相对于传统的印刷媒体，携带着声音、切换着镜头扑面而来的影视等以图像为载体的媒体是更强势的。凭着技术的更新，电子媒体超速扩张。尤其是网络这种电子媒介，目前还处于起步阶段，其未来的发展趋势将无法设想。

考察影视近一百年的历史，几乎所有影响较大的影视皆来自小说母本，很少直接采自剧本。除了波澜起伏的故事外，小说在人物的心理深度开掘方面一直是影视从业者重要的借鉴。

> 群众娱乐（马戏、奇观、戏剧）一直是视觉的。然而，当代生活中有两个突出的方面必须强调视觉成分。其一，现代世界是一个城市世界。大城市生活和限定刺激与社交能力的方式，为人们看见和想看见（不是读到和听见）事物提供了大量优越的机会。其二，就是当代倾向的性质，它包括渴望行动（与观照相反），追求新奇，贪图轰动。而最能满足这些迫切欲望的莫过于艺术中的视觉成分的了。①

丹尼尔·贝尔的论述为电子媒体的蓬勃兴盛提供了理论依据。过去，我们谈论“触电”这个问题时往往停留在电视剧的稿费高这一表象上，电视剧之所以能提供高稿费固然是由于电视台由此得到了巨额的广告费，而究其内里，还是因为视觉成分的优

---

① ［美］丹尼尔·贝尔：《资本主义文化矛盾》，赵一凡、蒲隆、任晓晋译，生活·读书·新知三联书店 1989 年版，第 154 页。

越性、娱乐性，观众获得身临其境的假象并随时地假想自己置换主人公，电视机与沙发占据客厅中央也决定了它可以赢得观众。

随着市场经济的确立，电视台的数目剧增，电视频道、电视连续剧及其他节目更是成倍地增长，很多影视公司应运而生。他们不仅成立专门的阅读小组从传统的文学期刊选材，而且积极地与看好的写作者签约，丰厚的稿酬成了最佳诱饵。

能提供一个精彩的故事就会得到影视界的青睐，先锋文学曾经积极推进的叙事形式正是他们所鄙弃的。这种与高稿酬相连的审美趣味公开地影响着写作的趣味取向，尤其是海岩、潘军这样直接参与影视工作的写作者。“能够彻底牵制艺术家的却是压力本身（以及随之而来的巨大威胁），因为他们总得以审美专家的身份去适应商业生活。”[①] 电视剧的冗长、散漫干扰着印刷媒体所必备的理性、逻辑性。编织一个离奇的险象环生的故事，并重视其中的视觉刺激就变成了写作的要求。

由于电子媒介的日益发达，尤其是网络的通畅和普及，许多年轻的写作者迅速浮出水面。他们不要写作的历史，不要写作的艺术，甚至也不要写作的技术，他们将文学直接等同文字游戏。只要认识字的人都可以参加到这种游戏中来。拥有电脑操作技术的都市青年迅速地以青春的激情与浪漫、困惑与叛逆获得了同代人的拥护，当然这种支持稍纵即逝。他们的作品大多带着自传的基因，打着强烈的自我印记。而且由于他们不再顾及文学史的前提，也不再顾及文学的艺术性，那么写作疆域的扩大、严肃性和通俗性的界限的模糊、无厘头等非艺术因素的纳入就变成必然。

疯狂的出版速度成就了很多少年作家，他们凭着年龄优势跨

---

① ［德］马克斯·霍克海默、西奥多·阿道尔诺：《启蒙辩证法：哲学断片》，渠敬东、曹卫东译，上海人民出版社 2006 年版，第 119 页。

越了出版的栏杆，并得到媒体连篇累牍的炒作。“新概念”作文比赛几乎成了一个催生少年文学明星的摇篮。

才情写作如果不能同广阔的生活世界发生关联，那么除了在低水准上进行自我复制之外，作家很难从自己的生活拓展开去进入到生活本身，也无法获得写作的宽广性。最近发生的郭敬明的《梦里花落知多少》抄袭庄羽的《圈里圈外》事件可能还只是一个引子，将带出更多的抄袭事件。以至于编辑在一篇新稿到手的第一件事竟然是要甄别稿件的真实性，而文责自负乃写作的最基本常识。电子媒介、搜索引擎在给消费提供方便的同时已经预设了麻烦。

文坛的抄袭事件并不是从郭敬明开始的，以前就有一位名作家将黄庭坚的名诗当成自己的作品，而且肯定还有更多抄袭的事件没有被揭露出来，但郭敬明是青春文学明星，是“80后”的“形象大使”，所以，他的抄袭事件同他的作品一样具有非同寻常的消费意义。尽管郭敬明在开庭时选择了躲进洗手间，但他无法抗拒时间的年轮，他总要从厕所里出来，面对自己的写作。如果他不能有效地从青春偶像的光环中出来，那么除了继续更加隐蔽地抄袭之外，我想不出他还有什么办法保持住自己的偶像地位，还有什么办法继续留在福布斯排行榜上。

写作的速度正在替代写作的难度。信息的泛滥正在掩盖事物的真相。目不暇接不仅是我们的日常生活状态，也是写作的常态，这种慌乱在文本中留下了明晰的痕迹。我们除了在这种慌乱的印证中得到自嘲和娱乐的谎言之外一无所获。就像高速公路的到来改变了人们以往骑马看世界的印象一样，从容、舒缓、精微的叙事时代和与之相联的审美情趣一去不回头了。

作为一名作家，我们尤其要审问，我们是否浪费他人的时间，鲁迅先生提醒过我们浪费别人的时间就是谋财害命。我们还要在跟出版社谈判的时候仁慈一些，因为这种狮子大张口的直接后果就是书籍的过度包装以及阅读成本的提高。我承认，装帧设计艺术需要发展，人类的视觉需要刺激，但是，如果我们知道十年树木的基本道理，我们就应该少要一些豪华版、精装版，少要一点书的腰封，少要一些护套，少要一些铺天盖地的炒作，因为每一项后面都可能跟着树木的砍伐，跟着森林和植被的破坏，后面跟着的是全球变暖和气候的恶劣变化。

假如文学已经不能在公众生活中引起必要的反省，我们作家至少还可以从自己做起。我不要躲在“我们”后面乘凉。“我”要随时敢于审判自己，“我”要躬身自问“我奢侈吗？我浪费吗？我过的生活罪恶吗？”我们每一个承担公职的包括担负公共使命的职业的人都应该率先承担起自己的那一份。

第十章

专栏写作的娱乐、教育与审美

第一节　人生是检验写作的唯一标准

可以不夸张地说我们进入了一个“专栏时代”，报刊网络专栏遍布，吃喝玩乐，旅行收藏，样样俱全，专栏卖的不是文章而是作者。这个时代，品牌的价值大大地超过商品本身，专栏即是例证。当我们约一个专栏的时候，我们判断的依据就是这个名字的符号价值，我们并不预先知道作家会提供什么样的作品。与其说我们在阅读专栏，不如说是扫描专栏，我们一目十行只为找到自己的兴趣，很多专栏与我们失之交臂。这种姿态导致我们对专栏写作丧失敬意，当我们谈论专栏写作时往往带着某种不屑，觉得不过如此。对专栏的轻视心态背后是否隐含着对长篇大论根深蒂固的崇拜，还是心中对文体有贵贱尊卑之分。

就是带着这种陈见翻阅吴淡如的专栏，那“淡如无”的风格虽然缥缈，却如一缕悠香驻扎心头挥之不去，这缕香使她从众多同行中脱颖而出，女性尤其容易从她轻松自如的文字中找到共鸣。

最近，花城出版社出版了一套她的文集，包括《聪明女人企划书》、《成熟的爱情不走音》、《自恋总比自卑好》、《不做情绪的顺风草》、《那些 EMBA 教我的事》等，这让我得以全面了解吴淡如的写作风貌。此前东鳞西爪地看，感觉她是女权的、爱情的、风花雪月的。现在，伴随文集一路行走，发现她的文章包罗万象，涉及生活的各个方面，那些案例往往就在我们身边，像邻家阿妹一样亲切熟悉。罗素说不经检点的生活是不值得过的；吴淡如的文章表达：未经认识的生活也是不值得过的。

我以为阅读吴淡如最重要的是放下内心的顾虑去接近她的人生观。

提起人生观，很多人要发笑，觉得我是小题大做，动不动戴这么顶大帽子。我并不想辩解，真实的情况是，在中国内地，至少到我们“70 后”这一代，不曾接受过健康的人生观教育，对于自我的了解，对我与家庭、我与社会及集体、我与领导和同事、我与人生伴侣的关系的认识与处理几乎是一片空白。相反，我们接受了很多思想、偏见成见乃至误导，生活被这些宏大的主义架空了，找不到现实的落脚点，而且更多的沉重无形的桎梏套在女性心灵深处。比如，在我就职的外语大学，因为女生人口众多的缘故，她们喜欢要求我讲女性主义。我通常先问她们是怎么理解男女平等的，大部分女生的回答是家务平分，甚至还要列举隔壁叔叔劳动模范的例子。我说你不如找一个家务全包的保姆。哄堂大笑，一片狼藉。

健康丰满的人生观建立在对人生和自我的深切认识的基础之上。与自我拉开距离、将自我当成对象来认识是缠绕我们一生的首要问题。

人生在世，看起来离奇复杂、千奇百怪，“各有各的不幸”，但囊括起来，只有两件大事：为人和处世。为人说的是如何做好自己，处世就是处理自己与他人、与这个世界的关系。

甭看很多成功人士在公共领域风光显赫，但却把私人领域处理得一塌糊涂，让亲朋好友别扭，且离其越近遭罪越多；还有很多好心人凑在一起却把事办坏了；也有一些长辈动口则曰“我这是为你好”，这实质上关涉我们如何看待人生。健全的人生观是走向幸福生活的基础，而吴淡如的写作帮助我们建立健康的人生观，恰到好处地平衡公共领域和私人领域，使“真我”得以彰显，为人处世而能不违背赤子之心。

我是一个什么样的人，我来到这个世界到底为什么，我想要什么样的生活，怎样去实现自己的目标，这些问题可能很多人不曾自我追问过。那么多盲目的自杀者、自虐者、自残者就是最典型的例子。

在中国文化传统里，“男主外、女主内”已内化为一种生活方式。女生从经验上觉得男人干点家务就实现平等了。殊不知，这只是表象，内里是男性对女性的尊重与理解。说到底就是从心理将男女同等看待，要而言之就是把人当人，让女性与男性一样有权利追求自己的梦想。而女性只有具备了正确的观念才有力量和勇气去清除人生道路上的诸种障碍。流言蜚语、恋爱失败从来不能阻挡生活的强者。吴淡如列举了各种各样的恋人和伴侣，青梅竹马、初恋情人、单相思者、占有欲强者、自虐狂与施暴者、唯美主义者、洁癖者、情妇、哀怨者各色人等，他们在婚恋生活中犯了各式各样的错，不仅伤害了自己也给别人带来痛苦，而很多误会根源恰恰来自我们的“想象力”，我们总是过分地依赖于自己有利的想象力，想象力为我们创造爱，也为我们创造“假爱”，这种想象力使我们丧失辨别真相的勇气和承担真相的能力。

选择以爱情为人生的视点并不是为了哗众取宠，而是因为爱情是人生观的炼金石。在恋爱中坚持尊严，在追求幸福和快乐的时候不违背自我，这是吴淡如提出的信条。要给别人带来愉悦自己首先要是个快乐的人，要给别人爱情自己首先拥有爱的能力。

多少智者、成功人士、伟人名人并不能与爱人和谐相处，因为爱情往往使人盲目痴迷，使人遗忘自我、迷失自我。而能处理好爱情婚恋关系的人一定能够处理好自己与整个世界的关系。这也与我国古代要求“平天下”者要先“修身”异曲同工，“修身”就是客观地面对自我，不断审视自我调整自我以达到天人合一之境。在审视自我的同时会知道世界的差异性，人与人的差别并不比人与猴子的差别更小，有些人喜欢安逸而有些人喜欢登山，有些人选择赚钱而另一些人选择“贫贱不能移”，世界上有多少个人，就有多少种梦想，每个人来到世间都携带着独特的生命记号，世界也是由于人生的多样性才呈现美丽和魅力。但是，随着我们被家庭和社会的规训的时间越长，我们会渐渐模糊自己本来的想法，我们会偏离自己本来的样子而随波逐流，我们会越来越因外部影响而不自觉地偏离自己的人生道路，正是因为坚持是如此困难，但丁所谓“走自己的路，让别人去说吧”这种朴素的格言才散发恒久的光辉。

我们可以交换礼物，却不能交换人生。我们到这个世界来一趟就是为了有尊严地活着，并实现独一无二的自己！在人生道路上，我们总是不断地碰到十字路口，很多情况下，我们身不由己地跟随大多数，并以多数人的选择总不会错到哪里去来安慰自己，仿佛自己遭遇的不适或痛苦因为有人陪伴而减弱了。我们在用他人的或社会的标准置换人生，这是一种错误，比如同样价钱挑水果的时候，大家都选了价格昂贵的榴莲，你也跟着，其实，你可能完全无法忍受榴莲的气味。这种貌似划算的选择只是让你徒然受苦。选择人生职业和伴侣的时候，这种情况同样容易发生。比如，你分明厌恶数字，却因为财务被认为是最好找工作的专业而挑选；你明明讨厌奶油小生，却因为大家说他斯文俊秀而选择，或者你明明讨厌繁文缛节，却因为大家一致说对方家里是名门望族而认同……诸如此类的事情时常发生。选榴莲的事情最坏的结果只是浪费金钱，而挑选职业或人生伴侣的结果却是浪费人生。

以别人的标准要求自己或以自己的标准要求别人，无论是父子还是夫妻之间，也不管这种标准看起来多美，都有可能给生活带来意想不到的损失，学会“退一步”、“放弃一点点”，都可避免因小失大。

现实社会中，“金无足赤，人无完人”，我们得面对很多毛病，比如焦虑、怨天尤人、烦恼、愁苦，等等，有些是自己身上的，有些则是别人身上的。我们如何摆脱这些自己并不喜欢的生活习惯，避免当“祥林嫂”？仔细想来，绝大部分焦虑和烦恼真的一点作用也没有，只是徒然。与其花时间来烦恼焦虑，不如花心思积极为明天做准备，早起的小鸟有虫子吃，机会往往光临有心人。心想事成不是让你无端端地狂想或焦虑，而是让你积极面对自己的目标。人生目标就像寒冬的火炉一样召唤我们靠近，有明确目标的人心中有火光燃烧，不仅照亮自己也温暖路人。这样的人即便失败也依然有尊严。

西方心理学的成果显示，我们的自我评价要比外人对我们的评价更高，也就是说“当局者迷、旁观者清”，吴淡如告诉我们“自恋总比自卑好”，自卑不是谦虚，自卑会使人否定自我，丧失生活的热情，自卑者因为看不到自己的价值往往容易自虐甚至仇恨整个世界，所以自卑是生活最大的敌人。对于自恋者，吴淡如以自己幼时模范学生的真实经历告诉我们，对于世界和他人自己根本没有想象那么重要。

恰如其分地了解自己有多么困难，吴淡如的帮助就有多么可贵。

古老的西谚说“认识你自己”，中国仁人曰“知人者智，自知者明”，“自知”与“知人”是吴淡如全部写作的终极目标。她像旧时盛夏晒家当一样展示人生的全部细节：皱纹与沟壑、欢颜与坦途。

假如我们撇开专栏作家、女性、情爱这样笼统的名头，而贯之以人生的检校标准，我们就会更加亲近吴淡如，亲近自己；同时积极面对人生，并赞美这个污浊与圣洁、残酷与温暖并存的世界。

第二节　专栏的娱乐与审美

“馋宗大师”沈宏非曾在其博客上感叹现今图书市场缺乏闲书。畅销就是硬道理，书店也成了“一人得道，鸡犬升天”的卖场，成功人士得意洋洋的姿态、好为人师的脸，以及背后那些“不得不说的故事”……能够在书店门口躺着的除了励志书，就是实用书，教你发财、成功、规划人生、持家理财、美容、保持青春享受情欲、保健以享受金钱带来的荣耀，仿佛人生就只有货币一种哲学，货币乃成功的象征。在这些事功的书面前，那些博人会心一笑，逸情消时的闲书无地自容，闲心也不合时宜。事功的泛滥必然伴随着闲情的匮乏。就是在这样有点畸形的图书市场，沈宏非这些“写给食物的情书”让人眼前一亮，食欲顿生。

沈宏非在上海、广州、香港等城市之间最终选择了安居广州，地利人和一相逢，便胜却人间无数。话说吃在广州，沈宏非和广州的吃相得益彰，广州的美食滋养着他肥胖的身躯，他则以美文回报这座城市五光十色的“新生活”，成为名副其实的形象使者。

一　写给食物的情书

写给恋人的情书我们读得不少，但是写给食物的情书我们所见不多。好吃和懒做并列成为我们俗常生活中的两大罪状，暴殄天物、穷奢极侈的帽子我们唯恐避之不及。尽管“民以食为天”等说法努力让我们找到了享受物欲的某种正当性与合法性，但是根深蒂固的文化禁忌总是让我们面对满桌美食“停杯投箸不能食”，在香雾缭绕中冥想“三月不知肉味”的韶乐、默思“一瓢食，一箪饮”、“君子之交淡如水”等古训。我们将压抑世俗欲望当成美德加以光大。

沈宏非正是在这种空气饥馑却叙事宏大的环境中成长的，他厌腻了，他只想解馋不想讲大道理，相反，他要颠覆大道理，调侃假道学，在道德和欲望对弈的时候，他选择帮欲望呐喊助威。道德就是那些美貌非凡的女性们的面纱，沈宏非要摘下面纱来接受那从心灵的深渊散发出的清纯和放肆，诱惑不是用来抵挡的。他不仅要没有禁忌地食，还要大张旗鼓地写。一天天地对着食物抒情，终极目的只有一个，不是为了拥有而是对“逝者如斯”的反抗，通过这些曼妙的想象以期将食物的精华——气味和滋味——长留人间，“以唤醒回忆来消解现实的乏味，抵抗时光流逝带来的焦虑。”恰如普鲁斯特在《追忆逝水年华》中关于“小马德兰点心”的回味：“气味和滋味却会在形销之后长期存在，即使人亡物毁，久远的往事了无陈迹，惟独气味和滋味虽说更脆弱却更有生命力。”虽说品尝食物靠的是味觉，然而，写食的时候更多的是调动嗅觉和视觉，通感此时翩翩起舞。那些卑微的事物、细小的灵感、庸常的情趣纷至沓来。

让大家放下包袱、全神贯注地吃，让大家开怀畅饮却意味深长地笑，让大家在吃饱喝足之余仍满怀遐想，这大概也算沈宏非的写食专栏的初衷，因为他信奉：“吃饱喝足，即使肉身不在天堂，天堂亦在每一个人的心中。”沈宏非不玄置天堂，也不空谈灵魂，他不迷信二元对立，他见惯矛盾并积极消解之。在他看来，心不在别处，心在肉身之中；天堂也没有高高在上，而是化在衣食住行中。一花一世界，一果一天堂，食物自有其道，吃中蕴含真理。就是俗世间最崇高最纯洁的爱恋也须落实到人间烟火才能修成正果。

> 尘世间没有庸俗的饮食，只有庸俗的饮食者；有卑微的男女，而没有卑微的恋爱。弗洛斯特写道："你要爱，就离不开这个世界，除此之外，我想不到还有更好的去处。"如果把爱缩微成男欢女爱，把世界具体到屋檐下，那么你要恋爱，就离不开饭桌。除此之外，我同样也想不到还有更好的去处。（《爱在餐桌的日子》）

爱如此，世间万物皆如此。"爱本身就是深入到精神中的某些肉欲。由于爱，我们才得以感觉：凡是精神的必有属于它的实质的肉欲成分。"① 我们无法扯着自己的头发去追逐精神的飞翔，我们也无法脱离沉重的肉身去寻求没有羁绊的自由。

饮食文化是我国悠久文化的重要组成部分，写食这份闲情逸致也在我国古代士大夫中流传甚广。在古老的《山海经》中，就有关于吃的传说：吃了祝余草就可以不饿，吃了类（一身具有雄雌两体的动物）的肉就不会生忌妒心。今天，茹毛饮血已被文化的身体本能地排斥，原汁原味却被保存下来成为我们的崇尚。人作为万物灵长的观念驱使我们在饮食上日趋猎奇，任何濒临灭绝的珍稀动物都在劫难逃，中餐烹饪的繁文缛节也展示了我们这种古怪的心理，保健进补更是寸步不能离开食物。

---

① ［西班牙］乌纳穆诺：《生命的悲剧意识》，段继承译，花城出版社 2007 年版，第 164 页。

食，既是自然的生理的需求，也是文化的心理的欲望。“所有的文化，由于是自然的分离物，其自身就带有瓦解、毁坏乃至灭亡的病菌。”[①] 当今的食，日益由生理需求转化为心理欲望。我们在饭桌上花销的时间和金钱越来越与生理需求的充饥相脱离，太多的额外因素被附着在饭桌上，吃过什么以及和谁同吃甚至成为衡量人生成功度和丰富度的指标。

沈宏非曾在接受访谈中界定自己“不是圈里人”，在他看来，以往的写食“一种是汪曾祺陆文夫他们，其实是在美食中寄托了太多的文人理想，有点醉翁之意不在酒；再往前的李渔，很多东西过时了，我引用他是因为放在现代汉语的语境里显得有趣。另一种是媒体的美食版，介绍一些菜系或者一道菜怎么做，但不会打出餐馆电话。”尽管他说自己路数不同，但实质上仍然是“醉翁之意不在酒”，“在于似与不似之间”。食物只是载体，抒情才是本意。至于文人理想，大雅大俗，谁能划界？

在一个“性欲成为头等大事”、一切均被谱上“性的颤音”的消费社会，作为一个饮食消费者，沈宏非的意象也时常地被性感所浸染，比如让水鱼和锦鸡一起吟唱“霸王别姬”，红枣和猪蹄演绎“梅开二度”，冬笋和薄荷舞出“天女散花”，而一只猪腿和海蜇丝的相依为命可以让他联想到流行歌曲《穿过你的黑发我的手》……

“消费社会”这个时髦的学术术语在他这里具体化为一个“逛”字，他以直接的经验的方式迅速捕获了我们时代的秘密，如《逛网络和逛马路》中所述：“我怀疑，对于消费者，尤其是女性消费者来说，在马路上逛至‘脚板生疼，花容失色’，可能

---

① ［德］维尔纳·桑巴特：《奢侈与资本主义》，王燕平、侯小河译，上海人民出版社2000年版，第63页。

正是购物享受的不可分割的组成部分。”购物和逛两种不同的功能构成了消费品使用价值和符号价值的源泉并导致二者的分离，购物购的是事物的使用价值，而逛所携带的欣赏目光结晶成事物的符号价值，名牌和时尚正是由消费者的逛获得了与使用价值完全不相匹配的符号价值。所以，要凝结足够高的符号价值，一条迷人的商业街要以展示和诱惑为目的：

> 作为城市里的主商业街，“逛”的功能与购物的功能可能是一半一半的，前者甚至要超过后者……逛马路是一种目的性和指向性均并不甚明确的、类似于“漫游”的行为，而除了手机之外，一个人在中国各地的商业街上的漫游都应是放松自如的。

沈宏非的专栏也是一条这样色彩斑斓的商业街，让我们在美食美色中“漫游”，分不清自己到底是想在其中获得烹饪知识、饮食文化还是仅仅唤醒沉睡的馋感。请他开专栏和阅读他的专栏都意味着一种时尚，这超越了食本身。

二 词语过敏症与疗救

沈宏非曾在《白痴造句》一文中感叹：“我的过敏是所有已发现同类症状中最棘手、最痛苦的一种：因为我的过敏源乃是某些十分常见的词汇和句子，而其他过敏体质的人每天遭遇花粉或乌龟的机会相对就要小得多。”又在《糙词》一文表示：“继‘亮丽的风景’之后，‘打造’就是一个新增的过敏源。我对‘打造’过敏，其实并不是嫌它恶俗，嫌它泛滥，真正让我浑身不自在的，是它的由雅转俗的过程。俗词就像俗人一样，原本不俗的，雅的多了，也就俗了起来。”沈宏非在文尾得出结论：“故词语过敏症纯属个人思想问题”。的确，一个人对词语的敏感程度也是其人其思是否敏感的表征。词汇与个人对世界万物的认识能力、理解能力密切相关，词汇的贫乏就是思想的贫瘠。时代的“显词”有如时代的皮肤，我们可以由此触摸时代的心灵。词语过敏症背后必然伴随着思想过敏症，这种过敏只能以自己独特的话语方式来缓解。

这种过敏卡尔维诺患得也不轻，沈宏非引用了他在《未来千年文学备忘录》一文中的忧虑表述：“有时候我觉得有某种瘟疫侵袭了人类最为独特的机能，也就是说，使用词汇的机能。这是一种危害语言的时疫，表现为认识能力和相关性的丧失，表现为随意下笔，把全部表达方式推进一个最平庸，最没有个性，最抽象的公式中去，冲淡意义，挫钝表现力的锋芒，消灭词汇碰撞和新事物迸发出来的火花……我关心的是维护健康的办法。”我们知道，古希腊为人下的定义是“会说话的动物”，语言之所以能有效地将人与其他动物区分开来，是因为语言不仅是思想的媒介，也是思想本身。“交流工具”是对语言的简化。

沈宏非的词语敏感症既让他时常感到痛苦，也让他能迅速抓住事物的内核，由语言的通道长驱直入，如他能由“干”、“搞”和“做”三个简单的动词区分出第四、五、六代电影导演的美学区别。沈宏非的写食不仅要摆脱长期以来饮食的饥馑，更要驱除写食话语的贫乏。思想、语言、文字原本就是一体，沈宏非通过彻底解放感官来解放思想解放话语方式，以期恢复对事物的感觉。

当代叙述学告诉我们重要的不是写什么而是怎么写。这也是叙事的魅力所在，“江月年年望相似。”叙事内容中并无新事物，新是新在叙事形式中。美味、美色只是沈宏非的叙述对象，而使其受到粉丝们热情追捧的终极秘密却是他独一无二的话语方式，是他那无所不在却恰到好处的拼贴、戏仿以及解构。构成其话语拼贴的资源丰富如许：短信，以色情和政治为两翼的短信；流行歌曲，经典诗词，学术论文，严肃文本，时髦语词……袁枚的《随园食单》，李渔的《闲情偶寄》等闲书更是他常引常新的经典。

在沈宏非这里，经典的文本并不比流行歌词甚至颜色短信高人一等，它们平等地站在作者的笔前；作者在叙述中也对之等量齐观。拼贴取消了事物的特权，也消解了事物的深度，让出身不同的文本天涯若比邻，在同一壕沟里并驾齐驱并肩作战。电脑和网络所提供的拼贴与搜索技术被沈宏非运用得游刃有余，化为强劲的技术支持和知识支持。尽管他堪称满腹经纶，但如果我们把他关在铁屋子里，像过去的八股考试一样只提供一笔一纸，我相信沈宏非就是会十八般武艺也无济于事，短路的情况会不时降临，他的写作面貌也会因之截然不同。

标题，作为展示文本的首要方式，在写下标题的瞬间就为全文定了调，这定调的一瞬也充分体现了沈宏非的戏仿本领。戏仿，是“去中心”化的有效途径，是颠覆也是建构。《假如普希金欺骗了你》明显地戏仿普希金的经典诗歌《假如生活欺骗了你》——“对元叙事的怀疑”——利奥塔尔对“后现代”的命名。类似的标题方式俯拾皆是，如《郁闷乎文哉》、《论老字号的倒掉》、《食蛇者说》、《动物仍然凶猛》、《安能辨我食雄雌》、《霸王别鸡》、《留学趁早》等标题无不是对经典的戏仿；《你是我心中永远的辣》、《就这样被你蒸熟》等是对流行歌曲的戏仿；《中国式移动》、《绵羊大尾巴的幸福生活》则是对流行影视的戏仿。这种修辞造成一种熟悉而新颖，既拉近又隔离的话语效果，让人莞尔。置身“娱乐至死”的时代，戏仿也成为专栏最主要的话语方式，这甚至也构成当代日常生活用语的一种方式。

与戏仿同样出色的是隐喻。“没有隐喻就没有诗”，没有隐喻也就没有沈宏非的专栏。破解他专栏中的隐喻得到会心一瞬已成许多读者的阅读甜点，虽说填不饱肚子却能让愉悦在心间长久荡漾。

三　开放的专栏体

写给食物的情书让我们一见到沈宏非的名字就产生垂涎的条件反射。殊不知，沈宏非在“煮字疗饥”的同时还善于做“思想工作”，制造“笑场”，通过“黄色潜水艇”观察我们的欲望世界。那些敏锐的观察和精辟的结论往往比灰色的理论、冗长的论述更能深入人心，因为他紧紧地抓住了时髦之毛下的时间之皮，如在《我帮你抱着这个猴》中写道：“文化人和没文化的人其实也都是爱看电视的人，重大区别在于：看电视对后者的作用是娱乐，对前者的作用则是使其再次地获得了‘文化人’的自我身份认证。”关于电视的文化价值这样严肃的课题在沈宏非笔下迅速地水落石出——“电视也许生来就是个丑孩子，不过是非还是让文化人去理论吧，我帮你们抱着这个猴。”只要撇清文化人的身份，作为自然分离物的文化就会更加靠近自然。价值的高下、趣味的雅俗之争就丧失了必要，而娱乐正是人这个由类人猿进化而来的物种至死不渝的热爱，而且正在被日甚一日地追逐。

《经济偷窥学》一文则将经济的繁荣程度与女性的胸围大小、女性鞋子的开放程度以及裙子的长短等完全与色情性感相关的数字联系起来，这些来自现实的经验不仅从另一个层面落实了女性作为他者的“被看”的地位，也与社会学家桑巴特的观点异曲同工：“凡是在财富开始增长而且国民的性要求能自由表达的地方，我们都发现奢侈现象很突出。如果奢侈现象不突出，那么在这个地方性受到压抑……如果奢侈成为个人的、物质主义的奢侈，那么它必然取决于被激发的感觉官能，尤其是取决于受到色情主义决定性影响的生活模式。”① 与其说这种对时代的敏锐来自他的博览群书，不如说来自他对“饮食男女”的欲望直觉。

关于沈宏非的专栏及其价值，朱伟在为他的书撰写的序言中谈得非常到位：

> 王小波是一个愤怒而疾恶如仇的诗人，沈宏非是再大的愤怒都会消解成笑谈的实用主义者；王小波是那个思想贫瘠年代里成长起来的思想渴望者，而沈宏非是在思想泛滥的年代里囤积太多思想后对思想的解读者。两者对媒体提供截然不同的价值。
>
> 沈宏非写作的工具，我以为是罗兰·巴特与福柯。罗兰·巴特的符号解读与福柯的权力分析，构成他评说流行“思想”的基础。但他既无意于步建构符号学或权力哲学的后尘，也无意于社会生态学的研究与批评，目的只在利用现成的语言工具对某种符号关系的分析与推断……我以为，沈宏非专栏的价值可能就在这调侃之能事之上。②

事实上，沈宏非的思想资源以及兴趣出发点往往也在那些短小精彩的只言片语中。比如，他喜爱诺贝尔经济学奖获得者弗雷德曼所言：“经济学的精要就是世界上没有免费的午餐，其余都是枝节。”正因为“没有免费的午餐”这一精要，所以沈宏非的专栏从“午餐”开始。

---

① ［德］维尔纳·桑巴特：《奢侈与资本主义》，王燕平、侯小河译，上海人民出版社2000年版，第81—82页。

② 朱伟：《序：沈宏非的文字料理学》，见沈宏非《思想工作》序言，四川人民出版社2003年版，第4页。

当“馋宗大师”的地位奠定之后，沈宏非的写作更是信手拈来，有他永不厌倦的吃，乐此不疲的性，也有每天粉墨登场的文化新闻、娱乐新闻，每遇这种以新闻为契机的文章，沈宏非则会特别注意信息的准确性、客观性，他会尽可能提供些翔实的背景资料，尤其记得让数字说话，制造真实的幻景。

每日专栏是现代新生事物，是报刊大规模扩版印刷物激增的产物。纸质传媒上的每日专栏正如每晚一集的电视连续剧，是现代媒体时尚和格调的标记。专栏就像舞台的帷幕，拉开现实生活与新闻时政的距离，让我们紧张的心得到休憩和闲适；同时又是一种引诱，让我们期待“明天会更好”，并对帷幕背后的舞台充满更深的张望。

专栏从不纵容字数扩张，会在长度上有所规定，这种限制就是开栏者的镣铐，“语不娱人死不休”，一方面有效地避免了把文章写坏，体积的小巧玲珑也符合我们的生活节奏，犹如紧张生活的消化酶。另一方面也会怂恿蜻蜓点水，点到为止，把我的翅膀留给自己，你的波浪让你带走。梁实秋先生曾经告诫我们：好的文章未必短，坏的文章一定长。根据长短这个检验文章好坏的最便捷的标准，沈宏非的文字必定不坏，因为至少他从不长篇大论，他没有“谋财害命”。他的文章长度也控制在一盏茶的工夫。即便是个专栏连续剧，如收入《食相报告》中《我们是害虫》、《比粽子还冤》、《食有食相》和《黄瓜记》等诸多文章，通吃下来也不会超过一顿豪华大餐。沈宏非干脆，“分手时候说分手，也不要说宵夜去”（《把夜吃掉》）。沈宏非吝啬，他从不请客满汉全席。在一个追求高速的时代，虽说写食的常用伎俩就是“夸大其辞”（《写食主义·跋》），然而，闲情也不宜泛滥，正是肥而不腻的分寸把握使沈宏非的专栏之树常青。

如果我们注定无法在忙乱的时代成为一个超脱的闲人，那么我们至少要致力于保持一颗闲心；如果拥挤的生活迫使我们连保持闲心的可能也没有，我们至少要抽出茶余饭后的瞬间读读闲书。沈宏非以他风趣的笑谈提醒我们：只要我们活着，只要我们仍需吃饭，哪怕是份快餐抑或碗仔面，也可以忙里偷闲，调侃一把，大笑三声，吃得滋味四溢，气势如虹。

第十一章

网络文学:作为新世纪文学的资源

在2010年的阅读过程中,感受最深的一点是网络文学与传统纸媒文学的关系变化,网络文学与传统文学不再是“井水”与“河水”的关系,而是同时作为文学的“涓涓细流”存在。网络文学经过十多年的发展已取得了一定的实绩,笔者以为2010年网络文学迈入了一个新的平台,标志有三:一是网络作家六六的《心术》发表于《收获》2010年第4期;二是网络作家慕容雪村的《中国,少了一味药》被《人民文学》2010年第10期刊载;三是《文艺报》开辟专栏评价网络文学并联合其他刊物主办了“网络文学十年盘点”,评出网络优秀作品,韩兵华的职场小说《跳槽王》发表于起点中文网,在《文艺报》被推荐,影响较大。此外,还有许多传统期刊开始以不同的方式与网络亲密接触。笔者选择这三个个案是鉴于《收获》、《人民文学》和《文艺报》在文学领域的权威性、专业性和主流性。更重要的是,这几个作品恰恰比许多所谓的“纯文学”文本更深地介入时代,直接牵连当下百姓的生存之痛,展示了文学与人生的血肉联系。

根据欧阳友权等对网络文学的研究成果显示:网络文学被指控得最多的是其“快餐性”,只能一次性消费不能引人沉思;写作冲动是“游戏”而不是“审美”;缺乏编辑的环节,精华与糟粕并存；网络书写的快速随意与论坛的喧哗，与传统作家孤独地坐在书房中冥思苦想的创作方式相去甚远，还有其价值偏重“工具理性”等都成为诟病之柄。今天，我想先放下对概念的讨论，让作家摘下“网络写手”的面具一视同仁，直接面对文本来谈论其价值以及由此敞开的多种可能性。

一 《心术》：面对生活，重倡仁心

曾对 20 世纪中国文学产生巨大影响的戏剧家易卜生说：“每个人对于他所属的社会都负有责任，那个社会的弊病他也有一份。”这种责任感影响了一代又一代作家。在商业意识形态无孔不入的今天，许多作家放下了文学的使命，轻易地与现实达成和解。“纯文学”就像温室，培养复制和自我复制的作家和无关痛痒的文本。“为艺术而艺术”、“唯美”的帷幕遮挡了作家眼前的路，生活的复杂和痛苦也止步于此。

六六旁逸斜出，她的名字是伴随电视剧《蜗居》进入千家万户的，和很多观众一样，笔者只把她当成一个敏感幸运、在网络上人气很旺的写手。是《心术》改变了我的看法：她不仅是一位有理想的作家，而且是一位面对世界的作家。她活在真实中，直面时代的暴风骤雨，她决不要喝生活的蒸馏水，她要包含着各种矿物质和微量元素的原生态的生活，这样的生活才能滋养出健康活泼的文学。我相信每位作家都心存良好的愿望，希望自己能够叙述一个天长地久的世界，像“乌托邦”或者“桃花源”那样遗世独立。当下是个不可靠的文学中介，可是文学别无他途，可以依赖的恰恰是当下，而且我们永远无法彻底挣脱的恰恰也是自身所处的时代，黑格尔曾以皮肤与身体来比喻人与时代的关系。这个意义上说叙述当下就是叙述天长地久。

或许有读者对《心术》作为长篇的结构之不严谨和语言的粗

疏进行质疑，但这恰如文本揭示的仁心与仁术的关系，有了仁慈之心，仁术的进步是可以期待的。我以为诚实地记录自己的时代，清明地睥睨世道人心，这就是写作的“仁心”，也是当今文学最为匮乏的。评论应该抓其阔大处，细枝末节则不必拘泥。

六六的写作路径显示了她对现实焦点问题的把握，她有能力从大处把握时代，让文学重新泅入时代的旋涡之中。人们将房地产、医疗和教育形象地命名为“三座大山”。六六已经自觉地攀爬了两座，而且透露出下一部将以教育为题材。文学当然不是征服，但是山屹立在那里诱惑作家。哪怕不能给出答案，也要去窥探沿途的风景。

在《心术》中，六六力图站到一个客观公正的角度上分析当今医患关系，为此，她有很长一段时间在医院“蹲点”，以咨询员的身份与病人深入接触，真正地“体验生活”。我国的改革开放是全方位的，但是它并不是从容不迫的，而是憋着一口气与时间赛跑，当我们大张旗鼓庆祝改革开放三十周年的时候，不难发现伴随着这个经济高速发展的过程，医疗制度改革产生的矛盾也重重积聚起来。“看病难”、“看病贵”已经成为当今人们的口头禅。这仅仅是医院单方面引起的吗？如果只想以病患的心态泄私愤，看新闻报道就足矣。《蜗居》的主角是房奴，地产商只是一笔带过。《心术》作者调整了视角，叙述人是医生，并不蓄意偏袒自己的职业，而是清醒地意识到医患关系中医生的强势，但这种强势又与官场权力关系中的强势有所不同。况且医生是人而不是神，手术总会有意外，名医在成为名医的过程中双手染满了病人乃至死者的鲜血。手术像一场战争，医生与病菌搏斗，而病人的身体充当战场。在这场大战中，病人是束手无策的，医生有时也无能为力。病人赖月金的意外身亡给医生的打击并不比病人的父亲更小，这是医术的局限也是身体的局限，医术发展有多快病毒发展就有多快甚至更快。六六抓住了这个死结，抓住了人类的死结。

叙事从“我”这位默默无闻的小师弟的眼里展开。我们三位师兄弟均是李教授的高足，经过大浪淘沙得以留在上海最好的三甲医院。我们的导师选择弟子火眼金睛，无论时代如何沧桑变幻，他总是不断地强调：先有仁心后有仁术。这也是小说标题的来处，可惜心术总是和不正搭档得多，这也是消费时代最典型的想象。“仁”是儒家思想的核心，也是传统中国社会维持和谐的法宝之一。六六在叙事中借德高望重的李教授之口重倡“仁心”不是没有寄托的无意之笔。

《心术》中多起医患官司演绎了“心术不正”的波澜诡谲，金钱扭曲了明亮的心，光明中的黑暗使事物的真相隐匿。尽管世相如此，但感动也延绵起伏，四面八方的病人从无名的村庄寄来的土产，鲜花，慰问与感激……小说中的“老十三”和憨直的赖月金父子给我们带来了清新和光明。“老十三”为了看望我们师兄弟而挂号，她临死前还将要送给二师兄的实验性的汤圆放在冰箱。热爱歌唱的赖月金手术成功却意外猝死，老父亲不肯要任何赔偿孤单地离开医院，使二师兄这个名为“思邈”的医生之灵魂受到最强的撼动。极度的痛苦使他返璞归真，点燃了他与近在眼前的美小护心中的爱。这位不漂亮然而豁达、有爱心的护士终于有情人成眷属。护士孤美人恰因自身身患绝症而获得了灵魂的新生，一改往昔的冷漠。大师兄长期备受煎熬，爱女肾衰的痛苦日甚一日，但他仍然坚持给病人带来快乐，最终，大师兄的“仁心”得到了回报，在女儿六岁生日的时候得到了肾，它来自另一场车祸的悲剧。“我”的女友护士小蕾因挨病人家属的殴打辞职并与我绝交，文尾，“我”冷寂的心又燃起了温柔的火苗。“仁者，爱人”，爱的温暖在“仁心”中荡漾。

叙述无论对病人还是医生均取一种同情的理解。医患矛盾成为时代精神镜像的聚焦。凡夫俗子会生病，医生也会，我们必定与医院发生各种各样的关系。疾病让病人幡然领悟生命的真谛。医生可以拯救我们的身体，可是时代的灵魂依然无处安生。道德体系的建立很漫长，毁灭却可能发生在一瞬间。在一个灵魂集体堕落的时代，我们在物质消费上向高标准看齐，精神建设却向低标准靠拢，我们都渴望温暖却不愿意首先施与。对信念、爱和希望的呼唤潜藏在字里行间传递给这个匮乏的世界。

要特别提及的是《心术》揭示了网络时代文学可能出现的突破口。六六的创作是在论坛上完成的，她曾谈到自己面对文档写作缺乏激情，她需要论坛这个开放互动的平台，她要与关心她的网友同呼吸。无论是写作方式还是叙事内容，六六紧贴时代。《心术》借日记的样式，引博文开篇，且不断插入网上帖子的内容拓展叙述空间。网络技术的“互动”为六六搜集材料带来便利，这些插入的案例证明许多网民都在关心医患关系和六六的写作，而他们热心提供给六六也是对文学的关心，剀切地希望借六六的笔传递给社会最真实的消息，如其中一对老人打官司并非为了大额的赔偿而是为了捍卫老人被尊重的权利，这大大地出乎读者的意料，为解读医患矛盾提供了新的维度。

此时，小说不再是一个作家在书房里苦心孤诣地虚构，而是与网友们的不断碰撞，采集尚带着朝露的社会现实。可以说，网络将轻逸的虚构世界与沉重的现实世界连接起来，而这正是当下失重的文学重新与生活世界建立精神联系的可行途径。作家六六和叙述者“我”之间也构成了一种新型的对话关系，彼此互相调整，这种对话使文本虚实相生，并给文本带来了开放性与广延性。同时，上文提到的结构及语言之粗疏，笔者以为也与论坛的快速有关。

二 《中国，少了一味药》：超越虚构，走向行动

今天，笔者已经不能坦然地说自己的职业是读小说，这似乎是件不大体面的事情。奥斯维辛之后写诗是耻辱的，读小说也是吗？这种隐约的羞涩感究竟从何而来？为什么小说让人产生缥缈无力之感，而“非虚构”（《人民文学》2010年新开辟栏目）却让人振奋？是小说的想象力出了问题还是现实超出了我们的想象力呢？在文学史叙述中，我们曾一度为20世纪80年代先锋实验小说的形式感奔走相告，短短的20年过去后，形式实验已让我们如此疲惫。

慕容雪村的《中国，少了一味药》被《人民文学》刊用，引起极大的反响。有一位纯文学作家专门为此给笔者发了一封长邮件大谈阅读此文本的兴奋，在信中，他没忘记称慕容雪村为“网络作家”。的确，慕容雪村长期在网上写作，他的《成都，今夜请将我遗忘》被网络文学十年盘点评为优秀作品，极具号召力。他的《原谅我红尘颠倒》曾获得华语传媒奖提名，开篇赌博场景的夸张对我的震动极大。笔者并不简单地将他的成功归结为网络的传播能力，而是认为作者始终具有强烈的现实指涉愿望，正是对现实的“介入”意愿为他日后的卧底行动埋下了伏笔。《中国，少了一味药》出示作者二十多天卧底的经验与具体的感受。作品写出了那种极度的物质艰苦（三毛五一天的伙食）之外，更着重于突出他们的盲目与迷信，他们对口号的迷狂，对规章制度、学习资料的热衷与当年民众对待红宝书毫无二致。禁欲与信仰之间真的有必然的关联吗？是禁欲产生信仰还是信仰要求禁欲？迷信与信仰的界限在哪里？

如果传销者只是特定时期少数没有文化的人的愚蠢行为，那也许不值得文学为此大动干戈。问题是在中国传销不过是无数狂

热、无数骗局中的一种，笔者以为支持这行为背后的是同一种思维方式。我们是集权制度利用人的贪婪培养出来的，我们愿意放弃理性思考，我们信任公共的脑袋，久而久之我们也失去了独立思考的能力。我们像过去的臣子“忠君”一样忠于自己的组织和被灌输的观念。我们为此愿意遭受种种肉身的苦楚去为了一个被许诺的海市蜃楼的未来，尽管虚无渺远。

今天，笔者以隔岸观火的心情在书斋里阅读时非常容易看破这些小把戏，小诡计，可是身陷其中，尤其是那些弄到家破人亡且完全没有退路的人们，只能背水一战。此时，那些“未来黄金世界”的远景就是即将溺亡者的救命稻草，明知无用权且牢牢抓住。慕容雪村一面指出这些传销者们的可笑，另一面也同情于他们的可悲，更可贵的是他没有置身事外高高挂起，他写到自己的歉疚与无力，写到转变身份后前往旧地时警察制服给他带来的力量，并写到自己对小琳产生的不正常的依赖感，“我之所以对小琳产生好感，并不是因为她身上具有某种打动我的品质，而是因为奴役本身”。这是深刻之笔，让我们知道光明内部也有黑暗。一名满怀雄心远道而来指认真相的卧底者也会对奴役者产生依恋，可见鲁迅所批判的奴性是个多么根深蒂固的玩意儿。除了外来的奴役还有自我奴役，摆脱奴隶的境遇任重道远。

鲁迅在 1919 年五四运动前夕发表了寓意深远的一篇小说《药》，革命者夏瑜的鲜血变成了人血馒头——“药”，这一笔既是对传统中医的巨大讽刺，也是对国民灵魂之麻木与冷漠的揭示。慕容雪村的叙事告诉我们，尽管过去的一个世纪里我们都在追求现代性，国民精神的麻木依然没有本质性的变化。启蒙还是未竟的事业，自由仍然遥远。康德告诉我们自由就是公开使用理性，而对于传销者而言，加入其中就是“做稳了奴隶”，没钱加入则是“想做奴隶而不得”，私下使用理性对他们也是一件不敢设想的事情，他们愿意活在梦中，深陷在“未成年”状态中，常识就是“常常不识”。

雨果曾说：人类真正的区分是光明中的人和黑暗中的人，减少黑暗中的人，增加光明中的人，这就是目的。狄金森写道：如果我能使一颗心免于破碎……我就没有虚度此生。慕容雪村继承了这种文学传统，对“他人的痛苦”感同身受。同时，在网络上遭遇的太多的大规模的欺骗促使他走向行动，他从虚构的小说中走向非虚构。尽管他时刻意识到自身的无力乃至渺小，但他曾为此番行程留下遗书，怀着付出生命的勇气，只为让更多黑暗中的他人分享光明。这难道不是文学的荣耀？

三 《跳槽王》：生存真相的残酷与诗意

当我们正在为GDP，经济增长，消费指数等一系列数据的青云直上欢呼的时候，当我们为奥运、世博、亚运喝彩的时候，生存本身这个亘古的难题触目惊心地凸显在我们面前。求职、跳槽、蜗居、下岗已经成为家常便饭。短短30年过去，大学生已经跟天之骄子“轻轻地挥手，不带走一片云彩”，“海归”即成“海待”，“毕业”沦为“失业”，“揾食艰难”成为时代的口头禅。韩兵华的《跳槽王》如实地记录了这一切，以扑面而来的现场感将我们迅速带入消费时代的基本处境。

开篇主人公韦三绝自我介绍其双重身份：虽然在别人的眼里，他的绰号是“跳槽王”，但在他的内心深处，一直保留着“诗人”的居留权，尽管今天对诗人的诋毁甚多，但并不妨碍在现实中屡遭挫折的韦三绝保持写诗的习惯。一个在职场沉浮不定的人，如何还能保持诗意，如何还能坚持倾听心灵内部提出的写诗这种“无待”的要求，这是文本的张力所在，也是网络给心灵提供释放空间的结果。生存的重压可以无情地折磨我们的肉身，但内心仍可向着自由去，灵魂仍然向着高处去，这就是人之为人的高贵所在。

韦三绝求学于太原一所普通大学，他厌恶这里灰蒙蒙的空气，向往生活在别处，然而他没有同学燕子那样的家境，可以帮她铺展人生道路；而他不是优秀生，没有一系列硬件可以帮助他在众多同学中脱颖而出。挣扎，打拼，从乡村出发，“到城里去”，手中只有一张单薄的文凭，这就是新时代“平凡的世界”。韦三绝和你我一样，是芸芸众生中的一个，行走在大街上女孩子不会为他多回一次头。临毕业前与燕子昙花一现的初恋无疾而终，甚至不能勇敢地哭一场，内心隐隐作痛只能留给暗夜独自消受。手机号码多么脆弱，它随时隐身，我们再也找不到自己的所爱与纯真的往昔。

十几年的英语学习，却不能让韦三绝顺利通过四级，过不了四级就得不到学位证，没有学位证怎么能够证明你上过大学，没有学位如何求职，生活变成了连环套。就像没有身份证我们就无法证明自己一样，这是一个无法自证的时代。我们的全部青春就化成了一张张、一摞摞证件，只有那些越来越成熟越来越忧郁的证件照片提醒我们生命的快速流逝和热情的无谓消耗。正是对学历的过度依赖和重视导致了荒诞的“学历门”事件，制造伪证也是徐则臣持续不断的写作资源。从“伪币驱逐良币”，从奶粉到学历造假，背后都是利益驱动。

叙述人既无意于指责教育制度以及英语教学的弊病，也无意于谴责作弊者的道德品行。趋利避害是人的本性，此时，作弊变成一项单纯的投资。投入与产出的考虑压倒了道德上的忧虑。叙述的重点放在为作弊付出的经济代价上，先是给“环球助考集团”交费，然后是借手机，没有一样是不要花钱的。高科技本身就为高消费埋下了种子，作弊也与经济基础及消费能力息息相关，这是消费社会的新启示。

为了学位证，韦三绝和同学青春痘决定最后一搏。自然是费尽了心机，担惊受怕与监考老师斗智斗勇，等考试铃响交卷后好不容易从噩梦中平静下来。更加致命的打击接踵而至，青春痘得到消息：他们手机短信得到的答案缺第一题，结果就像脑筋急转弯。偷鸡不成反倒蚀了一把米，在学校自己想作弊时就开始了受骗的旅程。就是在这种极度懊恼沮丧的情绪中开始求职，接二连三地受骗。

在求职的道路上骗局那么多，好在韦三绝家没钱，使他到底没上成当。在这个消费社会就连上当也要有资本，这是多么绝妙的讽刺。在招聘会上所受的冷遇，上门求职所遭的白眼……远走高飞的心使韦三绝把所有的苦一一吞下。年轻是他唯一的资本，靠了这青春的激情，使他终于能够避免一蹶不振，受骗教会我们成长。如果说学校里他接触的还是一部半开的书，那么，到了异乡，遮面琵琶也挪开了。现实残酷的内里缓缓洇开，社会这本"活书"开始向我们绽放现实的容颜。世态炎凉一览无余，理想被现实腐蚀得一塌糊涂。

家族企业内部的矛盾，对职工苛刻的集权管理，推销的艰辛困苦，这些都没有摧垮韦三绝的求生存谋发展的意志。最让他心惊的是同事之间的阴谋倾轧，哪怕是这样一个小小的家族企业，内部也是争权夺利的残酷混战。韦三绝试图在两派之间中立，他白天跑客户，夜晚写工作日记，尽可能避免跟同事见面以免发生冲突。然而净土从来就不存在，最挑战诗人想象力的事情发生了：他曾经信任的同事却在他用尽苦心发展的客户面前说他辞职了……他长期联系想要说服对方的一个投标却栽倒在标的上，多年之后，才知道无论他怎么努力都早在别人的掌控之中，他是鹬蚌相争的受害者。

《跳槽王》叙述的就是一个普通的大学毕业生的生存故事，并没有什么宏大的主题，但是，它是一部亲历感很强的小说，拨开都市的霓虹灯，我们看到城市的“恶之花”，看到社会发展的真实代价，叵测的人心与欲望跃然纸上。叙述人没有拿腔捏调，而是如实道来，也不做道德评判。同时，即便是在处境最糟糕最无望的时候，韦三绝也没有彻底绝望。面对这种漂泊的跳槽生活，强大的生存意志支撑着他，使他能够随遇而安。深夜，欲望沉睡之后，他与诗歌为伴，他检阅自己的心灵，这种向上的翻腾也给了他内心强大的力量，使他勇往向前，对前途未卜的未来充满期待。

韩兵华的《跳槽王》重新带给我们赤裸裸的不加修饰的真实感，时代的凌厉气息扑面而来。一个开放的社会，一个机会越来越多的社会，在提供给我们更多机遇的时候向我们索取的也更多，我们无法在这种间接性很强的社会把握自身，我们越来越被境遇和时代潮流裹挟，成为无法把握命运的漫游者，人的主体性再度成为严峻的问题凸显出来。

当中产阶级的美学趣味充斥文坛的时候，阅读《跳槽王》是一种唤醒，生存恐怖让我们从书斋探出头来面对世界，面对新世纪的生活真相。传统的苦难悲剧消失了，现代的生存闹剧却惊人地呈现在我们面前。悲凉之雾，层林尽染。

四　对网络与文学关系的思考

自英国的工业革命以后，世界的科技发展速度日新月异，而每一次重大的技术进步最终必然会影响到人文领域，让更多的人参与到这个“进步”中来并最终促成人类意识观念的变化。如印刷术扩大了文化的传播方式并导致 20 世纪出版印刷行业的勃兴，人造卫星上天使全球可以同时分享同一个信息，而伊妹儿为今天报刊盛行的专栏写作提供了技术支持，网络文学再一次降低文学的门槛，普通网民可以参与到写作中来分享文学的荣光，网络像催化剂一样使叙事速度加快，“慢”已成为文学的一种怀想。技术的不断更新使文学从贵族的垄断中解放出来，也促使文学远离优雅的怀抱，在野性与粗粝中重获生机。

就目前的文学研究状况来说，网络文学仍没有引起足够的关注，甚至在谈论网络文学这个概念的时候带着轻蔑的口吻和不屑的情绪。事实上，许多网络作家获得较高的点击率之后仍然要回归到传统的纸媒上，安妮宝贝、慕容雪村就是成功跨越界限的代表。但逆向的行为往往被忽略了，那就是很多在传统媒体上成名的作家学者也在网上开博客，玩论坛，除了自我传播和宣传之外也希望通过网友打开一片新天地，以获取新的写作资源。网络的巨大力量已经到了不容忽视的地步。

《心术》、《中国，少了一味药》和《跳槽王》的出现标志着网络文学获得了一个新的起点，六六在医院的“蹲点”，慕容雪村在传销据点的“卧底”证明作家为摆脱网络虚拟笼罩所做的切实的努力，而韩兵华的“跳槽王”携带着浓郁的“自传”的符码和时代气息，这与当年丁玲笔下的“莎菲”等寻求个人出路的形象并无二致。这些文本既和传统文学共同分享文学的荣光，同时作为一种与新型技术联姻的文学样式正在改变文学的叙述成规，比如快速的叙事节奏，叙述跳跃性很强，逻辑性欠缺，追求语言的趣味超过优雅，阅读快感遮蔽深度思想，结构偏于粗疏甚至遗留明显的叙事漏洞，刀光剑影、斑驳陆离的生活场景乃至无厘头的话语一股脑儿涌进叙述世界，这对当代文学的研究提出新的挑战。

读者不再是个被动的受体，而是作为一个与文本互动的角色参与到文学的生产中来。文学过往的生产、流通、传播和消费的秩序被打乱并重置了，作者既是生产者，也是传播者和消费者，而读者既是消费者，也是生产者和传播者，读者的主动参与欲望得到实现，二者共同塑造阅读的时尚和趣味。此外，网络文学的真实和介入是内外双重的，一是叙事内涵对社会问题的直面与介入，网络的真实源于生活，一切跌宕的想象也没有超过今天红尘滚滚的欲望真相；二是网络写作过程一直有网友们的切身介入，比如《心术》中的诸多个案均为网友提供，或为亲历或为耳闻。后者会在一定程度上为前者提供参考甚至修正，这要比传统作家在作品面世后靠读者来信修订版本便捷得多。小说作为“个人生命史”与“民族秘史”的结合进一步凸显。

传统文学与网络文学的关系不再是妻与妾、嫡系与庶出的强弱关系，网络文学经过10年的实践已经成为不能轻视的文学资源。对于文学而言，网络既是载体，又在塑造新一代的文学情调，培养一种与高节奏时代相匹配的写作和阅读方式；对于作家和读者而言，网络正在成为生活中不可或缺的一部分。网络从文学生产和文学传播、文学消费等多方面改变了传统文学，更重要的网络改变了我们的生存状态和写作方式。我们应该及时调整自己对待网络及文学的目光，正视网络带来的“文学革命”。

第十二章

新世纪文学与全球化想象

20 世纪 90 年代以来，全球化这一术语在我国持续升温。英国历史学家艾瑞克·霍布斯鲍姆关于世界现代史的三部曲《革命的年代》、《资本的年代》和《帝国的年代》论述了 1789—1914 年之间全球的变化，并将全球化看成由英国的工业革命与法国、美国的政治革命所带来的新的历史潮流。他认为是观念的进步与时代的变化导致了英国的工业革命和美、法的政治革命，同时，"双元"革命又促使观念进步并将其作为革命的成果之一广泛传播，所有的因素综合运动，迎接全球化的到来。

1972 年，美国发射第一颗地球资源技术卫星（后改称陆地卫星），信息的传输产生了飞跃，这被英国社会学家吉登斯认为是全球化进程加剧的标志性事件，吉登斯认为：全球化是"现代性的后果"，而现代化让世界之间的联系日益加强，"使整个世界日益成为休戚相关的整体"。① 同年，意大利作家卡尔维诺发表了实验性很强的文本《看不见的城市》，文学就像一只游弋在时代河流中的"鸭"，率先感受到"春江水暖"。

---

① 参见［英］吉登斯在中山大学的系列讲演，参考《中山大学学报》2008 年第 4 期。

中国元大帝与意大利的旅行家、商人的身份别具象征意义——“政权”与“市场”的历史性对话意味深长，东、西观念的碰撞引发了悠长的历史遐想，尤其是对话中提到的“地图和疆域”可以说是行使主权的民族国家的重要表征，地图让模糊的“边疆”变成了清晰的“边界”。尽管在忽必烈时期的全球化完全是在一种不自觉的状态下进行的，但无论如何，他们的想象和思考是具有开创意义的，当时的中国乃“乡土”世界，城市是“看不见”的；地处“中”央，世界的诸多角落并不被感知。马可·波罗的叙述在一定程度上激发了忽必烈的雄心，同时他的游记则诱发了“地理大发现”。“《马可·波罗游记》这一13世纪晚期的文献，为后来的所谓‘地理大发现’时期的殖民地游记写作提供了一个范本，而且它还以发生在异邦世界的奇迹，极大地丰富了西方人的文化想象。”① 据传，哥伦布航海时就带着《马可·波罗游记》，并且在上面留下不少手迹。

以新大陆的发现为标志的海洋时代打开了人类历史的新篇章，而我国明朝开始的海禁政策恰好使我们错过了这一页。“鸦片战争”为标志的近代以来，我国的“现代性”追求含有被动性，这种局面一直延续了一个多世纪。直到20世纪70年代末改革开放政策的提出，后来国家领导人大力提倡的“面向世界，面向未来”，“猫论”以及市场经济对计划经济的成功取代，才有效地将我国带进全球化的轨道，参与到新一轮世界的剧变中。这种变化正在深刻地改变着我们的生活，并深入个体内部的身份认同以及情感方式。这变幻的一切也在文学叙事及其想象中得到微妙的展现。21世纪以来，参与全球化的愿望及对新世界的想象正

---

① ［美］加布理尔·施瓦布：《理论的旅行和全球化的力量》，《文学评论》2000年第2期。

在成为新世纪文学的基本主题。

就文学而言，全球化的影响是全方位的：一是随着开放和受教育程度的提高，出国居住的作家增多；二是随着经济的发展，国内的作家拥有越来越多的走出去的机会，长时段的写作计划及短时间的采风、友好访问及旅游，等等；三是随着我国国际地位的提高，国外的作家越来越多地到中国交流观光，官方或民间组织的多国作家交流活动频仍；四是由于出版业的快速发展，双向翻译日趋频繁，许多翻译家也从事写作，介绍外国文艺成果的刊物和出版物增多；五是网络提供的技术支持使跨区域的交流变得便捷即时，有形的国界无法阻挡长翅膀的信息以及交通速度的几何倍增使麦克卢汉描述的“地球村”成为可能。这些变化构成了新世纪的文化生产语境和文学的叙事处境，最终曲径通幽地改变了文学地图及其叙事面貌。

一 “西方”的刺激与经验全球化的开端

郑小琼在诗歌《机器时代》中写道：

> 美资厂的日本机台上运转着巴西的矿井/出产的铁块，来自德国的车刀修改着法国的/海岸线，韩国的货架上摆满了意大利的标件……我每天忙碌不停，为了在一个工厂里和平地安排好整个世界。

这就是“我”——当前一个南方城镇流水线上的女工经验中的“全球化”，足不出厂却已经与全球发生了摆脱不掉的关系，这绝不是传统“阁楼”中做女红的人可以设想的。机器以它的喧闹运转、协调着整个世界，同时也以它轰鸣不息的节奏扰乱了人类的宁静，加速我们的脚步。田园牧歌的生活一去不复返，当机器越来越深地介入我们当中，机器在改写人类的空间和时间，同时也在奴役生产机器的人们。机器带来了工业革命，带来了速度和流动，为人类和商品的大规模流动创造了物质条件，“民族的远离家园，也许是 19 世纪最重要的一个现象，它瓦解了深厚、古老而且地方化的传统主义”。[①] 各民族文化的交融、变化和创新就成了历史必然，我国的现代转型的被动性也与此相关。

自改革开放以来，出国居住的作家越来越多，经常在国内发表或出版作品的有北岛、哈金、薛忆沩、严歌苓、虹影、张翎、陈谦、陈河，等等。北岛的散文创作一直贯穿着他作为一位“全球漫游者”的漫游与乡愁，新作《城门开》在全球化的视野中有距离地回忆故都及自身成长的历史。薛忆沩将他的小说集命名为《流动的房间》，这不能不让我们联想起鲍曼的名作《流动的现代性》，“流动”正是全球化的重要特征。收入的作品《通往天堂的最后一段道路》对白求恩的叙述改变了这位“国际共产主义战士”在我们心目中的高大形象，恰好应验了伊格尔顿的断言没有一种阅读是“中立的和清白的”，当然这个判断用在叙述人乃至作者身上同样适用，无论写实还是虚构，都暗含着作者保留记忆和想象的基本愿望，这是叙事的动力。

旅居加拿大的女作家张翎近年的系列创作重现了我国最初的移民与世界接触时的辛酸与艰难，她的作品《阿喜上学》可以解读为中华民族经验全球化的开端。张翎在创作谈《隐忍的力量》中谈到她的写作诱因：种族壁垒的最初一丝松动并不发生在政客的谈判桌上，而是发生在学校的操场上两个不同肤色的孩子为抢

---

① ［英］艾瑞克·霍布斯鲍姆：《革命的年代》，王章辉译，江苏人民出版社 1999 年版，第 180 页。

一个球儿发生肢体碰触的时候。[①] 此话极像一束激光，照亮了张翎的叙述世界，照亮了阿喜的小“阁楼”，给了她步出黑暗的力量。在传统中国，女性一生最安全的命运就是躲在“闺阁”中用丝线编织自己对外部世界的想象聊以自慰。但是“西方”以“一间自己的屋子”瓦解了东方女性的神秘的见不得光的“闺阁”，套用北岛《城门开》中的话语：“屋子（书架）是对外开放的，代表正统与主流；阁楼是隐秘封闭的，代表非法与禁忌。”阿喜力争的命运就是从中国的“阁楼”中光明正大地走到西方的“屋子”里来，来中国乡村传教的嬷嬷最先教给阿喜几句简单的英文，并告诉她金山女仔上学堂的事实，这成为她对遥远的“咸水埠”（温哥华）的最初想象，是西方的女权成果意外地刺激了中国几千年的男尊女卑的传统观念。像所有“乡土中国”的女子一样，阿喜要承担起中国女性的共同命运，遵循“三纲五常”。尽管她到 14 岁还未见过亲生父亲，这并不妨碍她“在家从父”。母亲 5 岁时也离开她漂洋过海了，在祖母手中长大，母亲为了能与她相聚说服父亲将她许给未曾谋面年龄可以做她父亲的瘸子阿久，未婚夫的病故使她到“金山”之时已成寡妇，背负着“克夫”之名。母亲虽然裹小脚，但对家族曾经辉煌历史的记忆使她坚持不愿让阿喜做亡夫兄长阿元的“小”，代价是必须返还高额的过埠费。从此阿喜成了“阿爸装气话的篓子，阿妈擦眼泪的帕子，阿文阿武上茅房拉屎垫脚的石头”，还有家务机，而且她不能为自己哭泣，只能向菩萨许愿。租客“四眼仔”是暗夜中唯一的星星，他教阿喜认字读报写信。就在父亲为筹集过埠费一筹莫展的时候，“四眼仔”提醒她父亲只要去上一年学政府就可以返还他这笔高额的费用。现在又是西方政策意外地给了东方女性上

---

① 参见《中篇小说选刊》2010 年第 3 期。

学的机会。一年在辛苦中飞快而过，就在母亲要终止阿喜的学业时，两个弟弟却以也不上学相威胁。而父亲也在卖蛋时发现了女儿会讲英文有实在的好处，决定转变态度支持女儿上学。

《阿喜上学》展现20世纪初移民加拿大的开平女孩在一个“他者”世界中的生活境况以及命运的意外转折。域外也显示了20世纪初晚清山雨欲来风满楼的架势，中国不再是中央帝国，而是世界的一部分。移民们艰辛的生活以及所受的种种屈辱皆与民族国家的屈辱命运息息相关，阿喜没有像《沉沦》中的“我”一样号叫，女性没有男性的号叫的权利，她也根本没能产生抱怨大清王朝的想法，她只在沉默中坚持，默默地跪在菩萨面前许愿，求菩萨保佑是中华文化赐给女性的唯一的诉说机会。在阿喜的命运获得转机之时，“四眼仔”却悄悄地参加革命去了，应验了此前大家对他身份的猜测。阿喜还没开始的初恋转瞬即逝，“四眼仔”的离去虽然使阿喜万分痛苦，却许给了整个叙事光明的前景。个人叙事缓缓融入现代性宏大叙事的河流之中。留美归来的胡适先生曾对北京大学的学生演说：“争你们个人的自由，便是为国家争自由！争自己的人格，便是为国家争人格！自由平等的国家不是一群奴才建造得起来的!”个体的命运与民族国家的命运联系起来，就像树与森林。“四眼仔”投身革命，中华民族的命运打开新的一页；中国女性的整体命运也从“阿喜”这里开始转向。

女性的解放乃社会的解放程度的标志，尽管是英国维多利亚女王宣布将国旗插到加拿大的国土上，对此实行殖民统治。但就是在宗主国内部，那个时代男女事实上并不平等。历史学家艾瑞克·霍布斯鲍姆的《帝国的年代》在《序曲》中记载：“1913年夏天，有一个年轻的女孩从奥匈帝国首都维也纳的一所中学毕业。对那个时代的中欧女孩来说，这是相当不寻常的成就。为了庆贺她毕业，她的父母决定送她出国旅行。不过在当时，让一个富裕人家的18岁女子单独暴露于危险和诱惑之下，是件不可思议的事……这位小姐便是作者未来的母亲。”① 这段非虚构的历史实录佐证了20世纪初全球女性作为“第二性”的次等境遇。阿喜整个东方女子的情况就可想而知了，“上学”诱惑着阿喜去排除一切困难，“知识改变命运”还不是主动的追求，而是一种懵懂的直觉。事实上，女性命运的转变深深地依赖知识，仰赖受教育的权利和机会，这才使今天蔚为壮观的女性写作成为可能。没有世纪初阿喜对上学的坚持，就不会有此后南雁对自我实现的追求，也就没有女性自由的未来和主体的建构。

《望断南飞雁》（《人民文学》2009年第11期）的作者陈谦自身留学美国多年，对留学生活的甘苦有切身体验。小说叙述南雁不懈“出走”的故事——走出娘家、走出国家、走出夫家……南雁只是一个专科生，毕业后在实验室工作，却不满足于“实验室那点破事”。她的心中埋藏着一个小小的秘密，那是在她童年涂鸦受表扬时就播下的种子：当一名设计师！为了这个目标，她选择了一个能够让她出国陪读的丈夫。20世纪80年代，经过长时间的闭关政策之后国门洞开，美国二字包含了我们一切美好的愿望，美国就是“西方”，就是先进、自由、个性、民主、梦想乃至天堂的代名词——“美国还是一个新世界，是在开放的国土上建立起来的开放社会。人们普遍相信，身无分文的移民来到这里之后便能获得新生……”②

南雁如愿地到美国之后，尽管学习语言方面没有天赋，却并

① ［英］艾瑞克·霍布斯鲍姆：《帝国的年代》，贾士蘅译，江苏人民出版社1999年版，第2页。

② ［英］艾瑞克·霍布斯鲍姆：《资本的年代》，张晓华等译，江苏人民出版社1999年版，第181页。

不满足于优渥富足的家庭生活，生下两个孩子后仍三番五次地考托福以便申请设计专业学习，终于在丈夫的学术研究卓有成效的时候选择离开富庶美满的家庭，独自去践行早年的梦想。她离开家后的第一个圣诞之夜，丈夫非常担心她是否记得给孩子的圣诞礼物，凌晨，她连夜驾车将自己亲手设计的圣诞礼物送到了家门口。在温暖的家门口她也没有停留，而是继续冒着严寒去“寻梦”。梦想的种子包含巨大的力量，使之可以突破一切世俗的阻力破土而出，当然，这力量依赖于美国文化，尤其是个人主义文化传统的滋养。南雁这个角色完全不同于严歌苓《花儿与少年》中的徐晚江，徐晚江一直在中西两种不同的生活中徘徊奔跑，她不能忘情于前任丈夫以及传统文化；而南雁身上有新的时代气息，她是“面向世界”的典型，更多地受到西方文化的浸润而执著于自身的梦想，她一再放弃安稳的世俗生活去实现自我。南雁是新时代的“娜拉”！是全球化给了南雁一再出走的动力，并为她提供了经济和精神支持，使她不必重蹈子君的覆亡。鲍曼曾断言：“美好人生是不断运动着的人生”，而“被禁止移动是软弱无能和痛苦的最重要的象征”。[①] 南雁的选择与此不谋而合，她完成了鲁迅为娜拉出走发出的追问，让梦想有所附丽。

埋藏在阿喜心中的种子终于在南雁身上结果，阿喜忍受的一切在南雁这里换来了自由和美好，这是20世纪宏大的全球化潮流带给女性最珍贵的礼物，它给自我的实现提供了更阔大的舞台和更明亮的通道。改革开放使遥远的异域变得切近，给我们的生活打开了五光十色的新空间，从此，“流动”由梦想变成现实。文学叙事的空间迅速扩展，异域情调成为日常想象。

---

① ［英］齐格蒙特·鲍曼：《全球化——人类的后果》，郭国良、徐建华译，商务印书馆2001年版，第118页。

二 艺术的民族化与全球化

早在1827年，歌德就在与青年学子艾克曼的谈话时提出了“世界文学”这一影响深远的术语，“诗是人类共有的精神财富……民族文学现在算不了什么，世界文学的时代已快来临”。随后文艺的民族性与世界性的问题引起了广泛的关注，马克思和恩格斯在《共产党宣言》中写道：“民族的片面性与局限性日益成为不可能，于是由许多民族的和地方的文学形成了一种世界的文学。”今天，“世界文学”已经作为一个专业遍布中国大学。

全球化对文艺工作者的生活方式及观念产生了重大影响，甚至影响他们对于“民族”本身的思考，根据安德森的论述民族是“想象的共同体”，而想象民族最重要的介体是“语言”[①]，语言是一条“人不能两次踏进”的“河流”，语言的变化与时代的整体变化相应，20世纪大量英文词汇与21世纪网络语汇的涌入汉语；同时随着华人的大规模移民也将汉语带到原来的英语及其他语言世界。语言的融汇渗透并不是单向度的，其背后正是思想文化、想象方式以及各种文明的相互碰撞与发展变化。

方方的《刀锋上的蚂蚁》（《中国作家》2010年第5期）出示了她对“全球化”的思考，叙事者巧妙地为这种思考穿上了小说的外套，让具体的艺术家“小我”来承载其对民族艺术这个“大我”的思考。警官费舍尔与中国画家鲁昌南的相遇具有偶然性，但在一个开放时代，中西民族文化与性格之间的碰撞、对照与渗融则是必然的。改革开放后我国出版业就开始参加德国历史较长的法兰克福书展，2009年的参展主题为“让世界品味中国

---

① ［美］本尼迪克特·安德森：《想象的共同体：民族主义的起源与散布》，吴叡人译，上海人民出版社2005年版，第8页。

书香，让中国领略世界风采”。2008 年 10 月底，德国总理默克尔在访问中国时，将李洱的长篇小说《石榴树上结樱桃》的德文版作为礼物送给中国总理温家宝，并强调“西方知识界应该多了解中国”。《石榴树上结樱桃》在德国畅销，读者通过这部小说了解今天中国乡村的变化，“非常惊讶于中国乡村已经深深地卷入全球化进程”。[①] 事实上，优秀的文学总是以预言的方式表达了作家对世界的前瞻性看法。

1995 年，退休的德国警官费舍尔在翻译的陪同下来到他的出生地庐山，这也是值得岔开一说的伏笔，费舍尔本身就是全球化的“产物”，根据出生地原则，他就是中国人，但根据“想象共同体”原则，他是德国人。对出生地的情感让他寻访“故乡”，正是在“故乡”他与穷困潦倒的描画“故乡”的鲁昌南相逢。鲁昌南的画撞击了他，他的身世更让他同情，在买了他几张画之后费舍尔决定尽自己的力量来改变画家的命运，这其中出生地的感情起了一定的作用。对费舍尔来说，如果能够帮助他走进世界画坛就证明自己虽然退休了，但依然是有价值的，因为他对别人有用。而中国画家却惴惴不安地琢磨这个德国老头的用心，经受太多的历史磨难使他难以相信“无缘无故的爱”。但是热情率真的鲁昌玉出于对哥哥的崇拜和欣赏极力促成这事，她甚至为了便于费舍尔的联系而新装了电话，积极为他筹借美金，买名牌西装。鲁昌南来到了德国，接受欧洲从古典到现代艺术的熏陶，灵感喷涌如泉，创造热情一发不可收拾。费舍尔没有看走眼，古老的中华文化与新潮的西方文化撞击出奇异的火花，鲁昌南创作了大量让人耳目一新的画作，并以非常现代的方式创作了古老的中国“乡愿”画图，将古老而美好的愿望以“西方”的方式表达。日

① 见《南方周末》2008 年 11 月 5 日。

常生活方面他疲于应付，在中国经受的历史压迫不仅表现在他沧桑的脸上，而且深深地根植在他的心灵深处，他只是活着，还不知道怎样生活。熟人社会的生活习惯与资本主义生活观念的巨大差异横亘在中德两个民族之间，费舍尔依然不屈不挠地为画家奔走，让他慢慢地得到画界的认可，帮助鲁昌南展翅高飞就是他的目标，他的快乐。但是德国的画廊不肯与他签约，保守的德国文化呈现出一种对古老东方的排斥与歧视。后来费舍尔利用去美国参加女儿婚礼的机会，带着鲁昌南送给他女儿当新婚礼物的画作到各个画廊奔走，终于为他争取到美国画廊的长期签约。鲁昌南离开费舍尔到达艺术观念更加开放的美国，开始了著名艺术家的“新生”，他住上了环境幽雅的大房子，有专门的工人打扫卫生，他离了婚娶了一名在德国结识的新太太，她成为他的经纪人，帮他经营生活和生意。他再也不送画给别人了，包括以前的同学以及“我”这个当年的翻译。

当费舍尔再次来到庐山，鲁昌南的妹妹很热情地接待了他们夫妇，交流时才知道鲁昌南既没有再与费舍尔联系，也与老家的妹妹断绝了联系。他们彼此惊愕，但鲁昌玉似乎依然能理解哥哥的变化，而费舍尔却陷入了沉思之中。他的确帮助画家鲁昌南改变了命运，成了全球公认的艺术家，但这种改变是否已经远离了他的初衷？他们的相遇相处既有全球化的背景，同时也有消费社会对待艺术品的态度，那就是价值与价格的分离，艺术品沦为消费品之后，符号价值就将艺术的审美价值远远地抛在了身后。

画家鲁昌南是一个典型的全球化的注脚。在中国，德国和美国期间，他遭遇了“民族的”和“世界的”强烈撞击，同时他对待自己的画以及待人处世的方式截然不同；他的绘画艺术也有个“全球化”过程，最坚实的内核是“民族化”的，外形有一个明显的“西化”的过程。在中国，他是不得志的，既没有政治前途也没有市场需求，有的只是“牛棚”这样沉重的历史阴影和嫌弃他的太太。绘画是他生命唯一的支撑，妹妹是他唯一的欣赏者和支持者，所以，有人喜欢他的画就够了，画是他可以随手赠人的“礼物”——“古代社会中交换的形式”[①]。此时，他的艺术是民族性的，他的情感也是，他对费舍尔不可思议的好意百般猜测。到了德国生活之后，他的视野扩大了，他的绘画艺术融会了“西方”的“现代”元素，也慢慢得到了“西方”认同，他仍然将画当礼物赠人但他知道自己的艺术会有明媚的将来，他对绘画有了新的信心，对生活本身有了不同的感悟。叙事借媒体采访的形式让鲁昌南重新反思中国的历史和自己的往事。他与费舍尔的性格、感情和行事方式相去甚远，但这没有妨碍费舍尔为他的艺术出路四处奔走。去美国后，他得到画廊的签约及广泛认同，“全球化”和“民族化”撞击出来的火花使他的绘画有了巨额的交换价值，价格的昂贵也侧面佐证了画家的价值，正如《我的名字叫红》中金币的自述：“如果我不存在的话，便没有人能够区别好画家与烂画家，这将造成细密画家间的彼此互相残杀。”[②] 金钱成了现世艺术的区分标准，至于艺术蕴藏的“金子”般独一无二的价值则被忽略了。符号价值悄悄地越过审美价值主宰艺术品的交换价格，并主宰艺术家的心情。

生活在美国的鲁昌南是“全球化”的典型，他的艺术观是“全球化”的，生活、情感亦然。他再也不把画当“礼物”了！他的思维方式彻底摆脱了礼尚往来。用他自己的话说，他由“刀锋上的蚂蚁”变成了“刀锋下的蚂蚁”。他与刀锋换了位置。曾

---

① 参见［法］马塞尔·莫斯《礼物：古代社会中交换的形式与理由》，汲喆译，上海人民出版社 2005 年版。

② ［土耳其］奥尔罕·帕慕克：《我的名字叫红》，沈志兴译，上海人民出版社 2006 年版，第 127 页。

经“于我如浮云”的名利从内部深刻地修改了主体“我”，全球化时代的艺术家经不起长久的凝视，但这只是一个方面，外部的“全球化”生活轨道才是鲁昌南人生拐弯的关键。

随着画作从“礼物”到商品、消费品的转变过程，鲁昌南对待自己亲人朋友的情感态度也变了，他对妹妹和恩人费舍尔的感情，对当年为他提供帮助的翻译“我”的感情都发生了翻天覆地的变化。他的人生标准“全球化”了。后现代主义理论家詹明信说：“金钱是一种新的历史经验，一种新的社会形式，它产生一种独特的压力和焦虑，引出新的灾难和欢乐，在资本主义市场经济获得充分发展之前，还没有任何东西可以与它产生的作用相比。”[①] 文化消费主义不仅改变了艺术品的价值，也从内部改变了艺术家的价值观和人生观。无疑，透过鲁昌南“全球化”的艺术人生轨迹，我们看到中国作家方方的审慎和犹疑。结尾，叙事人借警官费舍尔的身份感叹这种变化的不可逆转，另一方面，我们仍听到字里行间对世道人心的悠远叹息。

三 全球化的代价

全球化的流动是全面的，既有人力资源的流动，也有信息和资本的流动，但不管是何种流动，最终承担代价的总是人，因为人是意义的承载者，所以，“对某些人而言，‘全球化’是幸福的源泉；对另一些人来说，‘全球化’是悲惨的祸根”。[②] “流动”成为美好人生的想象凭据的光芒遮蔽了其他方面。

---

① ［美］詹明信：《现实主义、现代主义、后现代主义》，见《晚期资本主义的文化逻辑》，张旭东编，陈清侨等译，生活·读书·新知三联书店 1997 年版，第 299 页。

② ［英］齐格蒙特·鲍曼：《全球化——人类的后果》绪论，郭国良、徐建华译，商务印书馆 2001 年版，第 2 页。

阅读陈河的《我是一只小小鸟》（《收获》2010年第1期）让人心悸无力，无法区分虚构与真实，艺术与生活互相模仿模糊了彼此的边界。马红堡和杨靖邦这两个到加拿大的中国留学生在异域过着与国内截然不同的生活。他们还没有建立起自己的世界观和价值观，就被出国潮裹挟着来到了陌生的他乡。他们身上不仅有着从小就在缓慢发芽的自由的种子，更携带着父母因为金钱支撑孵化出来的热望和狂妄。他们在这两种截然不同的压力中走向新鲜的生活。上驾校时，孤单的马红堡被手机声搅扰，当他发现手机的主人是女性时，好奇心促使他与她搭讪。留学生周琴并不漂亮，但她的冷漠、行事方式的离奇以及就读的著名的约克大学都使马红堡感到诱惑，他根本没有过与异性相处的经验，但是异域的孤独和青春身体的荷尔蒙翻动使周琴像一朵开在他心中的玫瑰散发芬芳。一起学车时，马红堡了解周琴的更多方面，只要手机声一响，她的脸色就会变得苍白，青春活力顿时隐退，恍惚中的周琴出了车祸，马红堡护送她去医院，在检查的机器中他看到了周琴的身体深处，一种奇异的责任感从这位少男心中升起。笔者习惯的是当代文学中赤裸的身体欲望，从没想到机器这个“异化”的中介在此时却转变为爱情的媒介，这是“现代”境遇中推陈出新的情爱叙述。由男性的责任升华而成的爱欲及其传统的价值观在异乡的寂寞中被放大了。亲情鞭长莫及，友爱成了温暖的源泉，孤独是致命的。这一点也是文本叙事成立的根基。然而，周琴的手机像藩篱一样阻隔着这对青春期男女的交往，即使后来她曾让他拥有她的身体，她也不曾敞露手机承载的秘密，这是“全球化”带给她的创痛。叙述隐约地透露了周琴与越南男性的来往，但究竟有什么样不可告人的瓜葛马红堡并不清楚，贫穷使勤奋而聪颖的周琴在异域走上邪路，她丧失了自由、纯洁乃至生命。周琴被割喉身亡的意外极大地刺激了马红堡，他向警察透露了他所知道的全部线索。杨靖邦立即感觉到危险，他帮助马红堡转离这个城市，但最终黑势力没有放过他们，在他们庆祝生日的晚会时，马红堡再次唱起那首不祥之歌《我是一只小小鸟》之后，他们双双被枪杀。这两个开名车的小伙子深夜在K厅被害的消息传到国内，抨击声覆盖了同情，大家的视点在留学生和名车上聚焦，点燃了受贿及转移财产这个敏感的社会话题。而他们离世带给家庭的悲伤和我们应该由此展开的反思却迅速被湮没了。这三个年轻的生命实质是我们全球化想象的受害者，盲目的西方崇拜的殉葬者。移民定居加拿大的作家陈河根据这个真实的惨案创作这个中篇，给这几个留学生以永久的祭奠，同时也引起国人对留学热潮的反省，这种貌似偶然的悲剧在一定程度上说也是全球化境遇中发展中国家承担的必然代价。

“18世纪欧洲的人均收入与当时印度、非洲和中国的人均收入相比不超过30%。然而，只需大约一个世纪就足以使这一比例面目全非。至1870年，工业化了的欧洲的人均收入是世界上最贫穷国家的11倍，在接下来的大约一个世纪内，这一数字增加了5倍，于1995年达到50倍。”[①] 正是这种巨大的贫富差距及资源的严重不均导致发展中国家的留学热，这种高级人才的流失及高额的留学费用又导致两个世界间贫富差距的继续扩大，贫富差距和想象的国家差距要比国家之间的实际距离大得多。

与留学热潮的题材不同，王十月调动了自己的打工经验，他的《国家订单》以生产线上工人的丧命揭示了全球化的代价。小说开篇以大量的篇幅描述了“我”辞职的愧疚、张怀恩的威胁，以此铺垫出小老板岌岌可危的命运。小老板兢兢业业，为人勤恳

① ［英］齐格蒙特·鲍曼：《个体化社会》，范祥涛译，上海三联书店2002年版，第42页。

厚道，但资金链受制于人，他的合作伙伴港商赖查理同样是讲求诚信的良善之辈，然而他们都要经受全球贸易的巨大风险。

“9·11”既是美国历史的分界线，也是中国南方小老板及制衣工厂起死回生的分界线。“9·11”以超乎艺术想象的方式实现了第三世界国家对第一世界国家荒诞的暴力报复，却意外地给了“MADE IN CHINA”以机会。制造业既是一个让中国经济起步的产业，也是一个持续衰落的行业，与整个世界经济向“信息和服务”发展的方向相背。

为了恢复被“9·11”所打击的国家名誉和士气，美国需要20万面国旗，这笔“国家订单”的生产由香港中转到了中国南方的流水线上。怀着破釜沉舟的信心，为了利润最大化，小老板让工人集体加班，并心怀叵测地提拔张怀恩为中层管理者。由于愧疚和报恩心情的双重驱使，体弱多病的张怀恩劳累过度，死在车间。围绕着张怀恩的死亡，新的劳资关系的矛盾展现出来。原来与小老板利益一致的工人发生了立场和身份分化，同病相怜使他们站到了死者张怀恩的立场。

而叙事人“我”则处于尴尬之中，一方面小老板曾对“我”有救命之恩，他的情同手足一起创业；另一方面“我”在接到“国家订单”之前已提出辞职去跟周城干，周城人品虽不如小老板踏实可靠甚至油嘴滑舌，但是他为民工提供义务法律援助，而他受雇于美方。如今“我”跟着周城站在弱势群体一边帮助张怀恩家属提供法律援助，命案的公开使小老板陷入比未接到订单前更深的困境。当小老板孤独地爬到城市的高压线架上俯瞰这座城市的时候，再次收到了港商赖查理追加“国家订单”的电话。

“星条旗像一只巨大的黑鸟，在这南中国小镇的夜空中掠过。”

“国家订单”到底为我们带来了什么？全球化对发达国家和

发展中国家带来的机遇是平等的吗？“共赢”仅仅是一种“乌托邦”？这是《国家订单》留给我们的思考。

资本以数字的方式在全球快速乃至即时流动时，它带给有些人金钱和希望，同时却摧残了另一些人的尊严和生命！发达国家的“士气”需要发展中国家的流水线工人的生命来买单，星条旗也需要我们的鲜血来染红？这也是全球化的真相一种。“中国制造”为全球提供日常用品的同时也为我们提供了全球化时代的新经验，敞亮光明内部深沉的黑暗。

四　作为语境与叙事想象的全球化

我国的现代性经历了极其曲折的道路。20 世纪后期的留学热潮至今方兴未艾，《曼哈顿的中国女人》和《哈佛女孩刘亦婷》等包含异域想象的书籍的畅销表达了我们对“西方”的热情向往。20 世纪 90 年代以来，我国通过经济体制改革、加入 WTO 等一系列举措进入全球化轨道，随着对西方了解的逐渐深入，我们对“西方”的态度发生了变化，“西方”已经由一个与中国二元对立的对象变成了一个多元共处的事物。如今，“全球化”已成为我们置身其中的现实生活，麦当劳遍布大街小巷，好莱坞大片横冲直撞，英文词汇夹杂在各种时尚中，西方名牌大学的网络课程随时可以免费下载……就像遍布世界各处的小商品上都印有“MADE IN CHINA”一样，世界各种重大新闻事件都会牵涉中国同胞的身影。“全球化”已然成为新世纪文学面临的时代文化潮流。全球化在带来经济高速发展成果的同时也携带着诸多副作用，且其对全球而言并非均衡的，发达国家和发展中国家之间不平衡，发展中国家内部也是如此，我国呈现沿海与内地、大城市与小乡镇等诸多层次的不平衡，社会的“断裂”与“失衡”、“三农问题”等已引起社会学家的高度关注。尽管如此多的负面作用存在，我们可以批评却不能漠视它的存在，它依然带给我们前所未有的希望和种种可能性。全球化是一种无法逆转而且日益加剧的世界潮流，也是一种现实存在。它将世界拉近了，“大西洋彼岸”并不一定比故乡的小溪更加遥远。

全球化的时代是“没有永远的朋友，只有永远的利益”的时代，是商业利益越过“群”、“族”、“阶级”这些区分标准重新对人类进行格式化的“后工业生产”时代。市场无情地割裂了“熟人社会”之间温情脉脉的关系，代之以赤裸裸的“经济共同体”，历史久远的“乡土中国”遭遇了前所未有的挑战，碎片化的生活与诗意的丧失为文学所咏叹。跟“乡土中国”匹配的“乡土文学”曾经是20世纪的文学主流，在民族国家的建构过程中起了首当其冲的“煽动”作用，如今却被迫与“文学新贵”如都市文学、网络文学以及诸多的良莠不齐类型小说、通俗大众文学济济一堂。

文学无论是作为社会生活的反映还是主体的创造，都不能不对这种全球化的洪流作出回应，何况文学并不仅仅是生活的回声，更多的时候，文学是生活的泄密者。小说虽为虚构文体，但作家虚构的源泉恰恰来自现实，来自主体对于生活世界的感受与发现。有些作品虽然并不以全球化为素材，但仍然通过蛛丝马迹泄露了作家思想的秘密，比如余华的《兄弟》中李光头的“第一桶金”来自于日本的垃圾服装，我们不能将这视为信手拈来，联系一个多世纪来中日民族关系的复杂性才能恰如其分地解读这一笔。陈希我的《大势》深入地思考了中日两国之间的复杂纠葛及民族关系，主人公“王国民”和“女娲”这样的命名都意味深长。20世纪初日本一度作为我们想象“西方”的中介存在，老舍的《四世同堂》也展示了他对此的思考。东北作家如迟子建、孙惠芬、金仁顺、陈昌平等都在作品中写到中华民族与日本、朝鲜、韩国、俄国等国的关系，我国与周边国家的经济文化间的交往也是全球化的重要内容之一。

全球化对文学最大的影响来自观念，当世界的联系日趋紧密，一切古老的中华传统皆面临着严峻的挑战，譬如阿喜的母亲还缠着脚，父亲与别人说话时不能插嘴，阿喜却可以与弟弟及他国的男生一起同学堂念书。其次是叙事空间向“全球”敞开，比如鲁昌南、周琴、南雁等人物出国后的生活世界与观念世界的巨大变化，他们以双重文化“他者”的身份重新审视自己民族的文化与西方的文化。全球化让文艺在向“世界化”趋同的同时也带来新的“陌生化”和“民族化”，鲁昌南艺术的成功显示了全球化带给文艺的这种复杂性和多样性。再次是叙事姿态的开放，随着国际交流合作的频繁，“面向世界”由政府倡导变成了切实的生活观念，与多维度的“西方”的切身接触也使想象的“西方”逐渐祛魅。无论是努力实现心中梦想的南雁、鲁昌南；还是为实现梦想付出了生命的周琴、杨靖邦、马红堡及张恩甲，他们都在以不同方式参与自己的“全球化”。每位作家对于民族国家与世界关系的感受与其具体的人生际遇相关。

“全球化”作为新世纪文学最强劲的想象在叙事中渐渐“浮出历史地表”。与全球化本身的丰富复杂一样，它在文学表达与想象中既魅力闪烁，也阴影重重。

后　记

有很长一段时间，我纠结于写作的意义，我怀疑将短暂的此生投入无边的写作中是否明智，我害怕伴随写作而至的虚无会将我吞噬。每个句号之后都是一阵漫长的空虚；虚荣心的短暂满足背面是更长的不满。我的心思那么海阔天空，可是我的手却无法企及。我根本捉不到那些灵动、诡异的瞬间，那些五颜六色却转瞬即逝的梦。

我长久地凝望窗外，希望神可以赐我答案。神不言不语。太阳不问万物自由地照耀，万物也不问太阳自由地生长。风那么自由，想往那个方向吹就往哪个方向吹；树叶那么自由，想跳舞就跳舞；小鸟那么自由，想歌唱就歌唱。可是，我的自由在哪里？在电脑这一方寸的屏幕上，还是在这些被组合在一起的方块字中？它们究竟用了什么样的魔法将我软禁？

作为人造物，语言充满人造物的局限，我只能在这种局限中，就像生命中那些无所不在的其他局限一样。我们每天“我”来“我”去地“指点江山、激扬文字”，可是那些由口中吐露的“我”都随风飘逝了，语言的秘密依然隐匿，但最终将会由它来表达“我”。不是我在驾驭语言，而是语言在役使我。这简直让人恐惧。怀着这种不安，我写作这本书，并检阅我为之奉献的青春和热情。

这本书也凝结了我的老师、朋友和家人的关爱，我要借此机会向他们表示我的感激。

在我的导师文超先生病故之后能够遇上林岗先生是我一生的幸事，想起上帝无形中对我的眷顾就要忍不住泪流满面。文超先生的现实情怀、对生命意义的追问，林岗先生的超脱清高、学识卓见乃是我终生学习的榜样。

我要感谢给了我悉心指导的老师吴承学教授、陈衡教授、黄修己教授、邓国伟教授、王坤教授、蒋述卓教授、王列耀教授、姚新勇教授、洪治纲教授、刘纳教授、袁国兴教授、陈少华教授、孟繁华教授、程光炜教授、陈晓明教授、张柠教授、张清华教授、赵勇教授。

我要感谢张未民先生、林建法先生、张燕玲女士、毕光明先生、郭文斌先生，是他们主编的刊物一直支持我。

我要感谢花城杂志、花城出版社的同事和广东外语外贸大学中文学院的同事，是他们给了我愉悦的工作气氛。

我要感谢我的朋友汪民安先生、石舒清先生、谢有顺先生、陈希我先生、夏榆先生、黄礼孩先生、陈陟云先生、黄咏梅女士、李贺女士。他们给了我无私的帮助。

我要感谢我的同门李凤亮、伍方斐、刘小平、张均、李青果、魏朝勇、刘郁琪、林衍、唐勇、李慧云、陈淑梅、曹霞、黄灯、胡传吉、张霖、李俏梅、揭英丽、刘先飞、杨汤琛，他们给了我美好的情谊。

我要感谢我的学生，他们像春天一样温暖着我。

最后，我要感谢我的家人，先生陈险峰始终如一的理解与鼓励，还有儿子东东天真的赞美都将化为我前行的动力。

为此书，中国社会科学出版社李炳青女士付出了大量心血，在此致以诚挚的感谢。

为此书，中国社会科学出版社李炳青女士付出了大量心血，在此致以诚挚的感谢。

2011年3月于广州